UNE HISTOIRE DU PARADIS

Tome 1

DU MÊME AUTEUR

Dans la collection *Pluriel*

Rome au XVIe siècle.
Le christianisme va-t-il mourir? (épuisé).
La Peur en Occident (XIVe-XVIIIe siècle).
Une histoire du Paradis, t. II, *Mille ans de bonheur.*
Une histoire du Paradis, t. III, *Que reste-t-il du Paradis?* (janvier 2003).

CHEZ D'AUTRES ÉDITEURS

Vie économique et sociale de Rome dans la seconde moitié du XVIe siècle, 2 vol., Paris, De Boccard, 1957-1959.
L'Alun de Rome, Paris, S.E.V.P.E.N., 1962.
Naissance et affirmation de la Réforme, Paris, P.U.F., coll. « Nouvelle Clio », 5e édition, 1988.
La Civilisation de la Renaissance, Paris, Arthaud, coll. « Les Grandes Civilisations », 2e édition, 1973, Éd. de poche, 1984.
Le Catholicisme entre Luther et Voltaire, P.U.F., Coll. « Nouvelle Clio », 1971, 4e édition, 1987.
L'Italie de Botticelli à Bonaparte, Paris, A. Colin, 1974. Nouvelle édition : *L'Italie, de la Renaissance aux Lumières*, 1990.
La Mort des pays de cocagne, Paris, Publications de la Sorbonne, 1976 (ouvrage collectif).
Histoire vécue du peuple chrétien (sous la direction de), Toulouse, Privat, 1979.
Un chemin d'histoire, chrétienté et christianisation, Paris, Fayard, 1981.
Le Péché et la peur. La culpabilisation en Occident (XIIIe-XVIIIe siècle), Paris, Fayard, 1983.
Le Cas Luther, Desclée de Brouwer, 1983.
La Première Communion. Quatre siècles d'histoires (XVIe-XXe siècle), Paris, Desclée de Brouwer, 1987 (ouvrage collectif).
Ce que je crois, Paris, Grasset, 1985. France-Loisirs, 1986.
Les Malheurs des temps. Histoire des fléaux et des calamités en France (sous la direction de Jean Delumeau et Yves Lequin), Paris, Larousse, 1987.
Rassurer et protéger. Le sentiment de sécurité dans l'Occident d'autrefois, Paris, Fayard, 1989.
Histoire des pères et de la paternité (sous la direction de Jean Delumeau et Daniel Roche), Paris, Larousse, 1990.
L'Aveu et le pardon, les difficultés de la confession (XIIIe-XVIIIe siècle), Paris, Fayard, 1991.
Le Fait religieux (sous la direction de), Paris, Fayard, 1993.

JEAN DELUMEAU

UNE HISTOIRE DU PARADIS

Tome 1

Le Jardin des délices

FAYARD

Collection « Pluriel » fondée par Georges Liébert
et dirigée par Joël Roman

Ouverture

« Les rêves des hommes constituent une partie de leur histoire et ils expliquent beaucoup de leurs actes. » Cette pénétrante observation de Marjorie Reeves [1], à propos de Joachim de Flore et de sa postérité, est la meilleure des introductions au nouveau projet historiographique que je présente ici.

Celui-ci se situe dans la continuité d'un parcours long et solitaire commencé il y a vingt ans. Initié avec *La Peur en Occident*, il s'est poursuivi avec *Le Péché et la peur*, *Rassurer et protéger*, *L'Aveu et le pardon*. La seule énumération de ces titres révèle une logique interne, indépendante de toutes les modes. J'ai d'abord voulu savoir de quoi nos ancêtres occidentaux avaient surtout peur. Après quoi j'ai étudié les remèdes qu'ils apportèrent aux dangers, venant de la nature, des hommes ou de l'au-delà, dont ils apercevaient la menace. Il me restait encore – et c'est l'intention de cette nouvelle entreprise – à faire revivre leurs rêves de bonheur : ce que j'essaierai de faire dans *Une histoire du paradis*.

Notre époque, qui proclame sous la plume d'Henri Michaux, « Nous ne sommes pas un siècle à paradis [2] », n'a-t-elle pas, plus qu'une autre, besoin de savoir quels furent les paradis de nos devanciers? D'où l'idée de prendre le rêve de bonheur comme « objet » historiographique. Un « objet », à vrai dire, presque démesuré qu'il a fallu circonscrire de limites raisonnables. Tout d'abord, comme dans mes précédents ouvrages, je resterai à l'intérieur de l'Occident et j'accorderai une place particulière aux XIVe-XVIIIe siècles qui constituent mon territoire chronologique privilégié. Ensuite, j'envisagerai successivement trois grands thèmes à l'exclusion de plusieurs autres possibles : a) la nostalgie du paradis terrestre ; b) l'attente d'un royaume de bonheur réalisé sur notre terre et qui durerait un millénaire ; c) enfin l'espérance d'une joie parfaite et sans déclin dans la lumière divine de l'au-delà chrétien. Un volume sera consacré à chacune de ces trois grandes méditations collectives sur le bonheur. Le premier, celui que le lecteur vient d'ouvrir, traite des heurs et malheurs du « jardin des délices ».

Au cours de ce travail de longue haleine, et afin d'apporter sur les sujets abordés le maximum de renouvellement, je me suis donné et je continuerai à suivre, comme dans mes livres antérieurs, une règle d'or : le contact permanent avec les documents de première main, dont rien ne peut remplacer la saveur et la vérité. Leur voix, retrouvant sa fraîcheur première, nous accompagnera, le lecteur et moi, dans notre pérégrination de siècle en siècle.

Nous ne ramènerons sans doute pas de ce nouveau voyage dans le temps une des billes de cristal avec lesquelles deux chérubins jouent dans le paradis humoristique de Théodore Zeldin et que l'ambassadrice de l'auteur rapporte sur terre et place dans une vitrine avec l'étiquette : « fragment de bonheur trouvé au paradis [3] ». Le but poursuivi ici est autre.

L'historien tente, le moins mal qu'il peut, de reconstituer les univers d'autrefois. Or une telle restitution demeure gravement incomplète tant qu'on n'y inclut pas le discours sur le bonheur de nos prédécesseurs et les images dont ils le nourrissaient.

Sur un plan à la fois plus psychologique et plus métaphysique je comparerais volontiers l'itinéraire sur lequel nous nous engageons à celui qui serpente à l'intérieur du « labyrinthe » de la cathédrale de Chartres. Il est surnommé « la lieue » parce qu'il est aussi long de le parcourir à genoux que de couvrir une lieue à pied ; et il mène de l'extérieur au centre par un trajet de 261,50 m. Mais à Chartres, comme dans plusieurs autres églises, ce « labyrinthe » conduit le pèlerin vigilant et persévérant vers la Jérusalem céleste.

Il est probable qu'au cours du cheminement dans le temps que nous débutons aujourd'hui nous devrons abandonner sur les bords de la route plusieurs illusions, de même que les contemporains de la Renaissance furent contraints d'évacuer de leur horizon les Iles Fortunées et le royaume du Prêtre Jean auxquels on avait cru avant eux. Mais ce sera, je l'espère, pour mieux découvrir, dans la lucidité, l'espoir qui nous reste et le sens de notre destin.

Comme mes ouvrages antérieurs, celui-ci doit beaucoup à mes deux collaboratrices, Angela Armstrong et Sabine Melchior-Bonnet, auxquelles j'exprime à nouveau ma gratitude.

Les illustrations en couleurs qui figurent à l'intérieur du livre m'ont été procurées par Danièle Alexandre-Bidon qui m'avait déjà fourni la couverture de *L'Aveu et le pardon*. A elle aussi va ma reconnaissance.

Chapitre premier

L'amalgame des traditions : de Moïse et Homère à saint Thomas d'Aquin

« Le Seigneur Dieu planta un jardin en Éden »

Le paradis, ce fut d'abord et longtemps le paradis terrestre. Chez la plupart des auteurs de l'ère patristique – jusqu'au VIe, voire jusqu'au VIIIe siècle de notre ère – le mot « paradis » sans épithète désigne essentiellement le jardin des délices où vécurent un moment Adam et Ève.

Durant de nombreux siècles – pendant près de trois millénaires – les juifs puis les chrétiens, à quelques exceptions près, ne mirent pas en doute le caractère historique du récit de la Genèse (2, 8-17) concernant le jardin merveilleux que Dieu avait fait surgir en Éden :

> Le Seigneur Dieu planta un jardin en Éden, à l'orient, et il y plaça l'homme qu'il avait formé. Le Seigneur Dieu fit germer du sol tout arbre d'aspect attrayant et bon à manger, l'arbre de vie au milieu du jardin et l'arbre de la connaissance de ce qui est bon ou mauvais.
>
> Un fleuve sortait d'Éden pour irriguer le jardin; de là il se partageait pour former quatre bras. L'un d'eux s'appelait Pishôn [= le « jaillissant »] : c'est lui qui entoure tout le pays de Hawila où se trouve l'or – et l'or de ce pays est bon – ainsi que le bdellium et la pierre d'onyx. Le deuxième fleuve s'appelait Guihôn [= le « bondissant »] : c'est lui qui entoure le pays de Koush. Le troisième s'appelait Tigre, il coule à l'orient d'Assour. Le quatrième fleuve, c'était l'Euphrate.

> Le Seigneur Dieu prit l'homme et l'établit dans le jardin d'Éden pour cultiver le sol et le garder *.

Nous verrons en cours de route que les précisions géographiques données par la Genèse suscitèrent, en particulier aux XVIe et XVIIe siècles, une immense littérature et mobilisèrent des trésors d'érudition. Mais, dès l'époque de l'ancienne alliance, l'évocation paradisiaque proposée par la Genèse fut confirmée, précisée et enrichie par plusieurs autres textes. Dans Isaïe (51, 3), il est dit que « [Dieu] rend son désert pareil à un Éden et sa steppe pareille à un jardin du Seigneur. On y retrouvera enthousiasme et jubilation, action de grâce et son de la musique ». La prophétie d'Ézéchiel (28, 13-14) contre le prince de Tyr, héros puni à cause de son orgueil, évoque à son tour le jardin de Dieu, mais en l'entourant d'un mur de pierres précieuses :

> Toi, qui es plein de sagesse, parfait en beauté,
> Tu étais en Éden, dans le jardin de Dieu,
> entouré de murs en pierres précieuses :
> sardoine, topaze et jaspe,
> chrysolithe, béryl et onyx,
> lazulite, escarboucle et émeraude [...]
> Tu étais sur la montagne sainte de Dieu.

Une autre prophétie d'Ézéchiel fait voir aux juifs exilés en Babylonie le temple restauré d'où sortira une nouvelle source. Celle-ci manifestera la puissance vivifiante de Dieu (47, 12) : « Au bord du torrent, sur les deux rives, pousseront toutes espèces d'arbres fruitiers; leur feuillage ne flétrira pas et leurs fruits ne s'épuiseront pas; ils donneront chaque mois une nouvelle récolte, parce que l'eau du torrent sort du sanctuaire. Leurs

* Toutes les traductions de la Bible utilisées dans le présent livre viennent de la *T.O.B.*, Paris, Cerf-Société biblique française, 1988. Celle-ci précise que le seul Guihôn connu est la source de Jérusalem. Le Pishôn reste inconnu. Un lieu-dit Hawila était en Arabie où se trouvent le bdellium (gomme extraite d'un palmier) et des pierres précieuses. Un autre Hawila est mentionné au sud de la Palestine, près de l'Égypte. Koush désigne le plus souvent la Nubie. Mais il existait un Koush en Palestine, près du golfe d'Aqaba.

fruits serviront de nourriture et leur feuillage de remède. » Ézéchiel reprend donc ici l'image du jardin d'Éden, merveilleusement irrigué, où « l'arbre de vie » germait au milieu d'une végétation luxuriante.

Ainsi, à l'époque de la captivité de Babylone (VIe siècle av. J.-C.), les éléments constitutifs du paradis terrestre biblique sont en place. Il s'agit avant tout d'un jardin. Le mot ancien persan *apiri-daeza* signifiait un verger entouré d'un mur. L'ancien hébreu l'adopta sous la forme *pardès*. Puis les Septante traduisirent par *paradeisos*, à la fois *pardès* et le terme hébreu plus classique pour désigner un jardin, *gan*. Dans ce jardin, planté lui-même au milieu d'une campagne heureuse (*eden*), tout était douceur, saveur et parfum. L'homme et la femme y vivaient en harmonie avec la nature et l'eau coulait en abondance – félicité suprême rêvée par des gens que menaçait sans cesse la sécheresse désertique. Leur existence, qui aurait dû être immortelle, se déroulait dans la joie et, assure Isaïe, « au son de la musique ».

La montagne cosmique où Ézéchiel situe le jardin d'Éden et les murs de pierres précieuses dont il entoure celui-ci dériveront avec l'Apocalypse johannique (21, 11-22) vers la Jérusalem messianique, qui resplendira « comme une pierre de jaspe cristallin » et dont le rempart reposera sur des assises de saphir, d'émeraude, de topaze et de neuf autres pierres précieuses. Du trône céleste de l'Agneau immolé jaillira un « fleuve de vie » (22, 1-2). L'imagination poétique brodera à l'infini sur ces thèmes majeurs. Age d'or initial, nature clémente, eau généreuse, douce lumière, printemps perpétuel, suaves parfums, musique céleste seront d'ordinaire associés à la notion d'enclos paradisiaque, et celui-ci sera souvent situé sur une haute montagne ou dans un ailleurs lointain.

On n'a pas manqué d'établir des parallèles et même des connexions entre le jardin sacré de la Bible et ceux des autres religions et civilisations de l'Orient d'autrefois [1]. Le mythe sumérien d'Enki commence par une description de la paix paradisiaque qui règne à Dilmun : les animaux n'y luttent pas entre eux et les maladies n'atteignent pas les hommes. Toutefois il y manque l'eau fraîche. Enki, le grand dieu sumérien de l'eau, obtient d'Utu, le dieu solaire, l'eau nécessaire au jardin. Une vie normale peut désormais s'épanouir [2]. L'épopée de Gilgamesh contient, elle aussi, des « décors » qu'on retrouve dans la Bible : la montagne des cèdres, le jardin merveilleux des dieux, la bouche des fleuves et la plante de vie. Les temples mésopotamiens comportaient d'ailleurs un sanctuaire du bosquet, au sommet de leur *ziggourat*. Des analogies avec le verger biblique ont été encore recherchées du côté de l'Iran où l'on trouve des sagas relatives au jardin, situé sur une haute montagne, de Jima, souverain de l'âge d'or. Y poussaient des arbres magiques, notamment l'arbre de vie, et s'en écoulait une eau généreuse apportant la fertilité à la terre entière.

Un élément fondamental distingue cependant le paradis d'Éden des jardins de Mésopotamie et de Perse : c'est la présence de « l'arbre de la connaissance du bien et du mal ». L'obéissance à l'ordre de Dieu le concernant était la condition de l'immortalité, la désobéissance conduisant au contraire à la mort. D'autres différences doivent être notées : Dilmun – que l'on s'accorde à identifier avec l'île de Bahrein – ne devient un « paradis » qu'une fois que le dieu solaire a réparé la « distraction » d'Enki. L'arrivée de l'eau permet en réalité à la civilisation de s'épanouir [3]. Quant à Gilgamesh, c'est un héros qui court après l'immortalité, mais ne parvient pas à conserver la plante de vie. Il cherche finalement par ses hauts faits à acquérir la gloire qui le fera survivre dans la mémoire des hommes. Enfin Jima, qui tente, lui aussi, de dérober l'immortalité aux dieux, est plus proche de Prométhée que d'Adam.

Il reste vrai, en revanche, que jusqu'à une période récente, c'est-à-dire jusqu'à la mise en évidence de l'évolution et de la lente et difficile émergence du « phénomène humain », de nombreuses civilisations crurent à un paradis primordial où avaient régné la perfection, la liberté, la paix, le bonheur, l'abondance, l'absence de contrainte, de tensions et de conflits. Les hommes s'entendaient et vivaient en harmonie avec les animaux. Ils communiquaient sans effort avec le monde divin. D'où une profonde nostalgie dans la conscience collective – celle du paradis perdu mais non oublié – et le puissant désir de le retrouver.

Le bonheur des origines a trouvé sa place aussi bien dans les religions qui conçurent le temps comme un cycle que dans celles qui l'identifièrent comme un vecteur courant d'un paradis à l'autre. Dans les premières, celles de l'Inde que rejoignirent sur ce point les conceptions d'Hésiode et de Platon, l'âge d'or devait revenir périodiquement. Dans les secondes, et notamment dans le judéo-christianisme, la familiarité avec Dieu et l'absence de mort sont à reconquérir par l'homme. Sa marche vers la « terre promise » lui permettra, s'il se soumet à la loi divine, de retrouver de façon définitive dans le paradis eschatologique les biens qu'il ne possédait que de façon précaire dans le jardin d'Éden.

Age d'or, Champs Élysées et Iles Fortunées

Dans les mentalités de jadis un lien quasi structurel unissait bonheur et jardin : ce qui ressort, en ce domaine, des traditions gréco-romaines avec lesquelles fusionnèrent, au moins partiellement, à partir de l'ère chrétienne, les évocations bibliques du verger d'Éden. A l'intérieur d'un périmètre béni, la générosité de la nature se trouvait associée à l'eau, aux effluves parfumées, à l'égalité printanière du climat, à l'absence de souffrance, à la paix entre les hommes et les animaux. Trois grands thèmes favorisèrent cette évocation d'une terre heureuse : ceux de l'âge d'or, des Champs Élysées et des Iles Fortunées – ces trois thèmes étant tantôt confondus, tantôt séparés [4].

Au temps de l'âge d'or, assure Hésiode dans *Les Travaux et les jours*, « les hommes vivaient comme des dieux, le cœur libre de soucis, à l'écart et à l'abri des peines et des misères : la vieillesse misérable sur eux ne pesait pas; mais, bras et jarrets toujours jeunes, ils s'égayaient dans les festins, loin de tous les maux. Mourant, ils semblaient succomber au sommeil. Tous les biens étaient à eux : le sol fécond produisait de lui-même une abondante et généreuse récolte, et eux, dans la joie et la paix, vivaient de leurs champs au milieu de biens sans nombre [5] ». Plus loin dans le poème Hésiode associe l'âge d'or à une localisation particulière. C'est « là qu'ils habitent le cœur libre de soucis, dans les îles des Bienheureux, aux bords des tourbillons profonds de l'océan, héros fortunés pour qui le sol fécond porte trois fois l'an une florissante et douce récolte [6] ».

Platon évoqua, à son tour, dans *Le Politique*, la période heureuse du règne de Chronos. « Sous sa gouverne il n'y avait point de constitution [...]. [Les hommes] avaient à profusion les fruits des arbres et de toute végétation généreuse, et les récoltaient sans culture sur une terre qui les leur offrait d'elle-même. Sans vêtement, sans lit, ils vivaient le plus souvent à l'air libre, car les saisons leur étaient si bien tempérées qu'ils n'en pouvaient souffrir, et leurs couches étaient molles dans l'herbe qui naissait de la terre, à foison [7]. »

Le thème de l'âge d'or est aussi très présent dans la littérature latine, chez Virgile et Ovide. Le premier – vers 40 av. J.-C. – annonce dans sa célèbre quatrième *Églogue* que le temps du bonheur primordial va revenir dans un proche avenir : la terre ne portera que de bons fruits, les animaux vivront en paix et les hommes travailleront sans fatigue [8]. Le second se refuse à toute prophétie mais, dans le sillage d'Hésiode, évoque complaisamment dans ses *Métamorphoses* le cycle initial de l'histoire humaine :

> L'âge d'or naquit le premier qui, sans répression, sans lois, pratiquait de lui-même la bonne foi et la vertu. On ignorait les châtiments et la crainte; des écrits menaçants ne se lisaient point sur le bronze, affichés en public; la foule suppliante ne tremblait pas en présence du juge; un redresseur de torts était inutile à sa sécurité. [...] Sans avoir besoin de soldats, les nations passaient au sein de la paix une vie de doux loisirs. La terre aussi, libre de redevances, sans être violée par le hoyau, ni blessée par la charrue, donnait tout d'elle-même; contents des aliments qu'elle produisait sans contrainte, les hommes cueillaient les fruits de l'arbousier, les fraises des montagnes, les cornouilles, les mûres qui pendent aux

ronces épineuses et les glands tombés de l'arbre de Jupiter [= le chêne] aux larges ramures. Le printemps était éternel et les paisibles zéphirs caressaient de leurs tièdes haleines les fleurs nées sans semence. Bientôt après, la terre que nul n'avait labourée, se couvrait de moissons; les champs, sans culture, jaunissaient sous les lourds épis; alors des fleuves de lait, des fleuves de nectar coulaient çà et là et l'yeuse au vert feuillage distillait le miel blond [9].

Les Champs Élysées devinrent, eux aussi, un séjour enchanteur. Dans le chant IV de *L'Odyssée,* Protée annonce à Ménélas : « Aux Champs Élysées, tout au bout de la terre, les dieux t'emmèneront chez le blond Radhamante, où la plus douce vie est offerte aux humains, où, sans neige, sans grand hiver, toujours sans pluie, on ne sent que zéphyrs, dont les risées sifflantes montent de l'océan pour rafraîchir les humains [10]. » Dans la deuxième *Olympique*, écrite en 476 av. J.-C., Pindare situe dans les « Iles Fortunées » le bonheur des justes qui sont passés par trois réincarnations terrestres et ont subi victorieusement l'épreuve du jugement. Ils sont alors récompensés par une félicité éternelle dans ces lieux rafraîchis par la brise marine et d'où la souffrance et la peur sont bannies : « Là resplendissent des fleurs d'or, les unes sur la terre, aux rameaux d'arbres magnifiques, d'autres nourries par les eaux; ils en tressent des guirlandes pour leurs bras; ils en tressent des couronnes sous l'équitable surveillance de Rhadamante [11]. »

Le sixième livre de *L'Énéide* offre à son tour une belle évocation des Champs Élysées, habités à la fois par des bienheureux définitifs tel que Anchise et par d'autres – la plus grande partie – qui boivent l'eau du Léthé avant de retrouver un corps. Il s'agit bien d'un paradis terrestre situé dans les enfers. Énée parvient en effet « aux espaces riants, aux aimables prairies des bois fortunés : les demeures bienheureuses. Là un éther plus large illumine les plaines et les revêt de pourpre; ils ont leur soleil et leurs astres. Les uns s'exercent en des palestres gazonnées, ils se mesurent par jeu et luttent sur le sable fauve. D'autres frappent du pied le rythme d'un chœur et chantent des poèmes [...] dans un bois odorant de lauriers, d'où le fleuve Éridan, roulant vers l'aval, envoie ses eaux puissantes à travers la forêt [12] ».

La même nature enchanteresse, mais située cette fois en deçà de la mort, avait été décrite, par Homère au chant VII de *L'Odyssée*. Il s'agit, dans l'île des Phéaciens, du jardin d'Alkinoos, « enclos dans une enceinte » :

> C'est d'abord un verger dont les hautes ramures, poiriers et grenadiers et pommiers aux fruits d'or et puissants oliviers et figuiers domestiques, portent sans se lasser ni s'arrêter, leurs fruits; l'hiver comme l'été, toute l'année, ils donnent; l'haleine du zéphyr, qui souffle sans relâche, fait bourgeonner les uns et les autres, donner la jeune poire auprès de la poire vieillie, [...] la figue sur la figue [...].
> [Les vignes] bordent les plates-bandes du plus soigné, du plus complet des potagers; vert en toute saison, il y coule deux sources : l'une est pour le jardin qu'elle arrose en entier, et l'autre, sous le seuil de la cour, se détourne vers la haute maison où s'en viennent à l'eau tous les gens de la ville [13].

Merveilleuse évocation de l'« ailleurs » – ici insulaire : ce qui sera souvent le cas – où confluent tous les bonheurs. Hésiode rejoint Homère à cet égard lorsque, dans sa *Théogonie*, il place « au-delà de l'illustre couchant » le jardin où les Hespérides, nymphes filles de la Nuit, « ont soin des belles pommes d'or et des arbres qui les portent [14] ».

Horace, à son tour, dans la seizième *Épode*, fait surgir dans l'océan les Iles Fortunées :

> où la terre, chaque année, rend à l'homme Cérès sans labour; où, toujours, la vigne fleurit sans qu'on l'émonde; où bourgeonne le rameau d'un olivier qui jamais ne trompe; où la figue brune décore un arbre qui est le sien; où le miel coule du creux de l'yeuse; où, du haut des monts, bondit d'un pied sonore l'onde légère. Là, sans être commandées, les chèvres viennent vers les jarres à traire et le troupeau apporte de bonne amitié ses mamelles distendues. L'ours n'y rugit point le soir autour des bergeries; le sol profond n'y est point gonflé de vipères [...]; l'humide Eurus n'y ronge point les champs sous ses torrents de pluie; [...] les grosses semences ne sont point brûlées sous les mottes desséchées [...]. Nulle contagion n'y attaque le bétail, nul astre n'y consume les troupeaux de ses ardeurs effrénées [15].

Le poème précise, à la fin de cette évocation, que « Jupiter a réservé ces rivages pour une race pieuse, lorsqu'il altéra par le bronze la pureté du siècle d'or ». Nous retrouverons au Moyen

Age et même à la Renaissance la croyance qu'un lieu voisin du paradis terrestre et bénéficiant en quelque façon de ses privilèges subsisterait toujours au loin, sur notre planète, et pourrait être accessible aux plus audacieux des humains.

A l'époque où Horace décrivait les Iles Fortunées, Diodore de Sicile racontait dans sa *Bibliothèque historique* le voyage à partir de l'Éthiopie d'un certain Iambulus dans une île située loin au sud, dans la région de l'équateur. Ses habitants, affirme-t-il, sont grands, bien proportionnés, quasiment semblables, dotés d'un corps à la fois fort et souple. Ils ont des cheveux, des cils et des sourcils, mais aucun poil ailleurs. Leurs oreilles sont plus développées que les nôtres. Ils ont comme une double langue, de sorte qu'ils peuvent converser avec deux personnes à la fois. Le climat de l'île est tempéré, malgré sa latitude, et on n'y souffre ni du chaud ni du froid. L'eau est abondante, se répartissant en sources chaudes et en frais ruisseaux. La nature produit en abondance tout ce qui est nécessaire à la vie. Elle donne naissance à des animaux extraordinaires mais inoffensifs et utiles. Les insulaires d'ordinaire ne connaissent pas la maladie et peuvent atteindre cent cinquante ans. Au-delà, on les invite à quitter la vie en se couchant sur une plante particulière qui les endort définitivement. Ils ne se marient pas; tous leurs enfants sont en commun et on s'arrange pour que les mères ne reconnaissent pas les leurs : aussi n'y a-t-il pas de rivalités entre elles. Ils vivent en groupes de parenté ne dépassant pas quatre cents membres. Des règlements y stipulent qu'un jour tout le monde mange du poisson, un autre jour de la viande, etc. L'harmonie règne parmi les habitants : les discordes civiles leur sont inconnues [16]. Des îles « utopiques » comparables à celles-ci connaîtront une longue carrière historique en Occident.

Au cours de l'antiquité gréco-romaine le thème du jardin a donc été tout naturellement conjoint à ceux de l'âge d'or et des Iles Fortunées. Ils se sont enrichis réciproquement, contribuant ainsi à renforcer l'imaginaire paradisiaque et la description du paradis terrestre comme un « paysage idéal » et un *locus amœ-*

nus. Celui-ci a donné carrière à trois principaux types d'évocation : un paysage conçu comme un jardin ; une nature à l'état sauvage mais merveilleusement dotée par les dieux ; l'environnement pastoral de l'amour [17]. A. B. Giamatti, qui propose cette distinction, voit dans le domaine d'Alkinoos un exemple du premier type de jardin. L'*Hymne* homérique *à Déméter* apporte une illustration de la seconde catégorie lorsqu'il évoque Perséphone jouant « avec les jeunes Océanides à l'ample poitrine et cueillant des fleurs dans une tendre prairie : des roses, des crocus et de belles violettes, des iris, des jacinthes, et aussi le narcisse que, par ruse, Terre fit croître pour l'enfant, fraîche comme une corolle [...] et brillant d'un éclat merveilleux [18] ».

Quant au lien entre paysage et amour qui, à partir de Théocrite, formera la base de la poésie pastorale, il facilitera, lui aussi, la fusion entre les thèmes paradisiaques païens et chrétiens et permettra à de multiples auteurs, dont Milton, d'évoquer les chastes et tendres baisers que se donnaient Adam et Ève dans le jardin d'Éden. La septième *Idylle* de Théocrite (315-250 av. J.-C.) proposa le modèle d'un genre appelé à une durable fortune. Elle exprime la nostalgie de tous ceux qui, au cours des âges, ont regretté l'« état de nature » :

> Au-dessus de nous, nombre de peupliers et d'ormes frissonnaient et inclinaient leurs feuilles vers nos têtes ; tout près, une eau sacrée tombait en murmurant d'un antre consacré aux Nymphes. Contre les branches ombreuses, les cigales brûlées par le soleil se donnaient grand-peine à babiller ; la grenouille verte, au loin, faisait entendre son cri dans les fourrés de ronces épineuses ; les alouettes chantaient, et les chardonnerets ; la tourterelle gémissait ; les abeilles jaune d'or voletaient à l'entour des fontaines. Tout exhalait l'odeur de la belle saison opulente, l'odeur de la saison des fruits. Des poires à nos pieds, des pommes à nos côtés roulaient en abondance ; et des rameaux surchargés de prunes étaient affaissés jusqu'à terre [19].

La christianisation des mythes gréco-romains

Les premiers écrivains chrétiens rejetèrent les mythes de l'âge d'or et des Iles Fortunées. Mais, à partir du IIe siècle, ceux-ci furent progressivement christianisés.

Significative à cet égard est l'*Exhortation aux Grecs* attribuée à saint Justin martyr († 165), dans laquelle il affirme qu'Homère, en Égypte, avait eu connaissance du Pentateuque. Il traduisit, assure-t-il, le texte de Moïse relatif aux premières phases de la création du monde. Moïse en effet avait écrit : « Au début Dieu créa le ciel et la terre; puis le soleil, la lune et les étoiles. » Homère imita et transposa le récit hébraïque en utilisant une fiction : celle de Vulcain représentant la création du monde sur le bouclier d'Achille. « Il s'arrangea ensuite pour que le jardin d'Alkinoos donnât une image du paradis [terrestre], en présentant la description d'un verger toujours fleuri et rempli de fruits. » A l'appui de cette affirmation l'auteur rappelle les vers 110-133 du chant VII de *L'Odyssée*. Puis il pose la question : « Est-ce qu'ils ne révèlent pas une imitation claire et évidente de ce que Moïse, le prince des prophètes, avait écrit du paradis [20] ? »

Tertullien († 222) est convaincu comme Justin que la doctrine biblique est plus ancienne que la culture païenne et possède donc plus de titres qu'elle à l'assentiment des hommes. En fait, les païens ont honoré sans le savoir le Dieu de Moïse. Ce que leurs poètes ont écrit des Champs Élysées provient en réalité du paradis terrestre de la Genèse [21]. Saint Clément d'Alexandrie († 215), à grand renfort de chronologies comparées, s'efforce, lui aussi, de prouver que « la plus ancienne de toutes les sagesses est la philosophie hébraïque [22] ». « La vérité est une, alors que le mensonge, lui, a mille façons de s'égarer. Les sectes de la philosophie, tant grecque que barbare, en ont reçu chacune un fragment [23]. » Ce regard sur l'histoire invite logiquement à déduire les mythes païens des récits hébraïques.

L'Africain Lactance († 330), profondément imprégné de

culture classique et dont l'influence fut grande et durable à l'époque de la chrétienté, affirme à son tour que c'est le vrai Dieu qu'honoraient inconsciemment les anciens païens lorsqu'ils évoquaient le règne de Saturne; et c'est l'état bienheureux de l'homme avant la chute qu'ils signifiaient par le mythe de l'âge d'or. Alors « les hommes étaient si généreux qu'ils n'enfermaient pas les fruits que la terre avait produits pour eux et ne couvaient pas en égoïstes les biens cachés, mais admettaient les pauvres au partage des fruits de leur travail personnel. Ici couraient des fleuves de lait, là des fleuves de nectar. » (*Métamorphoses*, 1, 11 [24]) A côté d'Ovide, Lactance cite le *De natura deorum* de Cicéron, *Les Géorgiques* et *L'Énéide*, et, après avoir décrit le temps de Saturne, « comme n'importe quel poète classique, il glisse à la dépravation qu'a connue le monde sous le règne de Jupiter [25] » – entendez : après le péché originel.

C'est encore le paradis qu'était la terre avant la faute d'Adam et Ève que décrivent et qu'expliquent longuement les neuf homélies que le grand saint Basile († 379) prêcha à Césarée. Elles connurent à l'époque un vif succès, créèrent un genre, celui des « Hexaemérons », furent traduites en latin, utilisées par saint Augustin dans son *De Genesi ad litteram*, laissèrent des traces dans des citations qu'en firent Isidore de Séville, Bède le Vénérable et saint Thomas d'Aquin. Puis, après un temps d'oubli, la Renaissance les redécouvrit. Elles inspirèrent alors les *Sette Giornate* du Tasse, les *Semaines* de Du Bartas et l'*Essamerone* de Passero, etc. Sans constituer une description détaillée du paradis terrestre, elles exposaient dans un grand style et selon la science du temps les merveilles de la création telle qu'elle sortit des mains de Dieu, avant qu'elle ne soit défigurée par le péché [26].

Or la prédication (inachevée) de saint Basile fut complétée par une homélie longtemps attribuée au grand Cappadocien et qui donnait une somptueuse et alléchante description du paradis terrestre. Historiquement, ce texte du pseudo-Basile, aussi important que l'*Hexaemeron* lui-même, contribua grandement à l'amalgame entre le jardin d'Éden issu de la Genèse et les évocations païennes de l'âge d'or et des Iles Fortunées. Le topos était dès lors parfaitement constitué.

Selon le pseudo-Basile, le paradis terrestre était un « lieu idéal », un « espace de sécurité », un décor « admirable » et « splendide », dominant le reste du monde, pourvu de toutes les richesses de la création, baignant dans un air infiniment limpide, favorisé toute l'année d'une température égale et douce. Ici pas de tempête, pas d'orage, pas de grêle, pas de glace hivernale, pas de sécheresse automnale. L'été ne fanait pas les fleurs et les fruits venaient tous à maturité. C'était une terre fertile où coulaient le miel et le lait, arrosée par une eau abondante, produisant toute sorte de fruits comestibles d'une suprême douceur. Les prés étaient toujours fleuris et la rose sans épine. De ce lieu béni, toute tristesse et tout souci étaient absents, alors qu'aujourd'hui, « à chaque fois que je regarde une fleur, me revient à l'esprit le souvenir de mon péché, en punition duquel la terre produit les épines et les tribulations ». Avant la chute, dans le jardin d'Éden, tout était bonheur, immortalité, couleur et parfum [27].

Nous dirons plus loin que le syriaque saint Éphrem († 373), diacre d'Édesse, invita à entendre ce jardin en un sens plutôt spirituel. Pourtant ses célèbres *Hymnes sur le paradis* contribuèrent, par la qualité même des évocations poétiques, à renforcer le mythe du verger sans hiver. Il décrivit « dans l'enclos, les figuiers silencieux [...], les demeures lumineuses, les sources parfumées ». Là, assurait-il, « le sombre février rit comme mai, décembre est [...] comme août avec ses fruits, juin comme avril ». Des fleurs jaillissent partout, l'air est « virginal » et « transparent », des « sources de jouissances » arrosent une terre féconde où l'on dispose en abondance de « vin et de lait, de miel et de beurre ». Les arbres manifestent une « fertilité sans terme ». Et,

Quand deux fleurs voisines,
Ayant leur couleur propre,
S'unissent l'une à l'autre,
Et ne font qu'une fleur,
Elles mettent au monde une couleur nouvelle.

Et quand les fruits s'unissent,
Ils engendrent alors une beauté nouvelle,
et leurs feuilles acquièrent un visage
différent [28].

A l'intérieur de cet enclos, véritable « grenier de parfums », « paissent des agneaux libres de crainte [29] ».

L'amalgame entre l'âge d'or gréco-romain et le jardin d'Éden s'opéra à travers plusieurs autres œuvres poétiques qui influencèrent fortement les générations suivantes. Ainsi attribua-t-on longtemps à Lactance un poème, le *De Ave Phœnice* qui, sans décrire explicitement le verger de la Genèse, fut généralement interprété comme une évocation de celui-ci. L'oiseau immortel, le phénix, fournit l'occasion de rappeler l'existence d'un ailleurs devenu irréel. Le lieu de ce bonheur est caractérisé comme un endroit éloigné, situé « dans le premier Orient », « grand ouvert sur le pôle éternel », bocage couronnant une montagne dressée au-dessus d'une large plaine. C'est le pays d'un éternel printemps, sans nuage ni pluie, mais avec abondance d'eaux courantes. Là on ne connaît ni l'« exsangue maladie », ni la « pénible vieillesse », ni « la mort cruelle », ni « l'âpreté de la peur [30] ».

De même qu'on avait attribué le *De Phenice* à Lactance, de même on crédita Tertullien d'un poème sans doute composé au VIe siècle et intitulé *De Judicio Domini*, celui-ci manifestement inspiré de celui-là. Il décrit avec complaisance les arbres, l'abondance de l'eau, le climat égal et doux du verger d'Éden mais insiste, en outre, sur trois motifs qui constitueront désormais des éléments essentiels du paradis terrestre chrétien : les odeurs parfumées – ici celles de la cannelle et de la cardamone –, la fontaine au milieu du jardin d'où naissent les quatre grands fleuves, enfin les pierres précieuses – émeraude, rubis, etc. – dont est parsemée la prairie paradisiaque [31].

Aux IVe, V^e^ et VIe siècles toute une pléiade de poètes – latins et chrétiens – évoquent le paradis terrestre avec des accents virgiliens et en associant avec succès les données de la Genèse et la tradition gréco-romaine. L'un de ceux qui auront le plus d'influence est l'Espagnol Prudence († 410) dont le *Cathemerinon* découvre dans le jardin d'Éden des éléments appelés à devenir classiques : des frondaisons accueillantes, des prairies multicolores, un printemps perpétuel, des odeurs merveilleuses, l'eau généreuse se divisant en quatre fleuves [32]. En Gaule, abondent dans le même sens Claudius Marius Victor, rhéteur de Marseille (début du ve siècle), Alcimus Ecdicius Avitus, évêque de Vienne aux environs de 490 et Sidoine Apollinaire, évêque de Clermont († 487-489).

Victor, notamment, est revenu à deux reprises sur le thème du paradis terrestre : dans la *Genesis* où Adam et Ève, jouissant à la fois de la santé et de la sagesse, profitent d'une nature enchanteresse semée de pierres précieuses, et dans l'*Alethia* (la « vérité ») où le jardin d'Alkinoos et les Champs Élysées de Virgile refont surface et permettent de décrire le verger de l'Éden comme un pays de l'âge d'or, avec une insistance particulière sur la variété et la qualité des parfums excédant ceux de Médie, d'Assyrie et de Palestine. Dans ce lieu de bonheur Adam et Ève n'avaient pas besoin de nourriture. Ils vivaient comme des anges et les fruits étaient là pour leur seul plaisir [33].

Sidoine Apollinaire, aristocrate lettré, écrivit, un an avant de devenir évêque, un *Panégyrique à Anthémius* qui n'est pas, au sens strict, un poème chrétien. Mais les influences conjuguées de Virgile, d'Ovide, du pseudo-Lactance et de Claudius Marius Victor permettent l'évocation d'un jardin éternellement printanier, riche de parfums et de pierres précieuses, identifiable par les païens au pays de l'âge d'or ou aux Champs Élysées et par les chrétiens au paradis terrestre de la Bible [34]. Avitus, dont le poème sur l'« histoire mosaïque » est rédigé vers 507, annonce au contraire ses intentions chrétiennes et assure qu'avant la faute Adam et Ève s'unissaient dans de chastes amours sur fond de musique angélique. Par ailleurs, le verger d'Éden est l'enclos béni qui nous est désormais familier : beauté, parfums et couleurs s'y trouvent réunis. On n'y connaît ni la brume, ni l'excès de chaleur, ni le gel, ni la furie des ouragans. La végétation est toujours verte; les arbres gardent leurs feuilles; les lys ne se fanent pas, « toucher les violettes ne les violente pas [35] ».

Les mêmes thèmes se trouvent – une nouvelle fois – dans le *Carmen de Deo* composé au ve siècle par l'avocat carthaginois Aemilius Dracontius, qui fut emprisonné par les Vandales : nature merveilleusement belle, gazon semé de joyaux, plantes odorantes, température égale et clémente, douces brises, ombres fraîches des arbres, feuilles qui entretiennent la santé, etc. [36]. Plus original est l'accent mis sur les tendres amours d'Adam et Ève – une évocation dont Milton se souviendra. Ève était comme une nymphe, nue sans impudeur, avec un corps blanc comme neige, des joues roses, une abondante et ravissante chevelure. Adam et sa compagne n'avaient pas le vaste savoir dont les doteront les nombreux auteurs et poètes qui commenteront ou paraphraseront la Genèse aux XVIe et XVIIe siècles. Mais Dracontius les montre étonnés devant le premier lever de soleil et joyeux lorsqu'ils sentent la chaleur de ses rayons [37].

La fusion qu'on vient de souligner entre le paradis terrestre biblique et la tradition gréco-romaine relative à l'âge d'or, aux Champs Élysées et aux Iles Fortunées explique les précisions qu'Isidore de Séville († 636) crut nécessaire de donner dans ses *Étymologies*. Dans cette encyclopédie, appelée à une durable renommée, Isidore mentionne en effet les Iles Fortunées, assurant qu'elles regorgent de vignes, d'arbres précieux et de fruits de toute sorte. Mais il invite à ne pas les confondre avec le jardin d'Éden [38].

En fait, l'amalgame était réalisé dans l'imaginaire collectif. Il persistera dans une longue suite d'écrits médiévaux où l'on trouve – liste indicative – au XIIe siècle le *De mundi universitate* de Bernard Sylvestre et le *Pantheon* de Gotofredo de Viterbe et, au XIIIe siècle, le *De laudibus divinae sapientiae* d'Alexandre Neckam, où celui-ci assure que le paradis terrestre échappa au Déluge parce qu'il était au sommet d'une montagne touchant la lune [39]. Dante à son tour placera le paradis terrestre au sommet de notre planète. Au XIIIe siècle encore appartiennent l'*Image du monde* de Gauthier de Metz, la *Weltkronik* (inachevée) de Rudolf d'Ems, le *Spieghel Historiael* du Néerlandais Jacob van Maerlant (vers 1282-1290), suivi, dans les années 1325-1330, par le *Der Liken Spieghel* d'un de ses continuateurs, Jan van Bœndale. Tous réactualisaient de génération en génération le regret du paradis perdu en mélangeant de façon indissociable Bible et culture païenne.

Walter Raleigh († 1618), pionnier de l'effort colonial élisabéthain en Amérique, écrira dans son *Histoire du monde*, dont nous aurons l'occasion de reparler : « Où Homère a-t-il pris son invention du jardin d'Alkinoos, ainsi que l'a noté Justin le martyr, sinon dans la description du paradis faite par Moïse? Et d'où viennent les belles évocations des Champs Élysées sinon de l'histoire du paradis? [...] Il est manifeste que Orphée, Linos *, Pindare, Hésiode et Homère et, après eux, Ovide, l'un à la suite de l'autre, et tous ceux-ci avec Pythagore et Platon et leurs disciples, enrichirent grandement leurs inventions en puisant dans les trésors dérobés aux lettres sacrées, altérés par des additions profanes et déguisés sous des décors poétiques [40]. » Raleigh reprenait ainsi l'argumentation de Justin, de Tertullien et de Clément d'Alexandrie, et justifiait l'amalgame des deux traditions païenne et chrétienne.

Le paradis terrestre : réalité « historique »

Quelques bons esprits, en particulier dans la partie grecque de l'empire romain, avaient pensé qu'on devait entendre au sens figuré la description du jardin d'Éden offerte par la Genèse. Ce fut notamment le cas de Philon († 50 apr. J.-C.), juif de la diaspora dont les écrits influencèrent la « Lettre aux Hébreux » attribuée à saint Paul et l'école chrétienne d'Alexandrie, laquelle compta Origène parmi ses plus notables représentants.

* Linos, joueur de lyre, maître d'Orphée.

Au sujet du jardin donné à Adam et Ève, Philon conseille de se tourner vers l'allégorie, chère aux hommes qui ont le don de voir [41]. Et il affirme catégoriquement : « Croire qu'il s'agit de vignes, d'oliviers, de pommiers, de grenadiers ou d'arbres de ce genre, c'est une grande naïveté, difficilement curable [42]. » Origène († 252 ou 254), sans nier l'existence passée ou présente d'un lieu intermédiaire entre la terre et le royaume des cieux – nous en traiterons au prochain chapitre – plaide, à son tour, pour une interprétation allégorique du texte biblique. « Qui sera assez sot, demande-t-il, pour penser que, comme un homme qui est agriculteur, Dieu a planté un jardin en Éden du côté de l'Orient et a fait dans ce jardin un arbre de vie visible et sensible, de sorte que celui qui a goûté à son fruit avec des dents corporelles reçoive la vie? Et de même que quelqu'un participe au bien et au mal pour avoir mâché le fruit pris à cet arbre [43]? »

Au IVe siècle, saint Éphrem dans ses célèbres *Hymnes du paradis* donne assurément une description merveilleuse de celui-ci [44]. Mais il avertit qu'il faut transposer au plan spirituel les évocations colorées qu'il nous prodigue. C'est « avec l'œil de l'esprit, écrit-il, que je vis le paradis [...]. Aux spirituels convient un œil spirituel et des mets spirituels [45]. » « Même si par les mots l'Éden semble terrestre, il est en son essence pur et spirituel [46]. » De son côté, le docteur cappadocien Grégoire de Nysse († 394) n'est pas loin de penser que l'épisode du paradis terrestre constitue une annonce eschatologique qui a été écrite au passé. Le jardin d'Éden signifie selon lui « la terre des vivants » où pénétreront un jour les élus, « celle où la mort n'est pas entrée, dont la route n'a pas été forcée par les pécheurs [47] ». « Me fondant sur l'Écriture, je ne crois pas du tout qu'il s'agissait alors d'une nourriture corporelle, ni d'une joie charnelle [48]. »

Toutefois, même dans l'Orient chrétien, les théologiens qui inclinèrent vers une lecture symbolique du texte sacré relatif au jardin paradisiaque ne furent qu'une minorité. Saint Théophile d'Antioche († vers 181) rompt des lances avec eux et affirme : « En disant que Dieu planta un paradis vers l'orient et fit pousser de la terre tout arbre beau, l'Écriture nous enseigne clairement que le paradis se trouvait sous notre ciel, comme l'Orient et la terre [49]. » Saint Irénée († 202) pose la question : « Où fut placé le premier homme? » et répond : « Dans le paradis évidemment, comme il est écrit. " Et Dieu planta un paradis en Éden [...] et de là il fut expulsé [50]. " » Saint Hippolyte († 235) est encore plus net : « D'aucuns, constate-t-il, affirment que le paradis est au ciel et qu'il n'est pas au nombre des choses créées. Mais quand on voit de ses propres yeux les fleuves qui en proviennent et qu'il est loisible encore aujourd'hui de contempler, chacun doit conclure qu'il n'est pas au ciel mais dans la création. C'est un lieu de l'Orient et une région choisie [51]. »

L'évêque Épiphane († 403), violent adversaire des Origénistes, développe la même argumentation : « Le paradis, d'où nous avons été expulsés, [...] est le lieu d'où le Tigre et l'Euphrate et les autres fleuves coulent pour apparaître ici [...]. Adam n'a pu être chassé du ciel, mais de ce paradis situé à l'Orient [52]. » De même le très concret Théodore de Mopsueste († 428), un des représentants de l'école d'Antioche très hostile à l'allégorisme d'Origène, affirme sans hésitation : « [Dieu] a choisi [pour l'homme] une région particulière pour sa demeure, qu'il a ornée d'arbres et nommée paradis. Cette partie de la terre la plus honorable est celle que le soleil en se levant éclaire la première [53]. » Saint Jean Damascène († 749) exprimera la même conviction et insistera sur l'aspect bien réel du « divin jardin » :

> Dieu, allant modeler l'homme, créature visible et invisible, « à l'image et à la ressemblance », comme un roi et seigneur de la terre et de ce qu'elle contient, établit d'abord un royaume pour qu'il y passât une vie bienheureuse de félicité. C'était le divin paradis, planté par la main de Dieu en Éden, dépôt de tout délice et de toute joie du cœur [Éden veut dire volupté]. Il était à l'Orient dans la région la plus élevée de la terre; l'air y était le plus doux, le plus léger et le plus pur. Orné de plantes perpétuellement en fleurs et au parfum exquis, baigné de lumière, il dépassait en beauté toute idée qu'on puisse s'en faire avec nos sens. Contrée réellement divine, c'était le pays digne de celui qui était l'image de Dieu, où ne séjournait nul être dénué de raison mais seulement l'homme façonné par les mains divines [54].

Plus tard, Mosès Bar Céphas, évêque de Bethraman, près de Bagdad, (aux environs de 900), expliquera dans son *Commentaire du paradis* que le jardin de la Genèse peut être considéré de deux points de vue, celui de la physique et celui de la mystique. La seconde partie de son ouvrage propose en effet ce second angle de vue. Le paradis signifie alors la vie spirituelle parfaite, et ses quatre rivières les vertus cardinales ou les évangélistes. Mais, dans la mesure où il appartenait à notre univers, il avait bien été planté non à l'extérieur de la terre, mais sur elle : à l'est, au-delà de l'océan, et sur un site plus élevé que n'importe quel autre endroit de la planète. Le paradis se distinguait de l'Éden en ce qu'il était encore plus beau que le paysage pourtant avenant situé autour de lui. Comme le répétera Milton dans le *Paradis perdu*, l'eau, défiant la pesanteur, montait de l'Éden sur le haut plateau affecté par Dieu au merveilleux verger d'Adam et Ève, puis de là tombait en cascade, plongeant ensuite sous la mer pour réapparaître à notre niveau et donner les quatre plus grands fleuves de notre terre. Dans ce jardin béni Adam et Ève vivaient nus et innocents [55].

A quelques exceptions près, au nombre desquelles figure saint Ambroise [56], qui imbrique l'un dans l'autre le mythe antique de l'âge d'or et l'interprétation spirituelle proposée par Philon pour le verger divin, l'Occident a penché massivement du côté du réalisme au sujet du paradis d'Adam et Ève. Lactance par exemple est de ceux qui entendent au sens matériel – *corporaliter* – le texte de la Genèse et y voient l'évocation d'un lieu réel : « Dieu, assure-t-il, y plaça l'homme [...] dans le jardin le plus fécond et le plus agréable qui soit : dans les régions de l'Orient. Il l'avait planté de toutes sortes d'arbres et arbustes, pour que l'homme se nourrît de leurs fruits variés et que, dispensé de tous travaux, il servît Dieu son père avec la plus grande dévotion [57]. »

Saint Augustin († 430), quant à lui, aborda de front la question de la réalité historique du paradis terrestre. Sa réponse a évidemment pesé lourd, compte tenu de l'influence énorme qu'a exercée l'évêque d'Hippone dans la chrétienté latine. Au début du livre VIII de son *De Genesi ad litteram*, il constate que trois grandes opinions ont cours au sujet du paradis où furent placés Adam et Ève. Les uns ne veulent y voir qu'une « réalité corporelle », d'autres une « réalité spirituelle », d'autres encore une « réalité à la fois corporelle et spirituelle ». Augustin annonce dès l'abord : « Pour le dire en bref, j'avoue que cette troisième opinion a ma faveur [58]. » Mais, en dépit de cette dernière affirmation complexe et nuancée, il penche finalement plus vers le réalisme que vers l'allégorisme. En cours de route il explique même que sa doctrine sur le sujet a évolué. Lorsqu'il polémiquait contre les manichéens, il laissait ouverte la possibilité de croire que « ces récits nous sont proposés en figures et en énigmes » (*De Genesi contra Manicheos*, II, 2, 3). « Mais maintenant Dieu a permis que, en regardant et en considérant ces textes de plus près, j'estime, non sans raison, me semble-t-il, que je puis aussi montrer qu'ils ont été écrits au sens propre et non au sens allégorique [59]. » On peut apercevoir dans le récit de la création tous les sens figurés que l'on voudra mais à condition de tenir aussi pour vrai que les faits qui y sont racontés « se sont réellement passés [60] ». Leur caractère « insolite » vient de ce qu'ils se produisaient « pour la première fois ». Il s'est bien agi dans le jardin d'Éden d'un « arbre réel ». A propos de la source, puis des quatre fleuves qui sortaient du jardin, Augustin déclare : « Ai-je mieux à faire qu'à confirmer que ce sont de vrais fleuves, non des fleuves en figure? » « Nous devons donc nous tenir pour avertis de prendre également au pied de la lettre tout le reste du récit des origines, de ne pas voir là une manière figurée de parler, mais le récit de faits réels qui à la fois ont eu lieu et signifient quelque chose d'autre [...]. Un fleuve prenait sa source dans l'Éden, c'est-à-dire dans un lieu de délices, et arrosait le paradis, c'est-à-dire tous ces beaux arbres chargés de fruits qui ombrageaient tout le sol de cette contrée [61]. »

Pour des générations et des générations de chrétiens occidentaux, ces affirmations de saint Augustin constituèrent des déclarations infaillibles. Elles eurent un impact décisif sur des esprits qui contribuèrent, au cours des siècles, à façonner les convictions collectives. Retenons ici les plus notables, à commencer par Isidore de Séville dont les *Étymologies* voulurent être en leur temps une encyclopédie du savoir religieux et profane. Aussi bien l'a-t-on appelé le « grand instituteur du Moyen Age ».

Dès l'époque carolingienne, on comptait des dizaines de manuscrits des *Étymologies*, bientôt recopiés en Irlande, en Angleterre, en Germanie et en Gaule [62]. Or Isidore, après des hésitations, adopte sur la question qui nous intéresse ici le point de vue augustinien. On peut, dit-il, après l'évêque d'Hippone, envisager de trois façons le jardin de la Genèse : au sens littéral, au sens figuré et, enfin, à la fois en sauvegardant l'historicité de la narration et en lui ajoutant une interprétation « mystique ». De même l'arche de Noé, celle de l'Alliance et le temple de Jérusalem ont été des « faits historiques ». Certes, on peut, en même temps, comprendre intellectuellement qu'ils désignaient le mystère de l'Église. Mais « que nos premiers parents aient été placés dans un lieu où aucune créature ne pouvait leur nuire, où le feu ne brûlait pas, où l'eau ne noyait pas, où les fauves ne tuaient pas, où les épines ne piquaient pas, où l'absence d'air n'asphyxiait pas, qu'est-ce qui empêche de le penser? » Leurs corps étaient protégés contre la douleur, la vieillesse et la mort [63].

Au cours des siècles postérieurs, d'autres grandes autorités opinèrent dans le même sens. Tel, par exemple, l'érudit anglo-saxon Bède, l'un des « fondateurs » du Moyen Age (né en 673, mort en 736) et l'un des auteurs les plus lus et les plus fréquemment cités ensuite pendant un demi-millénaire, au point qu'on le respecta à l'égal d'un Père de l'Église : d'où son surnom de « vénérable [64] ». Or Bède affirme expressément : « Ne doutons pas que le paradis dans lequel fut placé le premier homme, même si on le tient pour une figure de l'Église présente ou de notre future patrie, doive être entendu au sens littéral de l'expression. Il s'agissait bien d'un lieu de délices, ombragé d'arbres fruitiers, et d'un vaste séjour, source lui-même d'un grand fleuve. »

Raban Maur († 856), abbé de Fulda puis archevêque de Mayence, le représentant en Allemagne de la renaissance carolingienne, et qu'on qualifia de *praeceptor Germaniae*, insiste plus que Bède sur le sens mystique du « jardin des délices », image et de l'Église et de la future terre des vivants. Il affirme toutefois sans ambiguïté que le paradis terrestre était riche de toutes sortes d'essences et d'arbres fruitiers, qu'il ne connaissait ni gel ni canicule; et qu'en son milieu surgissait une source, irriguant tout le jardin et se déversant ensuite en quatre fleuves [65].

Honorius dit d'Autun – en réalité, un Allemand du XIIe siècle –, dont l'*Elucidarium* constitue à la fois un catéchisme et un résumé des croyances et de la science du temps, pose dans cet ouvrage la question : « Qu'est-ce que le paradis [terrestre]? » Voici sa réponse : « C'est un lieu [...] dans lequel des arbres de différentes espèces avaient été plantés pour contrecarrer tous les inconvénients possibles : par exemple, si l'homme mangeait du fruit [de l'un] au moment opportun sa faim s'apaisait, d'un autre sa soif s'éteignait, d'un autre encore sa fatigue se dissipait; si enfin il avait recours à l'arbre de vie il échappait à la vieillesse, à la maladie et à la mort [66]. » De façon significative, ce texte est repris dans l'*Hortus deliciarum* de l'abbesse Herrade de Landsberg († 1195) destiné à ses novices [67].

Pierre Lombard († 1160) ne pouvait éviter d'aborder dans ses *Sentences* la question majeure du paradis terrestre. Héritier, à cet égard entre autres, de toute la tradition augustinienne, il l'adopte entièrement, la répète presque mot à mot et s'exprime à ce sujet avec une parfaite netteté qu'il faut souligner au passage, compte tenu de la durable fortune de son ouvrage :

> *Hominem autem ita formatum tulit Deus et posuit in paradiso voluptatis, quem plantaverat a principio.* Par ces mots Moïse insinue que l'homme d'abord créé hors du paradis y fut ensuite placé [...]. Ce paradis où l'homme fut placé doit s'entendre en un sens local et corporel. Il existe globalement trois opinions relativement à ce paradis. L'une qui y voit seulement une réalité corporelle; une autre une réalité seulement spirituelle. Une autre enfin qui entend le paradis dans les deux sens. Cette troisième opinion a ma préférence : l'homme fut placé dans un paradis terrestre qui commença

> d'être planté au moment où, les eaux ayant évacué la terre, celle-ci reçut l'ordre de produire des herbes et des arbres. Même si ce paradis fournit une image de l'Église présente ou future, il doit être entendu en sens littéral comme un lieu très agréable, rempli d'arbres fruitiers, vaste et donnant naissance à une grande source [68].

Saint Thomas d'Aquin part des *Sentences* de Pierre Lombard – on voit ainsi la filiation d'un auteur à l'autre – pour poser à son tour la question : « Le paradis [terrestre] est-il un lieu corporel? » Selon son habitude, le grand docteur donne les arguments pour et contre pour se ranger ensuite à la position de saint Augustin qui avait écrit : « Rien n'empêche d'adopter les interprétations spirituelles du paradis qui peuvent être utiles, pourvu toutefois que l'on croie à la vérité absolument fidèle, telle qu'elle se manifeste dans le récit des événements [69]. » Thomas conclut avec l'évêque d'Hippone que « ce qui est dit, dans l'Écriture, du paradis se présente à la façon d'un récit historique; or dans toutes les choses que l'Écriture rapporte de cette façon, il faut prendre comme fondement l'authenticité de l'histoire et c'est là-dessus qu'il faut bâtir les interprétations spirituelles [70] ». L'arbre de vie était bien « un arbre matériel, parce que son fruit avait la vertu de conserver la vie [...]; et cependant il avait une signification spirituelle, tout comme le rocher du désert était une réalité matérielle qui pourtant symbolisait le Christ [71] ». « Ce n'est pas, lit-on encore dans la *Somme théologique*, parce que depuis le péché l'habitation de l'homme ne s'y trouve plus que ce lieu n'a pas de raison d'être [72]. »

Cette historicité, évidente pour l'époque, du paradis terrestre et du récit de la création pris au pied de la lettre nous aide à comprendre une précision chronologique apportée par Vincent de Beauvais († 1264), un des grands vulgarisateurs du XIIIe siècle, dans son *Speculum historiale* : « Adam et Ève, à ce qu'on croit, le jour même de leur création, c'est-à-dire le sixième de l'existence du monde, commirent leur faute au paradis aux environs de midi. Peu après ils en furent expulsés aux environs de la neuvième heure [73]. » Aussi Jésus fut-il crucifié à midi et expira-t-il à la neuvième heure après avoir rouvert le paradis au larron. Nos parents, selon Vincent de Beauvais, ne profitèrent donc que quelques heures du jardin des délices.

Ne mettons pas cette naïveté au compte des seules mentalités médiévales. Nous trouverons mieux à la Renaissance et au XVIIe siècle. Mais il nous faut d'abord explorer un avatar relativement peu connu du paradis terrestre : sa transformation en résidence des justes qui, au-delà de la mort, y attendent la résurrection. Nous reviendrons ensuite sur la terre des vivants.

Chapitre II

Le paradis comme lieu d'attente

Les juifs et les chrétiens restèrent longtemps persuadés que le paradis terrestre avait réellement existé. Beaucoup pendant plusieurs siècles continuèrent même à penser qu'il subsistait toujours comme lieu d'attente pour les justes avant la résurrection et le jugement dernier dont l'échéance était estimée proche. A l'intérieur de cette conception globale, des opinions diverses se firent jour. Pour les uns, le paradis se trouvait dans un endroit reculé de la terre et conservé dans son état premier, mais devenu inaccessible, sauf à des voyageurs munis d'un passeport exceptionnel et d'un guide angélique. Pour d'autres, il avait été retiré de notre sol après le premier péché et transporté au ciel, c'est-à-dire plus précisément au « troisième ciel », celui où fut ravi saint Paul, qu'on ne doit pas confondre avec le « septième ciel » du bonheur éternel et de la vision béatifique. Dans ce lieu d'attente, quelqu'en fût la localisation, vivaient notamment Hénoch (Genèse, 5, 24) et Élie (2 Rois, 2, 1-18) qui avaient été soustraits à la vue des vivants sans avoir connu la mort.

Les apocalypses juives et chrétiennes

Le Premier Livre d'Hénoch est un bon témoin de cette tradition qui fut d'abord hébraïque. Il ne nous a été conservé en entier que par une version éthiopienne du IVe ou du Ve siècle de notre ère. Mais le texte original était araméen – on en a découvert des fragments à Qumrân – et l'ouvrage est considéré aujourd'hui « comme l'un des grands classiques de la congrégation essénienne, peut-être même comme le plus fondamental de tous [1] ». Il semble qu'on ait rassemblé à Qumrân, au Ier siècle av. J.-C., les divers éléments constituant le Premier Livre d'Hénoch et dont certains fragments paraissent remonter au IIIe siècle [2]. Dans cette apocalypse, Hénoch est censé raconter ce qu'il a vu lors de ses voyages hors série. Il s'agit notamment, à l'ouest (chap. XVII-XXV), d'une « montagne de roc dur, imposante et élevée ». Quatre cavernes s'y ouvrent : trois « ténébreuses » et une « lumineuse ». Raphaël explique au voyageur que ces cavernes rassemblent les esprits des morts « pour les y faire demeurer jusqu'au jour de leur jugement et jusqu'au temps qui leur a été fixé ; et ce long temps [durera] jusqu'au grand jugement [qui sera rendu sur eux] ».

Les trois cavernes « ténébreuses » sont réservées aux pécheurs. Celle où jaillit la source lumineuse est destinée aux âmes des justes (chap. XXII). A cette première localisation à l'ouest s'en ajoute une autre, à l'est, lors d'un second voyage d'Hénoch au « paradis de justice », pays des aromates où s'élève l'arbre de la connaissance dont le fruit ressemble à une grappe de vigne (chap. XXVI-XXXII [3]). Au-delà de ces divergences dans la localisation, retenons ici l'affirmation, qui commença à se faire jour dans la littérature hébraïque au IIIe siècle avant notre ère, d'une rétribution après la mort. Le judaïsme ancien considérait au contraire que les morts étaient parqués dans le schéol de manière indifférenciée. L'influence du Premier Livre d'Hénoch fut considérable. Il est cité dans l'épître de Jude (14-16).

Parmi les « écrits intertestamentaires » figure aussi l'*Apocalypse de Baruch*, ouvrage juif, malgré quelques interpolations chrétiennes, et qui n'est pas postérieur à la forte répression qui frappa, en 115-117 de notre ère, la communauté israélite d'Égypte. Arrivé au « troisième ciel », Baruch demande à l'ange qui le guide : « Montre-moi l'arbre qui a égaré Adam. » Or c'est aussi dans ce troisième ciel que se trouve l'Hadès, plaine « à l'aspect ténébreux et souillé », où vit le serpent démoniaque. Le jardin des justes et le lieu de punition des âmes se situent donc, cette fois encore, à proximité l'un de l'autre mais, il est vrai, dans l'un des cercles du ciel [4].

Plus important, quant à l'influence, est le Quatrième Livre d'Esdras puisqu'il fut inséré en traduction latine dans des manuscrits de la Vulgate. Plusieurs indices laissent deviner un original sémitique. L'existence d'une version grecque est généralement admise. Sont également connues des versions en syriaque, arabe, géorgien, arménien. Antérieurement aux découvertes de Qumrân, on attribuait souvent le Quatrième Livre d'Esdras aux milieux pharisiens. Il apparaît aujourd'hui que « de nombreux thèmes ont une tonalité essénisante : d'un essénisme de dispersion après 70 [5] ». La présence de ce livre dans la Vulgate lui a assuré une extraordinaire diffusion, et la Renaissance lui accorda un renouveau d'intérêt.

Esdras, au cours d'une de ses visions, demande à son guide angélique (VII, 88-101) :

> Si j'ai trouvé grâce devant toi, Seigneur, montre encore ceci à ton serviteur : après la mort – maintenant lorsque chacun de nous rend son âme – serons-nous gardés en repos jusqu'à ce que viennent ces temps dans lesquels tu commenceras à nouveau la création, ou serons-nous aussitôt tourmentés?

L'ange répond que les méchants n'entreront pas dans les « habitacles », mais « erreront » et seront « châtiés, dolents et tristes », selon sept « voies » différentes. L'une d'entre elles consistera en « la vision des autres [morts] qui seront conservés par les anges dans les habitacles où règnera un grand silence ». Quant aux âmes de ceux qui ont suivi les voies du Très-Haut, elles voient d'abord avec une grande joie la gloire de celui qui les reçoit et elles « se reposent » de sept façons. Voici les quatre dernières :

> Quatrième façon : elles connaissent le repos dont elles jouissent maintenant, rassemblées dans leurs demeures et gardées par les

> anges dans un profond silence, ainsi que la gloire qui les attend dans les derniers temps.
>
> Cinquième façon : elles se réjouissent de voir comment elles ont échappé au monde corruptible et comment elles recevront le monde futur en héritage; elles voient encore le passage étroit et pénible dont elles ont été libérées et les vastes espaces qu'elles vont recevoir pour jouir de l'éternité.
>
> Sixième façon : [elles se réjouissent] lorsqu'on leur montre comment leur visage doit resplendir comme le soleil et comment, désormais incorruptibles, elles doivent ressembler à la lumière des étoiles.
>
> Septième façon qui surpasse toutes celles que j'ai dites : car ces âmes connaîtront la joie avec l'assurance, la confiance sans la confusion, le bonheur sans la crainte, puisqu'elles approchent du moment où elles verront la face de celui qu'elles ont servi pendant leur vie et de qui elles vont recevoir une juste récompense.

Esdras insiste encore : « Aux âmes séparées de leurs corps on donnera donc le temps de voir ce dont tu m'as parlé? » L'ange répond : « Durant sept jours elles seront libres, pour voir pendant sept jours ce dont je t'ai parlé. Ensuite, elles seront rassemblées dans leurs demeures [6]. » Est donc faite mention dans ce livre d'un lieu intermédiaire entre la vie et l'éternité. Pour les élus, ces « habitacles » provisoires, gardés par les anges comme l'était le paradis terrestre, sont des lieux de repos et de silence pacifié, dans la connaissance du bonheur futur.

Jacques Le Goff note avec raison la durable influence des visions de l'au-delà insérées dans le Quatrième Livre d'Esdras [7]. Clément d'Alexandrie y fait allusion dans ses *Stromata* (III, 16). Surtout, saint Ambroise s'y réfère explicitement dans son *De bono mortis* (X, 46 [8]), où il est dit que les « habitacles » mentionnés par Esdras sont la même chose que les *mansiones* dont a parlé Jésus lorsqu'il a déclaré : « Dans la maison de mon Père, il y a de nombreuses demeures [*mansiones*] » (Jean, 14, 2). L'eschatologie d'Ambroise place ainsi un « grenier des âmes » (*promptuarium animarum*), lieu d'attente, aimable et plaisant, paradis terrestre retrouvé, avant l'accès définitif au royaume des cieux.

La tradition hébraïque a longtemps maintenu la croyance à un paradis intermédiaire où les âmes des élus attendent la résurrection et l'entrée dans le royaume des cieux. Selon l'évêque Eusèbe de Césarée († 340), les juifs de son temps enseignaient qu'on doit s'efforcer, par la pratique de la vertu, de mériter après la mort le retour au jardin de Dieu [9]. Plus tard, *Le Zohar*, traité ésotérique rédigé entre 1270 et 1300 et dont l'influence fut considérable, affirmera : « Lorsque les âmes des justes quittent ce monde, elles entrent dans ce palais situé dans l'Éden inférieur et elles y restent tout le temps nécessaire pour leur préparation à monter dans l'Éden supérieur [10]. »

La distinction entre les deux Éden est passée de la tradition juive à l'eschatologie chrétienne. On la repère notamment dans la littérature des apocryphes, où figurent l'Apocalypse de Pierre et l'Apocalypse de Paul. La seconde est pour notre sujet beaucoup plus importante que la première. Mais celle-ci, plus ancienne, a influencé l'autre. L'Apocalypse de Pierre date probablement du milieu du IIe siècle, peut-être même est-elle antérieure. Elle se présente comme une révélation du Christ à Pierre qui la transmet lui-même à son disciple Clément (de Rome). La reprise de la scène de la Transfiguration permet à l'auteur d'établir une distinction entre le paradis (terrestre) et le ciel. En effet, sur la montagne sainte où, à côté de Jésus, apparaissent Moïse, Élie et plusieurs justes de l'Ancien Testament, Pierre découvre « le paradis grand ouvert. Il y avait un arbre fertile. Ses fruits de bénédiction étaient remplis d'odeurs de parfums ». Ce lieu est qualifié de « repos » des justes. Pierre voudrait dresser trois tentes. Mais une nuée s'ouvre. Jésus, Élie et Moïse « allèrent dans un autre ciel [11] ».

L'Apocalypse de Paul mérite ici toute notre attention en raison de sa très large diffusion. Les premières versions en furent sans doute écrites en grec, vers le milieu du IIIe siècle. Cent cinquante ou deux cents ans plus tard, on ajouta à ce texte une introduction établissant le lien entre l'Apocalypse de Paul et l'expérience extatique racontée par l'apôtre des gentils (2 Cor., 12, 1-5) : « Je connais un homme qui, voici quatorze ans – était-ce en son corps? je ne sais; était-ce hors de son corps? je ne sais. Dieu le sait –, cet homme-là fut ravi jusqu'au troisième ciel. » La traduction latine de l'ouvrage n'est pas postérieure au début du VIe siècle. On la recopia ensuite rapidement et souvent puisque les versions latines de l'Apocalypse de Paul se trouvent au moins dans cinquante-deux manuscrits. On connaît en outre des traductions anciennes en syriaque, copte, slavon, arménien, arabe, éthiopien. Au Moyen Age existèrent aussi des traductions françaises, provençales, roumaines, anglaises, galloises, allemandes, danoises, bulgares, serbes, etc. Le succès de cette apocalypse fut particulièrement intense au VIIIe et au XIe siècle au cours desquels se multiplièrent les « rédactions » latines, c'est-à-dire des abrégés ou remaniements des « textes longs » anciens [12].

Des liens unissent l'Apocalypse de Paul à celle de Pierre mais aussi au Premier Livre d'Hénoch et aux révélations d'Esdras ainsi qu'à d'autres apocalypses. L'identification du paradis terrestre comme lieu d'étape avant le ciel définitif y est marquée d'une façon particulièrement nette [13]. En regardant vers le haut il est en effet donné à Paul de voir des anges « très beaux, ceints de ceintures d'or, tenant des palmes dans leurs mains, vêtus de très beaux vêtements ». Il demande à l'ange qui le guide qui sont ces personnages célestes. Celui-ci lui répond : « Ce sont les anges qui conduisent au repos ceux qui sont vraiment fidèles au Seigneur. » La suite de la vision amène l'apôtre devant Dieu lui-même qui s'apprête à juger l'âme d'un de ces fidèles qui vient de mourir. Le Seigneur décide : « De même qu'elle fut miséricordieuse, de même j'aurai pitié d'elle. Qu'elle soit remise à saint Michel, qu'il la conduise au paradis pour qu'elle y demeure jusqu'au jour de la résurrection générale en compagnie de tous les saints. »

Paul visite ensuite une « terre sept fois plus brillante que l'argent » (chap. XXI et XXII). Il demande à l'ange qui l'accompagne : « Seigneur, quel est ce lieu? » On lui répond : « C'est la terre de la récompense. N'as-tu pas entendu ce qui est écrit : " Bienheureux les doux, car ils posséderont la terre " [Matth., 5, 4]. Les âmes des justes sorties de leurs corps sont envoyées pour un temps en ce lieu [14]. » Il y coule un fleuve de lait et de miel. Chaque arbre y fructifie douze fois par an, donnant chaque fois des fruits différents. Les vignes portent dix mille branches et chaque vigne un million de boutons. Quand la première terre – la nôtre – sera détruite, celle-ci descendra du firmament pour la remplacer et les saints y habiteront avec Jésus pendant mille ans.

Nous retrouverons dans un prochain livre cette eschatologie millénariste. Insistons pour l'instant sur cette affirmation que le paradis terrestre, apparemment retiré de notre planète et conservé dans les nuées du ciel, accueille « pour un temps » les âmes des élus. Contre-épreuve de cette localisation : Paul est ensuite enlevé de ce lieu et introduit (chap. XXIII) dans la « cité du Christ », « toute d'or » et entourée de douze murs... Cette étape ultime du salut apparaît constituée dans l'Apocalypse de Paul d'éléments venus à la fois de l'Apocalypse de Jean et de la Jérusalem glorieuse évoquée par Ézéchiel.

Les visions racontées dans l'Apocalypse de Paul peuvent, du point de vue qui nous retient ici, être rapprochées d'un texte plus ancien et, lui aussi, célèbre, la *Passion de Perpétue et de Félicité*. Ce récit est contemporain de la persécution des chrétiens d'Afrique par Septime Sévère en 203 [15]. Deux femmes, Perpétue et Félicité, et trois hommes, Saturus, Saturninus et Revocatus furent, cette année-là, mis à mort à Carthage. Dans les jours précédant leur martyre, Perpétue et Saturus purent rédiger ou transmettre oralement à l'extérieur des souvenirs et visions, auxquels on ajouta ensuite un épilogue racontant la mort des victimes. Ce texte nous apprend comment le diacre Saturus fut favorisé d'une vision qui lui dévoila ce qui adviendrait de lui et de Perpétue après le supplice. « Le combat était livré, nous avions quitté notre chair, lorsque quatre anges, sans nous toucher, nous emportèrent en direction de l'Orient. [...] Nous pénétrâmes dans un vaste terrain qui ressemblait à un verger dont les arbres eussent porté des roses et toutes sortes de fleurs. Les arbres avaient la taille du cyprès et les feuilles faisaient entendre un perpétuel murmure. [...] Nous retrouvions là un grand nombre de frères, mais seulement des martyrs. Un parfum inénarrable nous servait à tous de nourriture et nous étions rassasiés [16]. »

On a parfois attribué *La Passion de Perpétue...* à Tertullien. Ce qui semble erroné. Celui-ci en éclaire cependant la signification lorsque, dans son *De anima*, il distingue trois séjours pour les âmes des défunts : le schéol pour le commun des fidèles ; le paradis terrestre accessible dès maintenant aux martyrs – c'est ce qui advient pour Perpétue et ses compagnons – et, enfin, « les royaumes des cieux qui s'ouvriront à la fin du monde [17] ». D'autres auteurs ecclésiastiques ont pensé à cet égard comme Tertullien et semblent avoir admis que, seuls les martyrs, le bon larron, Hénoch et Élie jouissent déjà du paradis d'Adam, distinct du royaume des cieux. Parmi ces auteurs, on trouve notamment saint Hippolyte de Rome († 235), saint Hilaire de Poitiers († 367), saint Ambroise († 397) et saint Jérôme [18] († 420).

C'est à travers la croyance à un lieu intermédiaire de bonheur, antichambre des âmes avant la résurrection générale, et souvent élargi dans l'opinion des premiers chrétiens à d'autres que les martyrs, que furent comprises les trois seules occurrences du mot *Paradeisos* dans le Nouveau Testament. Jésus mourant déclare au bon larron : « Dès aujourd'hui, tu seras avec moi dans le paradis » (Luc, 23, 43). Paul assure qu'« il fut ravi jusqu'au paradis et qu'il entendit des paroles ineffables » (2 Cor., 12, 4). Juste avant, il avait parlé du « troisième ciel », à une époque où la cosmographie courante enseignait l'existence de sept ciels. Enfin, dans l'Apocalypse de Jean (12, 4), « l'Esprit dit aux Églises : au vainqueur je ferai manger de l'arbre de vie placé dans le paradis de Dieu ».

Un rapprochement fut rapidement établi entre ce paradis intermédiaire et le « sein d'Abraham » où le pauvre Lazare « fut emporté par les anges » après sa mort : c'est là que l'aperçoit le mauvais riche au-delà du « grand abîme » qui l'en sépare (Luc, 16, 23).

Au sujet de la promesse de Jésus au bon larron, le *Dictionnaire de la Bible* explique : « Le mot de " paradis ", dans les écrits juifs comme dans l'ancienne littérature chrétienne, n'est pas normalement synonyme du ciel. [...] Ce sont les spéculations juives sur le jardin des origines qui permettent de saisir l'arrière-plan de la parole de Jésus. Adoptant la manière de parler des apocryphes[...], Jésus vise tout simplement le lieu où les justes attendent la suprême intervention de Dieu en leur faveur [19]. »

Jésus a rouvert le « paradis »

C'est une opinion assez largement répandue dans l'Église des premiers siècles que Jésus, à l'occasion de la promesse faite au bon larron, a rouvert le paradis terrestre fermé depuis la faute d'Adam et Ève.

Telle est la conviction de saint Athanase le Grand († 373) qui affirme : « [Jésus] nous a ouvert l'entrée du paradis d'où Adam fut expulsé et où il a de nouveau pénétré dans la personne du larron ainsi que le Seigneur l'a dit : " Aujourd'hui même tu seras avec moi dans le paradis. " C'est là aussi que saint Paul a été ravi [20]. » Grégoire de Nysse († 394) s'adresse à Dieu en lui disant : « Tu nous a chassés du paradis, tu nous y a rappelés [21]. » Un vendredi, saint Jean Chrysostome († 407) assure à son public : « Dieu nous ouvrit aujourd'hui le paradis fermé depuis cinq mille ans et plus. Dieu y introduisit le larron le même jour, à la même heure [22]. » Proclus († 485) déclare à son tour : « Aujourd'hui le larron a enfoncé le paradis, défendu depuis 5 500 ans par l'épée de feu [23]. » Jean Damascène († 749) fait ainsi parler le Christ au bon larron : « C'est moi qui ai expulsé [les premiers parents de l'Éden]; je t'y introduirai moi-même, moi qui ai fermé les portes du paradis, qui en ai protégé les abords au moyen d'un glaive de feu. Si je ne t'y introduis pas, les portes en resteront fermées [24]. »

Ce « paradis » n'est pas le royaume des cieux de la béatitude éternelle. Commentant Luc (23, 43), l'évêque bulgare Théophilacte († 1085) le précise en ces termes : « Que personne ne me dise que le paradis est la même chose que le royaume. En effet, ni l'oreille n'a entendu parler des biens du royaume, ni l'œil ne les a vus [25]. » Deux sermons du pape Léon le Grand († 461) éclairent successivement cette importante distinction. Prêchant sur la passion du Seigneur, il assure que : « La foi du bon larron a ouvert les portes du paradis si bien que le peuple chrétien a la faculté de retourner dans la patrie perdue, loin de laquelle l'homme fut autrefois exilé [26]. » Mais le jour de l'Ascension il précise : « Aujourd'hui [...], non seulement nous sommes confirmés dans la possession du paradis, mais le Christ nous a fait monter dans les hauteurs des cieux [27]. » On pourrait grossir ce florilège de nombreuses citations d'autres auteurs ecclésiastiques affirmant la même conviction.

Cependant, il faut nuancer cette vue d'ensemble. On ne met ici en relief qu'une conception dominante, en étant bien conscient de l'inévitable ambiguïté de certains textes et des flottements qui se produisirent à la fois dans la pensée des fidèles – l'épigraphie chrétienne en témoigne [28] – et dans l'esprit de plusieurs écrivains qui évoquèrent la géographie de l'au-delà. Ainsi Grégoire de Nysse semble parfois assimiler le paradis du premier Adam à la béatitude éternelle [29]. Saint Basile († 379), qui ne distingue pas « ciel » et « paradis », emploie indifféremment les deux dénominations [30]. Saint Augustin hésite à certains moments entre plusieurs conceptions. En fait, il a varié au cours des ans. Il enseigne assurément que les saints ne sont pas encore là où ils seront après la parousie, que leur jouissance de Dieu restera incomplète jusqu'à la résurrection, que le ciel est partagé en habitacles divers et que le séjour de bonheur distinct du ciel des anges n'est autre que le paradis ou sein d'Abraham [31]. Mais il avoue ailleurs ne pas pouvoir déterminer en quoi consiste le « sein d'Abraham » et il se demande parfois si le paradis ne coïncide pas avec le ciel [32].

Tous les auteurs chrétiens des premiers siècles n'établissent pas une identification complète entre le lieu intermédiaire de bonheur et le paradis où vécurent Adam et Ève. Cependant un nombre important d'entre eux pensent avec saint Jérôme qu'Hénoch et Élie ont été accueillis au paradis d'où avaient été expulsés Adam et Ève [33]. Ils prévoient même que c'est au jardin d'Éden qu'aura lieu le jugement dernier. Aussi bien la vie chrétienne fut-elle généralement présentée, notamment grâce au baptême, comme un retour vers le paradis perdu [34].

Alors que quelques rigoristes n'admettent que les martyrs et de rares privilégiés – Adam, le larron, Hénoch et Élie – dans le lieu intermédiaire de bonheur (qu'il soit ou non le paradis terrestre retrouvé) –, plus nombreux sont ceux qui, se fondant sur la promesse de Jésus au larron et sa descente libératrice aux « enfers », font entrer au paradis la cohorte des justes [35]. Sept évêques réunis en concile à Pergame en 152 affirment croire que « l'âme habite le paradis et y jouit du bonheur jusqu'à ce qu'elle reçoive son corps d'immortalité [...] grâce auquel l'homme devient participant du royaume des cieux [36] ».

Irénée († 202) enseigne ainsi que « les âmes des justes s'en vont au lieu qui leur a été fixé par Dieu », c'est-à-dire au paradis. Là « elles demeurent jusqu'à la résurrection ». Après le jugement « elles passeront dans le ciel ». Voici la raison de ce délai : « Puis donc que le Christ est allé dans le séjour des ombres, au milieu des âmes des morts, qu'il est ensuite ressuscité dans sa chair et monté au ciel, il est évident que les âmes des fidèles, pour qui ces choses se sont accomplies, iront dans le lieu invisible que Dieu a voulu leur assigner ; qu'elles y demeureront dans l'attente jusqu'au jour de la résurrection ; puis, reprenant leur corps et se relevant avec leur chair, ainsi que l'a fait le Seigneur, elles paraîtront en présence de Dieu, car le disciple n'est pas au-dessus du maître mais tout disciple est parfait lorsqu'il est semblable à son maître [37]. »

Clément d'Alexandrie († vers 211-216) assure de son côté qu'« à la consommation des siècles, les anges transféreront les pénitents véritables dans les tabernacles supra-célestes, [...] dans le royaume des cieux ». Mais pour l'heure, les justes sont dans le « septénaire de repos » où est situé le paradis [38]. De façon plus complexe Origène explique que « les saints, en quittant cette vie, demeureront dans un lieu situé sur la terre que l'Écriture appelle " paradis ", comme dans un lieu d'instruction, un *auditorium*, une école des âmes, où ils seront instruits de tout ce qu'ils avaient vu sur la terre. Mais si quelqu'un a le cœur pur et l'esprit exercé, il partira rapidement et montera dans l'air [...] et ensuite dans les différentes sphères, où il fera de nouveaux stages d'instruction », la destination finale étant « le royaume invisible des cieux dont nous avons seulement entendu le nom [39] ». Bien qu'Origène plaide, nous l'avons vu, pour une interprétation allégorique de la Genèse [40], cet *auditorium* des âmes – degré le plus bas des bonheurs d'outre-tombe – lui paraît néanmoins concret et matériel. « Loin de moi, écrit-il, de déclarer ce monde incorporel et de n'y voir qu'une fantaisie de l'esprit et une cogitation sans consistance [41]. »

A l'époque patristique, une foule de témoignages convergent donc pour assurer qu'un lieu intermédiaire de bonheur ou du moins de repos – le « paradis » – accueille les âmes des justes avant qu'elles ne récupèrent leur corps pour l'ascension finale vers le royaume des cieux. Sur une inscription romaine de 382 conservée à Sainte-Agnès-hors-les-murs, et qui se rapporte à une jeune fille, Theodora, morte à vingt et un ans, on lit : « Elle est allée jusqu'aux astres et maintenant elle est joyeuse dans la cour du Christ. [...] Elle a remis aux saints son noble esprit pour les siècles. Aussi parmi les parfums exquis du paradis, elle règne là où un printemps perpétuel entretient le gazon des rives et elle attend le Dieu qui l'élèvera à des régions supérieures [42]. »

A un niveau plus officiel, Athanase, Didyme († 398), Épiphane († 403), Grégoire de Nysse, Jean Chrysostome affirment ensemble que le ciel ne sera accessible qu'au dernier jour mais que les « saints » qui nous ont précédés, les « doux », les « justes », sont déjà « en repos » dans « la demeure choisie et souverainement agréable » du paradis [43]. Aphraates de Syrie

(† après 345) diffère pareillement l'entrée dans la gloire pour les élus jusqu'au jour de la résurrection et du jugement universel, où les bons seront définitivement séparés des méchants [44]. Éphrem, syriaque lui aussi, recommande certes d'entendre au sens spirituel tout ce qui se dit du paradis et les évocations enchanteresses que lui-même en donne : arômes exquis, fleurs multicolores, fruits, musique, fraîcheur de l'eau. Mais il déclare par ailleurs que la montagne de l'Éden existe toujours, qu'elle a été épargnée par le déluge et qu'à son pied se trouve un vestibule – un « refuge » – où les âmes des justes attendent la résurrection dans un bonheur relatif, ou du moins dans une sorte de sommeil ou encore dans une vie réduite comparable à celle de l'embryon dans le sein maternel [45].

Théodoret de Cyr († 466) enseigne que les saints, bien qu'ils ne soient pas encore ressuscités et n'aient pas atteint le ciel, exécutent déjà leurs danses et font entendre le son mélodieux de leurs hymnes au paradis [46]. Pour Cassiodore († 580), préfet du prétoire devenu moine, les élus sont réunis dans le « sein d'Abraham », en attendant de jouir des récompenses promises dans les cieux [47]. Isidore de Séville, dans son *De ordine creaturarum* expose l'opinion de ceux qui distinguent le paradis céleste – au-dessus de notre atmosphère mais au-dessous du firmament – du paradis d'Adam resté sur notre terre (tout en nous étant interdit). Les âmes des justes demeurent en repos dans « cet habitacle très limpide des espaces subcélestes » avant de monter, lors du jugement dernier, au ciel final, celui de Dieu et des anges, au-dessus du firmament [48].

La géographie de l'au-delà que propose Bède le Vénérable aboutit à la même distinction fondamentale. Il écrit en effet : « Nombreux dans l'Église sont les justes qui, après la dissolution de leur chair, bénéficient aussitôt du repos et du bonheur du paradis. Ils y attendent dans l'allégresse, au milieu des grands cortèges des bienheureux, le moment où, ayant retrouvé leur corps, ils viendront se présenter devant la face du Seigneur [49]. »

Ces quelques extraits empruntés à des auteurs grecs, syriaques et latins – et dont on pourrait facilement allonger la liste – donnent raison au *Dictionnaire d'archéologie chrétienne* qui constate que, dans l'Église des premiers siècles, « le paradis n'est pas encore... le " royaume des cieux " », ce qu'il deviendra ensuite. « Ce n'est pas encore autre chose qu'un séjour provisoire où les âmes des justes attendent l'heure de la résurrection. Celle-ci marquera l'instant du jugement général suivi de l'introduction dans le royaume où le Père céleste se manifestera aux élus admis à la vision béatifique [50]. » Jean Daniélou confirme à son tour : « [La conception du paradis] la plus développée dans les premiers siècles [...], c'est celle où il désigne le lieu où les âmes des justes attendent la résurrection eschatologique [51]. »

La croyance en ce lieu d'attente était évidemment liée à la conviction que la parousie – le retour de Jésus – ne se ferait pas attendre longtemps. Par ailleurs, il ne faut pas confondre le *limbus patrum*, le « sein d'Abraham » souvent évoqué par les Pères de l'Église, et le *limbus puerorum*, les limbes, tardivement apparu dans le vocabulaire chrétien pour désigner un lieu où les enfants morts sans baptême sont définitivement privés de la vision béatifique mais ne souffrent pas. C'est saint Thomas d'Aquin qui invite à cette distinction [52]. La question d'un *limbus puerorum* n'a pas préoccupé les Pères de l'Église et les chrétiens des premiers siècles. Elle ne prend une certaine consistance qu'à partir des XIIe et XIIIe siècles [53].

Revenant aux premiers temps du christianisme, insistons à nouveau sur le fait qu'un certain flou a subsisté dans l'esprit des fidèles et même de l'Église enseignante sur le parcours des élus dans les lieux de l'après-mort. Les termes « paradis » et « ciel » sont plutôt rares dans l'épigraphie chrétienne, et l'iconographie paradisiaque elle-même n'est pas abondante. Pourtant l'affirmation, relativement fréquente dans les inscriptions, qu'un défunt se trouve *in bono* ou *in bonis* est expliquée par un commentaire de Cassiodore sur le psaume XXIV : « Comme les justes, au sortir de cette vie, ne reçoivent point immédiatement la béatification complète promise aux saints dans la résurrection, il est dit que l'âme restera *in bonis*, parce que si elle n'obtient pas encore cette récompense que « le regard, l'oreille et l'esprit ne peuvent apercevoir » [I Cor., 2, 9], elle jouit cependant des délices par le ferme espoir de la récompense à venir [54]. »

On comprend mieux sous cet éclairage les textes liturgiques anciens en faveur des défunts. Les mentions du ciel (définitif) n'y sont pas nombreuses. Les chrétiens des premiers siècles prient d'abord pour que les morts accèdent au lieu de « repos », étape normale avant la résurrection générale. Rappelons quelques-unes de ces prières.

« [Seigneur], nous te prions pour le repos de l'âme de ton serviteur (ou de ta servante); donne le repos à son esprit dans un lieu verdoyant et paisible, et ressuscite son corps au jour que tu auras marqué » (recueil liturgique compilé par Sérapion, IVe siècle [55]). « Souviens-toi d'eux [les défunts], accorde-leur le repos et place-les dans les habitacles de lumière, dans le lieu des esprits bienheureux, dans la Jérusalem céleste, dans l'Église des premiers-nés inscrits dans les cieux » (*Liturgie de saint Ignace*, en usage chez les jacobites syriens [56]).

« [Place-les, Seigneur] dans les habitacles de lumière et de joie, dans les tentes d'ombre et de repos, au milieu des trésors de volupté [...], là où les âmes attendent sans douleur les prémices de la vie et où les esprits des justes, tous ensemble, sont tournés vers la récompense qui leur est promise. [Place-les] dans cette région où les ouvriers fatigués contemplent le paradis et où les invités aux noces espèrent la venue du céleste époux » (*Liturgie de saint Clément*, comme la précédente utilisée chez les jacobites syriens [57]).

« Accueille-les dans le sein d'Abraham, d'Isaac et de Jacob, reçois-les dans le lieu verdoyant aux eaux rafraîchissantes, dans le paradis des délices » (*Liturgie copte*, dite *de saint Basile*, attestée à partir du Ve siècle [58]).

La liturgie funèbre attribuée à saint Jean Chrysostome († 407) fait prier, elle aussi, pour que les défunts soient admis dans « les habitacles célestes, le paradis des délices, les tentes de lumière, le lieu du repos [59]. »

Les liturgies occidentales consonnent à cet égard avec celles de l'Orient. Le *Sacramentaire* du pape Gélase († 496) implore Dieu pour que le défunt « possède la joie au milieu des pierres étincelantes du paradis, [...] qu'il trouve ouvertes les portes de la Jérusalem céleste [...] [Seigneur], donne-lui le repos et le royaume, c'est-à-dire la Jérusalem céleste; daigne le placer dans le sein de nos patriarches Abraham, Isaac et Jacob; qu'il participe à la première résurrection, qu'il chemine avec les élus en route vers la droite du Père [...] Daigne, Seigneur, lui donner le lieu de lumière, de rafraîchissement et de paix [60] ». On lit pareillement dans le *Sacramentaire* de Grégoire le Grand († 604) : « Nous te prions, Seigneur, pour que ton indulgence accorde [à ces défunts] le lieu du rafraîchissement, de la lumière et de la paix [61]. »

La *Liturgie gallicane* à son tour, dont les origines, elles aussi, sont très anciennes (VIIe-VIIIe siècles), s'adresse à Dieu en lui disant : « Ordonne que [ces morts], placés dans le sein d'Abraham, y échappent aux peines infernales et, quand viendra le temps de la résurrection, soient réunis aux troupes angéliques [62]. »

Pour clore cette liste de citations qui pourrait être plus longue, retenons cette supplication de la *Liturgie mozarabe* (datable des VIe et VIIe siècles) : « Puisses-tu, [Seigneur], soustraire ces âmes à la fournaise; ordonne qu'elles parviennent aux joies du paradis; et que, rassemblées dans le sein d'Abraham, elles connaissent le réveil d'une première résurrection avec tes saints [63]. »

Philippe Ariès a souligné l'ambiguïté du terme *refrigerium* qui signifiait à la fois le « lieu du rafraîchissement » et le repas commémoratif que les premiers chrétiens prenaient sur les tombes des martyrs et les offrandes qu'ils y déposaient [64]. Mais ce double sens ne doit être rappelé ici que pour mémoire. Car lorsque *refrigerium* est associé, comme nous venons de le lire, à *lux* et à *pax* dans la formule habituelle, *locum refrigerii*, *lucis et pacis*, aucune hésitation n'est possible sur la façon de comprendre la formule.

En revanche, une certaine confusion a régné dans l'esprit des premiers chrétiens sur la signification de *requies* (repos). S'agissait-il du sommeil précédant la résurrection, ou d'un séjour détendu et agréable dans les verts pâturages où les justes, chantant et dansant, attendent l'ouverture des portes du royaume? Les Actes des Apôtres (7, 60) disent de saint Étienne que, succombant à la lapidation, « il s'endormit ». Saint Paul, dans sa première épître aux Corinthiens (15, 6), assure que Jésus, après la résurrection, « est apparu à plus de cinq cents frères à la fois : la plupart d'entre eux demeurent jusqu'à présent et quelques-uns se sont endormis ».

Philippe Ariès avec raison a mis en rapport cette croyance au sommeil des morts avec la légende des Sept Dormants d'Éphèse qui nous a été transmise successivement par Grégoire de Tours, Paul Diacre [65] et Jacques de Voragine (*La Légende dorée*). Au IVe siècle, une hérésie se propagea qui niait la résurrection des morts. C'est pour la combattre que Dieu réveilla sept martyrs d'Éphèse qui « dormaient » depuis plusieurs siècles. La foule se rassembla autour des revenants qui expliquèrent : « C'est pour vous que Dieu nous a ressuscités avant le jour de la grande résurrection. [...] Or, de même que l'enfant dans le ventre de sa mère vit sans ressentir de besoin, de même, nous aussi, nous avons été vivant, reposant, dormant et n'éprouvant pas de sensations [66]. » Après cette déclaration les sept martyrs « s'endormirent » à nouveau.

Avec nos mentalités marquées par les découvertes freudiennes comment ne pas être attentifs à l'identification établie par les premiers chrétiens entre sommeil, repos sans souci et séjour sécurisant dans le ventre maternel? Le paradis précédant la résurrection, c'était pour eux la paix silencieuse du nid féminin. Conservant longtemps encore cette conception ancienne du lieu d'attente, les tombes portèrent fréquemment des inscriptions telles que : *hic pausat*, *hic requiescit*, *hic dormit*. Dans le même esprit, l'extrême-onction – que le Moyen Age réservait aux clercs – était appelée *dormentium exitium* (le départ des dormants [67]).

Des indications convergentes se retrouvent dans la littérature ecclésiastique. Saint Germain, à Autun, interroge saint Cassien qui y est enterré et reçoit cette réponse : « Je jouis pleinement de mon doux repos et j'attends la venue du Seigneur [68]. » Saint Martin mourant, visité par le diable, lui dit : « Tu ne trouveras rien de mortel en moi, je vais dans le sein d'Abraham [69]. » C'était une autre façon – elle aussi très courante – d'évoquer l'abri reposant où les âmes des défunts ne redoutent plus aucun danger.

Durant toute une partie du Moyen Age, le lieu d'attente des âmes a été très présent dans les écrits monastiques racontant, dans la foulée des « Apocalypses » de Pierre et de Paul, les visions dont avaient bénéficié quelques privilégiés ayant pu voyager dans l'au-delà. L'un de ces récits est dû à Albéric de Settefrati, moine au monastère du Mont-Cassin au début du XIIe siècle [70]. Guidé par saint Pierre, Albéric s'attarde particulièrement dans les lieux de châtiment, soit infernaux, soit « purgatoires ». Mais de ces derniers il passe ensuite au *refrigerium*, champ de joie et de paix, au parfum de lys et de roses. C'est à l'intérieur de cette prairie qu'est situé le paradis définitif où la plupart des âmes n'entreront qu'après le jugement dernier. Seuls s'y trouvent déjà les anges et les saints.

Plus célèbre que la précédente est la vision de Tnugdal mise par écrit en 1149 par un Irlandais du Sud, nommé Marc, qui était vraisemblablement un moine. Elle se présente au lecteur comme la traduction latine d'un récit fait par un noble du nom de Tnugdal [71]. Cette vision nous entraîne, elle aussi, longuement dans les séjours infernaux. Puis elle nous dirige vers le lieu de félicité. Or celui-ci est précédé d'une zone intermédiaire [72], elle-même coupée en deux par un mur. En deçà de lui séjournent les âmes des « pas tout à fait mauvais » : elles jouissent de la lumière et ont échappé à la puanteur de l'enfer, mais restent exposées à la pluie et au vent. Au-delà du mur résident les âmes des « pas tout à fait bons », placées dans le champ de la joie où coule la fontaine de vie. Elle ne connaissent pas encore le bonheur complet et ne méritent pas déjà la compagnie des saints : c'est bien le lieu classique d'attente des élus.

Le Purgatoire de saint Patrick constitue un autre récit de voyage imaginaire dans l'au-delà dont la diffusion fut grande au Moyen Age. Rédigé également par un moine, en l'occurrence un cistercien anglais du monastère de Saltrey, il ne serait pas antérieur à 1190 [73]. Le récit met en scène le chevalier Owein accompagnant en Irlande un moine de l'abbaye de Saltrey et s'engageant dans le puits de saint Patrick. Il s'agissait d'un trou rond et obscur que Jésus avait montré à l'apôtre de l'Irlande. Si quelqu'un, avec esprit de foi et de pénitence, y passait un jour et une nuit, il serait purgé de ses fautes, et y verrait les tortures des méchants et les récompenses des bons. Owein tente l'expérience. Il voit les supplices des premiers, cette fois encore longuement décrits dans le récit et les peines purgatives infligées à des âmes qui seront sauvées mais doivent auparavant expier des fautes. Il sort ensuite du puits, passe un pont puis arrive au paradis terrestre. Là sont rassemblés ceux qui, après les châtiments purifiants, parviennent au repos et à la joie mais ne sont pas encore dignes de monter au ciel. Chaque jour des âmes « passent du paradis terrestre au paradis céleste ».

On a écrit que *Le Purgatoire de saint Patrick* avait été un des best sellers du Moyen Age. Il fut traduit en français par la célèbre poétesse (anglaise) Marie de France, à l'extrême fin du XIIe siècle [74]. Il y aura ensuite de nombreuses rédactions de ce récit en latin et dans les langues vernaculaires. Césaire de Heisterbach, Vincent de Beauvais, Jacques de Voragine, saint Bonaventure, Froissard, plus tard Rabelais, l'Arioste, Shakespeare et Calderón – liste non exhaustive – feront référence au *Purgatoire de saint Patrick*. Jacques Le Goff remarque que ce traité donne une description détaillée de ce « nouveau lieu » de l'au-delà qu'est alors le purgatoire. Mais il nous faut retenir ici qu'il maintient la croyance ancienne à une antichambre du ciel où des âmes connaissent le « repos » et même la joie avant d'accéder à la béatitude définitive.

C'est finalement, il est vrai avec des nuances et des complications, la même géographie de l'au-delà qu'enseigne l'Anglais Gervais de Tilbury, qui rédige vers 1210 et dédie à l'empereur Otton IV ses *Otia imperialia* (« les oisivetés impériales »). Il distingue deux paradis et deux enfers : le ciel empyrée et le paradis terrestre d'un côté ; l'« enfer terrestre » et le lieu de souffrances de l'autre. Cette symétrie n'est qu'apparente, car l'« enfer terrestre » n'est pas une géhenne, mais un vestibule d'où l'angoisse est absente. « On le dit situé dans un trou de la terre, et dans cet enfer il y a un lieu très éloigné des lieux de châtiment qui, à cause de son calme et de son éloignement, est appelé sein, comme on parle d'un sein [golfe] de la mer, et on dit que c'est le sein d'Abraham à cause de la parabole du riche et de Lazare [75]. » Commentant ce texte, Jacques Le Goff remarque que le purgatoire en train de naître à cette époque – comme substantif et comme lieu – est attiré par deux pôles : le paradis et l'enfer [76]. Chez Gervais de Tilbury il est encore aimanté par le premier et se rapproche ainsi des lieux paisibles où les âmes des justes attendaient la résurrection.

En 1240, l'Université de Paris avait condamné comme hérétique la doctrine du lieu d'attente des justes. Cependant il faut attendre le XIVe siècle pour voir l'Église catholique rejeter officiellement et catégoriquement la notion de *refrigerium*, à la suite des prises de position de Jean XXII – considérées alors comme des « nouveautés insoutenables » alors qu'elles étaient, en fait, archaïsantes. A la Toussaint 1331, le pape déclare en effet que les justes ne jouiront pas de la vision béatifique avant la résurrection des corps et le jugement dernier. Il récidive la veille de l'Épiphanie, affirmant à nouveau qu'avant la résurrection, les âmes séparées n'ont pas encore accès à la vision intuitive de Dieu. Il ajoute en 1332 que les démons n'iront en enfer qu'après la fin du monde. Mais ces affirmations à l'époque font scandale, du moins au niveau le plus élevé. L'année suivante, le roi Philippe VI de France fait rejeter cette conception par un concile réuni à Vincennes. Ce refus sera ensuite réitéré par Benoît XII en 1336, puis par le concile de Florence en 1439 [77].

Le lieu d'attente s'était rétréci en un purgatoire où l'on souffre – tout en espérant. La prairie verdoyante en bordure de la Jérusalem céleste avait disparu.

CHAPITRE III

Le paradis terrestre et la géographie médiévale

Au cours du haut Moyen Age, le séjour intermédiaire où les justes attendaient la résurrection s'effaça progressivement de l'imaginaire chrétien. Mais persista plus longtemps la conviction que le jardin d'Éden n'avait pas disparu de la terre; il était toutefois devenu inaccessible. A cette croyance s'en ajoutait une autre qui incita aux grandes découvertes : si le paradis terrestre était désormais interdit subsistaient, plus ou moins proches de lui, ou quelque part au loin, des contrées heureuses et merveilleuses que des hommes audacieux pouvaient atteindre et qui leur apporteraient des richesses fabuleuses. C'est cette double géographie qu'il nous faut restituer.

LE PARADIS TERRESTRE EXISTE ENCORE SUR TERRE

Du « Livre des jubilés » à saint Thomas d'Aquin

L'affirmation que le paradis terrestre n'a pas disparu de notre planète est antérieure à l'ère chrétienne. Le *Livre des jubilés*, rédigé entre 167 et 140 av. J.-C. au moment où les Maccabées résistaient aux Séleucides, raconte comment Noé partagea la terre par tirage au sort entre ses fils, Sem, Cham et Japhet. A Sem revint la meilleure part, limitée au nord par le Tînâ (le Don) et au sud par le Guihôn (le Nil). Elle incluait le jardin d'Éden à l'orient, le mont Sion au centre de l'œcoumène et le Sinaï au sud; donc en gros, l'Asie :

> Noé se réjouit de ce que cette part fût sortie pour Sem et pour ses fils [...] Et il savait que le jardin d'Éden était le saint des saints et la demeure du Seigneur et que le mont Sinaï était au milieu du désert et le mont Sion au milieu du nombril de la terre, que ces trois-ci, l'un en face de l'autre, avaient été créés comme lieux saints [1].

Au début de notre ère, cette fois, Flavius Josèphe, juif lui aussi († 100 apr. J.-C.), donne comme une certitude que les principaux fleuves du monde naissent au paradis terrestre : « Le Pishôn, qui signifie plénitude, et que les Grecs appellent Gange [...], le second qu'on nomme Euphrate et Phora en notre langue, qui signifie dispersion ou fleur; le troisième qu'on nomme le Tigre ou Diglath, qui signifie étroit et rapide; [...] et le quatrième, nommé Guihôn, qui signifie venu d'Orient et que les Grecs nomment le Nil [2]. »

Toute une littérature chrétienne, où nous avons déjà rencontré saint Théophile, saint Irénée, saint Hippolyte et saint Épiphane, s'est ensuite placée dans ce sillage. Bien qu'Éphrem le Syriaque († 373) ait dépassé – nous l'avons dit [3] – la vision naturaliste du paradis et ait conçu celui-ci comme un temple cosmique dont celui de Jérusalem est l'image visible, il a cependant beaucoup contribué à inclure le paradis terrestre dans une véritable géographie sacrée. Son influence à cet égard a été durable. Selon une tradition qui remontait à Ézéchiel (28, 13), Éphrem décrit en effet le paradis comme une montagne : « Avec les yeux de l'esprit, j'ai vu le paradis, et les sommets de toutes les montagnes étaient au-dessous de lui. Le Déluge n'est parvenu qu'à ses pieds, alors qu'il couvrait le sommet des montagnes [4]. » Plus loin dans ses *Hymnes*, Éphrem compare le paradis au halo de lumière qui encercle la lune ou à la couronne d'or dont Moïse avait entouré l'autel et il affirme : « Ainsi le paradis entoure le monde, et la terre et la mer sont comprises en lui. » Ailleurs dans son œuvre – il s'agit ici du *Commentaire sur la Genèse* –, Éphrem, évoquant les questions que l'on se posait sur « les quatre fleuves qui coulent de la fontaine du paradis », répond :

« Ce sont le Nil, le Danube, le Tigre et l'Euphrate. Bien que nous connaissions les lieux où ils jaillissent, ce n'est pas là leur source originelle. En effet, le paradis est à une grande hauteur. Les fleuves ont été absorbés dans le pourtour du paradis et ils sont descendus au milieu de la mer comme par un aqueduc et la terre les fait jaillir chacun en son lieu [5]. »

Dans la conception globale d'Éphrem – qui, rappelons-le, place les âmes des justes dans un lieu d'attente – le paradis constitue et le lieu initial de l'histoire humaine et l'aboutissement final de celle-ci. Mais la postérité retint notamment et de façon concrète l'accent mis sur le paradis à la fois comme sommet et comme ceinture du monde. L'affirmation, déjà présente sous les plumes de Philon d'Alexandrie et d'Hippolyte, que les eaux issues du paradis resurgissent aux quatre coins du monde après un parcours souterrain fera, elle aussi, longue carrière, à ceci près qu'on parlera plus souvent du Gange ou de l'Indus que du Danube. Enfin, on retiendra de la géographie sacrée d'Éphrem que notre terre est à situer par rapport aux paradis.

Peu après Éphrem, le Cappadocien Philostorgios († vers 425), favorable aux ariens, s'interroge à son tour sur le site du paradis et le parcours des fleuves qui en sortent. Sa conviction est qu'il est situé en Orient, à l'équateur. Pour lui, l'Hyphase * (qu'il confond sans doute avec l'Indus ou le Gange) est le Pishôn de la Genèse et naît au paradis. Sur ses rives on trouve des œillets qui, pensent les habitants, proviennent du paradis, car toute la région en amont est déserte et stérile. Si donc le fleuve apporte cette fleur, c'est le signe qu'il ne circule pas sous terre, laquelle ne pourrait pas donner un tel produit. Un autre indice révèle le lien entre l'Hyphase et le paradis : si quelqu'un, attaqué par une forte fièvre, se baigne dans son eau, il est aussitôt guéri. En revanche, le Tigre et l'Euphrate, contrairement à l'Hyphase, circulent sous terre pour refaire surface ensuite. Ce qui est, de même, le cas du Nil appelé Guihôn par Moïse. Lui aussi, « à ce

* Sous-affluent de gauche de l'Indus, sur les bords duquel Alexandre arrêta sa marche victorieuse.

que l'on peut conjecturer », sort du paradis, traverse l'océan Indien, entreprend une sorte de course circulaire (« mais qui peut le savoir exactement? »), passe sous terre, fait son chemin dans la mer Rouge, refait surface en Afrique sous la montagne dite de la lune. Là il se divise en deux grandes sources, proches l'une de l'autre, qui font tomber leurs eaux d'une grande hauteur. Le fleuve ainsi formé dévale des falaises escarpées et arrive en Égypte par l'Éthiopie [6].

Au VIe siècle, l'ancien marchand et voyageur devenu moine, Cosmas Indicopleustès, qui vit à Alexandrie, s'intéresse, lui aussi, à la situation actuelle du paradis terrestre. Sa *Topographie chrétienne* [7] rejette la géographie païenne des « faiseurs de fables » tels que Ptolémée et toute idée d'une sphère terrestre entourée d'une sphère céleste. Pour lui, le tabernacle que Dieu a révélé à Moïse sur le Sinaï représentait l'image du monde. L'œcoumène de Cosmas, à l'instar du symbolisme de la table du tabernacle, présente une forme « oblongue » ou « rectangulaire ». Mais ce plan n'est pas horizontal. Il monte du sud-est vers le nord-ouest, de sorte que les régions nordiques et occidentales sont élevées comme un mur (carte n° 1). S'ensuivent deux conséquences : a) Durant son trajet diurne par l'est et le sud, le soleil éclaire l'œcoumène; au contraire lorsqu'il est à l'ouest et au nord il passe derrière l'écran montagneux, et c'est l'obscurité : b) le Tigre et l'Euphrate ont un cours rapide parce qu'ils descendent vers le sud; en revanche le Nil est lent parce qu'il remonte vers le nord.

Selon Cosmas, la terre habitable est environnée de tous côtés par un océan et, au-delà de celui-ci, existe une terre extérieure qui comprend notamment le paradis où Dieu avait placé Adam. Après le péché originel Adam et ses premiers descendants habitèrent un lieu dans la même bande de terre, mais dur à travailler et infesté de bêtes. Ils y séjournèrent jusqu'au Déluge, époque où Dieu sauva Noé et les siens grâce à l'arche qui mit cent cinquante jours à traverser l'océan et à parvenir à notre terre. Depuis lors, « il est impossible de franchir l'océan, comme il est

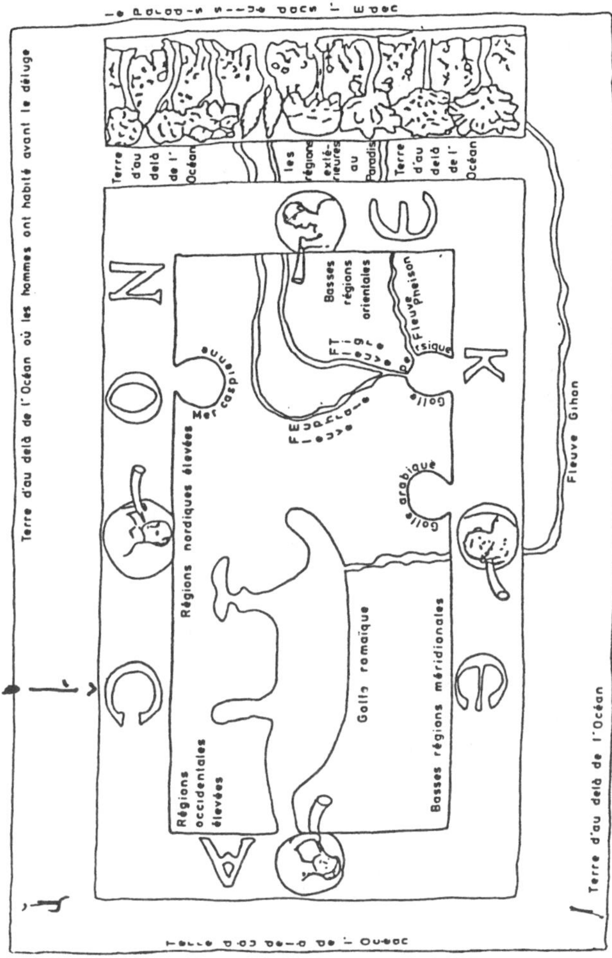

1. L'œcoumène de Cosmas Indicopleustès, *Topographie chrétienne* (IXe s.) A. Desreumaux et F. Schmidt, *Moïse géographe. Recherches sur les représentations juives et chrétiennes de l'espace,* Paris, Vrin, 1988, p. 20.

impossible de monter au ciel aussi longtemps que nous sommes mortels ». Bien que la terre que les hommes habitent actuellement et celle où ils ont jadis vécu et où se trouve le paradis soient séparées par l'océan infranchissable, cependant elles demeurent reliées l'une à l'autre par les quatre fleuves « que la divine Écriture fait sortir du paradis et qui, traversant l'océan, rejaillissent dans cette terre-ci ».

Le paradis terrestre, devenu inaccessible, n'a donc pas disparu et il continue d'alimenter les grands fleuves de la terre : voilà des notions que la géographie chrétienne maintiendra longtemps aussi bien dans la tradition grecque que dans la tradition latine. Au VIIIe siècle, Jean Damascène, qui sera souvent cité à l'époque de la Renaissance, considère le paradis à la fois sous l'angle mystique et d'un point de vue physique et, selon ce second aspect, il déclare que le divin paradis « était à l'orient, dans la région la plus élevée de la terre [8] ». S'il n'est pas convaincu, contrairement à Cosmas, que les quatre fleuves coulent du paradis, en revanche il considère que l'océan est formé par l'eau qui provient de cette source initiale. « L'océan, écrit-il, est comme un fleuve entourant la terre ; la divine Écriture en parle, me semble-t-il, " Un fleuve coulait du Paradis ". Son eau est douce et potable, il recueille l'eau des mers qui, en stagnant sans mouvement, devient amère, le soleil évaporant sa partie volatile, comme par des siphons : ce qui donne aussi les nuages et les pluies dont l'eau est douce parce que distillée. Ce fleuve a quatre chefs, c'est-à-dire se divise en quatre fleuves [9]. »

Mosès Bar Céphas, évêque de Bethraman puis de Mossoul au IXe siècle, sera, lui aussi, fréquemment utilisé par les commentateurs de la Genèse aux XVIe et XVIIe siècles. Comme Jean Damascène, il envisage successivement le paradis terrestre d'une manière symbolique et en termes concrets, mais enseigne qu'il s'agit d'une réalité unique. Pour lui aucun doute n'est possible : le paradis est situé à l'est, au-delà de l'océan. Son altitude est beaucoup plus élevée que celle de n'importe quel endroit que nous habitons. Certes, il n'appartient pas à la sphère lunaire (comment les quatre fleuves tomberaient-ils de si haut sur la terre?), mais ceux-ci proviennent bien de lui pour irriguer ensuite le reste du monde [10].

Ainsi une géographie commune se dégage des textes d'Éphrem, de Philotorgios, de Cosmas, de Jean Damascène et de Mosès Bar Céphas, même s'ils ne sont pas toujours cohérents entre eux. On peut la simplifier ainsi : le paradis terrestre est maintenant hors de portée des hommes, soit parce qu'il est perché sur un sommet inaccessible, soit parce qu'il est situé au-delà d'un océan infranchissable. Mais il n'est pas pour autant sans lien avec notre terre. Il l'alimente en eau, étant pour les uns la source de l'océan, pour les autres l'origine véritable, encore que mystérieuse, des grands fleuves qui permettent la vie de notre œcoumène.

En Occident, où prédomina l'influence de saint Augustin, une intervention essentielle, quant à la situation du paradis terrestre et des pays merveilleux susceptibles de lui ressembler, fut celle d'Isidore de Séville, un des maîtres à penser du Moyen Age. On a dit plus haut qu'il distingue deux paradis : l'un, « terrestre », où furent placés nos premiers parents; l'autre « céleste », où les âmes des justes attendent la résurrection [11]. S'agissant du premier, Isidore écrit, lorsqu'il traite de la géographie de l'Asie :

« [celle-ci] comprend de nombreuses provinces et régions dont je vais énumérer brièvement les noms et les sites, en commençant par le paradis. Le paradis est un lieu de l'Orient dont le nom traduit du grec en latin a donné *hortus*. De plus, en hébreu il est appelé *Éden* : ce qui dans notre langue signifie *deliciae*. La jonction des deux mots donne *hortus deliciarum*. Celui-ci est planté de toutes sortes d'arbres, en particulier d'arbres fruitiers, et il contient aussi l'arbre de vie : là le froid et la canicule sont inconnus, l'air est toujours tempéré [thème familier aux Anciens lorsqu'ils évoquaient l'âge d'or et les Iles Fortunées]. En son milieu surgit une source qui l'irrigue tout entier et qui, en se divisant, donne naissance à quatre fleuves. Depuis le péché, l'accès de ce lieu est interdit à l'homme. Il est en effet entouré de tous côtés par une flamme semblable à une épée à double tranchant, c'est-à-dire par un mur de feu dont l'incendie monte jusqu'au ciel. Ordre a été donné à un chérubin [...] d'interdire l'entrée du paradis à tout esprit et à toute chair [12]. »

Le message augustinien, qu'on peut suivre d'Isidore de Séville à saint Thomas d'Aquin, a été capital en Occident pour rendre crédible la réalité « corporelle » du paradis où furent placés Adam et Ève. C'est donc très logiquement que nous retrouvons les mêmes auteurs, unis dans cette autre affirmation que ce paradis perdu subsiste toujours, mais interdit.

Bède le Vénérable n'est pas moins « réaliste » qu'Isidore. Il veut bien qu'on aperçoive dans le paradis terrestre une image symbolique, soit de l'Église, soit de notre future patrie. Mais on ne peut aucunement récuser une compréhension « littérale » de la Genèse. Les traductions anciennes de celle-ci entendent *a principio* comme signifiant *ad orientem*, « d'où plusieurs veulent que le paradis soit situé dans la partie orientale du cercle terrestre, séparé toutefois par un très large espace, d'océan ou de terres, de toutes les régions qu'habite maintenant à l'écart de lui le genre humain. Et les eaux du Déluge, qui recouvrirent jusqu'à une très grande hauteur toute la surface de notre terre ne purent parvenir jusqu'à son altitude. Mais que Dieu l'ait créé ici ou ailleurs, il n'est pas permis de douter qu'un tel lieu ait été et est terrestre (*tantum locum hunc fuisse et esse terrenum*) [13] ». On remarquera le passage du *fuisse* au *esse* : aucun doute n'est permis, le paradis terrestre existe encore sur notre globe.

Il est révélateur de l'influence exercée par Isidore de Séville que Raban Maur ait intégré mot à mot dans son *De universo* le passage d'Isidore traduit plus haut. Certes, il passe ensuite au sens symbolique qu'on peut donner au mot « paradis » comme image de l'Église. Il reste que, fidèle à la tradition augustinienne, il maintient dans sa géographie ce lieu béni devenu inaccessible mais non disparu [14].

Cette façon de voir est aussi celle du grand vulgarisateur que fut au XIIe siècle Honorius d'Autun. Traitant de l'Asie, il assure dès l'abord qu'elle commence à l'Orient par « le paradis : c'est-à-dire un lieu exceptionnel en raison de toutes sortes d'agréments, mais inaccessible à l'homme et entouré d'un mur de feu qui monte jusqu'au ciel ». L'arbre de vie y existe toujours qui apporterait l'immortalité à quiconque pourrait en manger. « En outre ici naît une source qui se divise en quatre fleuves. Ceux-ci s'enfouissent dans le sol du paradis mais refont surface loin ailleurs. » Ils deviennent alors le Gange (qui est le Pishôn), le Nil (en réalité le Guihôn), le Tigre et l'Euphrate. Selon Honorius, le paradis terrestre est entouré par un *no man's land*, « un vaste espace désert et impraticable, en raison des serpents et des bêtes féroces qui y vivent [15] ».

Parmi les écrivains médiévaux dont l'impact fut le plus fort figure évidemment Pierre Lombard, mort en 1160 évêque de Paris. Son œuvre majeure, la *Somme des sentences*, devint dans les facultés de théologie un manuel obligatoire dont les plus grands maîtres écrivirent des commentaires. Or, Pierre Lombard affirme à son tour : « L'expression *a principio* a été anciennement traduite par *ad orientem*. Aussi pense-t-on que le paradis se trouve dans la partie orientale du monde, séparé par un large espace de terre ou de mer des régions qu'habitent les hommes et qu'il est situé à une altitude atteignant le cercle de la lune, si bien que les eaux du Déluge ne parvinrent pas jusqu'à lui [16]. » Dans ce texte décisif Pierre Lombard, rejoignant globalement la tradition grecque évoquée plus haut, cumule donc plusieurs affirmations de la géographie médiévale : le paradis terrestre subsiste en Orient. Il a été épargné par le Déluge. Mais il est devenu hors d'atteinte à cause de son altitude et en raison des terres ou des mers qui s'interposent entre lui et nous.

En ce XIIe siècle de nombreux auteurs partagent et expriment semblables convictions [17]. Un *De imagine mundi* des environs de 1100 repris par Gervais de Tilbury, suivant de près Isidore de Séville, décrit le paradis terrestre comme un lieu « de toute aménité », mais entouré par un mur de feu qui monte jusqu'au ciel. En son milieu se trouvent l'arbre de vie et la source qui se sépare en quatre fleuves disparaissant sous terre. A l'extérieur de l'enclos béni s'étend un désert rempli de serpents et de bêtes féroces [18]. Un *De situ terrarum* attribué sans preuve à Hugues de Saint-Victor, place, lui aussi, le paradis en Asie et reprend la phrase classique, rédigée au présent et non au passé : *Non ibi frigus est, non aestus; sed perpetua aeris temperies* [19]. Abélard, de son côté, cite Bède et Isidore et fait sienne l'affirmation que la source du paradis donne naissance aux quatre principaux fleuves du monde [20]. Du XIIe siècle encore date un *Account of Elysaeus*, partiellement fondé sur une lettre du légendaire Prêtre Jean, qui situe le paradis terrestre au sommet de quatre montagnes de l'Inde. L'accès en est rendu impossible à cause d'une barrière de ténèbres. Les quatre fleuves qui en proviennent charrient des pierres précieuses et des pommes parfumées. Si quelqu'un respire le parfum de ces pommes, il n'a plus faim ni soif, et elles ont la vertu de guérir [21]. Sur le mode poétique Bernard Sylvestre insiste pareillement sur les fleurs et les parfums du paradis [22].

Le paradis terrestre apparaît aussi dans un texte célèbre du XIIe siècle, l'*Alexandri Magni iter ad paradisum*, rédigé par une plume juive entre 1100 et 1175. Le récit est celui-ci : Alexandre et l'élite de ses compagnons, arrivés au bord du Gange, partent à la recherche du paradis terrestre. Finalement, ils parviennent le long d'une grande muraille urbaine bordant le fleuve mais ne présentant aucune brèche ni entrée. Cependant, au bout de trois jours de navigation vers l'amont, Alexandre et ses compagnons aperçoivent une petite fenêtre dans la muraille. Un vieillard y apparaît et les visiteurs demandent que la ville accepte désormais de payer tribut à Alexandre, le roi des rois. Le vieillard répond que cette cité est celle des bienheureux et qu'il est dangereux pour les voyageurs de rester plus longtemps devant elle, la force du courant risquant de les engloutir. Mais il donne à Alexandre une pierre mystérieuse que celui-ci rapporte à Babylone. Un sage lui en révélera la signification : mise sur le plateau d'une balance, elle est plus lourde que n'importe quel poids d'or. Mais, saupoudrée de poussière, elle devient plus légère qu'une plume : ainsi en est-il de l'ambition, de la gloire et du pouvoir lorsque survient la mort. Alexandre comprend la leçon et termine sa vie pacifiquement à Babylone [23].

L'*Iter ad paradisum* d'Alexandre fut traduit en allemand et devint le *Strassburg Alexander*. Sa traduction française s'intitula *Voyage au paradis terrestre* et fut incorporée au *Roman d'Alexandre*. Elle s'inséra aussi dans les *Faits des Romains*. Les *Fatti di Cesare* et le *Manchester Epitome* intégrèrent à leur tour le voyage d'Alexandre au paradis terrestre. Ce qui nous retient ici, c'est le fait que cette aventure du grand conquérant maintient l'existence « actuelle » d'un lieu paradisiaque. Dans le texte latin Alexandre et ses compagnons aperçoivent « l'édifice d'une ville extraordinaire par son élévation et sa longueur [24] ». Le *Fait des Romains* évoque en revanche « un petit manoir belement atorné et clos d'un hault mur, et beau vergier i avoit », au pied d'une haute montagne. Dans le « riche » verger, où nul ne peut entrer, existe un arbre tel que « qui avroit mengié del fruit, il ne porroit morir [25] ». Dans le *Voyage au paradis*, Alexandre déclare en substance qu'il avait entendu parler du paradis terrestre, mais ne savait pas en quel lieu il se trouvait. Maintenant il connaît l'endroit où s'épanouit le bel arbre qui donne l'immortalité, même si l'accès de ce lieu béni ne peut être forcé par aucun être humain [26].

Du point de vue qui nous retient ici, le *Voyage au paradis* d'Alexandre peut être rapproché de *Huon de Bordeaux* (fin du XIIe siècle ou début du XIIIe siècle), une des composantes de la « Geste de Charlemagne ». Huon a tué un fils de l'empereur. Pour se racheter, il doit se rendre à Babylone, y couper la barbe de l'émir, lui arracher quatre dents et les rapporter à Charlemagne. Or, dans le jardin de l'émir, coule un « ruisians [qui] vient del fluv de paradis » qui rend la santé aux malades et la jeunesse aux vieillards [27].

De saint Thomas d'Aquin à Christophe Colomb

Dans ces XIIe et XIIIe siècles qui traduisent ou divulguent l'*Iter Alexandri* et *Huon de Bordeaux*, de nombreux auteurs de grande autorité affirment ensemble, non seulement que le paradis terrestre fut une réalité historique, mais en outre qu'il subsiste toujours, voire qu'Élie et Hénoch y vivent encore. Telle est la conviction de saint Thomas d'Aquin qui consacre la question 102 de sa *Somme théologique* au « lieu du paradis terrestre ». Ses références à ce sujet sont saint Augustin, Isidore de Séville, Bède et Jean Damascène.

Comme Isidore, il situe le paradis en Orient. Comme saint Augustin, il invite à penser « que ce lieu est très éloigné des investigations humaines, [...] que les fleuves dont on dit que les sources sont connues se sont perdus quelque part dans les terres et ont jailli en d'autres lieux. [...] En effet qui ignore que c'est un phénomène qui a coutume de se produire pour certaines eaux? Ce lieu est coupé de notre habitat par certains obstacles, soit de montagnes, soit de mers, soit de quelque région brûlante qui ne peut être traversée. Et c'est pourquoi les géographes ne firent pas mention de ce lieu ».

Saint Thomas ne pense donc pas que le paradis jouxte le globe lunaire. Mais ne se trouverait-il pas dans les régions équatoriales? Voici sa réponse :

> Ceux qui disent que le paradis se trouve sous le cercle de l'équateur pensent que, sous ce cercle, il y a un lieu extrêmement tempéré en raison de l'égalité des jours et des nuits en tout temps, parce que, encore, le soleil n'en est jamais très éloigné – ce qui entraînerait un froid excessif –, et enfin il n'y a pas là-bas non plus, pensent-ils, de chaleur excessive, car même si le soleil passe par-dessus la tête des gens il ne reste pas longtemps dans cette position. Aristote toutefois dit expressément au livre des *Météores* que cette région est inhabitable à cause de la chaleur, ce qui paraît plus vraisemblable, car [même] les terres où le soleil ne passe jamais droit au-dessus de la tête sont d'une chaleur excessive à cause de la proximité du soleil. Quoi qu'il en soit, il faut penser que le paradis a été placé en un lieu très tempéré, soit sous l'équateur, soit ailleurs [28].

Le franciscain saint Bonaventure consonne à ce sujet avec le dominicain Thomas d'Aquin, en s'inspirant à la fois de saint Augustin et de Bède. Il ne place pas le paradis terrestre à proximité de la sphère lunaire mais il est convaincu qu'il est situé à haute altitude, là où l'air est pur. Tout en acceptant de donner au mot « paradis » un sens symbolique, comme image de l'Église triomphante, il maintient une signification littérale dans cette déclaration significative : « C'est un lieu corporel [= matériel] de délices et de beauté [29]. » Pour les meilleurs esprits du Moyen Age il n'y avait là aucune impossibilité géographique. Vincent de Beauvais pouvait donc, sans choquer personne, reproduire mot à mot dans son grand ouvrage de vulgarisation, le *Speculum majus*, le texte même d'Isidore de Séville relatif à l'*hortus deliciarum* [30], perdu pour l'homme mais non évanoui.

On n'en finirait pas d'énumérer les affirmations qui, dans ce « beau XIIIe siècle », vont dans le même sens. On a maintes fois cité – mais comment ne pas le refaire ici? – un texte de Joinville expliquant dans son récit de la septième croisade l'origine du Nil :

> Il convient maintenant, écrit-il, de parler du fleuve qui traverse l'Égypte et vient du paradis terrestre. [...] A l'endroit où le Nil pénètre en Égypte les gens accoutumés à cette besogne jettent le soir leurs filets déployés dans le fleuve ; et, quand le matin arrive, ils y trouvent les denrées précieuses qu'on apporte dans le pays, gingembre, rhubarbe, bois d'aloès et cannelle. On dit que les épices viennent du paradis terrestre, tombant sous le vent des arbres du paradis, comme le bois sec que le vent abat dans la forêt [31].

On peut, dans une certaine mesure, rapprocher la conviction de Joinville, relativement au paradis terrestre, de la légende de Seth née avec l'*Évangile de Nicodème*, vivante ensuite durant tout le Moyen Age et illustrée aux XVe siècle par la fresque célèbre de Piero della Francesca à San Francesco d'Arezzo. Cette légende raconte qu'Adam vieux et malade envoya son troisième fils, Seth, au paradis terrestre pour y obtenir une huile de guérison. L'ange placé à la porte du jardin interdit lui donna non un remède corporel, mais l' « huile de la miséricorde », annonce de la rédemption, grâce à laquelle Adam put s'endormir paisiblement dans la mort.

Le *De laudibus divinae sapientiae* du grammairien et poète Alexander Neckham, le *De proprietatibus rerum* du franciscain Barthélemy l'Anglais, la *Weltkronik* de Rudolf d'Ems, tout en divergeant dans le détail, convergent sur l'essentiel : le paradis terrestre a échappé au Déluge; toutes les beautés, tous les bonheurs, toutes les richesses s'y trouvent concentrés; Élie et Hénoch s'y trouvent encore mais il est irrémédiablement perdu pour les humains [32]. Significatif à cet égard est le poème intitulé *Le Miroir du monde* que composa vers 1247 Gauthier de Metz et que l'on imprimait encore au début du XVIe siècle. On y lit notamment :

Paradis terrestre est assis
Et en la première region mis
D'Asie ou tant a de soulas
Que nul ne pourrait estre las
Dy estre ne soy enveillir
Tant est le lieu plain de plaisir
Et dedans est l'arbre de vie
Dont Adam eut du fruit envie.

Qui de ce fruict menger pourrait
Jamais mourir il ne saurait
Mais n'est homme qui y allast
Que l'ange ou Dieu ne lui portast
[= ne le supportât]
Car il est cloz de feu ardant
Qui jusqu'aux nues va flammant
Une fontaine est leans qui produict
Quatre gros fleuves comme l'on dict [33].

Ces quatre grands fleuves sont naturellement le « Phisôn » identifié au Gange, le « Geôn » au Nil, le Tigre et l'Euphrate.

Nous trouvons une géographie concordante dans *Li Livres dou Tresor* que composa vers 1265 l'ancien maître de Dante, Brunetto Latini, guelfe acharné qui dut s'exiler en France : d'où la rédaction de cet ouvrage en langue d'oil. On y lit :

> En Inde est Paradis terrestre, où il a de tutes manieres de fust d'arbres et de pomes et de fruiz qui soient en terre; et si i est li arbres de vie que Diex vea au premier home; et si n'i fait ne froit ne chaut mais que par raison et par atemprance; et le milieu est la fontaine qui trestout l'arouse, et de cele fontaine naissent les IIII fluns que vos avés oï : c'est Phison, Gion, Tigris et Eufrates. Et sachiez que après le pechié dou premier home, cist leus fu clos à tous autres [34].

Dans sa *Divine comédie* Dante n'est pas très prolixe sur le paradis terrestre. Il s'étend beaucoup plus longuement sur l'enfer, le purgatoire et le ciel empyrée. Néanmoins les éléments dont il le compose constituaient autant de rappels qui rencontraient dans son public des notions familières. On sait que Dante situe le paradis terrestre au sommet de la montagne du purgatoire. Cette localisation rejoignait une conception commune à Éphrem, à Lactance, au pseudo-Basile, à Jean Damascène, à Bède et à Pierre Lombard, qui plaçaient le jardin d'Éden sur une hauteur tellement élevée que les eaux du Déluge ne l'atteignirent pas. D'autre part, le poète fait couler deux rivières dans la prairie paradisiaque : le Léthé et l'Eunoé. Mais sous le couvert de dénominations empruntées à l'antiquité grecque – l'amalgame souligné plus haut – il retrouvait, au moins pour l'essentiel, le texte de la Genèse (2,10) : « Un fleuve sortait d'Éden pour arroser le jardin et de là il se divisait pour former quatre bras. »

Dante a réduit ces bras de quatre à deux. Pour le reste, il a suivi dans sa description du paradis terrestre les traditions les plus assurées. Cet endroit béni est riche d'une « divine forêt épaisse et vivante qui (tempère) aux yeux le jour nouveau ». Il y souffle un « doux air sans nul changement, aussi léger que vent sauve ». « Les oiselets chantent parmi les cimes. » Il y a ici « grande variété de fraîche verdure ». C'est ce lieu, précise le poète, que Dieu donna à l'homme « en gage d'éternelle paix ». Cette « sainte campagne [...] de toute semence est pleine ». l'évocation se termine par les vers célèbres :

Ceux qui aux temps antiques chantèrent
L'âge d'or et son état heureux
Peut-être en leur Parnasse songèrent à ce lieu.
Ici fut innocente la nature humaine.
Ici printemps toujours et tous les fruits.
Et c'est là le nectar dont chacun parle [35].

Ce serait une erreur de ranger cette description parmi les fictions poétiques. Les contemporains la comprenaient certainement d'une manière beaucoup plus concrète et géographique. Ils croyaient avec Dante que le paradis terrestre n'avait pas disparu, même s'ils le localisaient à une altitude inaccessible.

Aussi bien constitue-t-il à l'époque un élément quasi incontournable des voyages allégoriques. A preuve le *Dittamondo* de Fazio degli Uberti († 1368), récit inachevé d'un voyage imaginaire de l'auteur à travers le monde. Ne nous étonnons pas d'y voir évoqué le paradis terrestre que « la plupart des gens situent en Orient ». C'est une montagne qui monte jusqu'au premier ciel, où il n'y a ni froid ni gel, ni pluie ni nuage. Le printemps y est perpétuel. Y poussent toutes sortes de fleurs et notamment des lys et des roses. Rivières, parfums et mélodies s'unissent pour enchanter l'âme. « Qui a le bonheur d'y entrer ne connaît ni vieillesse ni infirmités : à preuve Hénoch et Élie [36]. »

De la même veine est le *Quadriregio* de Federico Frezzi († 1416), un imitateur de Dante. Il s'agit d'un cheminement à travers les quatre royaumes d'Amour, de Satan, des Vices et des Vertus, depuis le péché originel jusqu'au bonheur éternel. Le paradis terrestre est situé à l'intérieur du royaume d'amour. Il est à l'est, rempli, bien entendu, de fleurs parfumées et de fruits variés. De l'extérieur le poète aperçoit l'arbre de vie et celui de la connaissance, la source qui alimente les quatre fleuves et les vénérables figures d'Hénoch et Élie [37].

Le XIVe siècle continue donc à cet égard sur la lancée des précédents. Jean de Hesse déclare avoir vu de loin le paradis terrestre lors d'un voyage en Extrême-Orient [38] et Giovanni Marignolli fut informé par les habitants de Ceylan que la « montagne d'Adam » n'était distante que de quarante milles du paradis terrestre et que certains jours il était possible d'entendre le bruit des eaux tombant de la rivière « qui sort de l'Éden pour irriguer le jardin [39] ». Très révélateurs aussi sont les *Voyages* de Mandeville et le *Polychronicon* de Hygden.

Jehan de Mandeville, né vers 1300, est l'auteur, en français, de la relation fantaisiste (à nos yeux) d'un voyage effectué au Levant, en Inde et en Chine. En réalité, ce personnage, que se disputent historiens anglais et belges, semble avoir été un chevalier anglais ayant terminé sa vie à Liège. Sa compilation, rédigée à la première personne, est beaucoup moins une narration de voyage qu'une description du monde dans l'état des connaissances du XIVe siècle. Elle rassemble donc les notions géographiques couramment acceptées en son temps et reprend à son compte des éléments qui figuraient notamment dans le *Liber de quibusdam ultramarinis partibus* de Guillaume de Boldensele et dans la *Descriptio orientalium partium* d'Odorico de Pordenone, l'une et l'autre des environs de 1300 [40].

Mandeville mentionne le voyage de Seth vers le paradis terrestre et son retour avec l'huile de miséricorde [41]. Il assure d'autre part qu'entre le royaume du Prêtre Jean, dont nous parlerons bientôt, et le paradis terrestre, « on ne treuve fors que montaignes et grandes roches et la region tenebreuse, où on ne pourroit veoir ne de jour ne de nuyt, si comme ceulx du pays tesmoignent [42] ». S'agissant du paradis terrestre lui-même, Mandeville confesse qu'il ne saurait en « proprement parler, car ie ny fui oncques », n'étant pas digne d'y entrer. Toutefois il en a entendu parler et c'est ce ouï-dire qu'il va rapporter :

> Paradis terrestre on dit que cest la plus haute terre du monde, et est en Orient au commencement de la terre. Et est si haute quelle touche bien pres du cercle de la lune, par lequel la lune fait son tour. Car elle est si haute que le fleuve de Nœ ne la pot ataindre, qui couvri toute la terre du monde dessus et dessouz, fors que paradis tant seulement. Et si est paradis enclos tout dun mur [...] et n'y a que une entree, qui est enclose de feu ardant, si que nuls homs mortel ny pourroit entrer. Et ou plus haut de la terre de paradis en my lieu est la fontaine qui gete les IIII fleuves, qui querent [= courent] par diverses terres. [...] Et dit-on [...] que toutes les douces

eaues du monde dessus et dessouz, prennent leur naissance de celle fontaine et de li toutes eaux viennent et issent. [...]

Et sachies que nul marchant ne autre personne ne peut aler vers ce paradis ne par mer ne par terre. [...] Moult de grans seigneurs ont essayé par moult grant volente maintes fois que pour aler oultre por ces rivieres vers paradis a grandes compaignies, mais oncques ne peurent esploiier [= avancer] leur vaissel a aler avant; aincois en mouroient les pluseurs de lassement de nagier contre les ondes et les aucuns demeuroient aveugles, et les autres demeuroient sours pour la grant noise [= le grand bruit] de l'eaue, et les pluseurs sont effondres et perdus dedenz les ondes des eaues, si que nuls homs mortel ny puet approuchier, se ce nestoit par especial grace de Dieu [43].

Rien d'original, bien sûr, dans cette évocation paradisiaque de l'extrême Asie, mais au contraire la répétition – significative au niveau des mentalités collectives – de thèmes mille fois ressassés : de la plus haute terre du monde, maintenant interdite par un mur de feu et par la violence des fleuves, coulent toutes les eaux douces de notre planète. Or les *Voyages* de Mandeville connurent un énorme succès. Il en reste deux cent cinquante manuscrits, dont cinquante-deux en français. L'imprimerie en diffusa ensuite cent quatre-vingts éditions en une dizaine de langues. Martin Behaim le cite longuement. Martin Frobisher emporte l'ouvrage, en 1576, lorsqu'il s'embarque pour la découverte du passage du Nord-Ouest. Hartman Schedel, Abraham Ortelius, John Bale, John Seland, Richard Hakluyt, Samuel Purchas, c'est-à-dire les meilleurs géographes de la Renaissance, font de Mandeville l'Ulysse des temps modernes [44]. Christophe Colomb semble bien avoir possédé dans sa bibliothèque les *Voyages* de Mandeville et ceux de Marco Polo, associés l'un à l'autre [45].

Quant au *Polychronicon*, histoire universelle en latin rédigée par le bénédictin anglais Ranulf Hygden († 1364), traduit en anglais dès 1385 et partiellement imprimé en 1482, il fut considéré en Angleterre comme un chef-d'œuvre du genre. S'agissant du paradis terrestre, il prouve d'abord qu'il existe, en se fondant sur quatre arguments : 1) Les « narrations historiques » établissent une comparaison entre le paradis et la région de Sodome avant que cette ville ne fût anéantie. 2) Il faut tenir compte du témoignage des gens compétents qui assurent avoir vu ce lieu. 3) Importent aussi les quatre fleuves qui en sortent et dont l'origine n'a pu être découverte dans les zones habitables ou dans la mer, quelques travaux qu'aient pu entreprendre pour la trouver les rois d'Égypte ou d'ailleurs. 4) Enfin, « La tradition du paradis s'est maintenue intacte pendant six mille ans et plus, c'est-à-dire du commencement du monde jusqu'à nos jours. Or une tradition liée à une erreur s'effondre d'ordinaire, soit parce qu'elle tombe dans l'oubli, soit parce qu'elle est combattue par une opinion contraire [46]. »

Hygden, qui cite les *Étymologies* d'Isidore de Séville et l'*Hexaemeron* de saint Basile, ne croit pas que le paradis soit situé à la hauteur de la lune, car il l'éclipserait, ni même qu'il soit séparé de notre monde habitable par un large espace de mer. Il ne faut pas suivre à cet égard l'opinion de gens « d'intelligence courte et de peu d'expérience. [...] D'où les doctes concluent que le paradis terrestre est situé à l'extrémité de l'Orient et qu'il constitue une portion importante du corps de la terre, non moins grande que l'Inde ou que l'Égypte, dans la mesure où ce lieu avait été destiné à la totalité de l'humanité, si elle n'avait pas péché [47] ». Ces affirmations de base une fois posées, Hygden assure, avec et après tant d'autres, que le paradis est un lieu de toute salubrité, qu'il jouit d'un climat éternellement tempéré, qu'il est impossible d'y mourir ; qu'Hénoch et Élie y vivent toujours, que les arbres n'y perdent pas leurs feuilles, que les fleurs ne s'y fanent pas, que les eaux du Déluge ne l'ont pas atteint à cause de son altitude et qu'il est ceint d'un mur de feu qui monte jusqu'au ciel [48].

L'existence continuée du paradis terrestre n'est pas davantage contestée dans une compilation portugaise de la fin du XIVe siècle ou du début du XVe intitulée *Orto do esposo* (« le jardin de l'époux »), publiée seulement en 1956 [49]. L'auteur s'appuie notamment sur Isidore de Séville, Jean Damascène, Bède, Barthélemy l'Anglais, etc. Il ne prend pas au pied de la lettre l'affirmation selon laquelle le paradis terrestre touche le cercle de la lune. Si l'on s'exprime ainsi, pense-t-il, c'est pour signifier sa haute altitude par rapport à la terre et aux choses d'ici-bas. Cette nuance une fois apportée, l'*Orto do esposo* évoque, en accord avec et après toutes les autorités que nous avons citées, l'égalité et la douceur du climat, l'abondance de tous biens, la générosité du sol, l'absence de corruption qui caractérisent le paradis terrestre [50].

De Ranulph Hygden et de l'auteur de l'*Orto do esposo* on passe logiquement au cardinal Pierre d'Ailly († 1420). Son *Ymago mundi* fut un des livres favoris de Christophe Colomb, si l'on en juge par les centaines d'annotations marginales qu'il porta sur l'exemplaire qu'il possédait et qui avait été imprimé à Louvain en 1483. Or Pierre d'Ailly assure :

> Il y a une fontaine dans le paradis terrestre qui arrose le jardin des délices et qui se répand par quatre fleuves. Le paradis terrestre, au dire d'Isidore, de Jean Damascène, de Bède, de Strabon et du maître des Histoires [= Pierre Comestor] est un lieu agréable, situé dans certaines régions de l'Orient à une longue distance par terre et par mer de notre monde habité ; il est tellement élevé qu'il touche à la sphère lunaire et l'eau du Déluge n'y parvint pas. Il ne faut pas entendre par là qu'en vérité le paradis terrestre atteignait le cercle de la lune ; il s'agit ici d'une expression hyperbolique qui signifie simplement que son altitude par rapport au niveau de la terre basse est incomparable et qu'elle atteint aux couches d'air calme qui dominent l'atmosphère troublée où aboutissent les émanations et les vapeurs qui forment, comme dit Alexandre [d'Aphrodisias], un flux et un reflux vers le globe lunaire. Les eaux qui descendent de cette montagne très élevée forment un très grand lac ; on dit que la chute de ces eaux fait un tel bruit que les habitants de la région naissent sourds, car le vacarme est tel qu'il détruit le sens de l'ouïe chez les petits enfants. Ainsi en témoignent du moins Basile et Ambroise.
>
> De ce lac comme d'une source principale découlent, croit-on, les quatre fleuves du paradis : le Pishôn, c'est-à-dire le Gange, le Guihôn qui n'est autre que le Nil, le Tigre et l'Euphrate, bien que pourtant leurs sources paraissent se trouver en divers lieux [51].

Pierre d'Ailly, on le voit, est prudent, comme Ranulph Hygden et l'auteur de l'*Orto do esposo*, quant à l'altitude du paradis terrestre, mais il ne met en doute ni son existence actuelle, ni sa situation élevée, ni sa fonction de source des quatre plus grands fleuves de la terre habitée.

Christophe Colomb, tout en discutant les localisations du paradis terrestre proposées par ses prédécesseurs, ne s'écartera pas fondamentalement des croyances traditionnelles à ce sujet. Il vaut la peine de rappeler ici le passage célèbre de la relation qu'il écrivit de son troisième voyage (1498) au cours duquel il toucha l'Amérique du Sud dans la région du golfe de Paria et de l'embouchure de l'Orénoque :

> L'Écriture sainte témoigne que le Seigneur a fait le paradis terrestre et qu'Il y a planté l'arbre de vie. C'est de là que sort une source, dont procèdent les quatre fleuves les plus importants du monde : le Gange aux Indes, le Tigre et l'Euphrate en Asie, [...] et le Nil, qui naît en Éthiopie et se verse dans la mer d'Alexandrie.
>
> Cependant, je ne trouve pas, et je n'ai jamais vu d'écrit latin ni grec, qui indique de façon certaine l'endroit de ce monde où se trouve le paradis terrestre, et je ne l'ai jamais vu marqué sur une mappemonde. On ne l'a jamais situé qu'à force d'hypothèses. [...]
>
> Je considère que si je passais par-dessous la ligne équatoriale, en arrivant à ce point qui doit être le plus élevé, j'y trouverais une température encore plus douce, ainsi qu'une plus grande différence dans les eaux et dans les étoiles. Je ne prétends pas dire par là qu'on puisse se rendre en naviguant jusqu'au point où se trouve cette hauteur, ni que ce soit de l'eau, ni même qu'il soit possible d'y arriver jamais; mais je crois que c'est là que se trouve le paradis terrestre, jusqu'où personne ne peut arriver, si ce n'est par la volonté divine. [...]
>
> Je ne soutiens pas que le paradis terrestre ait la forme d'une montagne escarpée, telle que la décrivent ceux qui en ont écrit. Je dis seulement qu'il se trouve sur le sommet, là où j'ai dit que j'imaginais comme un tétin sur la poire. Je crois que, lorsqu'on s'y dirige, on commence à monter insensiblement, bien longtemps avant d'y arriver. Je crois aussi, comme je l'ai dit, que personne ne pourrait arriver au sommet; et, bien que la distance en soit très grande, je pense que cette eau pourrait fort bien descendre de là, pour arriver jusqu'ici où elle forme ce lac [le golfe de Paria].
>
> Tout ceci nous fournit des indices très clairs sur la proximité du paradis terrestre. En effet sa situation est d'accord avec l'opinion de tous [les] saints et bons théologiens. Les signes qu'on en aperçoit sont aussi concordants. Je n'avais jamais lu ni entendu dire qu'une aussi grande quantité d'eau douce pouvait se maintenir ainsi au milieu d'eau salée et en contact avec elle. La température extrême-

> ment douce contribue aussi à le faire croire. Et si jamais ce fleuve [l'Orénoque] ne sort pas du paradis, cela semblera sans doute encore plus merveilleux; car je ne pense pas qu'on ait vu dans tout le monde un autre fleuve aussi grand, ni aussi profond [52].

Commentant les *Œuvres* du grand découvreur et notamment le passage qu'on vient de lire, Alexandre Cioranescu écrit avec raison : « Colomb [...] croit comme un homme du Moyen Age, c'est-à-dire qu'il croit tout, sans discernement, sans distinguer entre une opinion et un article de foi. Sa croyance n'est pas seulement un sentiment religieux, mais aussi une méthode qui s'applique indistinctement à tous les domaines de l'esprit : il croit au paradis terrestre comme il croit à l'autorité des anciens, à la production de l'or par l'effet des rayons du soleil, à la montagne d'eau qui forme le nombril de la terre ou aux récits de Marco Polo [53]. » L'important à retenir pour nous ici est que Christophe Colomb croyait fermement à l'existence prolongée du paradis terrestre, qu'il le situait à une grand hauteur, dans une région de climat agréable et y voyait la source d'une quantité énorme d'eau douce.

Reproduisant le texte du grand « amiral », Bartolomé de Las Casas, tout en s'écartant respectueusement de la localisation américaine, s'efforça, à son tour, de justifier la conviction de Colomb que le paradis terrestre n'avait pas disparu. « Il n'a pas exprimé », écrivit-il à ce sujet, une opinion « déraisonnable ». Il s'est appuyé au contraire sur des motifs « probables et sérieux ». Au terme d'une longue discussion, Bartolomé pouvait donc déclarer : « Finalement, il faut conclure que le lieu du paradis terrestre est situé en l'endroit le plus élevé de toute la terre et dépasse toutes les autres montagnes, si hautes qu'elles soient. Les eaux du Déluge ne purent l'atteindre [54]. »

Encore au XVIIIe siècle, un certain Pedro de Rates Hanequim, qui avait vécu vingt-six ans au Brésil, affirma que le paradis terrestre existait toujours – au Brésil précisément –, que l'arbre du bien et du mal y subsistait, et que l'Amazone et le San Francisco sont deux des quatre fleuves paradisiaques. Adam avait donc été créé par Dieu en Amérique, d'où il était passé à pied sec à Jérusalem, la mer s'étant ouverte pour lui comme pour les Hébreux fuyant l'Égypte. Quant au Déluge, il n'avait pas atteint le Brésil. Hanequim, d'origine hollandaise et sans doute juive, mélangea ces affirmations à des doctrines hérétiques et fut impliqué dans un complot. Il fut condamné à mort et périt sur le bûcher [55]. Le paradis terrestre s'envolait-il en fumée?

Paradis terrestre et cartographie médiévale

Comme on pouvait s'y attendre la cartographie médiévale, durant de longs siècles, fit sa place au paradis terrestre dans ses représentations du monde. Aussi bien fut-elle longtemps produite par des ateliers monastiques, où l'on ne mettait pas en doute la science géographique de saint Augustin, de saint Ambroise ou d'Isidore de Séville. Plus largement, *Cosmographiae* et *Mappae mundi* reflétèrent la conviction générale que le paradis terrestre subsistait quelque part au loin. Son existence actuelle paraissait aussi certaine que celle des éléphants en Inde [56]. Un manuscrit du IXe siècle, avec légende en latin et en grec, qui figure dans la précieuse encyclopédie cartographique du vicomte de Santarem († 1856), reproduit la « mappemonde » de Cosmas Indicopleustès (carte n° 1). L'œcoumène rectangulaire est entièrement entouré par l'océan. Au-delà de celui-ci, un autre rectangle, à l'est, représente la terre où se trouve le paradis terrestre et d'où sortent les quatre grands fleuves qui, passant sous la mer, réapparaissent ensuite dans notre monde habité [57].

La « mappemonde » de Cosmas Indicopleustès comporte toutefois une particularité par rapport à beaucoup de cartes médiévales postérieures : elle est orientée au nord, Cosmas adoptant à cet égard le modèle arabe qui plaçait en haut soit le nord, soit le sud. Au contraire les planisphères, « mappemondes » et cartes sorties des ateliers monastiques du IXe au XIIe siècle placent en général l'Orient en haut. L'histoire sacrée commande leurs conceptions géographiques. Ils situent le paradis terrestre à la fois au début de l'aventure humaine et au sommet de la représentation graphique. Une même logique les incite à localiser Jérusalem ou du moins la Judée dans la partie centrale de la carte. Les regards des fidèles doivent converger vers le lieu de la rédemption.

On comprend dans ces conditions que des « mappemondes » aient accompagné des commentaires de l'Apocalypse. L'un de ceux-ci fut composé vers 787 en Espagne et dédié à Eutherus, évêque d'Osma. Le British Museum possède une copie de ce commentaire daté de 1109 et qui aurait été rédigé dans le monastère de Silos, au diocèse de Burgos. Il comporte une « mappemonde » qui illustre bien la géographie sacrée que l'on vient d'évoquer. Elle place l'est en haut. La terre (rectangulaire) est entourée par l'océan (carte n° 2). Mais, contrairement à la conception de Cosmas Indicopleustès, le paradis terrestre est en deçà et non au-delà de l'océan. Au sommet de la représentation une grande vignette attire le regard : elle figure Adam et Ève, l'arbre de la connaissance et le serpent. Le paradis terrestre est localisé entre les noms du Caucase, de l'Assyrie, de la Perse, de la Chaldée et de l'Inde. La Judée et la Palestine se lisent dans la partie centrale, moins mises en relief toutefois qu'Alexandrie [58]. L'Espagne, en bas et à gauche, se voit accorder une importance privilégiée.

Une autre copie du commentaire de l'Apocalypse dédié à Eutherus est conservée à Turin dans un manuscrit du XIIe siècle (certains la datent du Xe siècle) et est accompagnée, elle aussi, d'une « mappemonde » (carte n° 3). Celle-ci, comme la précédente, entoure l'œcoumène par l'océan et place en haut, donc à l'est, le paradis terrestre. En bas, figure la mention de Saint-Jacques-de-Compostelle (le document est espagnol), au centre celle de Jérusalem [59].

Plusieurs « mappemondes » des XIIe et XIIIe siècles doivent encore retenir notre attention. L'une est due à « Lambertus, fils d'Onulfe, de Saint-Omer » et fut confectionnée vers 1120, pour illustrer son *Liber Floridus*. Des manuscrits de cet ouvrage se

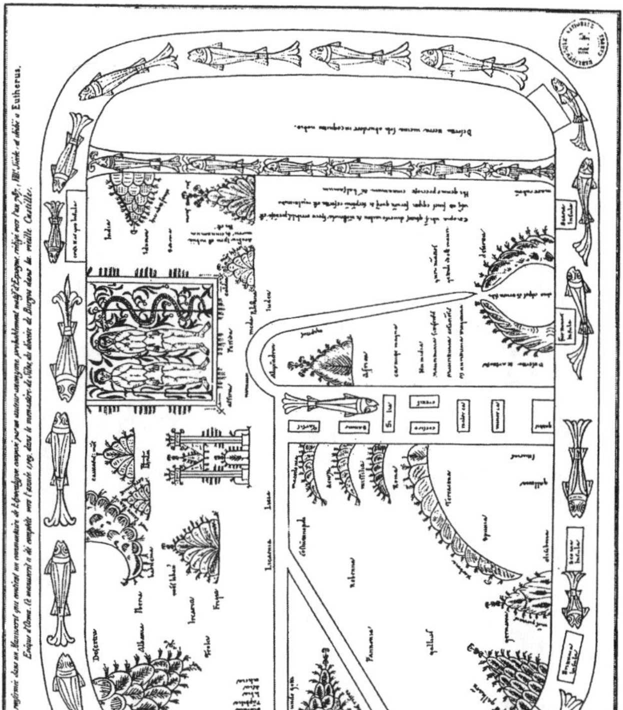

2. Mappemondde accompagnant un commentaire de l'Apocalypse daté de 1109 dédié à Eutherus, évêque d'Osma (diocèse de Burgos). Vicomte de Santarem, *Atlas,* Paris, 1852. planche IV.

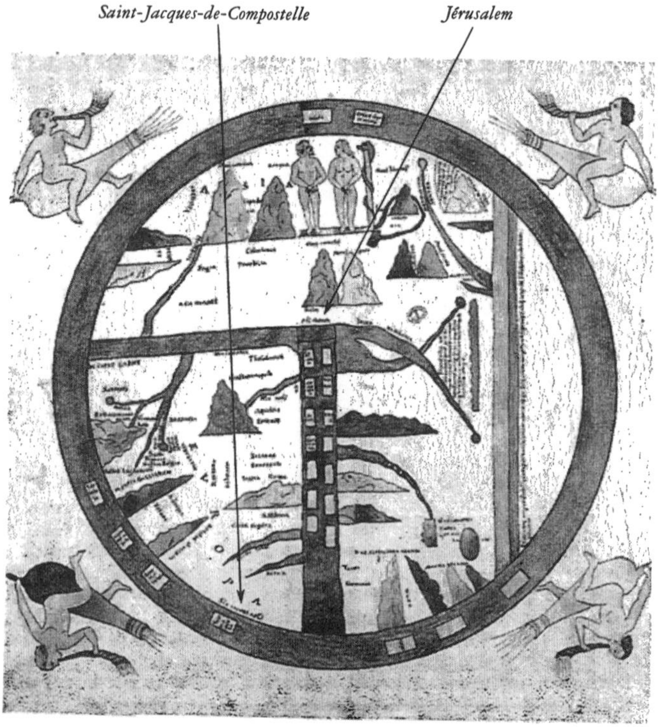

3. Mappemonde de la Bible de Turin du xᵉ siècle (?) Santarem, *Atlas,* Paris, 1852, planche XI.

trouvent à Gand, La Haye et Paris. Ils nous offrent une terre non seulement entourée sur toute sa circonférence par l'océan mais encore divisée en deux grandes parties : celle habitée au nord, l'inhabitable au sud. Le paradis terrestre est situé dans une île, juste au-dessus de l'« India ultima [60] » (carte n° 4). En revanche, il n'est pas formellement mentionné sur une carte d'un *Liber Guidonis* conservé à Bruxelles (XIIe siècle). Mais, à l'orient, donc en haut, apparaissent le *Fiso*, le *Geon*, le *Tigris* et l'*Eufraten*. La Samarie, la Judée et Jérusalem occupent la partie centrale de la composition [61] (carte n° 5).

La même remarque vaut pour la *Descriptio mappe mundi* de Hugues de Saint-Victor [62] (1128-1129). Nous retrouvons d'ailleurs le paradis terrestre avec ses quatre fleuves dans une île, face à l'embouchure du Gange, placée en haut de la mappemonde dressée vers 1130 par un chanoine de Mayence et dédiée à l'empereur Henri V d'Allemagne (Corpus Christi College, Cambridge). La Galilée et Jérusalem sont, bien entendu, au cœur du monde habité [63] (carte n° 6).

C'est encore à ce même système cartographique qu'appartiennent la *mappamundi* de l'abbaye d'Ebstorf (datable des environs de 1235 et détruite durant la Seconde Guerre mondiale) et celle de la cathédrale d'Hereford (des environs de 1300) (carte n° 7). Dans la première, le monde est figuré comme le corps du Christ. La tête de celui-ci domine la composition. Elle est donc à l'est, juste à côté de la représentation du paradis terrestre. Les bras du Sauveur sont tendus vers le nord et le sud [64]. La carte confectionnée par Richard de Haldingham, dessinée à la plume et peinte sur vélin et conservée à la cathédrale d'Hereford, est de grandes dimensions (2 mètres sur 1,60 mètre). Elle était enfermée dans une armoire à deux portes. Elle reflète la même inspiration théologique que les précédentes. Le paradis terrestre est une île circulaire, à l'est, en dessous du Christ du jugement dernier et au-dessus du monde habité. Les quatre fleuves traditionnels partent du pied de l'arbre de la connaissance autour duquel s'enroule le serpent. Adam et Ève sont en train de manger le

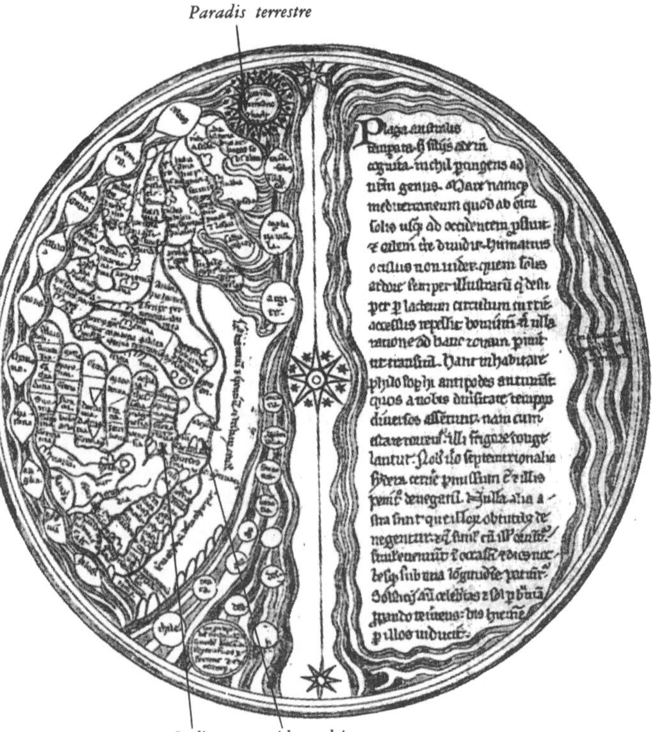

4. Mappemonde tirée du manuscrit de Paris du *Liber Floridus* de Lambertus de Saint-Omer. Santarem, *Atlas,* Paris, 1852, planche XII, 4.

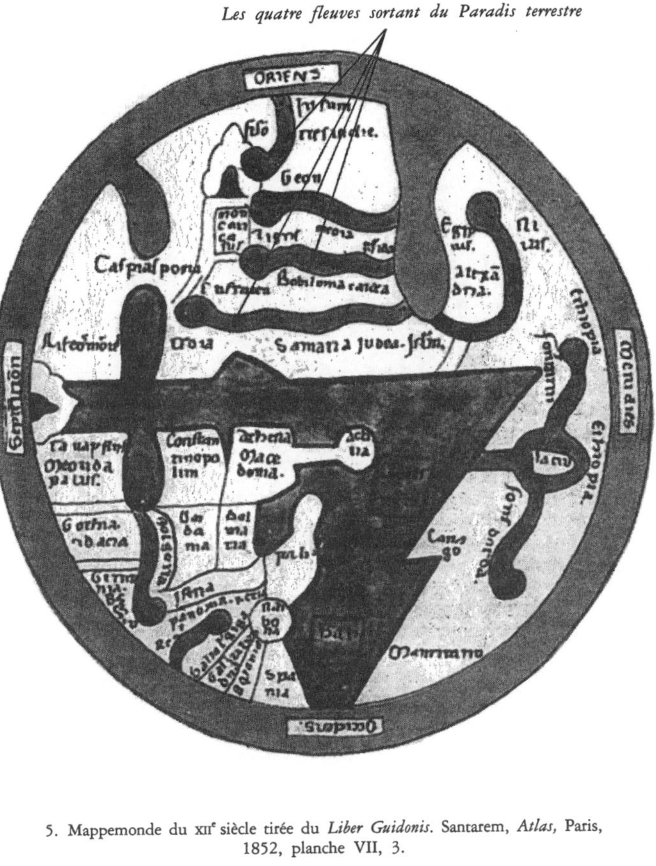

5. Mappemonde du XIIe siècle tirée du *Liber Guidonis*. Santarem, *Atlas,* Paris, 1852, planche VII, 3.

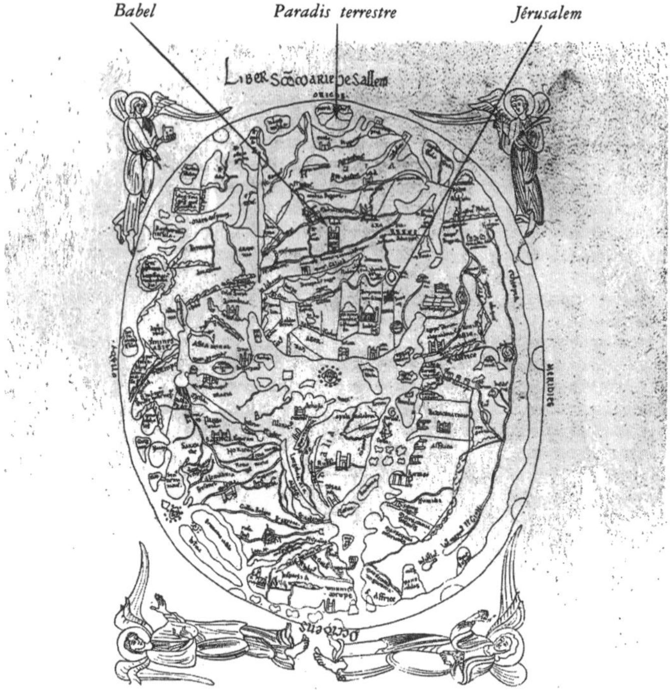

6. Carte de 1130 dédiée à Henri V. Santarem, *Atlas,* Paris, 1852, planche XIV.

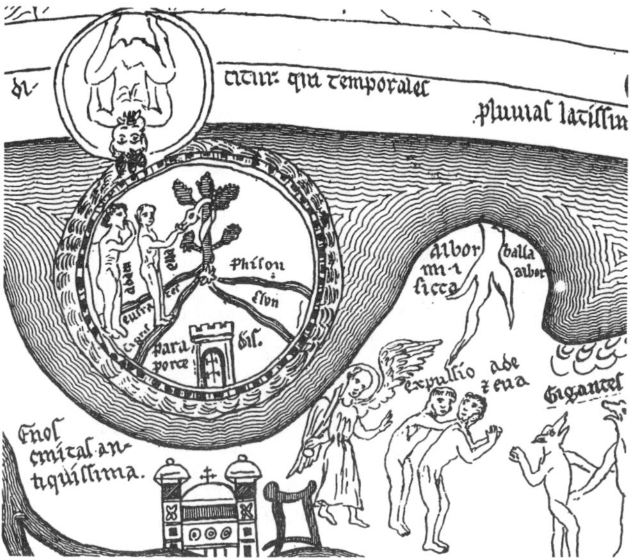

7. Mappemonde de la cathédrale d'Hereford, détail. Jomart, *Les Monuments de la géographie,* Paris, 1854, détail du paradis.

fruit défendu. Le jardin d'Éden est entouré d'un mur circulaire qui ne comporte qu'une porte fortifiée... et fermée. L'accès de l'île bienheureuse est donc interdit. Mais celle-ci existe toujours [65](carte n° 7).

Des mappemondes des XIVe et XVe siècles continuèrent à refléter cette conviction tenace, malgré les progrès de la cartographie nautique aux ambitions plus limitées mais dont les dessins s'efforçaient de rendre les côtes avec précision, malgré aussi les récits de voyages de Marco Polo et d'Odorico de Pordenone qui n'avaient pas aperçu le jardin d'Éden dans leurs pérégrinations orientales. Les cartes qui accompagnèrent le *Polychronicon* de Ranulph Hygden et constituèrent à la fin du Moyen Age une véritable famille de mappemondes, sont évidemment conformes au texte du bénédictin anglais. Elles circonscrivent le monde habité à l'intérieur d'une forme ovoïde entourée par l'océan. Comme l'enseignait Hygden le paradis terrestre, en haut de la composition, n'est pas séparé de notre terre par un large espace maritime. Il en marque simplement le sommet. Jérusalem est logiquement au centre de l'œcoumène [66].

Une variante de la carte de Hygden conservée à la British Library comporte un blanc à l'endroit d'ordinaire réservé au paradis terrestre. Cette lacune ne me semble pas mettre en cause la géographie sacrée de l'auteur, et cela d'autant moins que des fleuves sortent du rectangle sommital. La carte ne serait-elle pas tout simplement inachevée [67]? (carte n° 8). Nous constatons en tout cas qu'une mappemonde stylisée du XIVᵉ siècle et qui appartenait à la bibliothèque d'Arras et une autre (de la bibliothèque Sainte-Geneviève) insérée dans les *Grandes Chroniques de saint Denis du temps de Charles V* (1364-1372) restent conformes aux schémas traditionnels : l'est en haut, avec le paradis terrestre, Jérusalem au centre. Le mappemonde des *Chroniques de saint Denis* inclut le jardin d'Éden à l'intérieur de l'œcoumène, en deçà de l'océan circulaire qui entoure la terre. Il est fermé par un mur de feu [68] (carte n° 9).

Il est frappant de constater qu'au XVᵉ siècle le récit de la Genèse investit encore fortement les représentations géographiques malgré la multiplication des voyages au loin, l'intensification des relations maritimes et une volonté croissante de précision dans la confection des cartes. Une mappemonde de la Bibliothèque vaticane, publiée par Santarem et remontant au début du XVᵉ siècle, place le Midi en haut à la façon des Arabes et l'Orient à gauche. Mais elle n'oublie pas d'inclure à l'extrémité orientale de l'Inde l'*Hortus deliciarum* séparé du reste de la terre par une barrière de feu. Un ange prend place entre Adam et Ève. Un seul fleuve, le Gange, sort du jardin [69]. Un peu plus

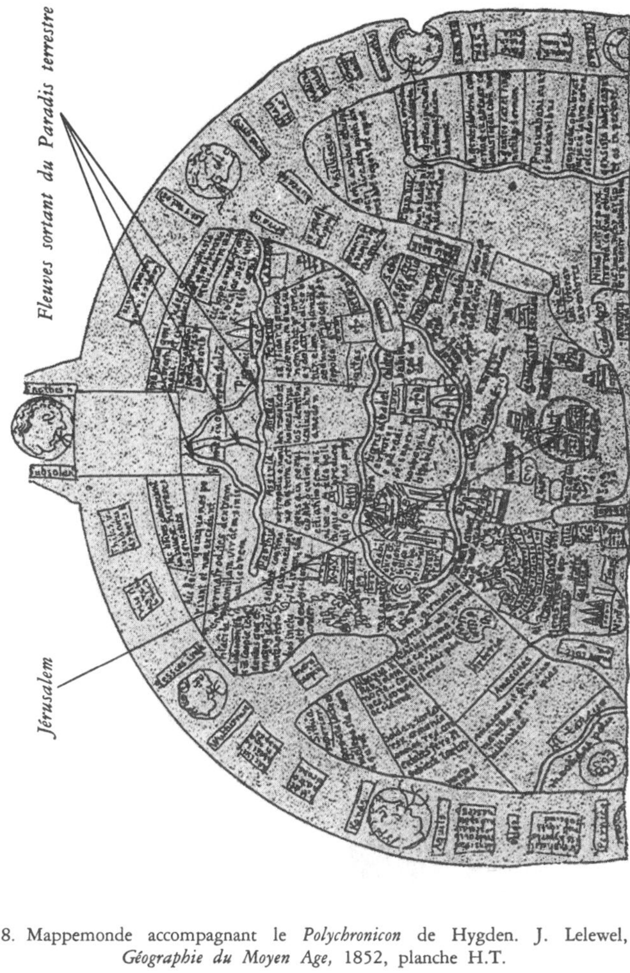

8. Mappemonde accompagnant le *Polychronicon* de Hygden. J. Lelewel, *Géographie du Moyen Age*, 1852, planche H.T.

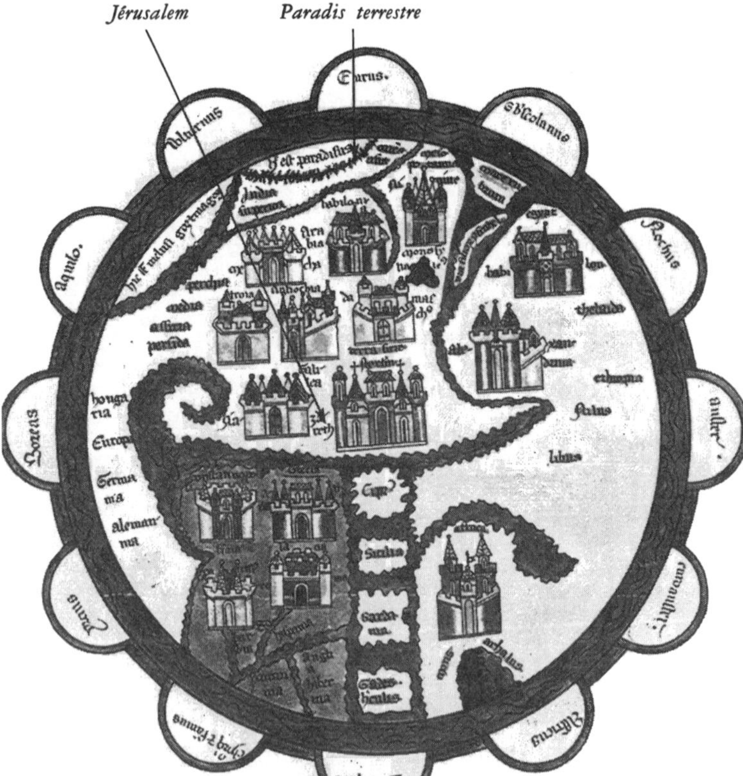

9. Mappemonde des *Grandes Chroniques de saint Denis du temps de Charles V.* Santarem, *Atlas,* Paris, 1852, planche XXII.

tard, la carte – célèbre – du Vénitien Andrea Bianco (1436) est bien informée sur la Méditerranée mais comporte de nombreuses bizarreries – à nos yeux – sur l'Afrique et l'Asie. Elle continue de placer l'Est en haut et dans cette partie sommitale apparaissent à la fois le paradis terrestre, d'où coulent les quatre fleuves, et l' « hospice de saint Macaire », c'est-à-dire l'endroit où saint Macaire avait été arrêté par l'épée du chérubin lorsqu'il cherchait à parvenir au paradis terrestre [70] (carte n° 10).

Parmi les compositeurs de cartes du *Quattrocento,* Fra Mauro, camaldule du couvent de Murano, acquit une grande notoriété. C'est à la demande des autorités de Venise qu'il confectionna sa grande mappemonde achevée en 1459. Érudit, connaisseur des anciens, au courant des voyages portugais le long des côtes africaines, Fra Mauro apporte beaucoup de soin à représenter l'Europe et toute une partie de l'Afrique. Lui aussi rompt avec l'habitude cartographique la plus courante en plaçant le Midi en haut de sa mappemonde. Mais « il se perd dans l'immensité de l'Orient ». S'agissant du paradis terrestre, il relate sans les discuter les opinions de saint Augustin et de Bède et exclut le jardin d'Éden de sa représentation de l'œcoumène [71].

La mappemonde de Fra Mauro s'inscrit néanmoins dans un contexte de remise en cause progressive des schémas géographiques traditionnels. L'atlas que le Vénitien Marino Sanudo avait composé au début du XIVe siècle pour son grand ouvrage, *Liber secretorum fidelium crucis*, restait assurément orienté à l'est et situait Jérusalem au centre des terres habitées, elles-mêmes entourées par l'océan. Mais il ne représentait plus le paradis terrestre, se contentant d'appeler « Gyon » le fleuve qui devient ensuite l'Indus [72]. De même, la grande carte catalane de 1375-1378 ne mentionnait plus le paradis terrestre et était orientée au nord. Les côtés de la Méditerranée et de l'Europe occidentale nous y apparaissent dessinées avec une précision remarquable pour l'époque.

Assurément à une date déjà tardive, le *Rudimentum novitionum*, imprimé à Lubeck en 1475, maintient l'Est en haut de sa

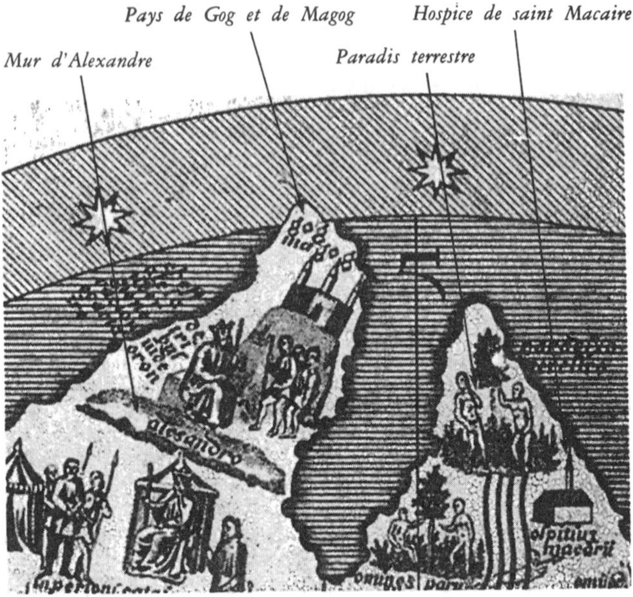

10. Mappemonde d'Andrea Bianco dressée en 1436, détail. Santarem, *Atlas*, Paris, 1852, planche XXXVIII.

représentation du monde et Jérusalem au centre. Dans la partie sommitale, l'île du paradis terrestre, d'où s'écoulent les quatre fleuves, est figurée comme un jardin clos où continuent de vivre Hénoch et Élie [73]. La même mappemonde apparaît dans les éditions successives de la *Mer des hystoires* d'Anon, une variante de l'ouvrage précédent plusieurs fois imprimée à Lyon et à Paris entre 1491 et 1555 [74].

Trois grands facteurs conduisirent graduellement les cartographes à modifier leurs représentations du monde. L'un de ceux-ci fut la redécouverte de la *Cosmographie* de Ptolémée, traduite en latin au début du XVe siècle, imprimée dès les années 1470 avec intégration de cartes de plus en plus nombreuses. Celles-ci ne situent plus l'Est en haut et ne font plus référence à l'histoire sainte. La terre désormais, embrassée par le réseau des méridiens et des parallèles, cesse en principe d'être cette construction hiérarchisée de lieux que montraient les mappemondes médiévales, centrées sur Jérusalem ou le Bassin méditerranéen [75].

A l'influence laïcisante exercée par Ptolémée *redivivus* s'ajoutèrent la précision croissante des portulans et les connaissances apportées par les voyages de découverte, antérieurs même à ceux de Christophe Colomb et de Magellan. De façon révélatrice, une carte déclarant tenir compte des voyages portugais le long des côtes d'Afrique jusqu'à l'année 1489, d'une part, est orientée au nord et ne place plus Jérusalem au centre du monde et, d'autre part, oublie de mentionner le paradis terrestre [76]. Quant au célèbre globe de Martin Behaim (1492), il maintient l' « *insula de sant Brandon* » quelque part entre l'Europe et Cipangu, mais passe sous silence le paradis terrestre (carte n° 11), bien qu'il assure dans son commentaire avoir complété, en ce qui concerne l'Asie, la *Cosmographie* de Ptolémée par les indications fournies par Marco Polo et le « respectable docteur et chevalier Jehan de Mandeville ». Or, nous l'avons vu, Mandeville consacre un paragraphe au paradis terrestre dans sa description de l'Orient. La soustraction opérée par Martin Behaim était révélatrice d'une évolution des mentalités dans les milieux concernés par les découvertes. Il avait lui-même voyagé le long de l'Afrique sur des navires portugais.

A partir du XVIe siècle cartes et mappemondes sont, dans leur immense majorité, orientées au nord et ne laissent plus croire que le paradis terrestre existerait encore sur notre terre, quelque part en Orient [77] (carte n° 12).

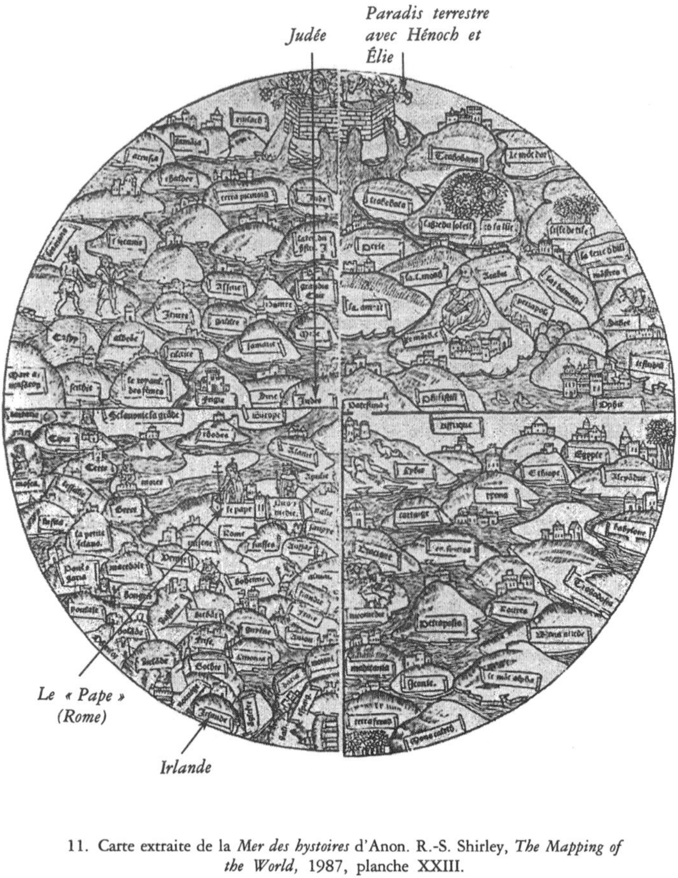

11. Carte extraite de la *Mer des hystoires* d'Anon. R.-S. Shirley, *The Mapping of the World,* 1987, planche XXIII.

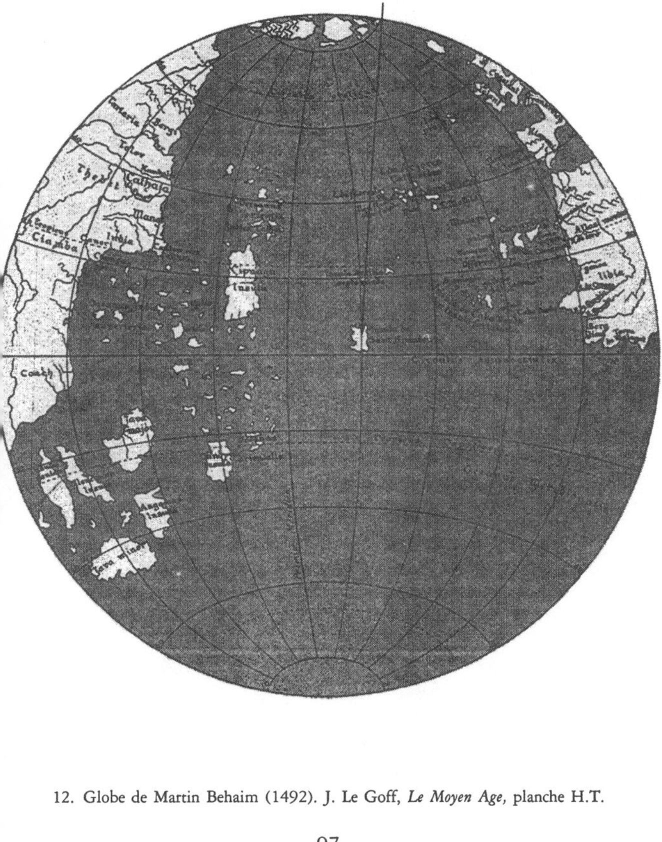

12. Globe de Martin Behaim (1492). J. Le Goff, *Le Moyen Age*, planche H.T.

CHAPITRE IV

Le royaume du Prêtre Jean

LE SUCCÈS D'UN FAUX

A la conviction tenace que le paradis terrestre subsiste toujours sur notre planète dans un lieu devenu inaccessible à cause du péché originel s'ajouta, au cours des âges, la durable certitude que ses approches n'étaient pas, elles, hors de portée des humains et que des terres bénies conservaient, pour des raisons de proximité avec lui ou d'insularité ou pour les deux à la fois, plusieurs attraits et privilèges du jardin d'Éden. Le plus célèbre de ces pays de rêve fut le royaume du Prêtre Jean. La légende le concernant semble remonter au début du XIIe siècle et survécut jusqu'au XVIIe siècle.

Depuis les premières décennies du XIIe siècle, les Latins connaissaient, grâce aux contacts favorisés par les croisades, un souverain chrétien qui régnait non loin du pays des Noirs et que l'on avait tendance à assimiler à l'empereur d'Éthiopie. Le nom de Jean était-il la déformation française de *Zan* qui désignait jadis le souverain d'Éthiopie et la qualité de prêtre qui lui était attribuée provenait-elle de l'ordination diaconale conférée à ce roi lors de son avènement? Des érudits l'ont pensé. Mais aujourd'hui on s'oriente plutôt vers une autre hypothèse qui sera exposée dans un instant, car le nom de *Zan* n'est attesté qu'à partir du XVIe siècle [1].

Toutefois, à partir de la seconde moitié du XIIe siècle, la localisation de son royaume en Asie éclipsa progressivement la précédente : ce que facilitèrent les confusions géographiques que cachait le terme *India.* On distinguait souvent en effet *India inferior* (en deçà du Gange), *India superior* (au-delà du fleuve) et *India ultima* ou *India Egypti.* Deux traditions pouvaient confirmer la croyance à un royaume chrétien asiatique : l'une selon laquelle saint Thomas, après avoir évangélisé les Mèdes, les Perses et les Parthes, aurait atteint les côtes de Malabar et de Coromandel, et créé la chrétienté de ces régions où serait son tombeau (à Madras) ; l'autre qui faisait venir les Rois Mages d'un Orient fabuleux par ses richesses, ses habitants, sa faune et sa flore. Le Prêtre Jean prit donc alors figure dans l'imaginaire occidental de souverain chrétien régnant quelque part en « Asie », à proximité du paradis terrestre.

Des communautés chrétiennes (nestoriennes [2]) existaient effectivement : d'une part, sur les côtes du Deccan ; d'autre part, disséminées en Asie centrale jusqu'aux abords de la Chine. Ainsi s'explique que l'Occident ait entendu parler d'un « patriarche Jean », gardien du tombeau de saint Thomas, avant de donner corps à la légende même du roi appelé « Prêtre Jean ». Circula en effet une relation anonyme racontant la visite qu'aurait rendue au pape en 1122 le « patriarche des Indes ». Celui-ci aurait émerveillé la cour de Calixte II par l'évocation de la ville de sa résidence, au milieu de laquelle coule le Pishôn, « un des fleuves du paradis, aux eaux très limpides, qui charrie de l'or très précieux et aussi des pierres très précieuses grâce auxquels les pays de l'Inde sont d'une extrême opulence ». N'y vivent que des fidèles chrétiens. Car dès qu'un hérétique ou un infidèle y entend parler de la doctrine chrétienne authentique, ou il se convertit aussitôt ou il tombe raide mort. A courte distance des remparts urbains, sur un mont entouré d'un lac, s'élève l'église dédiée à saint Thomas. Le mont est inaccessible à cause de l'abondance des eaux, sauf durant les huit jours qui précèdent et suivent la fête du saint. Alors le lac se dessèche et permet l'aller et le retour des pèlerins. Dans le saint des saints se trouve un ciboire d'or et d'argent magnifiquement travaillé et orné des pierres précieuses apportées par le Pishôn [3].

Cette lettre anonyme, avec ses amplifications qui nous font sourire, renvoie du moins à un fait authentique. Car une autre lettre, écrite par Odon, abbé de Saint-Remy de Reims, confirme qu'en 1122 un « archevêque de l'Inde » vint effectivement à Rome avec une délégation byzantine. Il y parla – et ici l'exagération retrouve ses droits – de l'opulence et des trésors du pays où se trouve le corps de saint Thomas. La lettre fait mention du mont portant le sanctuaire et qu'entoure un grand fleuve qui s'assèche pour permettre une fois par an la venue de l'archevêque et des fidèles. A cette occasion, le corps de l'apôtre est sorti de son tombeau et exposé dans la cathédrale. Le saint élève son bras et ouvre la main pour recevoir les dons des visiteurs. Mais si un hérétique se glisse parmi eux, la main se ferme et refuse l'offrande [4].

Les Latins, installés en Orient depuis la première croisade, sentaient la fragilité de leur situation au milieu du monde musulman et notamment face au souverain de Perse. Ils accueillaient donc avec joie toute nouvelle et toute indication leur laissant espérer que des princes chrétiens – de Géorgie, d'Arménie ou d'une plus lointaine « Asie » – pourraient neutraliser les puissances musulmanes agressives, voire les prendre à revers. Cette espérance et cette attente, conjuguées à ce que l'on racontait au XIIe siècle du « patriarche de l'Inde », conduisirent à forger la légende du « Prêtre Jean ».

En 1141, le souverain de Perse, Sanjar, considéré en Terre sainte comme le suzerain des musulmans de Syrie et de Mésopotamie, fut vaincu par le chef de la tribu mongole des Kara Kitay qui, chassé de Chine, se taillait alors un empire en Asie. Un évêque de la Syrie franque, Hugues de Gabala (Byblos), dont l'historien Otto von Freising, demi-frère de l'empereur Conrad III, recueillit le témoignage à Viterbe en 1145, donna de l'événement une interprétation qui doit nous retenir ici. Selon lui un « certain Jean », à la fois roi et prêtre, chrétien de rite nestorien, résidant *ultra Persidam et Armeniam in Extremo Oriente* et descendant des Mages, avait décidé de venir au secours de l'Église de

Jérusalem. Il avait vaincu les Mèdes et les Perses, et s'était emparé d'Ecbatane, mais n'avait pu franchir le Tigre [5]. C'est la première fois qu'apparaît la titulature « Prêtre Jean ».

Toutefois la localisation préférentielle du Prêtre Jean en Asie n'éclipsa jamais complètement durant le Moyen Age la localisation éthiopienne. Aussi rencontrons-nous là une difficulté que l'ouvrage récent et fondamental de Jacqueline Pirenne s'est efforcé de résoudre en montrant que la légende du Prêtre Jean avait une double origine, nestorienne et éthiopienne [6]. Nous donnons ici le résumé de sa démonstration.

Premier point de son argumentation : le personnage du Prêtre Jean a été conçu d'abord dans un cadre nestorien avant d'être situé en Éthiopie [7]. Il est issu des *Acta* de saint Thomas rédigés à Édesse, centre du nestorianisme, entre le milieu du IIIᵉ et la fin du IVᵉ siècle [8]. Ces *Acta* racontent que Thomas, apôtre de l'Inde, devint le charpentier du roi Gundafor, l'un des rois mages, puis fut exécuté sur l'ordre d'un autre roi de l'Inde, Mazdai. Mais celui-ci avait un fils, Vizan, que Thomas avait converti et qui enterra le corps de l'apôtre dans une tombe royale. Thomas avait aussi converti Sifur, un compagnon de Vizan. Par la suite Vizan se transforma en Jean et une interversion se produisit de sorte que c'est Vizan-Jean, fils de roi, qui devint le prêtre et Sifur le diacre.

Chez les nestoriens d'Édesse, d'Asie centrale et de la côte de Coromandel, « Prêtre Jean » ne resta pas un titre honorifique. La formule désigna une fonction : celle de successeur de Vizan-Jean comme chef spirituel et temporel des « chrétiens de saint Thomas ». Ce qui veut dire que, du point de vue des chrétiens nestoriens, plusieurs personnages purent avoir droit à ce titre [9].

Reste à expliquer comment un Prêtre Jean éthiopien a pu exister si loin du domaine nestorien. Il faut rappeler ici l'unité géographique des trois Indes, telle que la concevait le Moyen Age. D'autre part, des liens existaient entre l'Inde et l'Éthiopie grâce aux relations maritimes, de sorte que les Indiens purent avoir eu connaissance des empereurs éthiopiens. On peut alors supposer que l'un deux parut, aux yeux des nestoriens de l'Inde, mériter d'être un « Prêtre Jean ». Ce fut, selon Jacqueline Pirenne, le cas du souverain Yimrha Christos qui régna vers 1170-1173 et qui, selon la tradition, avait été ordonné prêtre avant son avènement. Il eut une réputation de sainteté. Or l'occupation de Jérusalem par les croisés favorisa la venue d'Éthiopiens dans la ville sainte. Détail significatif : la capitale de la dynastie à laquelle appartenait Yimrha Christos nous est connue sous le nom de Roha, qui est l'appellation syriaque d'Édesse. Les relations entre l'Éthiopie et la Palestine continuèrent même après que Saladin eut occupé Jérusalem en 1189. C'est lui qui donna aux Éthiopiens un site sur le Mont des oliviers. On s'explique à partir de ces indications convergentes que l'évêque de Saint-Jean-d'Acre, Jacques de Vitry, dans les années 1217-1221, ait localisé le royaume du Prêtre Jean à la fois en Asie et en Afrique orientale [10], celle-ci étant alors communément considérée comme un morceau de celle-là.

Mais la partie la plus nouvelle du livre posthume de Jacqueline Pirenne – tuée par un chauffard avant la publication de son essai – concerne la ou plutôt les lettres du Prêtre Jean. Dans une monumentale étude des années 1879-1883, l'érudit allemand Friedrich Zarncke avait édité la plus ancienne version connue à l'époque d'une lettre que le Prêtre Jean aurait envoyée à l'empereur byzantin Manuel Ier Comnène. Elle aurait été rédigée vers 1165. L'archevêque Christian de Mayence, envoyé en 1170 à Constantinople, l'aurait traduite en latin pour la faire lire à Frédéric Barberousse. Zarncke attribuait la rédaction de ce « faux » à un clerc latin d'Orient. Et il pensait aussi que cette lettre en latin avait servi de modèle à d'autres qui en auraient été dérivées et qui auraient été adressées respectivement au roi de France, au pape et à l'empereur. Il s'efforça en outre d'établir la version première de cette lettre en collationnant près d'une centaine de manuscrits de la « traduction » latine.

Mais les recherches postérieures n'ont pas permis de maintenir la reconstruction historique de Zarncke. D'abord on découvrit un manuscrit latin de filiation différente [11]. On s'aperçut ensuite qu'il dépendait de la version française et que celle-ci ne pouvait pas dériver de la version latine soi-disant traduite par l'archevêque Christian [12].

Enfin et surtout, dès 1888, l'attention fut attirée sur des versions hébraïques de la lettre, dont deux érudits ont en 1982 publié trois exemplaires [13]. Ceux-ci, assurément, sont assez proches des versions romanes de la lettre (française, italienne et provençale). Mais ils manifestent aussi une réelle autonomie par rapport à elles. D'où l'hypothèse de Jacqueline Pirenne qui, allant plus loin que ses prédécesseurs, pense premièrement qu'il n'y a pas eu une lettre originelle, soi-disant traduite du grec en latin, dont les autres versions auraient dérivé, mais quatre lettres : à l'empereur de Byzance, au roi de France, à l'empereur et au pape ; deuxièmement que ces quatre lettres, dont l'analyse des contenus prouve qu'elles ont chacune leur spécificité, ont quand même été rédigées par un même auteur. Celui-ci serait « un juif lettré ayant voyagé en Orient, cherchant à s'informer sur les communautés juives et ayant en même temps acquis des informations sur les nestoriens, comme sur le commerce avec l'Inde [14] ». Les versions hébraïques révèlent que l'auteur était familier du *Livre d'Eldad le Danite* et qu'il connaissait l'évêque de Samarcande, ville où résidait une forte communauté hébraïque. Il aurait été originaire de Provence, car des termes provençaux se sont glissés dans l'hébreu. Juif de culture, il aurait eu l'esprit ouvert au christianisme [15].

Le point actuel, relativement à cette question complexe, est donc le suivant. Il y aurait eu un seul auteur pour quatre lettres. Il aurait rédigé un original en hébreu mais en aurait aussi (seul ou avec des amis) assuré les traductions que le Prêtre Jean était censé avoir fait réaliser en français pour le roi de France et l'empereur, en latin pour Manuel Comnène (avec des « hellénismes de pacotille ») et en italien pour le pape. Ces lettres diffèrent partiellement entre elles par le contenu ; et cela s'explique par le fait que ces quatre versions voulaient être adaptées à leurs destinataires respectifs. La version latine, surtout, est différente des trois autres.

Ces dernières, aux contenus plus riches et plus sérieux, apparaissent comme « une critique politique et sociale implicite par la mise en valeur de ce qui devrait être [16] ». « Les lettres du Prêtre Jean aux grands de l'Europe de son temps constituaient une campagne d'aspiration à sortir de cette chrétienté de rivalités, d'ambitions, de trahisons, de luttes fratricides, de guerres, de massacres et de misère populaire, elles étaient implicitement subversives, en évoquant un véritable empire chrétien. L'archevêque de Mayence les a remplacées par un écrit populaire sur les « merveilles de l'Inde », au pays d'un antipathique et prétentieux roi d'Orient [...]. C'est donc l'archevêque qui a fait un faux [17] ».

Mais ce qui doit nous retenir ici, une fois donnés les éclaircissements qui précèdent, c'est que la version latine de l'archevêque de Mayence connut un immense succès, contrairement aux trois autres. Personne au Moyen Age ne mit en doute son authenticité. Zarncke en avait identifié quatre-vingt-treize manuscrits. Elle fut traduite dans la plupart des langues européennes. Son influence fut donc profonde et durable sur les mentalités médiévales et c'est ce qui nous importe pour le sujet dont nous traitons.

« Moi, le Prêtre Jean, lit-on dans le texte latin le plus ancien tel que l'avait reconstitué Zarncke [18], je suis le souverain des souverains (*dominus dominantium*) et je dépasse les rois de la terre entière par les richesses, la vertu et la puissance. Soixante-douze rois sont mes tributaires. Je suis dévot chrétien et partout nous défendons et secourons de nos aumônes les chrétiens pauvres placés sous le pouvoir de notre clémence. [...] Notre magnificence domine sur les trois Indes et notre territoire s'étend de l'Inde ultérieure où repose le corps de saint Thomas jusqu'au désert de Babylone proche de la tour de Babel. » Suit une énumération des êtres vivants de ce pays extraordinaire. On y relève notamment des éléphants, des dromadaires, des chameaux, des hippopotames, des crocodiles, des panthères, des tigres, des lions blancs et rouges, des ours blancs, des cigales muettes, des griffons, des hommes sauvages, des hommes cornus, des faunes, des pygmées, des cynocéphales, des géants, des cyclopes et « l'oiseau qu'on appelle phénix ».

Cette terre, où coulent le lait et le miel, est traversée par un fleuve qui vient du paradis terrestre, apportant des émeraudes, des saphirs, des topazes, des béryls, des améthystes et autres pierres précieuses. Elle contient, entre autres, une forêt qui produit le poivre en abondance. Cette forêt est, elle-même, située au pied du monde Olympe, duquel coule une source dont l'eau vient ensuite à proximité du paradis terrestre et dont le parfum additionne celui de toutes les épices. Si quelqu'un boit trois fois de cette eau à jeun, il ne tombera plus malade et restera toute sa vie comme s'il avait trente-deux ans. « Une des merveilles de notre terre, continue le Prêtre Jean, est la mer aréneuse sans eau. Le sable en effet y est en mouvement et se gonfle en vagues tout comme la mer. » Cette étrange mer n'est jamais en repos. On ne peut pas la traverser et donc personne ne sait ce qu'il y a au-delà. Mais sur ses rives on trouve divers poissons très bons à manger.

Plus loin, le Prêtre Jean affirme : « Notre mansuétude accueille tous les hôtes et pèlerins étrangers. Il n'y a pas de pauvres parmi nous. Nous ne connaissons ni le vol, ni l'adulation, ni la cupidité, ni les divisions. » Le mensonge y est pareillement inconnu. « Aucun vice ne règne chez nous. » A la guerre, les troupes sont précédées de treize grandes croix d'or et pierres précieuses. Chacune est suivie de dix mille soldats et cent mille hommes de pied. Le palais du prêtre souverain a des plafonds et des solives en bois imputrescible. Au sommet du bâtiment se trouvent deux pommes d'or, surmontées chacune d'un cristal. Ainsi l'or resplendit durant le jour et les cristaux pendant la nuit. Les tables qui servent aux repas de la cour sont, les unes en or, les autres en améthyste. Les colonnes qui soutiennent les tables sont en ivoire.

Trente mille hommes, dont sept rois, soixante-deux ducs, trois cent soixante-cinq comtes, douze archevêques, vingt évêques, plus le « patriarche de saint Thomas », déjeunent chaque jour au palais. Dans celui-ci la chambre royale est ornée d'or et de pierres précieuses. Des résines odoriférantes y brûlent en permanence. Le lit est en saphir : pierre propice à la chasteté. « Nous avons de très belles femmes. Mais elles ne nous rejoignent que quatre fois l'an et seulement pour la procréation d'enfants. Puis, une fois sanctifiée par nous, comme Bethsabée par David, chacune retourne à son appartement. » Le toit du palais a l'apparence du ciel, car il est semé de saphirs et de topazes très lumineux qui ressemblent à des étoiles. Le pavement est en cristal. Aux murs intérieurs sont accolées cinquante colonnes rétrécies au sommet et portant chacune une escarboucle grande comme une amphore. Aussi le palais n'a-t-il pas de fenêtres car il est éclairé par ces pierres précieuses autant qu'il pourrait l'être par le soleil.

Devant le bâtiment royal se trouve une place où se déroulent les duels judiciaires et s'élève un miroir situé à grande hauteur et auquel on accède par cent vingt-cinq marches de pierres précieuses. Le miroir lui-même est juché au sommet d'une architecture extraordinaire comprenant successivement, de bas en haut, une colonne et une base, puis sur cette dernière deux colonnes portant un nouveau support. A mesure qu'on monte on passe à quatre, huit, seize, trente-deux, soixante-quatre colonnes, puis le nombre des colonnes va à nouveau en décroissant. Ce miroir permet de voir tout ce qui se passe « pour et contre nous » dans le royaume et provinces adjacentes. Il est gardé par douze mille soldats de jour et de nuit. La lettre se termine par l'orgueilleuse affirmation que voici : « Notre terre s'étend d'un côté jusqu'à presque quatre mois de marche et, de l'autre, jusqu'à une distance que personne ne peut connaître. Si tu peux dénombrer les étoiles du ciel et le sable de la mer, tu pourras aussi mesurer notre empire et notre puissance. »

Il est aisé de reconstituer à partir de ce document ce qu'était au XIIe siècle l'imaginaire oriental des lettrés d'Occident. Dans cet ailleurs mal connu ils situaient, pêle-mêle, une puissance militaire chrétienne qui prendrait l'islam à revers, un royaume immense proche du paradis terrestre, la fontaine de jouvence, du poivre et des pierres précieuses à gogo, un foisonnement d'animaux insolites, unc mer « aréneuse » et néanmoins riche en poissons. Le Prêtre Jean fait figure à la fois de Crésus et de saint dans son empire où il n'y a place que pour la vertu.

On a dit plus haut que Jacques de Vitry s'embrouillait sur la localisation du royaume du Prêtre Jean. En 1217 il écrivait : « Je viens d'être informé par un marchand que les habitants du pays du Prêtre Jean viennent d'abandonner le nestorianisme pour devenir jacobistes [19] ». Il s'agissait évidemment des monophysites d'Éthiopie. Mais dans une lettre de 1220 le même Jacques de Vitry parlait des « chrétiens qui habitent la majeure partie de l'Inde, sont nestoriens et sujets d'un très puissant prince que le peuple appelle Prêtre Jean [20] ». Cette fois, il ne pouvait s'agir que de l'Asie. En ce premier quart du XIIIe siècle la localisation asiatique du royaume du Prêtre Jean connut une nouvelle flambée grâce à la diffusion d'une *Relatio de Davide* parvenue à Damiette en 1221. Elle racontait les victoires remportées sur les musulmans par un roi David, nestorien, descendant d'un roi Jean. Des versions abrégées firent de ce David le fils du Prêtre Jean ou, plus simplement, remplacèrent le nom de David par celui de Jean.

Les succès attribués à David étaient, en fait, l'écho des conquêtes que Gengis Khan († 1227), après avoir envahi la Chine, venait de réaliser en Perse et en Turkestan. Bientôt l'invasion de 1240-1241 conduisit les Mongols jusqu'au cœur de l'Europe : à Cracovie et en Hongrie. Le pape et les souverains occidentaux, d'abord effrayés, tentèrent ensuite d'établir des relations avec eux, voire de les convertir – toujours avec l'espoir de prendre les musulmans à revers. Ces ambassades devaient également chercher à s'enquérir du royaume du Prêtre Jean sur lequel commençaient d'ailleurs à circuler des informations moins enthousiasmantes.

Joinville, dans son récit de la septième croisade (1248-1254), rapporte comment les « Tartarins » se révoltèrent contre le Prêtre Jean et le tuèrent [21]. En 1253, Vincent de Beauvais, dans son *Speculum historiale*, assure que le Prêtre Jean fut jadis l'empereur de l'Inde et le suzerain des « Tartares » qui lui payaient tribut. Mais, à l'époque de Gengis Khan, ceux-ci se révoltèrent et attaquèrent David, le fils de Jean, le tuèrent lui et sa famille, à l'exception d'une seule fille qui devint l'épouse de Gengis Khan et dont elle eut des fils [22]. Enfin le dominicain Thomas de Cantimpré († 1263) fait savoir à son tour que Saint Louis, ayant appris que le « roi des Tartares » avait une mère chrétienne, lui adressa des messagers [23].

Effectivement le concile de Lyon de 1245 envoya le franciscain Jean de Plan Carpin en Mongolie – il y séjourna en 1246-1247 – et Saint Louis chargea un autre franciscain, Guillaume de Rubrouck, d'une mission auprès du Grand Khan qui eut lieu en 1253-1254.

Plusieurs de ces voyageurs occidentaux qui, au XIIIe siècle et au début du XIVe siècle, fréquentèrent les routes de l'Extrême-Orient et visitèrent l'Empire mongol – notamment Guillaume de Rubrouck, les membres de la famille Polo de 1255 à 1295, Odorico de Pordenone de 1290 à 1330 –, sans mettre en doute l'existence du pays du Prêtre Jean, s'efforcèrent d'en dégonfler le mythe. Guillaume de Rubrouck parvint jusqu'à Karakorum . Arrivé dans le pays des Naïmans – le bassin supérieur de l'Irtych et de l'Ob –, il note :

> Dans une plaine entre ces montagnes il y avait un nestorien, pasteur au grand pouvoir et qui gouvernait un peuple appelé Naïman, qui étaient des chrétiens nestoriens. A la mort de Coir Khan, ce nestorien se proclama roi. Les nestoriens l'appellaient le Roi Jean et disaient de lui dix fois plus que la vérité. Ainsi font les nestoriens qui viennent de ces pays : à partir de rien ils font grandes rumeurs : j'ai traversé ses pâturages, et personne ne savait rien de lui à part quelques nestoriens [24].

On ne peut être plus circonspect ni plus défiant à l'égard de rumeurs qui « disaient [...] dix fois plus que la vérité ».

Marco Polo donne au sujet du Prêtre Jean deux séries d'informations. Dans un premier récit, il accrédite l'histoire du conflit entre le Prêtre Jean et son vassal Gengis Khan, terminé par la défaite et la mort du souverain chrétien et le mariage du vainqueur avec la fille du vaincu [25]. Puis, dans le chapitre sur « la grande province du Tenduc », c'est-à-dire la région située au nord de la boucle du fleuve Jaune, le passage consacré au royaume du Prêtre Jean souligne surtout sa grandeur passée :

Qui part de là trouve Tenduc, province vers le Levant, qui a villes et villages assez, et c'est une des provinces que ce grand roi très fameux dans le monde, nommé par les Latins Prêtre Jean, voulait habiter. Mais à présent ils sont au Grand Can, car tous les descendants du Prêtre Jean sont au Grand Can. La maîtresse cité est nommée Tenduc. Et de cette province en est roi un de la lignée du Prêtre Jean, et encore est Prêtre Jean ; et sachez qu'il est prêtre chrétien comme sont tels tous les chrétiens de ce pays ; mais son nom est Georges, et la plus grande partie du peuple est de chrétiens. Il tient le pays pour le Grand Can, non pas tout celui que Prêtre Jean avait, mais seulement une partie. [...]

En cette province on trouve la pierre dont se fait l'azur [c'est-à-dire le lapis-lazuli] très abondante et de bonne qualité, et ils sont très habiles à le faire. Il y a aussi beaucoup de camelot en poil de chameau et de couleurs variées. Les gens vivent de leurs troupeaux et des fruits de la terre, dont ils font grand commerce, et aussi de certains métiers. Là le gouvernement appartient aux chrétiens, parce que le roi est chrétien, bien qu'il soit soumis au Grand Can [26].

En somme, il existe bien, confirme Marco Polo, une région chrétienne – traduisons nestorienne – en Extrême-Orient, mais vassale du souverain mongol. Elle est certes assez prospère, mais n'a rien d'un paradis. Odorico de Pordenone, franciscain originaire du Frioul, n'est pas moins mesuré lorsqu'il écrit : « Si vins en la terre Prestre Jehan et la nomme on l'isle Penthexoire, mais il n'en est mie la centiesme part de ce que on dit, comment que soit riche terre et noble pais [27]. » Il situe cette terre, qu'il appelle aussi « Presticane », à cinquante journées à l'ouest de Pékin. Il est encore question du Prêtre Jean dans une lettre de 1305 écrite par Jean de Monte Corvino, envoyé en Chine en 1289 et devenu archevêque de Pékin. Lorsqu'il convertit du nestorianisme au catholicisme le roi Georges, chef de la tribu turque des Ongüt, il fut persuadé d'avoir converti le descendant « du grand roi qui fut nommé le Prêtre Jean de l'Inde [28] ».

A la relative prudence des rares Occidentaux qui visitèrent l'Extrême-Orient s'opposait l'amalgame des traditions légendaires diffusées en Occident et dont témoigne par exemple une compilation de la fin du XIVe siècle, le *De gestis trium regum*, du carme Jean de Hildesheim, dont le succès demeurait encore considérable un siècle plus tard. Dans cet ouvrage le Prêtre Jean est présenté comme l'héritier des Rois Mages. Son fils David, ayant pris parti pour les nestoriens contre les « Tartares », fut vaincu et tué par ceux-ci. Mais le chef de ces derniers, averti en songe par les Mages, fit alliance avec le Prêtre Jean et le fils de l'un des souverains épouse toujours la fille de l'autre [29].

De même circulaient en France, au XIVe siècle, des *Nouvelles de la terre de Prestre Jehan* où l'on retrouve l'essentiel de la lettre latine apocryphe de 1165. Le Prêtre Jean y déclare en effet posséder « la plus haulte et digne couronne qui soit en tout le monde ; aussi comme d'or, d'argent et pierres précieuses » et avoir en sa puissance « quarante et deux roys tout puissans et bons crestiens ». En son État se trouve « une cité qui s'appelle Orronde la grant, la plus belle et la plus forte qui soit au monde ». « Item sachez que nul roy crestien n'a tant de richesses comme nous avons. [...] Items en nostre terre est l'arbre de vie duquel sault [= sort] le cresme [...] et icelluy arbre est près du paradis terrestre d'une journée [...] et nous portons le cresme au patriarche saint Thomas, et icelluy le sacre : de quoy nous sommes tous baptisez. »

Le palais du souverain est ainsi décrit : « Les paroys sont de cristal et la couverture de dessus est de pierres precieuses, et par dedens est aournée de estoilles, en semblance de celles des cieulx, et le pavement est de cristal, et audit palays ne trouverez fenestre ne porte ; et dedens le palays a quatre mille et deux cents pilliers faicts d'or et d'argent, et de pierres précieuses de toutes manieres. » Le souverain précise encore qu'en son royaume tous les pauvres sont soutenus d'aumônes ; qu'en sa terre vivent des « lyons [...] rouges, vers, noirs et blaus », « des oiseaux qui s'appellent griffons, et portent bien ung beuf et un cheval en leur nid », d'autres oiseaux qui « ont couleur de feu » et des ailes « trenchentes comme rasoirs », et encore « le Fenix, le plus bel oiseau du monde », qui meurt à cent ans et renaît de ses cendres.

« En nostre terre, affirme encore le Prêtre Jean, y a habondance de pain, de vin, de chair et de toutes choses qui sont bonnes à soustenir corps humain [... et] ne peut entrer nulle beste qui de sa nature porte venin ». Le poivre croît sans être semé et existe une fontaine telle que « qui peut en boire de l'eau troys fois à jeun, il n'aura maladie de trente ans, et quant il en aura beu il luy sera advis que aura mengé des meilleures viandes et espices du monde, pource qu'elle est toute plaine de grace de Dieu et du Saint-Esprit. Et qui se peut baigner en icelle fontaine, s'il est en l'aage de deux cents ans ou de mille, il retournera en l'aage de trente ans par semblance ». L'empire du Prêtre Jean est donc à nouveau décrit ici comme une région fabuleuse, un pays de cocagne où règne toutefois la plus grande vertu. Les « larrons » y sont inconnus. « Nulle personne n'ose faire le peché de luxure, car incontinent il seroit ars ou bruslé. [...] Item [...] nulle personne n'ose mentir, [...] car il seroit mort ou pendu [30]. » Le souverain et son empire cumulent ainsi puissance et vertu.

C'est dans les *Voyages* (chap. XXX, XXXI et XXXII) de Mandeville qu'on découvre, au XIVe siècle, l'évocation la plus fantastique du royaume chrétien de l'Inde, riche de nobles cités et de nombreuses et grandes îles [31]. « Ce pays dynde, écrit l'auteur, est tout de diverses ylles pour la cause de ce quil est arrousé des flueuves qui viennent de paradis terrestre. » Le souverain commande à beaucoup de rois, d'îles et de peuples. Son pays est très riche, moins toutefois que celui du Grand Khan. Cette restriction, la seule du texte, est expliquée par la position insulaire de l'île du Prêtre Jean. Celle-ci est difficile d'accès, à cause des rochers aimantés qui parsèment la mer autour d'elle et qui attirent tous les éléments de fer que contiennent les navires : de sorte que ceux-ci se disloquent. L'empereur Prêtre Jean « prent touiours a feme la fille au Grand Cham, et le Grand Cham la fille du Prestre Jean ». Ainsi sont-ils les deux plus puissants souverains sous le firmament.

Le Prêtre Jean « a par dessousz lui LXII provinces ; et a chascune province il y a un roi, et tous ces roys sont dessous lui et font tribucion à lui. Et si a en son pays moult de merveilles ». L'une d'entre elles est la « mer gravelle senz goute deaue ». Elle a néanmoins de « grandes ondes » et de fort bons poissons comme l'autre mer. Mais aucun navire ne la peut traverser. « En son milieu sont de grands montaignes d'où sort un grans flueuves de pierres precieuses, qui vient du paradis terrestre. »

Au-delà du fleuve, en direction des déserts, existe une plaine où le matin naissent des arbres qui grandissent jusqu'à midi. Ils portent alors des fruits mais dont personne n'ose manger, car ils sont enchantés. Ces arbres décroissent ensuite l'après-midi et rentrent en terre au coucher du soleil. Dans les déserts vivent des hommes sauvages, horribles à voir et portant des cornes, des chiens non domestiqués et de nombreux perroquets qui parlent avec les personnes qui traversent la région.

Quand le Prêtre Jean range son armée pour une bataille, il ne place pas de bannière devant les troupes mais treize croix d'or fin et de pierres précieuses. Chaque croix est placée sur un chariot richement décoré et protégé par dix mille hommes en armes et cent mille fantassins, indépendamment de l'armée principale.

Le souverain habite le plus souvent à Busse, et son palais est si riche qu'il dépasse toute supposition préalable qu'on en peut faire. Les grandes portes sont en sardoine avec des bordures en ivoire. Les fenêtres des salles et des chambres sont en cristal. Les tables à manger sont, les unes, enrichies d'émeraudes, les autres d'améthystes, les autres d'or et de pierres précieuses. Les sept degrés de son trône sont respectivement d'onyx, de cristal, de jaspe vert, d'améthyste, de sardoine, de cornaline et de chrysolite, avec bordures d'or fin, de pierres précieuses et de perles d'Orient. Dans sa chambre, les piliers sont pareillement d'or fin serti de nombreuses escarboucles qui brillent dans la nuit ; un vase de cristal rempli de baume répand son parfum, écartant de l'empereur tout air corrompu. Le lit royal est d'or et saphirs, assurant au souverain du bon sommeil et écartant de lui la luxure. Car il ne couche avec sa femme que quatre fois l'an, et seulement pour engendrer des enfants.

Le Prêtre Jean a toujours douze rois pour le servir, eux-mêmes assistés de soixante-douze ducs et trois cent soixante-dix comtes. Douze archevêques et vingt évêques vivent en permanence à sa cour, « et le patriarche de saint Thomas est ici comme le pape chez nous. Les archevêques, les évêques et les abbés en ce pays sont tous rois ». Le royaume du Prêtre Jean est large de quatre mois de marche et long hors de toute mesure. Il est impossible d'énumérer toutes ses richesses et l'énorme quantité de pierres précieuses qu'il contient. La plupart de ses habitants sont de bonnes foi et mœurs. Les prêtres chantent la messe et consacrent le pain à la manière des Grecs, et leurs liturgies sont plus simples que celles des Latins. Car ils s'en tiennent à l'enseignement de saint Thomas et des apôtres. Alors que « nous avons plusieurs addicions que les papes ont depuis faites et adioutees en la messe, dont ils ne scevent riens [32] ».

Telles sont les caractéristiques de cet État chrétien asiatique où se trouvent rassemblées les merveilles de la création, les richesses de l'univers, la foi chrétienne et la puissance d'un souverain épaulée par celle de son parent et allié, le Grand Khan. Rien ne montre mieux que le texte de Mandeville à la fois la durable survie des grands thèmes développés dans la lettre latine apocryphe de 1165 et l'amplification donnée à ceux-ci au cours des deux siècles suivants.

L'Asie autour du royaume du Prêtre Jean

Les chapitres consacrés par Mandeville au pays du Prêtre Jean et à ses annexes mentionnent encore plusieurs îles qui annoncent, d'une certaine manière, les pays utopiques – généralement insulaires – de la Renaissance. En effet dans l'île de Bragine (ou Bragmey) vivent « droitement » des gens parmi lesquels il n'y a ni meurtriers ni prostituées. Ils jeûnent quotidiennement et sont aussi chastes que des religieux. Moyennant quoi ils ne connaissent ni tempêtes ni orages, ni pestes ni famines. Tout est commun chez eux, et on n'y honore pas les richesses. Les habitants le plus souvent ne meurent pas de maladie mais de vieillesse. Ils croient en un Dieu créateur de toutes choses et lui rendent un culte [33].

Deux autres îles, respectivement Oxidrate et Gynosophe, sont, elles aussi, peuplées de gens de « bonne foi » mais qui vivent nus. Ils ne connaissent pas les articles du Credo chrétien. Toutefois ils pratiquent une religion naturelle, raison pour laquelle Dieu les aime et les comble de bienfaits. Quatre mille ans avant la naissance du Sauveur ils connaissaient des prophéties annonçant l'Incarnation, mais ils ignorent que le Dieu incarné souffrit et mourut pour nous [34].

Ainsi Mandeville, rassemblant des légendes qui couraient en son temps sur le Prêtre Jean et les pays merveilleux de l'Asie, fait-il revivre toute la gamme des situations paradisiaques telles qu'on pouvait alors les imaginer : ici la puissance, la richesse, la musique, les parfums et la fontaine de jouvence ; ailleurs la sobriété, le partage des biens avec, en contrepartie, l'absence de maladies et de calamités. Ici la somptuosité ; ailleurs une nudité innocente, mais partout l'honnêteté des mœurs et une religion profondément vécue même si elle n'est pas dogmatique.

Les paradis de l'Asie sont parfois plus troubles, lorsqu'ils ne sont plus mis en relation avec le pieux souverain qu'est le Prêtre Jean. L'histoire du « riche homme » ou mieux du « vieil homme de la montagne » ne se trouve pas seulement chez Mandeville [35]. Elle est aussi racontée par Odorico et Marco Polo. Le vieillard, rapportent-ils, a enclos une montagne, et « là, assure Odorico, avait-il mis les plus belles damoiselles qu'il peust trouver et aussi toutes choses qui peuvent porter delectation a corps humain, et nomment ce lieu Paradis [36] ». Des jeunes hommes vigoureux sont, évidemment, candidats à un tel paradis. Le vieillard les accueille, leur fait goûter tous les délices du lieu, puis les endort et les fait porter hors de ces lieux. A leur réveil, il les fait appeler et leur annonce qu'ils ne retourneront « en paradis » qu'à condition de tuer tel ou tel homme. Ainsi le redoutable vieillard a-t-il toujours des tueurs, les « Assassins », à son service.

Marco Polo rapporte la même histoire du chef des « asesins » – allusion romancée à une secte anéantie en 1256 par un khan mongol – et, plus encore que Odorico, il se complait à décrire le jardin du vieillard, ses quatre fleuves (du vin, lait, miel, et eau) et ses palais dorés [37].

> Là habitaient les dames et damoiselles les plus belles du monde, lesquelles savaient très bien sonner de tous instruments, chanter mélodieusement, danser autour de ces fontaines mieux que toutes autres femmes et, par-dessus tout, bien instruites à faire aux hommes toutes caresses et privautés imaginables. Leur rôle était d'offrir tous délices et plaisirs aux jeunes hommes qu'on mettait là. Il y avait multitude de nippes, literie et victuailles, et de toutes choses désirables [38].

Le faux paradis du « vieil de la montagne » annonce le *Jardin* piégé des fausses *délices terrestres* de Jérôme Bosch.

Le thème du jardin, redisons-le, a été au cœur même des rêves paradisiaques d'abord du Moyen-Orient et ensuite de l'Occident, puisque aussi bien il a été imaginé d'abord en des pays où l'eau était rare et le paysage facilement désertique. Arabes et Persans ont nourri à l'égard des jardins une véritable passion dont témoignent *Les Mille Et Une Nuits* évoquant tantôt des jardins réels remplis d'arbres chargés de fruits et parcourus de ruisseaux d'eau douce et claire [39], tantôt des jardins fabuleux. Ainsi Aladin, en descendant une terrasse, découvrit des arbres qu'il n'avait jamais vus : les uns blancs comme du cristal, d'autres rouges comme des rubis, ou verts comme des émeraudes, ou bleus comme des turquoises, ou violets comme des améthystes [40]. Le Coran promet dans l'au-delà à ceux qui craignent Dieu « des jardins et des vignes », « des fruits dont ils sont friands » – qui « seront proches et aisés à cueillir » –, « des habitations charmantes » dans les jardins d'Éden « baignés d'eaux courantes ». « Ils séjourneront parmi les arbres de lotus sans épine, et les bananiers chargés de fruits du sommet jusqu'en bas, sous des ombrages qui s'étendront au loin, près d'une eau courante, au milieu des fruits en abondance [41]. »

Le goût du merveilleux et l'attirance vers les jardins de rêve ont fait croire aux voyageurs et chroniqueurs occidentaux qu'existaient au loin des lieux où la nature gardait quelque chose de sa luxuriance primitive. Jourdain de Séverac, qui écrit vers 1323, donne de Ceylan une description quasi édenique [42]. Mandeville se plaît à évoquer les jardins d'Égypte qui portent des fruits « sept fois l'an » et des « pommes » délicieuses qu'on appelle « pommes du paradis [43] ».

Dans les pays lointains – l'ailleurs par rapport aux Occidentaux –, tout est possible et l'émerveillement des voyageurs fait qu'ils embellissent encore les réalités étonnantes qu'ils découvrent ou dont ils entendent parler. Madagascar est, selon Marco Polo, d'une prodigieuse richesse : l'ivoire, le santal, l'ambre, les draps de soie et d'or y abondent, la faune y est extrêmement variée [44]. Il n'est pas allé à Madagascar, mais il a été reçu dans le palais du Grand Khan qui lui sembla une demeure féerique :

> Les murs des salles des chambres sont tout couverts, à l'intérieur, d'argent et d'or et sont représentés en ciselure très fine des lions et des dragons, des bêtes et des oiseaux, de jolies histoires de dames et de chevaliers et bien d'autres sortes de belles choses et d'histoires de guerre. [...] Il y a quatre cents chambres, et c'est un tel nombre qu'on s'émerveille de voir. [...] Les toits, en haut, vus du dehors, sont tout vermeil, vert, azur, bleu paon et jaune, enfin, de toutes les couleurs, et si bien vernissés qu'ils resplendissent comme cristal et qu'on les voit luire de bien loin à la ronde [45].

Claude Kappler, qui cite cet extrait [46], a raison de le rapprocher de la description des palais merveilleux où, dans *Les Mille Et Une Nuits*, vit Badoure, la princesse de Chine : « Le premier palais est de cristal de roche, [...] le sixième d'argent et le septième d'or massif : meublés d'une somptuosité inouïe [47]. »

Mais l'ailleurs lointain peut être aussi le domaine de l'inquiétant et du monstrueux, le meilleur et le pire se côtoyant dans ces régions où tout est excessif. Selon Mandeville « Outre [= au-delà de] la terre, les ylles et les desers Prestre Jean, en allant vers Orient on ne treuve fors que montaignes et grandes roches et la region tenebreuse, ou on ne pourroit veoir ne de jour ne de nuyt, si comme ceuls du pays tesmoignent. Ces desers et ces tenebres durent a un coste jusques en paradis terrestre [48]. »

En outre, à côté des îles féeriques qui, nous l'avons vu, dépendent plus ou moins du Prêtre Jean, existe une terre singulière : celle où se trouve le « val perilleux », long de quatre milles qui est « plain de dyables [...] et on dit que cest une des entrées d'enfer ». Certes, il y a abondance d'or et d'argent dans cette vallée « enchantée », mais aussi et surtout le buste vivant d'un diable

« moult orrible a veoir. [...] Et si crueusement il regarde toutes personnes, quil semble quil le doie tantost devourer. Et a les yeux si mouvables et si estincellants [...] et si a une telle contenance que nuls ne l'ose regarder parfaictement [...] et de li ist [= sort] fu et fumiere et tant de punaisie que a painnes ne puet nulz endurer [49] ».

Mandeville et ses compagnons – nous savons qu'il s'agit en fait d'un voyage imaginaire –, avant d'entrer dans le défilé, se confessent à des frères mineurs qui se trouvent parmi eux et communient. Viatique bien nécessaire en ces ténèbres où ils furent « abatus a terre plus de mil fois ».

> Et il y avoit si grant multitude de bestes [...] qui couroient entre nos iambes et nous faisoient cheoir. [...] Et si fusmes abatus par coups de tonnoirre, par enfondres [= foudres ?] et par granz vens, en tel point que nous estions ferus d'un levier parmi les rains. Et trouvasmes tant de mors dessouz nos piez, qui se plaignoient que nous passions sur euls, que cestoit moult hideuse chose à oïr. Et si sui certain que, se nous n'eussions receu *Corpus Domini*, que nous fussions tous demourés et perdus en celle valee.

Sous l'effet des bastonnades et des chutes, Mandeville et ses compagnons tombent « en pamoison, comme mors et en ces pamoisons nous veimes especialment moult de merveilles, dont ie n'ose parler. »

Mandeville se plaît à fabuler, mais Odorico a, lui aussi, traversé un val d'enfer, même s'il ne prononce pas le mot, désert musical où le son des instruments se transforme bientôt en tintamarre produit par des « ennemis invisibles ». On l'avait averti que, selon les gens du pays, « se aucuns y entre, jamais n'en peut yssir [50] ». Il y pénètre pourtant et, comme Mandeville, découvre une multitude de cadavres et « un visage humain très horrible et très hydeux à un lez de la montaigne en une pierre. Il estoit si horrible que je cuiday bien morir de paour et disoie ces moz : *Verbum caro factum est* [51] ». Enfin Odorico découvre en ce désert « grand quantité d'argent ». Toutefois il se garde bien de succomber à une telle tentation : « J'en pris en mon giron mais rien n'enportay et ainsi m'en alay. »

Un récit de caractère initiatique – passage presque obligatoire à l'époque dans les relations de voyages lointains – se combine ici avec la transposition d'expériences réelles. Traversant le désert de Lob, Marco Polo, par ailleurs très réaliste dans les précisions qu'il apporte sur cette région, y est cependant témoin d'une merveille : des voix appellent des gens par leur nom et les attirent en des endroits où ils se perdent. Même de jour, on y entend « soner maints instruments et particulièrement le tambour [52] ». D'autres voyageurs signalent l'existence d'un désert sonore en Asie centrale. Mais le vécu se double d'interprétations à la mesure des surprises éprouvées par les Occidentaux en ces pays situés loin de leurs paysages familiers.

Dans une Asie partiellement mythique, à proximité du paradis terrestre et du royaume du Prêtre Jean, tout est possible : l'extraordinaire devient réel et le meilleur côtoie le pire. L'Inde est alors pour les Occidentaux le pays de l'insolite. Là des pygmées luttent contre des grues et des géants contre des griffons. On y trouve des hommes à tête de chien qui grognent et aboient ; d'autres qui n'ont point de tête, mais portent des yeux sur le ventre ; d'autres encore qui se protègent du soleil en se couchant sur le dos et en levant un unique mais large pied [53]. A Taprobane (ici Ceylan), selon Mandeville, des fourmis géantes et anthropophages « gardent moult curieusement » une montagne d'or « et ostent le pur du non pur et l'affinent moult bien [54] ». Sous la plume de Pierre d'Ailly, ces fourmis deviennent des griffons et des dragons [55]. Un ouvrage du XVe siècle, intitulé *Secret de l'histoire naturelle*, assure qu'à Traponée (Taprobane) « croissent les plus grans limassons qui soient au monde. [...] Et vivent les gens du pays de leur chair. Et se hebergent les hommes et les femmes du pais dedans leurs coques tant sont grandes et n'ont nulles autres maisons ne habitations [56] ».

Dans un coin reculé de l'Asie, continent à la fois fascinant et inquiétant, ne soyons donc pas étonnés de découvrir les peuples maudits de Gog et Magog. Ils figurent, avant que la cartographie n'ait intégré le royaume du Prêtre Jean, dans la *Descriptio mappe mundi* de Hugues de Saint-Victor (première moitié du XIIe siècle) qu'on a pu appeler « le premier traité de géographie du Moyen Age [57] ». Leur île est placée au nord de l'Asie, en face de la « région des Amazones [58] ». Plus tard ils devinrent quasiment inséparables du royaume du Prêtre Jean et leur pays – insulaire ou continental – en constitua une sorte de négatif. Plus généralement, la géographie de l'Asie habituellement acceptée par les Occidentaux des XIIe-XIVe siècles plaçait, au-delà de la chrétienté, le monde islamique, et au-delà, dans la plus grande confusion, le pays des Amazones, celui de Gog et Magog, le royaume du Prêtre Jean et finalement, très loin et sur un haut sommet, le paradis terrestre.

Les peuples « impies » de Gog et Magog, dont l'Apocalypse (20,7) annonce le déferlement à la fin du monde, passaient pour avoir été enfermés par Dieu, à la demande ou par l'action d'Alexandre, derrière une barrière montagneuse. On les identifiait souvent aux dix tribus d'Israël punies de cette façon pour avoir adoré les veaux d'or [59]. Ce fut une conviction assez largement répandue au Moyen Age que le Prêtre Jean tenait désormais le rôle de gardien empêchant les peuples de Gog et Magog de sortir du pays où ils étaient reclus. La carte de Sanudo (vers 1320) place la péninsule où les « Tartares » sont enfermés derrière une muraille couronnée par le « château de Gog et Magog » et à proximité immédiate de l'*India inferior presbiteri Johannis* [60] (carte n° 12). La mappemonde d'Andrea Bianco mentionne Gog et Magog et le mont d'Alexandre (carte n° 13). Une mappemonde génoise de 1447 décore la chaîne montagneuse d'où sort le Gange de plusieurs tours en précisant que c'est le Prêtre Jean qui les a construites de façon à verrouiller la barrière naturelle derrière laquelle sont parqués les peuples maudits [61].

La localisation la plus ancienne situa ceux-ci au-delà des Portes caspiennes ou Portes d'Alexandre. Ainsi Jacques de Vitry place en Géorgie les *Montes Caspii*, « où les dix tribus enfermées attendent la venue de l'Antéchrist [62] ». Mais les musulmans qui, eux aussi, croyaient à l'existence des peuples de Gog et Magog, eurent tendance à reporter très loin à l'Est ces peuples immondes. C'est peut-être sous leur influence que les Occidentaux firent de même. Vincent de Beauvais, qui reflète l'affolement qui s'empara de l'Occident lors de l'invasion mongole de 1241, explique ainsi, en citant Simon de Saint-Quentin, les divers noms du « cham » (le Khan) : « Son nom *Cuyné* et *Gog* est la même chose en leur langue ; *Gog* est son nom propre et *Magog* celui de son frère. Car le Seigneur par son prophète Ézéchiel [chap. 38 et 39] prédit la venue de *Gog* et *Magog* et nous menace de ruine et désolation par eux. Aussi les Tartares s'appellent d'un nom propre *Mongles* ou *Mongols*. L'esprit de ce *Gog Cham* est tout enflammé pour la ruine des hommes et est comme un four ardent, propre à consumer [63]. » Ainsi voit-on que *Tatar* devient *Tartare* (association avec l'enfer) et *Mongol* devient *Magog*. Le peuple qui attend l'Antéchrist habite bien l'Extrême-Orient.

De l'Asie à l'Afrique

Plusieurs « mappemondes » de la fin du Moyen Age placent toujours en Asie le royaume du Prêtre Jean, notamment celle de Sanudo, celle – génoise – de 1447 et le célèbre globe de Martin Behaim confectionné en 1492. Des ouvrages de vulgarisation tels que le *Rudimentum novitiorum* publié à Lübeck en 1475 et la *Mer des hystoires*, éditée à Lyon en 1491, conservent la même localisation. En outre, un récit castillan du début du XVIe siècle, rédigé par Gomez de Santisteban, racontant les voyages de l'infant Don Pedro de Portugal, le frère d'Henri le Navigateur, « dans les sept parties du monde », maintient cette tradition légendaire [64].

Don Pedro et ses compagnons ont traversé « la rivière Pishôn qui vient du paradis terrestre », présenté leurs respects à « Mourad le Grand dans la cité de Cappadoce », visité le pays où vivent les géants, pénétré dans les Indes et finalement atteint Alves, la ville capitale du Prêtre Jean. C'est « la meilleure et la plus noble cité du monde ». Elle compte neuf cent mille habitants. Non seulement elle est entourée de remparts mais elle comprend, en outre, à l'intérieur de cette ceinture fortifiée, quelque six cents remparts intérieurs, autant que de rues : de sorte qu'on ne peut passer à l'air libre d'une rue à une autre. En revanche existent de nombreux souterrains. Ce système est conçu pour rendre inefficace tout siège entrepris par les « Maures ».

On n'arrive en présence du Prêtre Jean qu'après avoir salué treize gardiens : douze d'entre eux sont comme des évêques et le treizième comme un archevêque. A table, il est entouré de quatorze rois et servi par sept autres. La salle à manger royale est d'une grande richesse. Les murs sont bleus et le plafond formé de tuiles d'or. Le pavement est entièrement de pierres précieuses et la surface de la table est toute en diamants. Quatre urnes sont constamment placées devant le souverain tandis qu'il mange : l'une contient une tête de mort, la seconde de la terre (« souviens-toi que tu es poussière »), la troisième des braises (gare à l'enfer !), la quatrième, des fruits apportés de la région entre Tigre et Euphrate qui, de quelque façon qu'on les tranche, enferment à l'intérieur une image du crucifix.

Dans le royaume du Prêtre Jean, les prêtres ont femme et enfants. Mais veufs, ils ne doivent pas se remarier, la même règle valant pour les veuves des prêtres. Ceux-ci commencent la messe par l'*Ite missa est* et la terminent par le *Confiteor*. Ils obligent les fidèles à se confesser tous les quinze jours. Le clergé est ici étroitement subordonné au souverain car il ne bénéficie que du casuel. En outre, il ne peut utiliser aucun animal pour la monture ou le portage, ni porter des objets d'or, d'argent, de cuivre ou de fer. C'est dans la cité d'Alves, dite aussi Edicia, que se trouve le corps de saint Thomas. Le bras et la main que l'apôtre mit dans le côté du Seigneur demeurent aussi frais que s'ils étaient vivants. La veille de la fête du saint on place dans cette main un sarment coupé depuis longtemps qui donne alors des vrilles et des grappes dont on extrait le vin de messe du roi, le Prêtre Jean ne célébrant le saint sacrifice que trois fois l'an : pour la Saint-Thomas, la Fête-Dieu et le 15 août.

Le récit des voyages de Don Pedro fait encore savoir qu'avant d'atteindre la capitale du Prêtre Jean l'infant et ses compagnons avaient découvert dans les montagnes de l'Inde « une race non naturelle », celle des « Ponces ». Il s'agit des « chrétiens les plus catholiques du monde ». Ils n'ont qu'une jambe qu'ils ne plient jamais et qu'un pied et portent leurs organes génitaux au milieu du corps. Leur pied, qui ressemble à celui d'un cheval, a deux palmes de large et deux palmes de long.

Avant de retourner en Occident, Don Pedro et ses compagnons souhaitèrent faire route en direction du paradis terrestre. Ce pourquoi le roi leur donna des guides et des dromadaires. Ils traversèrent durant dix-sept jours un désert où ils ne découvrirent aucun chemin pour les diriger. Ils arrivèrent enfin en vue de montagnes. Les gens du Prêtre Jean leur conseillèrent alors de ne pas aller plus avant. Ils se dirigèrent donc « vers le Tigre, l'Euphrate, le Guihôn et le Pishôn, qui sont les quatre fleuves qui sortent du paradis terrestre. Sur le Tigre flottent des branches d'oliviers et de cyprès, sur l'Euphrate des palmes et des myrtes, sur le Gishôn un arbre appelé aloès et sur le Phisôn des perroquets dans leurs nids. Et le monde entier est fourni en eau par ces fleuves, à partir desquels tous les autres sont formés ». Après cette expédition, Don Pedro et son équipe revinrent chez le Prêtre Jean, séjournèrent encore trente jours près de lui, puis demandèrent la permission de prendre congé. le souverain leur donna neuf mille pièces d'or et une lettre « pour les peuples de l'Ouest [65] ».

Ainsi se présente la version asiatique de la légende du Prêtre Jean au début du XVIe siècle, assaisonnée ici d'une certaine défiance vis-à-vis du clergé latin, celui du royaume chrétien de l'Inde n'étant pas astreint au célibat et ne possédant pas de richesses. Les ingrédients habituels de la légende se retrouvent dans le récit de ce voyage imaginaire : étrangeté des hommes et des choses, richesses fabuleuses associées à l'austérité des mœurs, tombe de saint Thomas dans la capitale du Roi-Prêtre, entourage de races insolites, proximité inaccessible du jardin d'Éden, mais évidence de sa réalité par les fleuves qui en sortent et dont l'un véhicule des nids de perroquets – ces oiseaux de paradis capables de parler et fascinants par leurs couleurs. Si j'ai insisté sur ce document, c'est que l'ouvrage composé par Gomez de Santisteban n'a pas connu moins de cent onze éditions à partir de sa publication au début du XVIe siècle, dont cinquante-neuf en castillan.

Toutefois, à la fin du Moyen Age et au XVIe siècle, le pays du légendaire roi chrétien est le plus souvent localisé en Afrique : une localisation qui n'avait jamais été tout à fait abandonnée et qui retrouva la faveur par le jeu de plusieurs facteurs. D'une part, rappelons-le, la géographie du temps faisait souvent passer en Afrique une « troisième Inde » comprenant l'Abyssinie et l'Éthiopie, tantôt séparées et tantôt confondues. D'autre part, l'offensive des croisades s'épuisant à partir du XIVe siècle, les souverains musulmans d'Égypte ne craignirent plus autant qu'auparavant une alliance entre les chrétiens d'Occident et ceux d'Afrique. Ils laissèrent donc passer des ambassades catholiques en direction de l'Abyssinie et de la Nubie [66].

Les *Mirabilia* de Jourdain de Séverac, rédigés vers 1323, rapportent que les habitants de la « troisième Inde » parlent de « l'empereur d'Éthiopie que vous appelez *Prestre Johan* [67] ». Un franciscain irlandais, visitant l'Égypte en 1328, déclare, après avoir remonté le Nil pendant soixante-dix jours, être arrivé dans « l'Inde supérieure où réside le Prêtre Jean [68] ». L'année suivante, le pape Jean XXII écrit au souverain d'Abyssinie, tandis qu'un évêque est installé – momentanément – à Dongola, capitale de la Nubie. Un envoyé pontifical en Orient (de 1338 à 1353), Giovanni Marignolli, assure, à son retour, que le « Guyon » entoure la terre d'Éthiopie, « où sont les hommes noirs et qui est dite la terre du Prêtre Jean [69] ». Vers 1350, le *Libro del conoscimiento de todos los regnos*, écrit par un franciscain espagnol anonyme, fait du Prêtre

Jean le « patriarche de Nubie et d'Éthiopie ». Au XVe siècle, plusieurs ambassades abyssines vinrent en Occident, en particulier à Venise, à Rome et à la cour des rois d'Aragon.

13. Mappemonde d'Andrea Bianco dressée en 1436, détail. Santarem, *Atlas*, Paris, 1852, planche XXXVIII.

La cartographie refléta donc logiquement la localisation africaine du royaume du Prêtre Jean, mais avec une inégale fantaisie selon les auteurs. Le célèbre atlas que Charles V de France fit confectionner en 1375-1378 par des cosmographes catalans, les plus réputés du temps, mentionne sur l'un de ses six tableaux de parchemin « les chrétiens de Nubie qui sont sous la domination de l'empereur d'Éthiopie du pays du prêtre Johan [70] ». La « mappemonde » du Vénitien Andrea Bianco (1430) place l'« empire du Prêtre Jean » à l'extrémité d'une Afrique démesurément allongée vers l'est de sorte qu'elle est, en cet endroit, parallèle aux Asies « moyenne » et « supérieure », mais séparée d'elles par un golfe allongé et peuplé d'îles [71] (carte n° 13). La « mappemonde » de l'autre Vénitien Fra Mauro (1459) fait une large place en Afrique au royaume du Prêtre Jean qu'elle situe en Abyssinie (carte n° 14). Des légendes précisent que le souverain « a plus de cent vingt royaumes » sous sa domination et que « sa puissance est grandis-

Royaume du Prêtre Jean

14. Mappemonde de Fra Mauro, détail. Istituto poligrafico dello Stato, Rome, 1854, carte X.

sime ». La preuve en est que, partant en guerre, « il a avec lui un million d'hommes, lesquels vont nus à la bataille, à ceci près que beaucoup d'entre eux portent des peaux de crocodiles [72] ».

Un *Orbis terrarum* de 1452 gravé et émaillé sur métal conservé au musée du Vatican, qui, à la façon arabe, place le sud en haut et le nord en bas, situe au sud des « déserts d'Égypte une Nubie

Royaume du Prêtre Jean

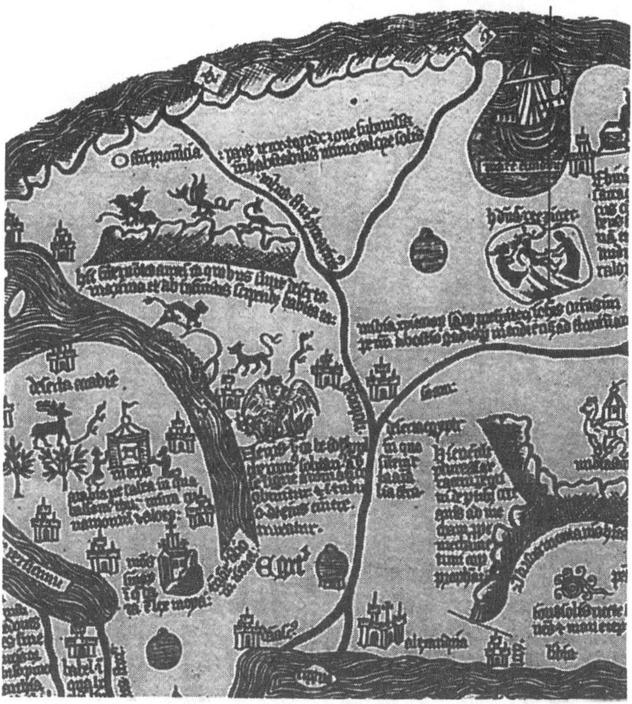

15. Le royaume du Prêtre Jean dans une mappemonde de 1452, autrefois au musée Borgia de Velletri, maintenant au Vatican. Santarem, *Atlas, Paris, 1852, planche XXXV.*

tienne, domaine du Prêtre Jean », dont l'empire s'étend à la fois jusqu'au « détroit de Gadès [= Gibraltar] et jusqu'au fleuve de l'or [le Sénégal ou le Niger] [73] » (carte n° 15).

Enfin – liste non exhaustive – la « mappemonde » dressée en 1500 par le pilote byscaien Juan de la Cosa, qui avait accompa-

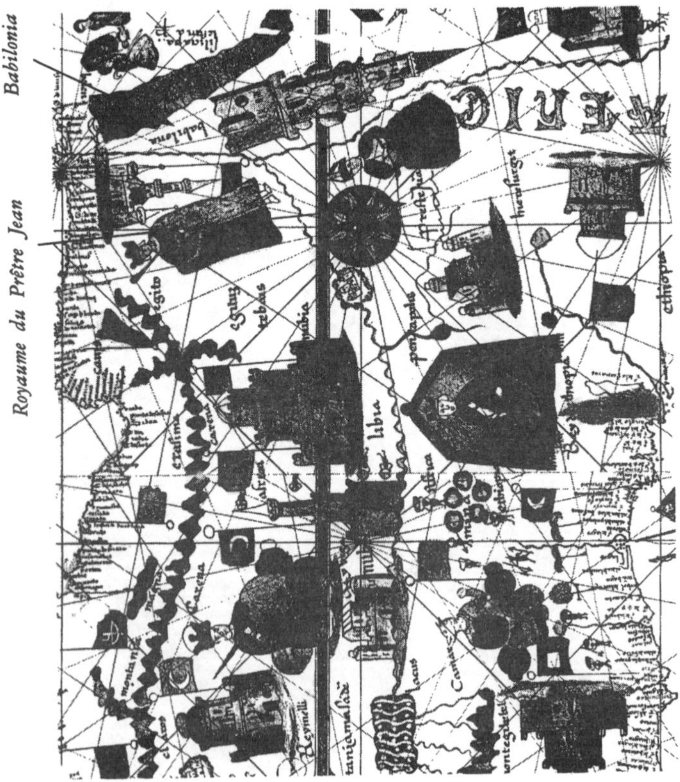

16. Le Royaume du Prêtre Jean dans la mappemonde de Juan de la Cosa. Santarem, *Atlas,* Paris, 1852, planche LV.

gné Christophe Colomb au cours de son deuxième voyage (1493-1496), localise à son tour le domaine du Prêtre Jean en Afrique, l'environnant au nord par l'Égypte, à l'ouest et au sud par l'Éthiopie, à l'est par le Nil [74]. Il faut souligner dans ce document le contraste entre la représentation remarquablement précise des côtes africaines, au nord et à l'ouest, compte étant désormais tenu pour le littoral occidental des voyages portugais, et le caractère inévitablement fantaisiste des dénominations se rapportant à l'intérieur du continent : l'Éthiopie s'étend démesurément vers l'ouest et la *Babilonia* est placée entre le Nil et la mer Rouge. Le Prêtre Jean, figuré sur la carte avec une mitre, règne donc toujours sur un pays semi-mythique (carte n° 16).

Cependant des liens se nouaient peu à peu entre les Latins et le royaume chrétien d'Afrique. Plusieurs missions italiennes s'y rendirent au cours du XVe siècle. En 1482, une délégation franciscaine fut reçue par le Négus. En sens inverse, des Éthiopiens d'un monastère de Jérusalem participèrent au concile de Florence en 1441 et apportèrent sur leur pays des informations qu'utilisa Fra Mauro pour sa « mappemonde » de 1459. Les Portugais, surtout, multiplièrent les tentatives pour entrer en contact avec le Prêtre Jean, de plus en plus localisé en Afrique par les milieux politiques ibériques et les informateurs de ceux-ci [75]. Une hypothèse récente tend à établir un lien entre l'intérêt pour l'Éthiopie du prince de Portugal, Henri le navigateur, et un amalgame qui fusionna parfois la légende du Prêtre Jean et le thème du Graal issu du poème de Chrétien de Troyes. Dans certaines adaptations de ce roman le Prêtre Jean devint le neveu de Parsifal et se fit conférer avec les Templiers la garde du Graal. Après le procès des Templiers (1285-1314) l'Ordre survécut au Portugal sous le nom d'Ordre du Christ dont Henri le navigateur fut le gouverneur. Retrouver le royaume du Prêtre Jean aurait alors permis au prince de rétablir le contact avec le Temple éternel. Nous nous devions de mentionner, sans prendre parti, cette hypothèse acceptée par Jacqueline Pirenne dans son ouvrage sur le Prêtre Jean. En 1487, Lisbonne envoya en Afrique deux voyageurs avec mission de rencontrer coûte que coûte le Prêtre Jean. L'un d'entre eux, Covilhan, y parvint effectivement en 1493, mais ne fut pas autorisé ensuite à quitter le royaume du Négus. Dans les années 1520-1527 une ambassade portugaise vint en Abyssinie, dont la mission fut racontée par le prêtre qui accompagnait le groupe, Francisco Alvarez. Son livre, *Ho Preste Joan das Indias* (1540), malgré le mot *Indias* qui prête à confusion, est une bonne description du pays du Négus [76]. En 1535, des musulmans venus de Harar envahirent l'Abyssinie dont le souverain demanda l'aide du Portugal. En raison de la lenteur des relations entre les deux pays, les secours militaires portugais (quatre cent cinquante soldats) ne furent opérationnels qu'en 1542. Ils permirent toutefois, non sans mal, de sauver le Prêtre Jean. Le royaume de celui-ci était désormais en grande partie démythifié.

Pas tout à fait cependant. Car l'ouvrage du dominicain Luis de Urreta, *Historia... de la Etiopia, monarchia del Emperador llamado Preste Juan de las Indias* (Valence, 1610), décrit le mont Amara comme un lieu paradisiaque devenu la forteresse imprenable du Prêtre Jean [77]. Aussi bien, assure-t-il, en éthiopien « *Amara* » signifie « paradis ».

Malgré la durable survie d'un nuage de rêve autour du Prêtre Jean, le royaume de celui-ci, au début de la modernité, perdit progressivement ses caractères féeriques et se détacha des localisations fantastiques. Révélateur à cet égard est le très sobre commentaire en latin qui lui est consacré dans un des compartiments de l'*Atlas* de Gérard Mercator (première édition, 1569). Il y est rappelé qu'un prêtre nestorien se tailla un empire en Orient à partir de la fin du XIe siècle. Il fut connu sous le nom de Prêtre Jean. A sa mort, son frère lui succéda dans ce titre mais fut bientôt vaincu par une révolte de ses sujets mongols ou tartares, en 1187. Désormais le Prêtre Jean paya tribut aux Mongols. « Telle serait la vérité sur le Prêtre Jean dont on a cru jusqu'à présent qu'il a régné en Asie, et qui est tout différent de celui qu'encore aujourd'hui on appelle en Afrique Prêtre Giam [78]. »

Chapitre V

D'autres pays de rêve

Des îles paradisiaques

La prudence scientifique de Mercator est significative d'une époque – le XVIe siècle – qui, à la suite des voyages de découvertes, dut progressivement renoncer à la géographie gravitant autour de la croyance à la survie du paradis terrestre. Mais cet abandon fut difficile, car il allait contre une tendance profonde de l'âme humaine qui cherche, et cherchera toujours, à désirer l'impossible.

La longue période médiévale nous offre ici le cas exemplaire d'une dialectique posant ensemble, d'une part, le maintien sur notre terre du jardin d'Éden devenu inabordable et, d'autre part, l'existence de terres heureuses, accessibles aux audacieux, qui conservaient des restes désirables du paradis perdu. Ainsi, le Florentin Giovanni Marignolli, un religieux qui parcourut l'Orient de 1338 à 1353, passa par Ceylan où il découvrit un « Pic d'Adam », si proche, dit-il, du paradis terrestre que, du haut de ce mont, on pourrait l'apercevoir, n'était un casque de nuage qui le dérobe au regard. Un matin, toutefois, juste avant le lever du soleil, il lui fut donné de l'entrevoir un instant. Il était resplendissant comme une flamme vive. Les indigènes assurent que, parfois, il est possible d'entendre de là le bruit des eaux de l'Éden avant qu'elles ne se répartissent entre les quatre fleuves [1].

Le paradis terrestre est donc hors de portée, bien que proche lorsqu'on est à Ceylan. Cette île elle-même est décrite comme un pays édénique par les premiers voyageurs occidentaux qui la visitèrent. Jourdain de Séverac, qui rédige ses *Mirabilia* vers 1323, y avait découvert des oiseaux de toutes sortes de couleurs. Les uns « sont tout entiers blancs comme neige, d'autres rouges comme graines d'écarlate, d'autres verts comme l'herbe ; d'autres encore de couleurs si variées et si belles qu'on ne peut les décrire. Des perroquets ou papegeais, il s'en trouve de toute couleur mais jamais de noirs. [...] A vrai dire, ces oiseaux semblent être des créatures du paradis ». Ceylan est pour Jourdain de Séverac un univers extraordinaire. Il s'y trouve une pièce d'eau aux propriétés miraculeuses : tout métal qui y est plongé se transforme en or. Au milieu du bassin s'élève un arbre ; or une plaie frottée avec une feuille de cet arbre guérit rapidement. A Ceylan, la faune et la flore sont plus grandes qu'ailleurs : on trouve des chats ailés et certaines feuilles sont assez larges pour abriter cinq hommes [2].

Dante a donné au paradis terrestre les caractéristiques d'une île, et dans plusieurs récits de voyages du Moyen Age, en particulier celui de Mandeville, le royaume du Prêtre Jean est situé dans une île. L'Inde mystérieuse est tout entière constituée, selon Mandeville, « de diverses ylles pour la cause de ce que [ce pays] est arrousé de flueves qui viennent de paradis terrestre [3] ».

Il faut reprendre ici un judicieux commentaire de Claude Kappler : « S'il est des lieux, écrit-elle, particulièrement aimés de l'imaginaire, ce sont les îles. » Contrairement au continent qui représente un univers clos, l'île « est, par nature, un lieu où le merveilleux existe pour lui-même hors des lois communes [...]. Depuis l'Antiquité grecque, les îles sont les lieux de prédilection des aventures humaines et divines les plus remarquables ». Il n'est pas étonnant que « les voyageurs médiévaux aient été amenés à réutiliser cette mythologie lorsqu'ils découvrirent les très nombreuses îles de l'océan Indien [4] ». Les légendes celtiques à leur tour affectionnèrent les îles étranges.

Mandeville a exprimé au superlatif cette tendance à lier île et mystère. « Il est très probable, écrit encore Claude Kappler, que s'il avait eu à représenter une mappemonde, les continents auraient occupé une place infime au milieu de mers envahies par les îles. Chaque chapitre, dès qu'il s'agit de l'Orient, décrit une île et comporte des " tiroirs " qui en décrivent d'autres [5]. » L'éloignement embellit et l'isolement préserve. Beaucoup d'« Utopies », entre autres celle de Thomas More, ont été plus tard situées dans les îles.

La cartographie médiévale la plus ancienne correspond à cet égard aux récits de voyages : elle remplit d'îles – elles sont synonymes d'inconnu et de mystère – la mer circulaire qui entoure l'œcoumène. Dans les atlas et mappemondes de facture plus récente les îles restent nombreuses. La carte catalane confectionnée pour Charles V en 1375-1378 précise, grâce à une légende, « dans la mer des Indes sont 7 548 îles, dont nous ne pouvons détailler ici les merveilleuses richesses qui y sont enfermées, aussi bien d'or et d'argent que d'épices et de pierres précieuses ». En fait, le document n'en nomme que quatre : Ceylan, l'*Insula nudorum*, Caynam et Trapobana (en l'occurrence Sumatra) au sujet de laquelle on précise : « Chaque année, il y a deux étés et deux hivers. Les arbres et les herbes y fleurissent deux fois l'an. [...] Elle abonde en or, en argent et en pierres précieuses [6]. » Le globe de Martin Behaim, réalisé juste avant les voyages de Christophe Colomb, confond – ce qui est normal – dans un seul océan l'Atlantique et le Pacifique. Il le peuple, en bordure du continent asiatique, de nombreuses îles, dont la plus vaste est le Cipangu de Marco Polo, qui deviendra le Japon.

Parmi les lieux féeriques de l'imaginaire médiéval les Iles Fortunées et celle de Saint-Brendan méritent des mentions spéciales. Les premières se rattachent, on l'a vu [7], à une tradition poétique gréco-romaine, fondée sur les textes d'Homère, d'Hésiode et de Plutarque, qui plaçait, au-delà du gigantesque Atlas, des îles aux jardins enchanteurs, au climat toujours tempéré, aux brises parfumées et où les hommes n'avaient pas besoin de travailler. A l'époque chrétienne, Isidore de Séville donna une nouvelle fortune à cette croyance en lui faisant une place dans sa géographie qui influença ensuite de façon durable la culture de l'Occident. Isidore désirait certes qu'on ne confondît pas ces îles bénies avec le paradis terrestre, dont il affirmait par ailleurs l'existence continuée en Orient. Mais, cette distinction une fois établie, il confirmait sans équivoque leur réalité :

> Ce nom d'Iles Fortunées, écrivait-il, signifie qu'elles produisent toute sorte de biens, qu'elles jouissent d'une quasi-félicité et qu'elles profitent d'une bienheureuse abondance. De par leur nature même elles donnent naissance aux fruits d'arbres précieux. Les pentes des collines s'y couvrent spontanément de vignes. A la place d'herbes la terre offre communément des moissons et des légumes. D'où l'erreur des païens et les chants des poètes profanes qui, en raison de la fécondité du sol, crurent que ces îles étaient le paradis. En réalité elles sont situées dans l'océan, à gauche de la Mauritanie, proches du couchant et séparées les unes des autres par la mer [8].

L'affirmation d'Isidore de Séville fut ensuite reprise de siècle en siècle : entre autres par Gervais de Tilbury (XIIIe siècle) dans ses *Otia imperialia* [9], par Barthélemy l'Anglais dans son *De proprietatibus rerum* [10] (XIVe siècle), par Pierre d'Ailly dans son *Ymago mundi* où on lit :

> Les Iles Fortunées signifient par leur nom qu'elles renferment tous les biens. C'est cette fécondité du sol qui a fait croire aux gens que le paradis était dans ces îles.
>
> [...] Toutes ces îles sont remplies d'oiseaux et boisées de palmiers, de noyers et de pins. On y trouve du miel en abondance. Les forêts sont pleines de bêtes et les eaux regorgent de poissons.
>
> Ces îles sont situées dans l'Océan sur la gauche de la Mauritanie, entre le Midi et le Couchant, proches de l'Occident. Elles sont séparées les unes des autres par la mer [11].

Surcroît de succès : les Iles Fortunées d'Isidore de Séville fusionnèrent avec l'île d'Avalon de la littérature celtique. Dans son *Historia regum Britanniae*, qui est la source des légendes arthuriennes, l'évêque gallois Geoffroy de Monmouth († 1154) raconte qu'à la fin de sa vie Arthur fut conduit dans l'île d'Avalon pour qu'on y soignât ses blessures [12]. Puis, dans la *Vita Merlini*,

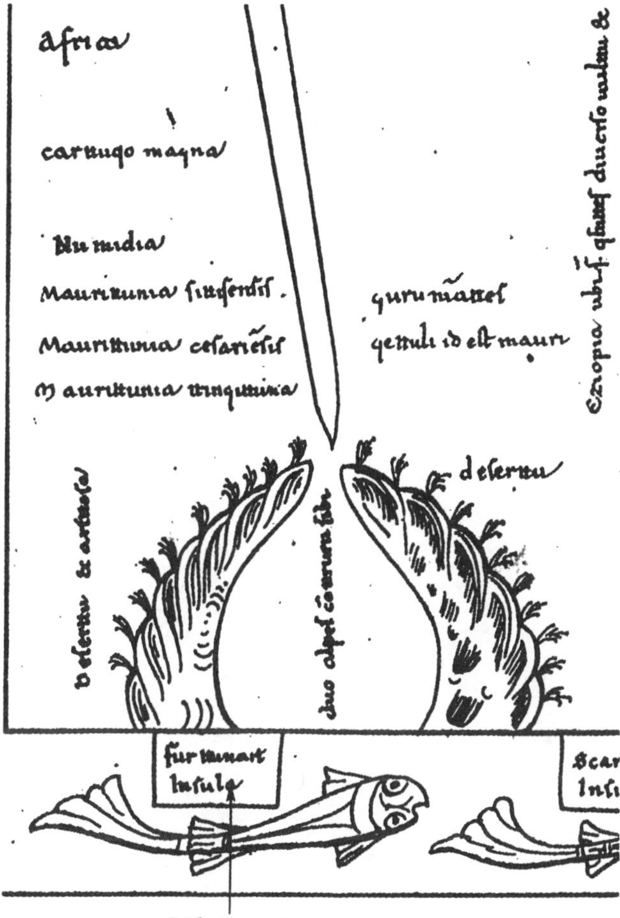

L'Ile Fortunée

17. L'Ile Fortunée dans la mappemonde accompagnant un commentaire de l'Apocalypse dédié à Eutherus, évêque d'Osma (diocèse de Burgos), détail. Santarem, *Atlas,* Paris, 1852, planche XII.

il décrit l'*Insula pomorum que fortunata vocatur*, empruntant à Isidore de Séville et aux continuateurs de celui-ci les détails caractéristiques des Iles Fortunées [13]. L'*Insula pomorum* devenait un autre nom d'Avalon, l' « île des pommes » dans la littérature celtique, qui était ainsi assimilée par Geoffroy aux Iles Fortunées de la tradition gréco-romaine christianisée [14].

Les cartes à leur tour firent une place aux Iles Fortunées. Une « mappemonde » du XIIe siècle qui accompagne une copie du commentaire de l'Apocalypse dédié à Eutherus [15] mentionne des « Iles Fortunées » à l'ouest de l'océan qui entoure la terre

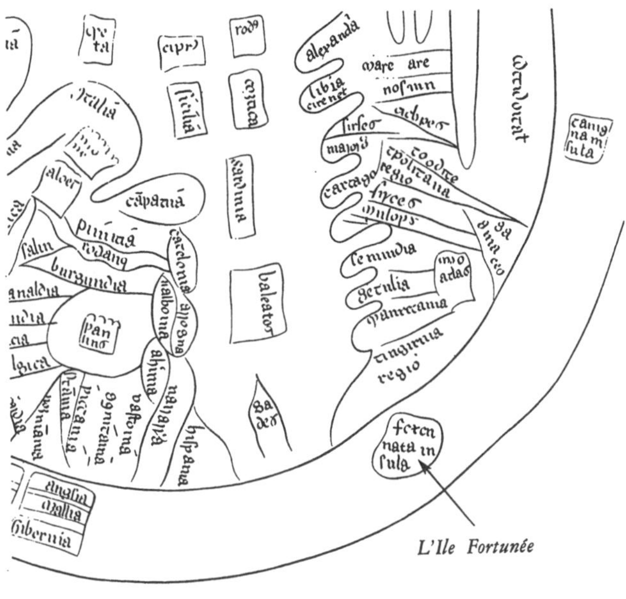

18. Les Iles Fortunées, détail d'une carte accompagnant le *Polychronicon* de Hygden. Santarem, *Atlas*, Paris, 1852, planche XII.

(carte n° 17). La *Descriptio mappe mundi* de Hugues de Saint-Victor(première moitié du XIIe siècle), qui, de façon classique, entoure la terre d'un océan circulaire, situe six *Fortunate Insule* au large du mont « Atlas », c'est-à-dire à l'ouest de l'Afrique du Nord [16]. La « mappemonde » de Heresford (vers 1230) [17] et la famille de celles qui sont basées sur le *Polychronicon* de Hygden (vers 1360) connaissent, elles aussi, les Iles Fortunées. Une annotation de Hygden précise : « Les Iles Fortunées sont comme un paradis, les arbres y sont hauts de 140 pieds [= 45 mètres] » et renvoie au chap. XIV des *Étymologies* d'Isidore [18] (carte n° 18). La grande carte des deux Vénitiens Francesco et Domenico Pizzigani, confectionnée vers 1362-1367, comporte une mention *Ysole dicte Fortunate*, située largement à l'ouest du Maroc et au-dessus de L'*Isola Canaria* [19]. Mais c'est surtout dans l'atlas catalan commandé par Charles V que le commentaire sur les Iles Fortunées atteint sa plus grande ampleur en citant largement et en amplifiant encore les *Étymologies* de saint Isidore. A l'ouest d'un chapelet d'îles, dont l'*Insula de Canaria* et l'*Insula de Lanserano* (Tenerife), une légende explique :

> Les Iles Fortunées sont situées sur la grande mer du côté de la main gauche, touchant la limite de l'Occident, mais elles ne sont pas loin en mer. Isidore le dit ainsi dans son XVe livre (en réalité le XIVe) : ces îles sont appelées Fortunées, car elles sont abondantes en tous biens, en blés, en fruits et arbres. Les païens supposent que là se trouve le paradis, en raison de la douce chaleur du soleil et de la fertilité du sol. Isidore dit aussi que les arbres y croissent au moins à 140 pieds et portent beaucoup de fruits et d'oiseaux. On y trouve du lait et du miel, surtout dans l'île de Capria, ainsi appelée de la multitude de chèvres qui l'habitent. L'île Canarie s'appelle ainsi de la multitude de gros et forts chiens qui l'habitent. Pline, ce maître dans la géographie, dit que, parmi les Iles Fortunées, il y en a une où croissent tous les biens de la terre, de même que tous les fruits sans les semer et sans les planter. Sur le haut des montagnes sont des arbres très odorants, couverts en tout temps de feuilles et de fruits. Les habitants en mangent une partie de l'année; puis font la moisson au lieu de couper l'herbe. Aussi les païens de l'Inde croient-ils que leurs âmes après la mort vont habiter ces îles et qu'ils continuent à y vivre éternellement du parfum de ces fruits. Ils croient que c'est là leur paradis, mais, à vrai dire, c'est une fable [20].

Ainsi, une des cartes les plus élaborées de la fin du XIVe siècle continue d'enseigner, en se fondant sur Isidore de Séville, qu'existent à l'ouest des îles paradisiaques « abondantes en tous biens ». Elles réunissent la plupart des composantes d'un paradis terrestre : douce chaleur, printemps perpétuel, fruits délicieux et parfumés.

A partir du siècle suivant, les Européens apprirent à connaître les archipels de l'Atlantique situés au large de la péninsule Ibérique et du Maroc. Les Portugais s'installèrent à Madère entre 1418 et 1430, aux Açores (précédemment explorées par des Italiens au XIVe siècle) entre 1432 et 1457. Quant aux Canaries, peut-être connues déjà des Carthaginois, mais longtemps îles de légende confondues, on vient de le voir, avec les Iles Fortunées, elles furent visitées par Jean de Béthencourt en 1402, et des colons s'y installèrent trois ans plus tard en faisant allégeance à la Castille. La réalité s'imposa peu à peu.

Mais le rêve d'une île ou d'un archipel paradisiaque avait la vie dure. Il s'exprima, au Moyen Age et encore après, soit par d'autres localisations, soit par d'autres noms. La carte catalane, très prolixe, on l'a vu, sur les Iles Fortunées, intègre en outre un compartiment où l'on lit à propos de l'Irlande :

> En Hibernia, il y a beaucoup d'îles qu'on peut croire merveilleuses, parmi lesquelles il s'en trouve une petite où les hommes ne meurent jamais, mais quand ils sont assez vieux pour mourir on les porte hors de l'île. Il ne s'y trouve ni serpent, ni grenouille, ni aucune araignée venimeuse. La terre y est plutôt contraire à toute bête venimeuse. Là aussi est un lac et une île. Bien plus, il y a des arbres qui portent des oiseaux, comme d'autres arbres portent des fruits mûrs. Il y a là une autre île, dans laquelle les femmes n'accouchent jamais ; mais lorsqu'elles sont arrivées à terme, on les porte hors de l'île suivant la coutume [21].

Près de cent ans plus tard, l'Anconitain Grazioso Benincasa, dans sa carte de 1467, creuse un golfe dans la côte occidentale de l'Irlande et y inclut trois cent soixante-sept îles avec la mention *Lacus fortunatus, ubi sunt insule que dicuntur insule sancte beate CCCLVII.* Les Iles Fortunées sont donc ici localisées au nord de l'Europe [22] (carte n° 19).

Les Iles Bienheureuses

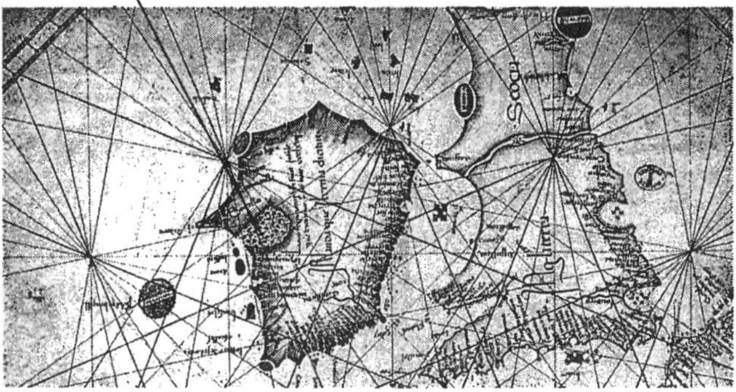

19. *Les 367 « Iles Bienheureuses » dans la carte de Grazioso Benincasa. M. de la Roncière et M. Mollat, Paris, Nathan, 1984.*

Cette localisation est certainement à mettre en relation avec le succès que connut la relation du voyage de saint Brendan. Cet évêque, abbé de Clonfert (Irlande), mort à la fin du VIe siècle, fonda des monastères en Angleterre et entreprit un voyage en Écosse qui se transforma en légende. Celle-ci prit corps dans la *Navigation de saint Brendan*, l'un des romans d'aventures les plus fameux du Moyen Age. La pérégrination de saint Brendan devint aussi fameuse que la vision de Tnugdal ou les voyages fabuleux de Mandeville. Il s'agit du périple du saint et de ses compagnons parmi des îles désignées respectivement sous les noms de « Plaine du plaisir », « Terre du Bonheur » et « Terre des Bienheureux ». Cette dernière, dans une version anglo-normande du poème qu'on peut dater des environs de 1200, est décrite, conformément au schéma de saint Isidore, comme une terre bénie dont les habitants jouissent de toutes les félicités et ne connaissent ni la faim ni la soif, ni le froid ni la chaleur, ni les maladies ni les souffrances [23]. On connaît au moins quatre-vingts versions différentes de la *Navigatio sancti Brandani*, ce qui montre sa large diffusion [24].

La cartographie fit naturellement place à l'île de Saint-Brendan, mais le plus souvent en déportant vers le sud ce paradis d'origine nordique. Ainsi la mappemonde d'Heresford, associant Iles Fortunées et îles de Saint-Brendan, comporte, en face de l'Afrique, un archipel avec la mention *Fortunate Insulae sex*

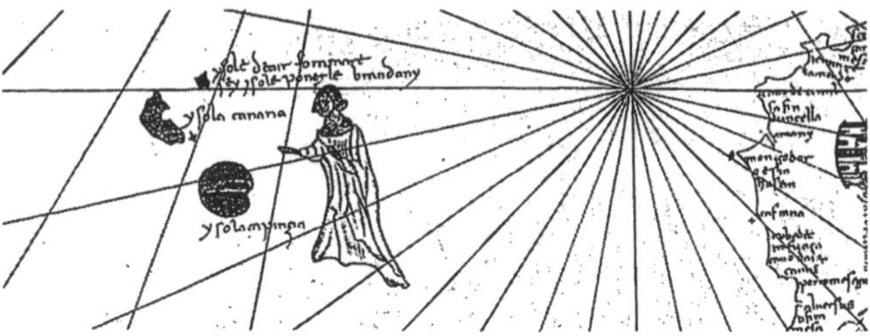

20. Saint-Brendan dans les îles Canaries, mappemonde des frères Pizzigani, 1362-1367, détail. Jomart, *Les Monuments de la géographie,* Paris, 1854.

sunt, insule Brandani [25]. La belle carte des frères Pizzigani va dans le même sens lorsqu'elle représente, au nord de l'*Insula Canaria*, un losange noir avec l'inscription un peu mystérieuse : *Isole dicte fortunate*, et en dessous *Sey isole ponzelle* (?) *Brandani*. Une image de l'évêque Brendan confirme que ces îles avoisinent les Iles Fortunées ou mieux se confondent avec elles (carte n° 20). Le globe de Martin Behaim, de 50,7 cm de diamètre – « un monument majeur de l'histoire de la découverte du monde » –, conservé à Nuremberg, ne manque pas, à son tour, d'intégrer l'île de Saint-Brendan, localisée cette fois à proximité de l'équateur et à mi-chemin entre les îles du Cap-Vert et Cipangu, le futur Japon. Au XVIe siècle, elle figurera dans un certain nombre d'atlas et on aperçoit encore son nom en 1587 sur une carte due au grand voyageur hollandais Jan van Linschoten [26]. Entre 1526 et 1721, quatre expéditions maritimes partirent des Canaries à la recherche de la « Terre promise » où auraient abordé saint Brendan et ses compagnons [27].

En outre, une relation a parfois existé entre elle et un autre lieu mythique, l'île du *Brasil*, ou *Bracile* ou *Bracir*. Le mot *Brasil*, contrairement à ce qu'on a cru longtemps, ne paraît pas venir d'une plante tinctoriale donnant un colorant rouge braise, mais d'un vocable irlandais, *Hy Bressail* ou *O Brazil*, signifiant « Ile Fortunée [28] ». D'où le lien établi par plusieurs cartes, notamment par celle de Grazioso Benincasa, entre l'île du *Brasil* et celle de Saint-Brendan. L'une et l'autre s'enracinaient dans la mythologie celtique. Un poète irlandais du XIXe siècle, Gerald Griffin, évoquera l'île de *O Brazil* comme celle des Bienheureux. James Joyce, dans *Finnegan's Wake* (« La Veillée de Finnegan », chap. 3) établira à son tour une relation entre l'île mythique de *Brazil* et celle de Saint-Brendan.

L'île de *Brazil* apparaît pour la première fois sur une carte catalane de 1325 ou 1330 [29]. On la trouve ensuite, entre autres, sur celle des frères Pizzigani, sur la grande carte catalane de 1375-1378 et sur celle d'Andrea Bianco de 1436 qui la placent à l'ouest de l'Espagne.

A partir de la seconde moitié du XVIe siècle, *O Brazil* désigne de plus en plus la terre découverte par Pedro Alvares Cabral. Mais un atlas composé avant 1568 par le Portugais Fernâo Vaz Dourado comporte à la fois le nom *Hobrasili* appliqué au Brésil actuel et celui de *Obrasill* qui désigne une île mystérieuse située au sud-ouest de l'Irlande [30]. A l'été 1486, deux navires avaient quitté Bristol « afin de découvrir une île appelée *Isle of Brasile* ». Ils partaient sous la conduite d'un des meilleurs pilotes d'Angleterre. Après deux mois de vaines recherches, ils furent ramenés par les courants vers les côtes irlandaises [31]. Néanmoins une île nommée *High Brazil Rocks* figurera encore en 1853 sur une carte anglaise, celle de Findlay [32].

Il existe par ailleurs un lien entre l'île de Saint-Brendan et la légende des « sept cités ». Il s'agit; cette fois, de sept évêques qui avaient fui l'Espagne morisque et navigué témérairement dans l'Atlantique. Ils y avaient finalement découvert une île où ils avaient bâti sept villes. Dans l'entourage d'Henri le Navigateur on accorda d'autant plus de crédit à ce récit qu'un capitaine de navire affirma au prince avoir effectivement découvert cette île [33], qui devint, comme celle de Saint-Brendan et comme celle de *Brazil*, un pôle qui aimanta la curiosité des découvreurs. Au XVIe siècle, l'île fabuleuse des évêques se transforma en pays de « sept cités de Cibola » que les capitaines et aventuriers espagnols cherchèrent en vain, dans les années 1530-1540, à l'intérieur de ce qui devint les États-Unis. Du moins découvrirent-ils le Grand Canyon (1540) et atteignirent-ils à la fois les prairies du Kansas par les cours d'eau et les côtes de l'Orégon par la mer [34].

Les conquistadors crurent que la région des « sept cités de Cibola » regorgeait d'or et autres richesses. Ce rêve d'un « Eldorado » accessible chercha confirmation dans la Bible. Or celle-ci assure que Salomon et le roi de Tyr faisaient venir par la mer Rouge l'or, l'ivoire, les pierres et les bois précieux du pays d'Ophir. Ne nous étonnons donc pas de trouver l'indication « Ophir » sur les cartes médiévales. L'une d'elles, jointe à un manuscrit du XIIe siècle des œuvres de saint Jérôme, situe Ophir sur la rive gauche de l'Indus, juste avant l'embouchure du fleuve [35]. La *Mappa mundi* gravée en 1452 – conservée autrefois au musée Borgia de Velletri et maintenant au Vatican –, qui est orientée au sud, place Ophir en Afrique, à l'est du Nil et de la Nubie du Prêtre Jean [36] (carte n° 21). Dans le livre d'Anon intitulé tantôt *Rudimentum novitiorum* (Lübeck, 1475), tantôt *Mer des hystoires* (Lyon, 1491), Ophir est figuré par une ville fortifiée, en Arabie, sur les bords de la mer Rouge [37] (carte n° 22). Mais, au retour de son deuxième voyage (à Cuba et à la Jamaïque), Christophe Colomb, qui ramenait un roi indien décoré d'une lourde chaîne d'or, annonça au pape qu'il avait trouvé l'Ophir de Salomon : « Cette île, écrit-il, est la même que Tarsis ou Cethia ou Ophir ou Phaz ou Cipangu, et nous l'avons appelée l'Espagnole [38]. »

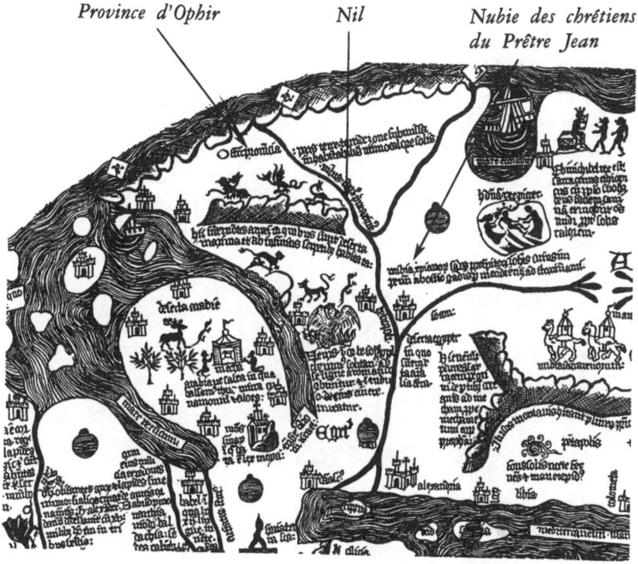

21. « La Province d'Ophir », dans une mappemonde de 1452, autrefois au musée Borgia de Velletri, maintenant au Vatican. Santarem, *Atlas,* Paris, 1852, planche XXXV.

La croyance en l'existence d'Ophir explique aussi le voyage américain en 1526, réalisé par le Vénitien Sébastien Cabot (= Sebastian Caboto). Ce pilote, passé du service de l'Angleterre à celui de l'Espagne, reçut en effet de Charles Quint mission de naviguer vers l'ouest et de « découvrir les Moluques, Tarsis, Ophir, Cipangu et Cathay, et, par troc, de charger ses navires d'or, argent, pierres précieuses, perles, drogues, épices, soies, brocarts, et autres choses de prix [39] ». Le hasard voulut que le bateau amiral de l'expédition heurtât un rocher de la côte brésilienne. Cabot changea alors de projet, remonta le Rio de la Plata, puis le Parana et enfin le Paraguay. Il y entendit parler d'un pays de l'argent, qui s'avéra, quelques années plus tard, être le Pérou des Incas.

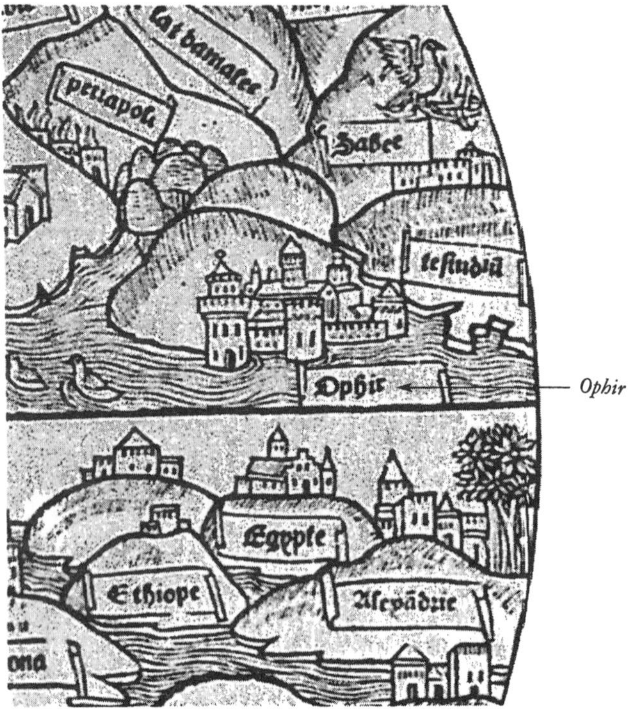

22. « Ophir », dans la *Mer des hystoires* d'Anon, détail. R. S. Shirley, *The Mapping of the World,* 1987, planche XXIII.

Cependant, c'est plus au nord et à l'est que les Européens du XVIe siècle situèrent l'Eldorado américain, sorte de transposition dans le Nouveau Monde du royaume du Prêtre Jean ou, si l'on préfère, nouvel Ophir non attesté par la Bible. Les Espagnols, qui commençaient à parcourir l'Amérique du Sud dans les années 1520-1530, entendirent parler d'un rite indien qui s'était longtemps pratiqué dans le lac sacré de Guatavita, près de Bogota. Un roi local, certain jour de l'année, s'enduisait le corps de thérébentine, puis se roulait dans de la poussière d'or. Ainsi doré et resplendissant, il montait dans un canot, jetait des offrandes d'or, d'émeraudes et autres matières précieuses au milieu du lac, et s'y baignait lui-même. Sur les bords la foule applaudissait, chantait et dansait [40]. Entre 1531 et 1617, les Européens – et d'abord des Allemands envoyés par les banquiers Welser d'Augsbourg -, cherchèrent furieusement le pays de l'« El Dorado » – le roi doré – qui, comme celui du Prêtre Jean, émigra au cours des années d'une région à une autre, c'est-à-dire ici de la Colombie actuelle jusque vers l'Orénoque et la Guyane.

La recherche de ce pays de l'or offre le cas intéressant de la rencontre de deux chimères. Vers les années 1539-1549, un groupe de Tupinambas émigra de la région de Pernambouc vers la « Terre du grand ancêtre », le « Pays aimé », la « Terre d'immortalité et de repos éternel [41] ». Cette marche vers le paradis terrestre les conduisit au Pérou où ils trouvèrent des Espagnols à qui ils racontèrent des contes merveilleux sur des cités remplies d'or. D'où, en 1560, la tragique expédition de Pedro de Ursua et de Lope de Aguirre – le premier bientôt assassiné par le second – qui eut du moins le mérite de mieux faire connaître les voies d'accès à l'embouchure de l'Orénoque.

Après les échecs des Allemands puis des Espagnols, qui permirent toutefois, moyennant de terribles épreuves, de découvrir et de traverser des territoires très difficiles d'accès, l'Anglais Walter Raleigh tenta à son tour d'atteindre le pays de l'« El Dorado » au cours de trois expéditions (1595, 1596, 1617) qui remontèrent l'Orénoque. Raleigh ne découvrit pas ce pays de rêve et fut exécuté à la Tour de Londres.

Mais les richesses d'Ophir parvenaient à Salomon par les ports de la mer Rouge. C'est donc assez logiquement au-delà de celle-ci que les Portugais, après avoir contourné l'Afrique, cherchèrent le pays qui avait jadis envoyé ses produits précieux au roi de Jérusalem. Installés à Sofala, ils eurent connaissance d'un souverain indigène, le Monomotapa (= « le Seigneur des mines »), régnant sur un empire mystérieux au sud du Zambèze. La puissance et la richesse du monarque bantou leur parurent du même niveau que celles du Prêtre Jean et de l'« El Dorado [42] ». Comme dans ces deux autres cas, il existait un fond de vérité aux bruits courant sur le Monomotapa. Des commerçants arabes, mais sans doute bien après le temps de Salomon, avaient voyagé dans son pays et ramené par Sofala de l'ivoire et de l'or. D'autre part, des fouilles conduites depuis 1871 ont retrouvé dans l'ex-Rhodésie, entre le Zambèze et le Limpopo, les ruines imposantes du « Grand Zimbabwe », qui remontent surtout aux XIIIe et XIVe siècles. Mais, comme les royaumes du Prêtre Jean et de l'« El Dorado », celui de Monomotapa, identifié avec l'Ophir biblique, devint un mirage, un nouveau pays légendaire.

Au cours des années 1530-1540 les Portugais, en remontant le Zambèze, parvinrent effectivement à établir un certain trafic, surtout d'ivoire mais aussi d'or, de perles et d'aromates avec le pays du Monomotapa. Puis, en 1560, un groupe de jésuites se rendit dans la capitale du pays. Elle était située sur une colline appelée Faro, nom qui parut aux religieux une déformation d'Ophir. D'abord le souverain accueillit bien les missionnaires et reçut le baptême. Mais il fit ensuite étrangler le chef de la mission et revint à la religion de ses ancêtres. Le roi de Portugal Sébastien, qui régna de 1557 à 1578, un ascète et un mystique qui rêvait de croisade et mourut au Maroc dans l'effroyable bataille d'Alcaçar-Quivir, voulut venger l'échec de la mission jésuite. En même temps, il souhaitait constituer au sud du Zambèze un vaste territoire lusitanien qui aurait égalé en dimensions et en richesses les possessions espagnoles du Mexique et du Pérou. Lui aussi croyait que le pays du Monomotapa était l'Ophir de la Bible. Un contingent de plus de mille soldats quitta Lisbonne en 1569 en direction de l'Afrique orientale. Il fut décimé, dans les années suivantes, au cours de deux expéditions successives, à la fois par les fièvres et par les combats contre les indigènes. En outre, les Portugais ne découvrirent pas les mines d'or qu'ils espéraient trouver.

Néanmoins le royaume du Monomotapa continua longtemps encore à hanter l'imagination des Occidentaux. Quand le géologue allemand Carl Mauch atteignit en 1871 le Grand Zimbabwe, ce fut pour se rallier avec enthousiasme à la thèse des « mines du roi Salomon », ce que fit aussi Cecil Rhodes quelques années plus tard. En 1896, une compagnie, la *Rhodesia Ancient Ruins ltd*, fut créée, officiellement pour effectuer des fouilles, en réalité pour chercher de l'or. Elle en trouva effectivement mais en quantités peu importantes. Dès 1902 la compagnie cessa son activité [43]. Il y avait certes de l'or, beaucoup d'or, en Rhodésie du Sud, mais c'était plus à l'ouest.

AMÉRIQUE ET PARADIS

On a depuis longtemps souligné le rôle d'incitation aux voyages de découvertes que joua en Occident, du XIVe au XVIIe siècle, la recherche de terres paradisiaques. La nostalgie du jardin d'Éden, la conviction, chez Christophe Colomb et les missionnaires, que les temps eschatologiques approchaient, la volonté d'étendre la religion à des terres nouvelles et le désir de trouver en abondance l'or, les pierres précieuses et les autres produits rares se conjuguèrent pour pousser les voyageurs, les religieux, les marins et les conquérants vers les horizons lointains. La culture à laquelle ils participaient et les rêves qu'elle véhiculait les amenèrent, au moins dans un premier temps, à retrouver dans les pays insolites qui se découvraient à leurs yeux les caractéristiques des terres bénies qui hantaient depuis l'Antiquité l'imagination des Occidentaux.

Christophe Colomb fut véritablement habité par l'idée que les Nouvelles Indes se trouvaient au voisinage du paradis terrestre. Fortement impressionné par la beauté d'Haïti, il déclara cette île unique au monde parce qu'elle était couverte de toutes sortes d'arbres qui paraissaient toucher le ciel et ne perdaient jamais leurs feuilles [44]. Au sujet d'un autre paysage insulaire, celui du Cabo Hermoso, il écrivit : « Arrivant à la hauteur de ce cap, il vint de la terre une odeur de fleurs et d'arbres si bonne et si suave, que c'était la chose la plus douce du monde [45]. »

Christophe Colomb ne fut pas le seul à ressentir cet éblouissement. On a justement noté que de nombreux chroniqueurs des découvertes ibériques de la Renaissance se servirent pour décrire le Nouveau Monde des mots mêmes d'Ovide évoquant l'âge d'or – mots qui avaient été copiés, cités et lus un nombre incalculable de fois depuis quinze cents ans [46]. Amerigo Vespucci qui, dans les années 1499-1502, reconnut les côtes du Surinam et du Brésil, reprit dans une lettre – à Laurent de Médicis –, pour décrire la nature sud-américaine, tous les lieux communs de la littérature paradisiaque, évoquant « la terre amène, couverte d'arbres en nombre infini et très hauts, qui ne perdent pas leurs feuilles, répandent des odeurs suaves et aromatiques, sont chargés de fruits savoureux et bons pour la santé du corps; les champs à l'herbe dense qui sont remplis de fleurs merveilleuses par le parfum délicieux qu'elles répandent; l'immense foule des oiseaux d'espèces variées, dont les plumages, les couleurs et les chants défient toute description ». Et le navigateur d'ajouter : « En moi-même je pensais être près du paradis terrestre [47]. »

Cette lettre d'Amerigo Vespucci donna lieu à une réécriture apocryphe qui connut de nombreuses éditions au début du XVIe siècle sous le titre *Mundus Novus* et dans laquelle les descriptions du navigateur florentin furent poussées au superlatif. On y lit notamment « si le paradis terrestre subsiste en quelque endroit de la terre, j'estime – c'est Vespucci qui est censé parler – qu'il ne doit pas être très éloigné de ces régions [48] ».

Le premier historien de l'Amérique Pierre Martire d'Anghiera (1457-1526), humaniste italien qui vivait en Espagne, parle à son tour de la « terre élyséenne » où vivent les gens du Caramaira (Venezuela actuel), ajoutant : « Elle est bien plantée, fertile, elle ne souffre ni des rigueurs de l'hiver, ni des ardeurs de l'été. » Il assure aussi, au sujet des Caraïbes : « Nos compatriotes ont découvert mille îles dignes du paradis, mille régions élyséennes [49]. » A ces éloges répond l'affirmation de Francesco Hernandez, à la fin du XVIe siècle, selon qui, en Nouvelle Espagne, « la terre produit tout spontanément » – reprise de la formule d'Ovide : *per se dabat omnia tellus* [50] – à l'époque de l'âge d'or, s'entend. Il serait facile de grossir ce dossier de paroles admiratives. Retenons seulement ce jugement sur le Brésil d'un anonyme anglais en 1554 :

> Ceux qui sont allés là-bas accordent unanimement que s'y trouvent les meilleures et les plus vertes prairies et campagnes du monde entier, les montagnes les plus agréables, couvertes d'arbres et de fruits de toutes sortes, les vallons les plus beaux, les plus délicieuses rivières d'eau fraîche, remplies d'une variété infinie de poissons, les forêts les plus denses toujours verdoyantes et chargées de fruits. Quant à l'or, à l'argent, aux autres variétés de métaux, aux épices de toutes natures et aux fruits désirables, soit par leur saveur et leur toucher, soit par l'effet salutaire qu'ils produisent, si grande est leur abondance que jusqu'à présent il n'a pas été possible d'imaginer qu'il puisse y en avoir ailleurs autant qu'ici. En conclusion, on pense maintenant que le paradis terrestre ne peut être que sous la ligne équinoxiale ou à proximité : là est le seul endroit parfait dans le monde [51].

Les voyages de découvertes non seulement bousculèrent l'idée ancienne selon laquelle la mer bout à l'équateur, la zone située au sud de celui-ci étant réputée inhabitable, mais encore ils induisirent un véritable éloge de l'équateur et de la zone intertropicale. Walter Raleigh, qui tenta de fonder en Amérique des colonies anglaises, assura dans son *Histoire du monde* que les régions situées sous l'équateur, ou près de lui, sont rafraîchies durant la journée par une brise venue de l'est qui atténue les rayons solaires, si bien qu'on n'y connaît pas de chaleurs excessives. En outre les nuits sont égales toute l'année et toujours fraîches. De sorte, écrit-il, que « je ne connais aucune partie du monde qui ait un climat meilleur et plus égal [52] ».

A l'opinion d'Aristote qui assurait que le soleil chauffe trop intensément ces régions, les missionnaires portugais opposèrent pareillement la constatation – c'est un religieux du XVIIe siècle qui écrit – que « cette intensité du soleil est modérée par les vents frais de la mer et l'humidité de la terre qui, joints à la fraîcheur des forêts dont toute cette terre est recouverte, font que les habitants y vivent dans le contentement [53] ». Il s'agissait encore une fois du Brésil au sujet duquel un autre religieux, Rui Pereira, écrivait en 1560 dans une lettre envoyée au Portugal : « S'il existe un paradis sur terre, je dirais qu'il se trouve maintenant au Brésil. [...] Il ne peut vivre qu'au Brésil celui qui veut vivre au paradis terrestre [54]. » Là se trouvait le pays sans chaleur excessive ni froid rigoureux dont avaient rêvé les poètes antiques... et Isidore de Séville.

Les fruits que les Européens découvrirent en Amérique leur parurent, eux aussi, paradisiaques. Pour Antonio de Leon Pinelo, conseiller du roi d'Espagne au XVIIe siècle et historien des Nouvelles Indes, le fruit de l'arbre du bien et du mal ne pouvait être que le maracuja dont l'arôme et la saveur avaient été capables d'exciter l'appétit d'Ève et dont la fleur mystérieuse dévoile clairement les insignes de la passion du Sauveur, d'où le nom chrétien de « fruit de la Passion [55] ». D'autres vantèrent les vertus exceptionnelles de l'ananas, découvert au Brésil par Jean de Léry en 1555. Un capucin, Antonio do Rosario, publiant en 1702 un ouvrage consacré aux fruits du Brésil, placera l'ananas au-dessus du fruit de la Passion et lui donnera à son tour une signification mystique. Ananas, en fait un mot guarani, voulait dire, selon le pieux franciscain, *Anna nascitur* – entendez la mère de Dieu est née de sainte Anne [56]. Déjà un Florentin avait affirmé, à la fin du XVIe siècle, que l'ananas était « le meilleur des fruits existants [57] ».

L'Amérique du Sud apparut, en outre, riche en émeraudes et cela aussi contribua, du moins dans un premier temps, à l'intégrer aux mythes paradisiaques. Car les allégories et les visions édéniques médiévales avaient accordé une grande importance à l'émeraude, considérée comme un symbole de la vie éternelle [58].

Joua encore dans le même sens la découverte dans le Nouveau Monde de nombreux perroquets. Le perroquet avait une place de choix dans l'imaginaire paradisiaque traditionnel. Alors que tous les animaux avaient cessé de parler à la suite du péché originel, lui seul avait gardé cette faculté qui le rapproche des hommes. D'autre part, il vit très vieux : des perroquets avaient donc pu connaître le paradis terrestre [59]. Le perroquet était toujours aux XVIe et XVIIe siècles un « oiseau de paradis ». Rubens, réalisant une copie du *Péché originel* du Titien, y introduit un perroquet perché sur un tronc (Prado). Une autre toile (musée royal de La Haye), consacrée au paradis terrestre et due soit à Rubens, soit à Jean Breughel, comporte un pays édénique peuplée de perroquets et de canards [60].

Favorisée de multiples façons – par le climat, l'abondance des eaux, des fruits exceptionnels, des pierres précieuses et des oiseaux venus du paradis terrestre –, l'Amérique intertropicale parut aux Européens une terre bénie qui avait conservé des éléments de la terre d'avant le péché. Aussi bien vit-on se répandre assez largement la conviction que les Indiens d'Amérique, en particulier ceux du Brésil, vivaient plus longtemps que les habitants de l'Europe [61]. Cette fois encore des vieux thèmes paradisiaques refaisaient surface : la longévité des anciens patriarches attestée par la Bible paraissait à beaucoup un succédané de l'immortalité attribuée à nos premiers parents avant le péché. D'autre part, ne prêtait-on pas au Prêtre Jean un âge de cinq cents ans? Les Iles Fortunées du cycle arthurien avaient, elles aussi, le privilège d'apporter la longévité à leurs habitants [62]. Quant à Pierre d'Ailly, qui décrivait Taprobane comme une île où avait pu être situé le paradis terrestre, il assurait au sujet de ses habitants : « La durée de leur vie dépasse la moyenne ordinaire de la fragilité humaine, de sorte que l'on y considère comme prématurée la mort de ceux qui décèdent à cent ans [63]. » On sait que l'*Ymago mundi*, que Christophe Colomb possédait dans sa bibliothèque, fut l'un des ouvrages qui impulsèrent les grands voyages de découvertes. En face de la phrase ci-dessus Colomb nota : *Etas istorum est prolixa.*

La lettre rédigée en 1502 par Amerigo Vespucci contribua beaucoup à accréditer la légende des vigoureux vieillards du Brésil vivant jusqu'à cent trente ans (mille sept cents lunaisons à raison de treize par an [64]). Le *Mundus Novus*, qui démarqua en l'enjolivant encore la lettre de Vespucci, passa de cent trente à cent cinquante ans, ajoutant au sujet des Indiens : « Ils sont rarement malades ; et, s'ils tombent en quelque maladie, ils se soignent avec les racines de certaines plantes. [...] Ici l'air, tempéré et sain, n'apporte pas de contagion. Sauf mort violente, les indigènes vivent longtemps. Je crois que c'est à cause de la permanence des brises australes, surtout de celles que nous nommons Eurus [65]. » Le lien était donc bien affirmé par l'auteur entre vents tièdes et santé. Or rappelons que la lettre apocryphe désignée sous le nom de *Mundus Novus* connut une large diffusion : au moins dix éditions allemandes avant 1515 [66].

A son tour Pigafetta, qui accompagna Magellan dans son tour du monde commencé en 1519, et qui en fit une relation, attribua aux Indiens du Brésil une longévité de cent vingt-cinq à cent quarante ans [67]. Son texte, sorti en italien en 1536, connut une vaste audience lorsqu'il eut été réimprimé dans les *Navigationi e viaggi* de G.B. Ramusio (3 vol., Venise, 1554-1565). Il fut confirmé par Jean de Léry qui passa douze mois au Brésil en 1557-1558 et qui assura, avec un peu plus de modération que ses prédécesseurs, que les Indiens de cette région atteignent couramment cent ou cent vingt ans. Il affirma par ailleurs que les « Toüopinambaoults » sont plus forts, plus robustes et moins sujets aux maladies que les Européens, qu'il n'existe pas parmi eux de gens tordus ou contrefaits, ce qui s'explique par la qualité de l'air et du climat, puisque les grands froids sont ici inconnus et que forêts, herbes et prés y sont toujours verts [68].

Cette longévité, sur laquelle les premiers Européens semblent s'être trompés, fut associée par plusieurs à une apologie de l'homme primitif, source elle-même du mythe du « bon sauvage » : les Indiens d'Amérique vivaient vieux parce qu'ils avaient conservé quelque chose de l'« état d'innocence » d'Adam et Ève. Au vrai, ni les colons ni les missionnaires dans leur ensemble n'acquiescèrent à cette vision optimiste de l'homme américain. Mais celle-ci fut défendue par plusieurs esprits éminents en tête desquels se situe Bartolomé de Las Casas (dont l'*Historia de las Indias* circula en manuscrit mais ne fut imprimée qu'en 1875) :

> Ces humbles, Dieu les créa sans méchanceté, sans malice, ils sont très obéissants, fidèles à leurs maîtres naturels et aux chrétiens qu'ils servent. Ils sont très soumis, patients, pacifiques et vertueux; en eux rien de querelleur, de rancunier, de geignard ni de vindicatif. En outre, plus délicats que des princes, ils meurent facilement au travail ou de consomption. Ils n'ont pas de fortune et n'en désirent pas. Certes, ces gens-là recevraient entre tous les plus grandes bénédictions si seulement ils adoraient le vrai Dieu [69].

Le relais fut ensuite pris par le réformé Jean de Léry dans son *Histoire d'un voyage faict en la terre Antarctique* (publiée en 1578) :

> Tout ainsi qu'ils ne puisent, en façon que ce soit, en ces sources fangeuses, ou plustost pestilentieles dont découlent tant de ruisseaux qui nous rongent les os, succent la mœlle, atténuent le corps et consument l'esprit : brief nous empoisonnent et font mourir par deça devant nos jours : assavoir en la desfiance, en l'avarice qui en procede, aux procez et brouilleries, en l'envie et ambition, aussi rien de tout cela ne les tourmente, moins les domine et passionne [70].

Jean de Léry lui-même inspira Montaigne qui, dans le chapitre des *Essais* consacré aux « Cannibales », associa fort clairement bienveillance du climat, longévité et bonté naturelle des hommes du Brésil, ceux-ci ne faisant de guerres que défensives. Rappelons les passages les plus significatifs de ce texte célèbre (*Essais*, I, chap. XXXI) :

> Ces nations me semblent [...] être encore fort voisines de leur naïveté originelle [...] [Chez elles] il n'y a aucune espèce de trafic, nulle connaissance de lettres; nulle science de nombres; nul nom de magistrat, ni de supériorité politique; nuls usages de service, de richesse ou de pauvreté; nuls contrats, nulles successions; nuls partages; nulles occupations qu'oisives; nul respect de parenté que commun; nuls vêtements; nulle agriculture; nul métal; nul usage

> de vin ou de blé. Les paroles mêmes qui signifient le mensonge, la trahison, la dissimulation, l'avarice, l'envie, la détraction, le pardon, inouïes [...]
>
> Au demeurant, ils vivent en une contrée de pays très plaisante et bien tempérée ; de façon qu'à ce que m'ont dit mes témoins, il est rare d'y voir un homme malade ; et m'ont assuré n'y en y avoir vu aucun tremblant, chassieux, édenté, ou courbé de vieillesse.

Montaigne ne pouvait donc qu'admirer la « pureté » de ces peuples, au point, disait-il, « qu'il me prend quelquefois déplaisir de quoi la connaissance n'en soit venue plus tôt, du temps qu'il y avait des hommes qui en eussent su mieux juger que nous [71] ». Pour lui, la découverte de l'Amérique arrivait trop tard. Elle ne pouvait plus profiter moralement à une civilisation européenne déjà fort corrompue et qui n'allait pas manquer de détruire la dernière terre paradisiaque que conservait encore la planète.

Toutefois l'Amérique plus septentrionale, dans laquelle les Anglo-Saxons commencèrent à s'installer à la fin du XVIe siècle et au début du XVIIe siècle, parut démentir ce pronostic pessimiste. Aux dissidents religieux qui abandonnaient une Angleterre hostile, l'Amérique du Nord apparut comme une terre bénie et sans mal, voire un pays de cocagne, où l'on pourrait recommencer sur de nouvelles bases l'histoire humaine. La Nouvelle Angleterre fut parfois décrite comme « semblable au Jardin d'Éden » où les perdrix étaient si grasses qu'elles ne pouvaient voler et les dindes grosses comme des brebis [72]. George Alsop présenta le Maryland comme un nouveau « paradis terrestre », ses arbres, ses plantes, ses fruits et ses fleurs lui apparaissant comme des « hiéroglyphes de notre situation primitive, adamique [73] ». Un autre crut découvrir le « futur Éden » en Géorgie, région située à la même latitude que la Palestine [74]. L'Amérique du Nord, nouvel Éden : cette conviction et cette identification n'ont pas peu compté dans l'histoire des États-Unis et dans le recul vers l'ouest de sa « frontière [75] ».

CHAPITRE VI

Nostalgie

UN REGARD ATTRISTÉ VERS L'ÂGE D'OR ET LES « ILES FORTUNÉES »

Les XVIe et XVIIe siècles – nous le montrerons dans le chapitre suivant – abandonnèrent progressivement la croyance en l'existence continuée du paradis terrestre : oasis de bonheur interdite, certes, mais préservée quelque part au bout du monde. Cette conversion au réalisme ne se fit cependant pas sans douleur. Jamais on ne rêva autant de l'âge d'or, des Iles Fortunées, de la fontaine de Jouvence, de pastorales idylliques et de pays de Cocagne que durant ces deux siècles. Et jamais auparavant, dans notre Occident, on n'avait accordé autant de place et de faveur aux jardins. Une géographie mieux ou moins mal connue de la planète, et donc moins chimérique que celle d'autrefois, eut besoin pour s'imposer aux esprits d'une contrepartie de fantasmes. Le thème du paradis terrestre et de ses variantes conduit ainsi à retrouver à la fois les « rêves » et la « mélancolie de la Renaissance » sur lesquels j'ai déjà insisté dans mes précédents ouvrages [1].

A partir du XVe siècle, les Italiens d'abord, le reste des Occidentaux ensuite déployèrent beaucoup d'art et d'imagination pour évoquer les paradis mythologiques dont les habitants éternellement jeunes ne songent qu'à l'amour. Selon Poliziano, la demeure de Vénus, au-dessus de Chypre, est un « éternel jardin », où « avec sa gaieté, Printemps, toujours présent, livre ses boucles blondes à la brise et de mille fleurs tresse une guirlande » (*Stances pour le tournoi*, 1475). Dans une large mesure, le retour à la mythologie a été une façon de rêver à l'âge d'or. Elle donnait l'occasion de recréer un pays imaginaire où de jeunes et charmantes nudités ravissent les yeux et ne se flétrissent jamais.

Même dans des épopées romanesques où subsistait le « merveilleux chrétien », les poètes introduisirent des paradis artificiels, destinés, certes, à s'écrouler puisqu'ils étaient l'œuvre d'agents du démon, mais qui constituaient la partie la plus réussie du livre et assuraient son succès. Ainsi, dans le *Roland furieux* de l'Arioste, le palais d'Alcine est « par sa richesse au-dessus de tout autre » et les formes de la blonde magicienne sont « les plus parfaites qu'aucun peintre jamais ne put imaginer ». Quant aux délicieux jardins d'Armide évoqués dans la *Jérusalem délivrée*, ils se trouvent – on s'en serait douté – dans les Iles Fortunées. L'enjôleuse y a fait naître des eaux cristallines et des arbres qui portent éternellement fleurs et fruits en même temps. Dans un tel décor, Renaud, attiré hors du temps, savoure sans se lasser les baisers d'Armide.

L'Arcadie fut aussi une des évasions de la Renaissance, le genre pastoral ayant connu en Occident une nouvelle – et durable – fortune à partir de l'*Ameto* de Boccace et surtout lorsque l'humanisme eut renoué avec les *Idylles* de Théocrite et les *Bucoliques* de Virgile. Le public cultivé se passionna dès lors pendant plusieurs siècles pour les amours champêtres et les jeux des bergères au milieu d'une nature accueillante et harmonieuse. C'est en Arcadie, non l'austère canton du Péloponnèse, mais une campagne verdoyante où les arbres sont d'une « excessive beauté », que Sannazzaro envoya son berger Sincero se consoler de ses chagrins d'amour. L'*Arcadie* (1502), roman en prose mêlé de vers, et la plus remarquable des bergeries italiennes, connut une extraordinaire postérité qu'on peut suivre à travers la *Diane* de Montemayor (1559), l'*Aminta* du Tasse (1573), la *Galatée* de Cervantès (1585), le *Pastor fido* de Guarini, L'*Astrée* d'Honoré d'Urfé (1607-1627). Ce qu'exprimaient ces fictions champêtres, cette nature bienveillante échappant à l'hiver, cette éternelle jeunesse dans une Arcadie hors de l'espace et de la durée, c'est l'aspiration tenace à l'âge d'or auquel on feignait de croire le temps d'une lecture ou d'une représentation théâtrale. Pourtant Poliziano avait averti, dans les *Stances pour le tournoi*, que « nul mortel ne peut pénétrer » dans la demeure de Vénus située sur « un mont délicieux » qui domine Chypre.

La Renaissance affirma, certes, avoir retrouvé l'âge d'or et l'on peut citer à l'appui des exclamations enthousiastes, célèbres mais ponctuelles, de Rucellai, Ficin, Hutten et Rabelais. En outre, la propagande politique s'en mêlant, les fêtes en l'honneur des souverains et les chars de triomphe confectionnés en ces occasions voulurent faire croire aux spectateurs, mais avec une répétition suspecte, que l'âge d'or allait revenir avec Laurent le Magnifique, Léon X, Henri II, Henri IV ou Elisabeth [2]. Le public se laissait-il convaincre?

En tout cas, le regret de l'*aetas aurea* constitua l'une des caractéristiques de la Renaissance. Venu de l'Antiquité, il n'avait pas été absent du Moyen Age et avait alors atteint le public cultivé par les multiples versions de l'*Ovide moralisé.* La seconde partie du *Roman de la rose* contient en son début une évocation éloquente et provocatrice de ce temps bienheureux, maintenant évanoui :

> Alors la terre n'était pas labourée,
> Mais, ainsi que Dieu l'avait préparée,
> Elle apportait d'elle-même
> ce dont chacun se soutenait.[...]
> Et quand l'air était apaisé
> Et le temps doux et serein
> Le vent faible et agréable
> Comme dans un éternel printemps[...]
> Sans convoitise et sans rapine
> S'embrassaient et s'entrebaisaient
> Ceux qui aimaient les jeux d'amour.
> Les arbres verts, dans les bosquets,
> Étendaient sur eux les tentes
> Et rideaux que formaient leurs branches
> Et les défendaient ainsi du soleil [3].

Mais à l'époque de la Renaissance, période que nous identifions trop facilement à un temps d'espérance et de joie, le regret de l'âge d'or et des pays féeriques prit une dimension nouvelle, qui est un fait d'histoire. En 1377, le chancelier de Florence Coluccio Salutati, écrivant à Leonardo Bruni, fait l'éloge de l'âge mythique où l'on savait se contenter des dons de la nature : « O âge heureux, écrit-il, ô vrai siècle d'or, qui nourrissait les hommes de ses fruits produits spontanément sans peine ni souci et, qui mieux est, sans superfluité. » Alors n'étant pas alourdis par le vin et les viandes, les esprits pouvaient s'élever aisément de la considération des corps inférieurs à celle de la sphère céleste [4].

La Nef des fous (1494) de Sébastien Brant évoque avec tristesse l'« autrefois » lointain où « la paix s'étendait et régnait dans le monde [5] ». Érasme, dans *L'Éloge de la Folie*, assure que « la race de l'âge d'or, ingénue et que n'armait aucune discipline [intellectuelle], vivait sous la seule conduite et la seule instigation de la nature ». Mais, ensuite, la pureté de l'âge d'or est allée « en disparaissant peu à peu [6] ». Marot, en 1525, consacre un rondeau à « l'amour du siècle antique » et veut persuader son lecteur qu'« au bon vieulx temps un train d'amour régnoit.[...] Or est perdu ce qu'amour ordonnoit [7] ». Le franciscain érudit – et humoriste – Antonio de Guevara évoque dans son *Reloj de principes* (1529) (« L'Horloge des princes ») « le premier âge et le monde doré » où « tous vivaient en paix ». « Chacun s'occupait de sa terre. Chacun plantait ses arbres et semait son blé. Chacun récoltait ses fruits et taillait ses vignes.[...] Tous vivaient sans nuire et se heurter aux autres [8]. »

Une autre plainte attristée sur l'âge évanoui est celle de Don Quichotte qui regrette le temps où le *tien* et le *mien* n'existaient pas et où la nature donnait généreusement à tous. « En ce saint âge, se lamente-t-il, il n'était nécessaire à personne, pour gagner son ordinaire soutien, de prendre autre peine, sinon hausser la main et le prendre à ces robustes chênes, qui libéralement invitaient à cueillir de leur fruit doux et succulent.[...] Tout était paix alors et tout amitié, tout concorde [...]. [La nature] sans être forcée, offrait de toutes parts, de son sein fertile et spacieux, ce qui pouvait saoûler, sustenter et délecter les enfants qui la possédaient alors [9] ». Dans le même esprit, Lope de Vega († 1635), un des représentants de ce que nous appelons le « siècle d'or » de l'Espagne, écrivit à la veille de sa mort un poème intitulé *El Siglo de oro* dans lequel domine la tristesse. Autrefois la Nature était semblable à une belle jeune fille dont la beauté n'était pas altérée par les cosmétiques et la prostitution. Aujourd'hui l'âge d'or nous fait toucher du doigt la perfidie, le mensonge et les déceptions dont nous abreuve notre temps [10].

Proche parent du regret de l'âge d'or nous apparaît l'évasion vers l'ailleurs des utopies qui se mirent à refleurir au XVIe siècle après quinze siècles d'interruption. On peut s'interroger sur les intentions véritables de Thomas More qui relança le genre avec son *Utopie* (1516). Selon le poète Barthélemy Aneau, auteur en 1559 d'un « avertissement » à la traduction française de l'ouvrage, « le prudent chancelier d'Angleterre [...] [voulut], sous une feinte narration de la nouvelle isle d'Utopie,[...] figurer une morale république, et très parfaite politique : voire si très parfaite que jamais telle ne fut, ne est, ne par aventure sera [11] ». Telle semble bien en effet avoir été la pensée de l'ami d'Érasme. En tout cas *L'Utopie* [12] se situa en son temps à l'intérieur d'une vaste littérature internationale qui porta un regard attristé sur l'époque en lui opposant des « autrefois » et des « ailleurs idylliques », tout en contribuant à renforcer cette nostalgie. L'île imaginée par More à l'autre bout du monde est un pays de rêve où les cinquante-quatre cités sont « toutes vastes et magnifiques », où les agriculteurs « élèvent une multitude de poussins », où les jardins « sont d'une telle beauté » qu'on ne peut rien voir « de plus luxuriant ni de meilleur goût », où l'on produit « en abondance tous les biens nécessaires à l'entretien et même à l'agrément de la vie ». Plus généralement, les « utopies » – le terme devint un nom commun –, qui fleurirent nombreuses à l'époque de la Renaissance, témoignèrent du divorce cruellement ressenti entre les aspirations d'une élite et les réalités quotidiennes. Elles constituèrent une manière de refuge [13].

Dans le même esprit, Ronsard, qui vit sous Henri II les conflits religieux s'accroître dangereusement, engagea son ami Marc-Antoine Muret à émigrer avec lui vers les « Isles Fortunées ». Exercice d'école, bien sûr! Aucun d'eux ne s'enfuit hors du Vieux Continent. Il s'agissait seulement d'un rêve mélancolique pour oublier un instant la « pauvre Europe » et l' « horrible Mars » qui « le sang chrestien espand de toutes pars ». Dans ces « Isles bienheurées » :

> Sans mentir les arbres se jaunissent
> D'autant de fruits que leurs boutons fleurissent :
> Et sans faillir en tous temps diaprez
> De mille fleurs s'y peinturent les prez
> Francs de la bize, et des roches hautaines
> Tousjours de laict gazouillent les fontaines [14].

Dans cette terre de bonheur, « l'avarice n'a pas borné les champs » et le loup n'effarouche pas le bétail. On ne connaît pas les « foudres grondans » ni les comètes « aux longs cheveux pendans ». « L'espous ne s'adolore pas / de voir mourir sa femme entre ses bras. »

> Là la justice avec l'or dépravée
> Ny la loi triste en airain engravée
> Ny les senats, ni les peuples meschans
> N'ont point troublé le repos de ces champs [15].

Tout est donc réuni dans cet « ailleurs » insulaire, paradis terrestre préservé, pour une vie humaine heureuse : beauté et fertilité de la nature, absence d'orages et de comètes, paix, justice, égalité, le contraire de ce que nous vivons et de ce que Ronsard constatait en son temps.

Cette mélancolie et la nostalgie du *locus amœnus* de l'Éden aident à comprendre les tentatives pour reconstituer dans des jardins les conditions paradisiaques.

Le jardin clos

Le jardin idéal dans l'Occident médiéval a d'abord été un *hortus conclusus*, un enclos, alors que le paradis terrestre de la Bible était apparemment ouvert sur le pays d'Éden. Cette fermeture s'est fondée sur la traduction longtemps classique du *Cantique des Cantiques* (4, 12) : « Elle est un jardin bien clos *, ma sœur, ô fiancée, un jardin bien clos, une source scellée. » Le récit de l'expulsion d'Adam et Ève hors du « paradis » (Genèse, 3, 24) poussa les imaginations dans le même sens. Dieu « posta les chérubins à l'orient du jardin d'Éden avec la flamme de l'épée foudroyante ». Désormais, si un lieu de paix et de bonheur pouvait être aménagé sur terre, il ne pouvait être que séparé du reste d'un monde malheureux et pécheur. Raban Maur enseigna que « l'Église est le paradis, car on lit à son sujet dans *Le Cantique des Cantiques* : *Hortus conclusus, soror mea* [16] ». Herrade de Landsberg, abbesse de Sainte-Odile en Alsace († 1195), qui écrivit pour ses religieuses une anthologie spirituelle restée célèbre, l'*Hortus deliciarum*, explicita pour elles les sens multiples du paradis terrestre. Celui-ci, déclara-t-elle, signifie tour à tour ou simultanément l'âme du chrétien, la conscience pure, la virginité, la vie monastique, le cloître, l'Église irriguée par les quatre fleuves de l'Évangile, et, enfin, la Jérusalem céleste [17].

Retenons dans cette liste le rapprochement établi par Herrade entre le paradis terrestre et le cloître. Les monastères en effet avaient besoin de jardins, notamment pour y cultiver des plantes médicinales. Mais ils ne tardèrent pas à les organiser en lieux de méditation entourés par les arcades des cloîtres. Les cisterciens affectionnèrent le cloître carré, avec ses quatre côtés rappelant

* La T.O.B. traduit : « Tu es un jardin verrouillé, ma sœur, ma fiancée : une source verrouillée, une fontaine scellée. »

tout à la fois les quatre fleuves du paradis, les quatre évangélistes, les quatre vertus cardinales. « Vraiment, écrivait saint Bernard, le cloître est un paradis, une région protégée par le rempart de la discipline dans laquelle se trouve une ample abondance de richesse précieuses [18]. » Saint Bernard fusionnait ainsi dans un même éloge, et dans une même image monastique, cloître et jardin du cloître. Beaucoup de jardins monastiques placèrent un puits en leur centre : construction utilitaire, certes, mais aussi symbolique, car il évoquait de toute évidence pour les religieux « le fleuve [qui] sortait d'Éden pour irriguer le jardin : de là il se partageait pour former quatre bras [19] » (Genèse, 2, 10).

Ce retour vers l'amont de l'histoire indiquait en même temps le but à atteindre : « Le jardin du cloître, avec ses quatre compartiments carrés et sa fontaine centrale, suggérait déjà un modèle cosmique, et les commentateurs étaient souvent prêts à le lire comme un diagramme du Paradis auquel les moines parviendraient par la contemplation [20]. » Dans son *Rationale divinorum officiorum*, l'évêque Guillaume Durand († 1296) écrivait : « Le jardin [monastique] planté d'arbres et d'herbes représente le grand nombre des vertus ; le puits des eaux vives, l'abondance des dons qui étanchent ici-bas la soif et qui, dans la vie future, en éteindront les ardeurs [21]. »

C'est sans doute en raison du médiateur constitué par le jardin de cloître que l'*hortus conclusus* fit une belle carrière dans la littérature et l'iconographie de la seconde partie du Moyen Age, occupant les deux registres du sacré et du profane. Pour la mise en scène du mystère, *La Résurrection du Sauveur*, d'un auteur inconnu du milieu du XVe siècle, les instructions suivantes étaient données aux organisateurs :

> A doncques se doit monstrer ung beau paradis terrestre le mieulx et triumphamment fait qu'il sera possible et bien garny de toutes fleurs, arbres, fruicts et autres plaisances, et au meilleu l'arbre de vie plus excellent que tous les autres[...]
>
> Et icelui paradis doit estre fait de papier, au dedens duquel doit avoir branches d'arbres, les ung fleuriz, les autres chargés de fruitz de plusieurs espèces comme cerises, poires, pommes, figues, raisins

> et telles choses artificiellement faictes, et d'autres branches vertes de may et des rosiers dont les roses et les fleurs doivent excéder la hauteur des carneaux [crénaux] et doivent estre de frais couppez et mis en vaisseaux plains de aue pour les tenir plus freschement.

Un autre manuscrit du même mystère ajoute au paradis des « prunes, poires allemandes, oranges, grenades, des romarins et des marjolaines » et précise de ne pas oublier « la fontaine qui se déversera en quatre ruisseaux [22] ».

La mention des crénaux laisse logiquement supposer qu'il s'agissait d'un *hortus conclusus* fermé par une muraille.

Très révélateur à cet égard est un *Jardinet du paradis* (actuellement à Francfort), peint vers 1430 par un anonyme que nous appelons le « Maître du Haut-Rhin ». Un mur crénelé entoure un jardin émaillé de riches fleurs. Les personnages situés à l'intérieur de cet enclos semblent, au premier abord, des dames et des seigneurs. Mais une seconde lecture permet de les identifier : la Vierge lit un livre, l'Enfant Jésus joue avec la cithare de sainte Cécile, saint Michel converse avec saint Georges et un autre saint chevalier. Ce paradis terrestre symbolise la virginité de Marie [23]. Encore plus significative est l'illustration réalisée par Jean Fouquet pour les *Antiquités judaïques* de Flavius Josèphe (ms. fr. 247, B.N., Paris), reproduite sur la couverture [24]. Elle figure le mariage d'Adam et Ève au paradis terrestre. Celui-ci est entouré d'une muraille fortifiée, entourée d'eau, mais ouverte en quatre endroits pour laisser s'échapper les quatre fleuves qui coulent de la fontaine de vie. Dans cet *hortus conclusus* poussent des arbres portant à la fois des feuilles et des fruits. Les animaux les plus divers – lion, agneaux, cerf et lapin – paissent les uns à côté des autres. Le manteau protecteur, rouge à l'extérieur, bleu à l'intérieur, du Tout-Puissant, comme celui d'une Vierge de miséricorde, protège nos premiers parents nus en toute innocence. Ève a une magnifique chevelure blonde. Les anges, les oiseaux et les rayons du soleil s'associent à cette fête de la création et de l'amour. Les couleurs vives – le bleu, le rouge, l'or et le vert – créent une atmosphère de lumière et de bonheur. Cet enclos paradisiaque devait apparaître comme une merveilleuse parenthèse dans le temps et dans l'espace... comme une île de bonheur à laquelle on a toujours le droit de rêver.

Les *Antiquités judaïques* de Flavius Josèphe s'ouvrent avec le commencement du monde et donc avec les six jours de la Création. Aussi les manuscrits de cet ouvrage, à la fin du Moyen Age, furent-ils souvent ornés d'enluminures représentant l'histoire d'Adam et Ève. Celle-ci figure par exemple sur un manuscrit français du XVe siècle conservé à la bibliothèque de l'Arsenal (n° 5082, f° 3), où le paradis terrestre, avec la fontaine de vie et l'arbre de la science du bien et du mal, est entouré de bâtiments comportant des tours à poivrière et des pignons étagés. On restait dans la configuration du jardin clos [25].

L'*Hortus conclusus* du paradis terrestre glissa, comme le suggère le *Jardinet du paradis*, vers le symbolisme marial et l'évocation de la virginité de Marie. Celle-ci, disaient les moines poètes, a été un « jardin clos, puisque le Christ est descendu en elle comme une rosée [26] ». La référence à cet égard était saint Jérôme qui avait écrit que l' « *Hortus conclusus* [...] est une image ressemblante de Marie, mère et vierge [27] ». D'où, de multiples représentations de Marie au milieu d'un jardin clos, portant l'enfant divin ou en adoration devant lui. Dans son répertoire consacré au symbolisme du jardin et des fleurs dans l'art de la Renaissance italienne, Mirella Levi d'Ancona cite onze œuvres peintes dans la Péninsule aux XVe et XVIe siècles consacrées à l'*hortus conclusus* marial. Le *Livre des chants royaux* du XVe siècle conservé à la Bibliothèque nationale de Paris (ms. fr. n° 145) montre une Vierge debout, tenant l'Enfant Jésus et dominant de sa haute silhouette un jardin rectangulaire qui l'entoure. A l'extérieur de l'enceinte un personnage à genoux et mains jointes (le donateur) adresse à Marie la louange que voici : « Jardin clos où crût le vray Lorier [28] ». Ce type d'iconographie était en effet une façon de réciter par l'image les litanies de la Vierge.

L'*Hortus conclusus* servit aussi de cadre à plusieurs représentations de l'Annonciation. On retiendra ici, comme exemple particulièrement probant, une fresque peinte en 1514 par G.M. Falconetto dans l'église San Pietro Martire de Vérone. Marie est assise au centre d'un espace fermé par une enceinte crénelée. Une licorne, symbolisant la virginité, pose une patte sur ses genoux. A l'extérieur de la muraille on voit, d'un côté, l'ange annonciateur du message et, de l'autre, un guerrier à genoux à côté duquel est écrite l'inscription : *Descendit sicut pluvia in vellus.* Cette fresque, passablement surchargée d'animaux, de tours, de constructions antiquisantes formant fond de décor, marque du moins pour nous l'aboutissement – ici très sophistiqué – du thème de l'enclos marial. Sur le mur on lit *Ortus conclusus* et, juste à côté, est figurée une grande porte de dessin Renaissance avec la formule *Porta aurea.* A gauche de Marie, dans le jardin, l'artiste a naturellement placé une fontaine de vie (de facture très recherchée [29]).

Parce que le paradis terrestre ne pouvait être que fleuri – et de fleurs ne se fanant jamais – le symbolisme marial s'exprima par des fleurs grâce auxquelles on passait, le moment d'un regard, du temps du péché à celui de la grâce. L'abbé Adam de Perseigne, dans un cantique en l'honneur de la Vierge, s'était écrié : « Marie, tu es le jardin clos, où blanchit le lis sans déclin de la virginité, que parfume l'inviolable violette de l'humilité, où rougit la rose de l'inépuisable charité [30]. »

A partir du XIVe siècle, la nature entra véritablement dans la peinture occidentale : grâce à quoi les plantes paradisiaques se multiplièrent dans les œuvres artistiques en respectant un langage codé que comprenaient les spectateurs, ou du moins les plus lettrés d'entre eux. On savait, par exemple, qu'à la pomme et au concombre, plantes du mal, s'opposaient la vigne et la cerise, symboles de la Passion du Christ. L'oranger du *Jardin des Hespérides*, en se christianisant, devint un arbre du paradis terrestre parce qu'il ne perd pas ses feuilles et donne ses fruits en hiver [31]. De même, la fraise, associée par Ovide au temps de l'âge d'or (*Métamorphoses*, I, 4), signifia, dans l'autre registre, le bonheur du jardin d'Éden [32]. Une fleur des dieux telle que l'œillet, image de l'amour profane, rejoignit le groupe des fleurs mariales. La paquerette, synonyme de printemps, signifia dans la peinture religieuse l'innocence du Christ.

La rose, à côté, nous venons de le voir, du lis et de la violette, fut particulièrement associée à Marie. Elle compta donc aussi parmi les fleurs paradisiaques. Saint Ambroise avait affirmé qu'au paradis terrestre la rose croissait sans épine [33]. Dans le même esprit, un cantique du XIIe siècle, s'adressant à Marie, restée exempte du péché originel, lui déclara : « Rose sans épine, tu es devenue mère [34]. » D'où l'iconographie qui représenta Marie au milieu des roses. On songe notamment ici à la *Madonna del roseto* (Castelvecchio, Vérone) que Stefano da Verona († après 1438) asseoit dans un paradis de roses, d'oiseaux et d'anges précieux, à la *Madone au buisson de roses* (de Stefan Lochner, 1450, musée Wallraf-Richartz, Cologne), et surtout au chef-d'œuvre de Schongauer, *La Vierge au buisson de roses* (1473, église Saint-Martin de Colmar). Dans cette œuvre, Marie, couronnée par deux anges, tient dans ses bras l'Enfant Jésus. Son visage exprime le recueillement. Elle porte robe et manteau rouges. Derrière elle, un treillage maintient des rosiers aux larges fleurs rouges. Des oiseaux sont posés sur les branches. Le spectateur, qui était en même temps un croyant, pouvait tirer de cette émouvante image un double enseignement : Marie, la femme sans péché, aurait mérité de vivre au paradis terrestre. Mais ses vêtements rouges et la couleur des roses annoncent la mort cruelle que subira un jour l'enfant qu'elle serre tendrement contre elle.

Dans une optique chrétienne, le jardin clos, espace de bonheur protégé contre la laideur du monde pécheur, apparaissait comme un lieu de refuge : en quoi il rejoignait une aspiration humaniste à cultiver l'*otium*, loin des agitations urbaines. On peut dire de Pétrarque qu'il fut le premier des « jardiniers humanistes ». A Fontaine-de-Vaucluse, il voulut dans son « Helicon transalpin » imiter l'île-jardin évoquée par Cicéron dans le *De legibus*. Près d'un « ruisseau mumurant » il trouvait l'inspiration des muses. Son domaine provençal, où il érigea des autels « à l'endroit où des flots tumultueux jaillissent soudain de sources cachées », lui permettait de « s'élever jusqu'à de grandes pensées [35] ».

Un *hortus conclusus* exemplaire, associant les réminiscences antiques et l'inspiration chrétienne, est celui qu'imagine Érasme dans le colloque *Convivium religiosum* [36] (1522). Son propriétaire, Eusebius, s'« étonne que des gens trouvent de l'attrait aux villes enfumées ». Un de ses hôtes, Timotheus, lui objecte que Socrate préférait « la ville à la campagne, car il y a dans les villes de quoi s'instruire, tandis que la campagne n'offre qu'arbres et jardins, sources et rivières qui repaissent les yeux[...], mais n'ont rien à enseigner ». Eusebius répond que « loin d'être muette, la nature tout entière parle et enseigne beaucoup à l'homme qui la contemple, s'il est attentif et se laisse instruire. Que proclame-t-il, le visage de la nature si gracieux au printemps, sinon que Dieu son créateur est aussi sage que bon ? » La campagne apparaît donc comme un refuge de l'esprit, « un endroit écarté », où l'âme se retrouve.

Mais, plus concrètement encore, Eusebius reçoit ses hôtes « dans les environs de la ville », là où il possède « un petit fonds de terre, peu étendu mais bien tenu ». Celui-ci se divise en deux jardins. Dans l'un, agrémenté de fleurs et de feuillages, sont gravées de nombreuses inscriptions bibliques en latin, en grec et en hébreu : « Si tu veux entrer dans la vie, observe les commandements », « repentez-vous et convertissez-vous », etc. On y passe devant une statue de Jésus et près d'une « petite source à l'eau très salubre, [...] image de la source unique dont la céleste liqueur ranime tous les hommes accablés d'épreuves ». Puis Eusebius engage ses invités à entrer dans le second jardin, « plus raffiné », qu'encadrent les murs de la maison. Nous retrouvons ici l'*hortus conclusus* des monastères. « Il n'y pousse que des plantes odorantes. » Y coule un « charmant ruisselet qui sourit, dirait-on, au milieu de toutes les plantes et promet un asile de fraîcheur contre la chaleur » : il partage le jardin en deux parties symétriques et « les plantes de chaque bord s'y mirent à l'envi comme dans un miroir ». L'humaniste de Rotterdam a ainsi rêvé d'un jardin clos propice à l'*otium*, c'est-à-dire au recueillement et à la *vita contemplativa*, et reprenant à l'usage des lettrés le cadre et les fonctions de l'espace vert entouré par le cloître des monastères médiévaux.

Ce jardin du « refuge » dans sa version chrétienne, loin de l'agitation, des malheurs et des péchés du monde, est encore celui qu'a imaginé Bernard Palissy dans sa *Recepte veritable* (1563), ouvrage qui contient, entre autres, « le dessein d'un jardin autant delectable et d'utile invention, qu'il en fut onques veu [37] ».

Il sera, assure l'auteur, « un autant beau jardin, qu'il en fut jamais sous le ciel, hors mis le jardin du paradis terestre [38] ». Et cela « afin de donner occasion aux hommes [...] de laisser toutes occupations, ou delices vicieux, et mauvais trafics, pour s'amuser au cultivement de la terre [39] ». Je veux, écrit-il encore, « ériger mon jardin pour me retirer és jours perilleux et mauvais : et ce, à fin de fuyr les iniquitez et malices des hommes, pour servir à Dieu en toute liberté [40] ». Le protestant Bernard Palissy, témoin quand il écrivait son livre du début des guerres de Religion, déclare en effet à son interlocuteur dans la *Recepte* : « Si tu avois veu les horribles debordemens des hommes, que j'ay veu durant ces troubles, tu n'as cheveux en la teste, qui n'eussent tremblé, craignant de tomber à la merci de la malice des hommes [41]. »

L'inventeur des « rustiques figulines » donne donc tout naturellement à son jardin du « refuge » l'ordonnance d'un *hortus conclusus*. La « quadrature » de celui-ci sera « fermée » par des montagnes et des rochers du côté des vents du nord et de l'ouest [42], et par des murets sur les deux autres côtés; elle sera elle-même divisée en « quatre parties égales », avec un cabinet à chaque angle et un autre, au milieu, dans « une petite isle à l'entour de laquelle seront plantés des peupliers [43] ». Bernard Palissy retrouvait ainsi la configuration des jardins monastiques et reprenait, en outre, les suggestions d'Érasme en inscrivant dans ce lieu de « sapience » des formules tirées des psaumes ou du *Livre de la Sagesse* [44].

Du jardin clos au jardin ouvert

En dépit du projet de l'artiste saintongeais, le jardin de la Renaissance eut aussi des origines non chrétiennes, en particulier orientales, et sa promotion bénéficia, en fait, d'une convergence d'influences. Les jardins et palais de l'Islam recueillirent par l'intermédiaire de la civilisation gréco-romaine la tradition des « paradis » persans. Ceux-ci enfermaient dans leur enceinte, rempart protecteur contre les vents désertiques, toutes les essences d'arbres et de plantes, toutes les espèces d'animaux qui prospéraient dans le royaume. « A l'abri des hauts murs du parc, le roi détenait ainsi en son pouvoir la flore et la faune du royaume tout entier, et ce grand pan de nature apprivoisé et captive symbolisait son rôle éminent de gardien des forces de la fécondité et de la vie [45]. » Mais, d'autre part, rêve suprême des habitants du désert, les musulmans, à la suite du Coran, imaginèrent l'au-delà comme un verger. Ainsi le *Livre de l'échelle de Mahomet* qui raconte le voyage nocturne au cours duquel le prophète, conduit par l'ange Gabriel, parcourut les cieux et les enfers, enseigne que Mahomet vit sept « paradis » successifs qui étaient autant de « vergers ». La propre demeure de Dieu, le septième ciel est, lui aussi, décrit comme un verger, clos de murs, contenant des fontaines, des arbres chargés de fruits, et où l'on entend la musique des instruments et le doux chant des jeunes filles qu'il abrite [46].

De Bagdad et de Damas à Grenade, les souverains musulmans créèrent de magnifiques vergers qu'évoquèrent *Les Mille Et Une Nuits*. Les écrivains ont laissé des descriptions enthousiastes et sans doute excessives du jardin d'Haroun al Rashid à Bagdad, à l'époque où Charlemagne régnait en Occident. On y voyait notamment, au milieu d'un bassin circulaire, un arbre d'argent dont les branches portaient des oiseaux qu'un mécanisme d'automate faisait siffler et se mouvoir. Certains oiseaux étaient dorés, d'autres argentés et les branches et les rameaux étaient rehaussés d'or [47]. Le modèle de ce jardin fut transporté à Constantinople. En outre, par les musulmans, le goût des jardins s'épanouit en Sicile et en Andalousie. L'utilisation ingénieuse de l'eau faite dans les jardins d'Orient et en Sicile impressionna les croisés. L'un de ceux-ci, Robert d'Artois, passant à Palerme, en 1270, admira les vergers entourant la ville et, à son retour, créa à Hesdin, en Picardie, un parc, entretenu ensuite par les ducs de Bourgogne et qui resta unique en son genre en Occident pendant plusieurs siècles. Il contenait des automates et diverses « attrapes » aquatiques inconnues jusque-là dans nos régions [48].

L'exemple de l'Orient aidant, le thème du jardin d'amour, clos de tous côtés, est déjà bien présent dans la littérature du XIIe siècle. Le *Roman de Thèbes* fait mention d'un « jars » « bien enclos[...] de mur espès de toutes parz [49] ». Dans *Floire et Blancheflor* on lit :

Li vergiers est et biax et granz
El monde n'est nus plus vaillanz
De toutes parz est clos ce mur[...]
De l'autre part, ce m'est avis
Court un fleuve de paradis[...]
De celui est avironez
Einsi que rien n'i puet entrer
Se par desus n'i puet voler [50].

Dans le roman de Chrétien de Troyes, *Cligès*, les deux amants coulent de longs mois de bonheur dans un verger « clos entor de haut mur [51] ». De la fin du XIIe siècle encore est le *De amore* d'André Le Chapelain qui décrit le jardin circulaire du « Roi d'amour » : un endroit enchanteur entouré de nombreuses variétés d'arbres fruitiers aux agréables senteurs, et comportant en son centre une fontaine d'eau pure et un arbre magnifique plus grand que les autres qui ombrage tout le cercle et le clôt de ses branches protectrices. Le temps ici est toujours clément. Le paradis terrestre est donc reconstitué mais laïcisé. Il est appelé *Amœnitas* et est entouré par deux territoires répulsifs nommés respectivement *Humiditas* et *Siccitas* [52].

Le jardin d'amour – ô combien difficile d'accès! – le plus

célèbre du Moyen Age est sans doute celui qu'a décrit Guillaume de Loris (vers 1225-1230) dans la première partie du *Roman de la rose* :

« Le mur était haut et entièrement fait de pierres taillées,

Il servait au lieu de haies,
A clore et clôturer un verger
Qui jamais n'avait vu de berger.
Ce verger était situé en un très bel endroit :
A celui qui aurait voulu me conduire à l'intérieur
Par une échelle ou un escalier
J'aurais su le plus grand gré :
Jamais en effet les yeux d'un homme n'eurent,
Je le crois, une joie et un plaisir pareils
A ceux qu'offrait ce verger.
Car pour héberger des oiseaux
Ce lieu n'était ni dédaigneux ni chiche :
Jamais un lieu ne fut en arbres aussi riche
Et aussi plein d'oisillons qui chantaient [53].

Précision intéressante : « Oyseuse » (Oisiveté), qui ouvre au jeune homme du roman la porte du verger, lui apprend que Déduit « fit apporter là des arbres du pays alexandrin [54] » : aucun doute, par conséquent, sur les influences orientales.

A la fin du Moyen Age, le jardin d'amour séparé du reste du monde est un thème classique de l'iconographie et de la littérature. Au XIVe siècle, à Sorgues, près d'Avignon, une fresque représente dans un tel cadre une cour d'amour. Le « buisson de jeunesse » de Froissart est « tout aussi rond qu'une pomme, à la manière d'un pavillon [55] ». Dans une addition au *Livre du Cueur d'amours espris*, l'île d'amour comporte « un beau parc clos d'ung haut palis tout fait de boys de cedre et de lignum alœs [56] ». Dans le *Songe de Poliphile* de Francesco Colonna (achevé en 1467) l'île de Cythère, lieu de rêve et de bonheur, est décrite comme un espace clos où les nymphes font « honneur à Cupido leur maître » :

Ce lieu estoit, lit-on dans la traduction française de 1546, si beau, tant plaisant et delectable, que l'eloquence mesme se trouveroit trop pouvre de termes, figures et couleurs de rhetorique, si elle se vouloit amuser à le descrire [...] Car c'estoit la vraye retraicte de soulas et delices bienheureuses, faictes en iardins, ver-

> gers, et petits bocages, ordonnez pour le but et derniere main de tout plaisir [...]
> Le climat n'estoit en rien subject à l'inconstance et changements du temps, ny au danger de mauvais ventz, chaleurs, gelees ou bruynes, mais tousiours florissant et salutaire, dedié à l'éternité, et produisant tous les biens que nature peut faire croistre[...]
> Son assiette est au mylieu de la mer, qui l'enclost d'eau claire, sans roches, fange ny cailloux[...] Tout a l'entour de l'isle sont plantez de beaux cypres de trois en trois pas, et au dessoubz une haye de myrthe, drue et espoisse, en forme de muraille, d'un pas et demy de haulteur, en laquelle sont encloses les tiges des cypres qui sortent de la haye un pied et demy contremont iusque à leurs premieres branches. Cette haye sert de closture a toute l'isle et y sont faictes les entrees et yssues en lieux convenables : mais elle est tant espoisse de feuillure, que l'on ne peult veoir a travers, aussi droicte qu'une muraille, comme qui prendroit songneusement garde a la tondre tous les iours [57].

On ne peut qu'être sensible, en lisant cet extrait, à l'insistance sur les termes « enclot », « muraille », « encloses », « clôture », et à nouveau « muraille ». L'île paradisiaque est, pour ainsi dire, hors du temps et de l'espace. Il y règne, comme à l'époque de l'âge d'or, un climat égal et doux. Fleurs et fruits y poussent en abondance et l'auteur nous dit plus loin que tous les arbres « fruytiers [...] portent une mesme grandeur, grosseur et largeur : et qui plus est, se monstrent touiours verdz, chargez de fruict, qui ne perd point saisons : car incontinent que l'un est cueuilly, l'autre se rend apte pour l'estre [58] ».

Le paradis terrestre reprend consistance dans ce rêve érotique d'un religieux vénitien. Mais il est totalement paganisé et isolé, comme les « utopies » du XVIe siècle, au milieu de la mer. L'itinéraire du jeune héros passe ensuite par une série de jardins emboîtés les uns dans les autres et s'achève dans celui de Vénus où Poliphile parviendra à embrasser Polia. Le caractère « secret » de cet ultime refuge est souligné par un treillage. La laïcisation courtoise de l'*hortus conclusus* aboutit, dans l'imagination de Francesco Colonna, à cette précieuse élaboration antiquisante.

La Renaissance ne rompit pas complètement avec le jardin clos : à preuve précisément celui où Poliphile aboutit au terme de son parcours initiatique. On peut citer, concrètement réalisés, ceux du palais du Té, à Mantoue, de Montalto di Pavia, accroché aux pentes de l'Apennin, et surtout celui qui fut dessiné en 1540 à Castello, près de Florence, pour Côme Ier Médicis. L'élément principal en était un jardin carré, bordé de murettes, avec au centre une fontaine circulaire dédiée à Vénus. Ce jardin central était flanqué de chaque côté de deux autres jardins plus petits, clos eux aussi, et, au fond, il donnait accès à un verger de citronniers.

D'autres exemples pourraient être ajoutés aux précédents. En outre, beaucoup de jardins postérieurs au Moyen Age comprirent, aménagé au milieu d'un vaste ensemble, un *hortus conclusus* où pouvaient se retrouver amants... et philosophes. A la limite, mais à la limite seulement, le grandiose *cortile* du Belvédère dessiné par Bramante pour Jules II fait encore figure d'espace clos, puisque deux longues galeries relièrent la villa du Belvédère au palais du Vatican. Mais les charmes d'une retraite et d'un jardin étaient ici contrebalancés par la pompe papale et la mise en situation de statues antiques. En outre, Bramante adapta le terrain et les bâtiments à la pente de la colline, pour que l'architecture parût émaner du site, et il meubla le *cortile* de terrasses et de gradins et d'une scène de théâtre. Enfin, ce jardin fermé avait des dimensions inhabituelles.

La grande innovation de la Renaissance, en ce domaine, fut le jardin ouvert, dont Leone Battista Alberti donna la théorie dans son *De Re edificatoria* (1452). Son idée, neuve pour l'époque, est que maison et jardin doivent être traités comme un tout et que l'espace vert, remodelé par l'architecte, doit s'harmoniser au paysage ambiant et s'épanouir vers lui [59]. La réalisation de Bramante répondait au moins partiellement à ce programme. La découverte de la *Domus aurea* à Rome, un intérêt nouveau pour la *Villa Hadriana* de Tivoli et la mode antiquisante conduisirent bientôt à l'aménagement de véritables palais à la campagne se prolongeant dans une nature domestiquée par l'architecte et l'hydraulicien.

Continuait-on à rêver de l'*aetas aurea* et du paradis terrestre dans les jardins, soit clos, soit ouverts de la Renaissance? Dans une certaine mesure, oui! « Le mythe de l'âge d'or dicta l'organisation, à la fois de la villa de Poggio à Caiano pour Laurent [le Magnifique] et de celle de Castello pour Côme [60]. » Visitant la région du lac de Garde, Mantegna y découvre « des jardins boisés qui, tellement semblables au Paradis, paraissent avoir jailli comme un témoignage de la plus charmante des muses [61] ». Quand le mot « délices » est appliqué à l'époque à un jardin ou à un fragment de jardin, il faut se rappeler qu'une longue tradition sémantique avait établi une équivalence entre paradis terrestre et *hortus deliciarum*. On parlait des « délices » de Belriguardo et de Belfiore près de Ferrare [62], de Poggioreale à Naples, de la villa d'Este à Tivoli [63], etc. Quelqu'un disait d'Hampton Court en 1525 qu'il « ressemblait plus à un paradis qu'à une habitation terrestre » et dans le jardin « un parterre était appelé " le paradis [64] " ». Mais, en sens contraire, on peut aussi bien souligner l' « impossible restitution édénique [65] » que constituèrent les grandioses jardins européens de la Renaissance et des siècles suivants.

On a caractérisé ces jardins par trois éléments majeurs : le *bosco*, c'est-à-dire des aménagements boisés faisant transition avec le paysage ambiant, la mise en œuvre de l'eau grâce à des cascades, canaux et fontaines, enfin le déploiement dans l'espace par le moyen de larges perspectives. Les villas célèbres de Tivoli, de Bagnaia, plus tard des îles Borromées, pour ne citer que quelques exemples qui firent école, nous révèlent l'esprit dans lequel elles furent conçues. On rechercha la mise en scène et les effets d'illusion. On multiplia les éléments artificiels (les automates) ou faussement naturels (les grottes) afin de provoquer stupeur et émerveillement. Le paysage fut assujetti à l'art. La technique l'emporta sur la nature. Le jardin devint un lieu théâtral, voire le cadre de pompes fastueuses.

Montaigne, dans la relation de son voyage en Italie, a décrit la grande villa de Pratolino conçue pour Francesco Ier Médicis, au XVIe siècle [66]. L'allée centrale y accédant était large de quinze mètres. Elle était remplie de fontaines surprises et d'automates. Luigi Zangheri [67], le meilleur connaisseur actuel de ce jardin aujourd'hui disparu, assure que Pratolino apparut « comme un organisme entièrement neuf, formé par une grande villa, véritable écrin de curiosités, et par un jardin-parc consacré pour moitié aux gloires du passé, pour l'autre aux merveilles du présent. L'originalité de Pratolino tenait au fait qu'il était à la fois un musée singulier de *mirabilia*, un véritable *studiolo* en plein air, et un grand labyrinthe irrégulier palpitant de la vie des grottes et des fontaines ».

Sur la toile de fond d'un Olympe représenté par les simulacres de Jupiter, de Vénus, d'Apollon et d'Esculape se mouvaient des petits théâtres d'automates où l'on jouait des scènes tirées de la vie quotidienne (le remouleur, le meunier, etc.) et l'histoire d'hommes devenus des demi-dieux (Narcisse). Dans les grottes de Pratolino étaient représentées toutes les sortes de mines existantes de métaux et d'argent et la manière dont on les travaille. Ces mêmes grottes étaient remplies de " coraux et d'autres pierres très nobles ", tandis que les près étaient " émaillés de mille variétés de fleurs ", la grande volière renfermait " une foule d'oiseaux ", les viviers étaient peuplés de " poissons grands et variés ", et les bosquets étaient parcourus par une " grande quantité de lièvres, de chèvres et de perdrix ". Les eaux étaient amenées depuis des sources situées à plusieurs kilomètres (et l'on jouissait ici) " dans les ardeurs estivales de l'agrément et de la douceur du printemps " [68].

On a pu définir le jardin des XVIe et XVIIe siècles comme un « système conceptuel compliqué » et codé [69], où la nature était « niée », voire « forcée et fracassée [70] ». Il magnifia la *virtù* de son propriétaire, alors que celui des cloîtres médiévaux orientait l'âme vers Dieu. En outre, par la multiplication de ses agencements subtils, il marquait la rupture avec la simplicité supposée de l'Éden. Au milieu du XVIIe siècle, l'auteur dramatique James Shirley († 1666) estime les tulipes trop chères et déclare au sujet d'un jardin trop bien aménagé : « Il ne plaît pas à mes yeux /,

Même si vous y montrez comment l'art des hommes / Peut acheter la nature à un coût / Qui remplirait derechef l'ancien Paradis [71]. »

Ainsi on recréait des paradis artificiels parce qu'on savait l'autre évanoui. On a pu proposer une telle interprétation des choix opérés au XVIe siècle à la villa Lante de Bagnaia, près de Viterbe. Les grands chênes verts d'où, selon Ovide, coulait le miel à l'époque de l'âge d'or, et la fontaine de Bacchus, source de ruisseaux de vin durant ce même âge d'or, si l'on en croit *Les Géorgiques*, auraient voulu évoquer l'*aetas felicior*. A celle-ci s'opposait désormais l'époque de Jupiter symbolisée par le jardin à l'italienne où l'art humain triomphe de la nature. La composition de Bagnaia comportait précisément, en clôture de la perspective, une fontaine du Déluge, terme dramatique de l'âge d'or [72]. Les labyrinthes, si fréquents à partir de la Renaissance dans les jardins européens, les parcours initiatiques, parfois jalonnés comme dans le « bois sacré » de Bomarzo (1552) de figures monstrueuses, rappelaient aux visiteurs que, depuis la faute originelle, le cheminement humain est difficile et qu'il faut beaucoup d'efforts pour discipliner une nature devenue rebelle.

Le passage de l'*hortus conclusus* au jardin ouvert, caractéristique de la Renaissance, se vérifie aussi et au même moment dans les représentations de l'histoire d'Adam et Ève. Déjà Hugo van der Goes (*Le Péché originel* de Vienne), Jérôme Bosch (*Le Jardin des délices* du Prado) et Henri Met de Bles (*Le Paradis terrestre*, Rijksmuseum, Amsterdam) avaient intégré les arbres paradisiaques dans un vaste paysage. Cette tendance s'accentua ensuite. Lucas Cranach, qui peint son *Paradis terrestre* (Vienne) vers 1530, dégage de larges échappées en direction des campagnes de l'Éden.

L'éclatement de l'*hortus conclusus* est achevé vers 1550 dans les magnifiques tapisseries bruxelloises consacrées aux premiers chapitres de la Genèse, et que conserve aujourd'hui la Galerie de l'Académie à Florence. La nomination des animaux, les différentes phases du péché originel, l'expulsion de nos premiers parents se déroulent au milieu de vastes espaces où l'on aperçoit des arbres, des collines et beaucoup de fleurs, de feuillages et d'oiseaux ainsi que des représentants de nombreuses autres espèces animales [73]. Rubens et Jean Breughel qui réalisent ensemble, au siècle suivant, un tableau intitulé *Adam et Ève au paradis terrestre* (La Haye, Mauritshuis) adoptent le même parti, qui devient dès lors la règle la plus fréquente, si l'on juge par le traitement que font du même sujet Isaak von Oosten († 1661) (Rennes, musée des Beaux-Arts) ou l'artiste qui, au XVIIIe siècle, représenta le paradis terrestre avec une savoureuse originalité de thèmes et de couleurs sur le pavement de l'église San Michele d'Anacapri [74].

Fleurs et fontaines

Tandis que le jardin d'Éden perdait sa clôture, les fleurs occupaient une place grandissante dans la sensibilité et dans l'art des Occidentaux. De multiples influences se conjuguèrent pour aboutir à cette promotion florale : les cultures à l'intérieur des cloîtres médiévaux, l'influence des jardins d'Orient, le retour à l'Antiquité redonnant une symbolique païenne à des fleurs telles que la rose ou l'œillet. S'y ajoutèrent le souci du détail, si caractéristique de notre civilisation dès la fin du Moyen Age, l'entrée de paysages réels dans les compositions artistiques, par exemple dans la *Pêche miraculeuse* de K. Witz (1444) du musée de Genève, l'attention aux plantes que révèlent, entre autres, plusieurs aquarelles de Dürer et de Hœfnagel, les études de Léonard de Vinci ainsi que les décors de Giovanni da Udine inspirés des grotesques antiques.

Tous ces facteurs jouant ensemble, l'intérêt pour la botanique et l'horticulture se développèrent rapidement en Occident à partir surtout du XVe siècle, envahissant les deux domaines du sacré et du profane. A preuve, les quelque cinquante plantes qu'on a pu identifier dans la prairie paradisiaque de l'*Agneau mystique* des Van Eyck (Saint-Bavon de Gand), les tapisseries aux « mille fleurs » qu'on affectionna en France à la fin du XVe siècle et au début du XVIe siècle, ou le jardin fleuri réalisé dans un amphithéâtre de ruines romaines qu'imagina l'auteur du *Songe de Poliphile*. Sur les gradins de cet amphithéâtre poussent, selon Francesco Colonna, des cyclamens, des bleuets, des œillets et des narcisses. Le centre est occupé par des galeries et allées couvertes ombragées par des rosiers, des myrthes et des cyprès taillés voisinant avec des ancolies, des lis, des giroflées, du muguet, des œillets, des violettes, des pervenches, des soucis et des glaïeuls [75].

Ronsard écrivit des poèmes sur le *Souci*, le *Pin* et le *Houx*. En Angleterre les premières pépinières commerciales apparurent à l'époque des Tudors [76]. En 1546, le gardien du jardin du roi d'Angleterre n'acheta pas moins de trois mille rosiers à fleurs rouges [77]. Le XVIe siècle vit arriver dans nos pays la tulipe, la jacinthe, l'anémone et le crocus [78]. Les centres de diffusion du jardinage floral furent d'abord l'Italie, l'Espagne et la France méridionale. Mais, à partir de 1580, les Pays-Bas espagnols et les Provinces-Unies prirent le premier rang en ce domaine : d'où la place que tint désormais la tulipe dans la vie culturelle de ces régions [79].

Naissent en même temps les jardins botaniques. Le plus ancien fut créé près de Venise en 1533. Suivirent ceux de Padoue (1545), Pise (1546), Bologne (1568), Paris (1576), Leyde (1577), Leipzig (1580), Montpellier (1598). Espérait-on retrouver le paradis perdu grâce aux jardins botaniques? On feignait de le croire. K. Thomas cite des ouvrages anglais de jardinage des XVIIe et XVIIIe siècles portant des titres tels que *Paradise Retrieved*, *Paradise Regained*, *Paradisus in Sole*. En 1783, un naturaliste français, Pierre-Joseph Buchoz, intitulera un traité de botanique, *Le Jardin d'Éden, le paradis terrestre renouvelé dans le jardin de la Reine à Trianon*, ou *Collection des plantes les plus rares qui se trouvent dans les deux hémisphères* [80].

Répétons néanmoins que les débuts de la modernité européenne furent caractérisés, en ce qui concerne le sujet central traité dans notre livre, par le sentiment aigu de l'impossible retour à l'âge d'or ou au paradis terrestre, ces deux irréels du passé se confondant souvent dans les esprits. Il est révélateur que les XVIe et XVIIe siècles aient vu proliférer les thèmes, conjoints entre eux, du « Pays de cocagne », de la « Fontaine de Jouvence », des *impossibilia* plus ou moins drôlatiques et du « monde renversé » [81] (par exemple dans les « fêtes des Fous »), etc. Ces mondes à l'envers faisaient assurément rire, sourire ou du moins rêver. Mais l'insistance sur eux ne peut laisser l'historien indifférent. Ils exprimaient un puissant fantasme collectif. Hésitation significative : un tableau de Lucas de Leyde conservé au Rijksmuseum d'Amsterdam est identifié tantôt comme un « Pays de cocagne », tantôt comme une évocation de l'« âge d'or [82] ».

La place faite, à l'époque, à la légende de la « Fontaine de Jouvence » mérite ici une attention particulière. Le Moyen Age en avait déjà rêvé, la situant à l'intérieur du royaume du Prêtre Jean ou la faisant chercher à travers le monde par des chevaliers errants. Au XIVe siècle elle orne une miniature du *Roman de Fauvel* (B.N.) et des plaques d'ivoire composant des boîtes ou des coffrets. Mais à partir du XVe siècle le thème se diffuse encore davantage. Un manuscrit de l'*Histoire du roi Alexandre* provenant de la bibliothèque des ducs de Bourgogne (Petit-Palais, Paris) comporte une fontaine au milieu d'un paradis-jardin. Elle est gardée par des lions et des griffons. Dans un bassin alimenté par l'eau de la fontaine des gens retrouvent jeunesse et santé. Une légende explique la scène : « Comment Alexandre trouva la Fontaine de Jouvence. »

Celle-ci pouvait être interprétée de façon allégorique et chrétienne, son eau signifiant alors un mode symbolique de régénération spirituelle. Mais, la Renaissance aidant, l'érotisme devint la composante majeure des représentations de cette source de bonheur et de jeunesse : ainsi sur une fresque du château piémontais de Manta, attribuée à Giacomo Jaquerio (première moitié du XVe siècle). Dans les deux bassins superposés, jeunes gens et jeunes filles s'enlacent. Au-dessus d'eux, veille l'amour qui lance ses flèches.

Parmi les nombreuses œuvres qui évoquèrent ensuite le thème de la Fontaine de Jouvence – panneaux de coffres, gravures, tapisserie de Colmar, xylographie de Beham, tableaux divers – retenons, comme témoin exemplaire l'œuvre que lui a consacrée en 1546 Lucas Cranach le Jeune (Berlin, Staatliche Museum), dont le père avait peint en 1530 un *Age d'or*, maintenant au musée d'Oslo. Dans des charrettes, dans des brouettes, sur des brancards, voire à dos d'hommes, malades, vieillards et estropiés sont portés jusqu'au bord de l'eau miraculeuse. Là on leur enlève leurs vêtements. Puis ils plongent dans le bassin d'où ils ressortent guéris, jeunes, heureux, prêts pour les danses, les banquets et l'amour. A gauche – côté vieillesse – le paysage est montueux et inquiétant, à droite – côté jeunesse – la nature est douce et accueillante [83].

Au XVIe siècle, on prêta à Ponce de León, qui, en 1513, découvrit la Floride le jour de *Pasqua florida* (Pâques fleuries, dimanche des Rameaux) l'intention d'y avoir cherché et trouvé, sur les indications des Indiens, une mystérieuse fontaine de jeunesse. Pierre Martire d'Anghiera assure qu'en Espagne « tout le peuple » tint cette nouvelle pour « véritable » et aussi « un nombre non négligeable de ceux qui se distinguent du peuple par la vertu et la fortune ». Ce Jourdain américain rendait la jeunesse aux vieillards. Mais Pierre Martire précisa que, quant à lui, qu'il n'accordait pas un tel pouvoir à la nature. « Je tiens, affirma-t-il, que Dieu s'est réservé une telle prérogative qui n'est pas moins exceptionnelle que de sonder le cœur des hommes ou de créer les choses à partir de rien ». Pour l'auteur il s'agissait de fables comparables à celle de Médée rajeunissant son beau-père Éson et à celle de la Sibylle d'Érythrée transformée en plante. Un autre chroniqueur de la conquête de l'Amérique, Fernandez de Oviedo, estima de son côté qu'il était absurde de prêter à un chrétien le projet de découvrir une Fontaine de Jouvence [84].

Celle-ci apparaît deux fois dans le triptyque de Bosch

conservé au Prado et auquel on donne le titre de *Jardin des délices terrestres*. Dans le volet de gauche qui évoque le paradis terrestre, c'est-à-dire le « jardin des délices » au sens strict, le créateur appelle Adam et Ève à la vie. Derrière eux, on aperçoit une fontaine de couleur rose et d'une architecture étrange, qui s'élève au-dessus d'un étang aux eaux calmes et bleues. Même si cette partie de l'œuvre comporte, comme toujours chez Bosch, des trouvailles cocasses et des détails insolites, l'impression dominante est celle de la paix dans une campagne tranquille. Une girafe et un éléphant, l'un et l'autre blancs, encadrent la fontaine. D'autres animaux s'abreuvent sans crainte dans une mare.

Mais depuis le péché originel le jardin d'Éden ou bien s'est évanoui, ou bien est interdit. Méfions-nous par conséquent des fausses délices d'ici-bas! Le centre du triptyque, consacré aux faux plaisirs terrestres, présente à nouveau une Fontaine de Jouvence. De jolies femmes, blanches et noires, s'y ébattent. Des fruits délicieux, des fleurs, des couleurs si précieuses et délicates qu'elles font penser à une miniature persane, créent une atmosphère d'enchantement. L'intrusion de l'inquiétant, voire de l'obscène, indique qu'il s'agit d'un faux paradis. A travers un tube de verre, un visage étrange regarde un rat sous la sphère de cristal où deux amoureux se caressent. A gauche, la chouette géante est l'oiseau de Satan; à droite, un homme renversé plonge déjà dans l'abîme [85]. Le volet de droite, par lequel s'achève la lecture de l'œuvre, est ensuite logiquement celui qui voit le triomphe du mal dans un enfer inépuisable de supplices.

Depuis longtemps des esprits perspicaces mettaient en garde contre le piège des jardins tentateurs. Dans *Le Paradis de la reine Sibylle* d'Antoine de La Sale († 1460), le jeune héros, Guerino dit le Meschino, arrive, après de nombreuses aventures, dans le palais de la fée Alcine. « Quand il eut mangé, et qu'on le mena dans un jardin qui lui fit l'effet d'un paradis, dans lequel il y avait tous les fruits que la langue humaine peut nommer, il se rendit compte alors que tout ceci n'était qu'un leurre, car il y avait là beaucoup de fruits qui n'étaient pas de saison [86]. » C'est ce qu'on appelait à l'époque des « déceptions » diaboliques.

Le rhétoriqueur Octavien de Saint-Gelais, devenu évêque d'Angoulême et mort en 1502, enseigne la même leçon dans son *Séjour d'Honneur*. L'Acteur, principal personnage du récit, parvient dans une île « des plus abondante et fertile en tous plaisirs et toute liesse » où se trouve en particulier un « lieu de délices » et un « plaisant verger » où les arbres et les plantes fleurissent toute l'année et où dames et demoiselles dansent au son de la musique. Le héros de l'aventure s'abandonne d'abord « à toute œuvre lubrique ». Mais, heureusement, la grâce divine le reprend en main et une révélation lui ordonne de quitter cette « île de vaine espérance ». Car le monde d'ici-bas n'est qu'un « misérable val [87] ».

Spenser a exprimé la mélancolie de toute une époque lorsqu'il a écrit un poème sur « les ruines du temps » :

> Alors je vis un plaisant paradis,
> Rempli de douces fleurs et des délices les plus raffinées,
> Tel que sur terre on ne peut rien inventer de mieux [...]
> Mais, ô court plaisir acheté par une longue peine!
> Peut-on désormais se délecter
> D'un bonheur terrestre et chercher la joie dans de vains plaisirs,
> Maintenant que j'ai vu ce jardin entièrement dévasté?
> Là où il était, le regard n'aperçoit que le vide.
> Moi qui autrefois avais contemplé cette beauté,
> Je ne peux plus retenir mes larmes [88].

Les exégètes le confirmèrent : le « jardin des délices » avait bien disparu. Mais on avait le droit et même le devoir de chercher où Dieu l'avait planté.

Chapitre VII

La nouvelle érudition et le paradis terrestre

Le paradis terrestre au centre d'une culture

Jugera-t-on que la croyance « naïve » au paradis terrestre fut un privilège du Moyen Age que remirent en cause les avancées intellectuelles de la Renaissance? Quand Dürer, Henri Met de Bles [1], Michel-Ange et plus tard Rubens [2], quand les auteurs de la grande verrière de Beauvais [3] et ceux des vitraux replacés aujourd'hui dans l'église du Vieux-Marché de Rouen et tant d'autres avec eux représentaient Adam et Ève dans leur nudité innocente et au milieu de la nature qui leur était soumise, pensaient-ils évoquer seulement une belle légende se prêtant admirablement à une transcription artistique? Sûrement pas! Ils faisaient au contraire revivre, chacun avec son imagination et son talent, un âge d'or dont tout le monde était persuadé qu'il avait réellement existé avant la désastreuse désobéissance de nos premiers parents. Aussi bien les affirmations et spéculations relatives au paradis terrestre furent-elles plus que jamais vivantes au début de la modernité.

Ainsi – un exemple parmi beaucoup d'autres – Antoine Du Verdier († 1602), gentilhomme de la chambre du roi, enseigne fort clairement en ses *Diverses Leçons* : « Appert Éden estre le nom propre du lieu où Dieu avoit planté au commencement le jardin de delices [...] et est ce jardin arrousé d'une fontaine ou riviere laquelle au partir de là se met en quatre parties qui sont quatre grands fleuves. » A ceux qui auraient tendance à confondre notre royaume céleste et paradis, Du Verdier répond :

> « Il y a grande difference et diversité entre le royaume celeste et le paradis. Car le royaume celeste est pardessus le firmament du ciel, et paradis sous le firmament en la terre. [...] D'ailleurs la volupté du royaume celeste consiste en la vision de Dieu et béatitude éternelle qu'on y prend avec les heureux anges; et les delices du paradis consistent en arbres plaisans et desirables, et en ce grand et merveilleux fleuve qui l'arrouse. D'avantage le royaume celeste n'a esté veu d'aucun œil ni ouy d'oreille. [...] Mais le paradis a été visible à Adam et Ève par les yeux corporels. » Hélas! il « restera vuyde d'habitans [4] ».

Nous avons de la difficulté aujourd'hui à restituer sous un juste éclairage la place que le paradis terrestre a tenue dans les préoccupations des meilleurs esprits des XVIe et XVIIe siècles, mobilisant alors des trésors d'érudition et inspirant en même temps plusieurs grandes œuvres poétiques. A. Williams, dans son étude sur les commentaires du Pentateuque composés en Angleterre à l'époque de la Renaissance, en compte trente-neuf en latin et six en anglais sur la Genèse seule, et treize sur l'ensemble du Pentateuque, non compris ceux qui furent consacrés à la Bible entière [5]. On a calculé que le thème du paradis terrestre avait fourni durant les années 1540-1700 la matière d'au moins cent cinquante-cinq ouvrages littéraires rédigés soit en latin, soit dans les différentes langues de l'Occident européen [6]. Les *Semaines* du Bartas (1re éd. 1601), l'*Adamus exul* de Grotius (également de 1601), l'*Adam banni* de Vondel (1664), le *Paradis perdu* de Milton (1667) ne constituent donc que la partie la plus visible de nos jours d'un très grand iceberg d'autrefois. D'où la nécessité de faire un choix dans l'énorme production intellectuelle centrée à l'époque sur ce thème qui paraissait essentiel aux catholiques comme aux protestants.

Il était normal que l'attention des hommes d'Église se portât plus que jamais sur le paradis terrestre puisque la faute d'Adam et d'Ève était constamment référée aux « dons gratuits » et à la situation idyllique dont avaient bénéficié nos premiers parents avant que le péché ne les leur fasse perdre. La plupart des réformateurs protestants – Zwingli à cet égard est une exception – auraient pu souscrire au décret du concile de Trente sur la « justification » (cinquième session). Il y est affirmé que le premier homme après sa transgression perdit « aussitôt la sainteté et la justice ». Il encourut alors « la colère et l'indignation de Dieu et donc la mort dont il avait été auparavant menacé par Dieu et, avec la mort, la captivité sous la domination de celui qui eut depuis lors pouvoir sur la mort : à savoir le diable ». En revanche, le concile affirma, contre Luther et Calvin, que le libre arbitre n'avait pas été « éteint » par le péché originel mais seulement « diminué et incliné au mal ».

Parce que le péché originel était alors au centre de la culture occidentale [7], il était logique que le paradis terrestre y fût aussi : l'un et l'autre sont théologiquement et historiquement inséparables. La première génération des réformateurs ne pouvait éviter un sujet aussi essentiel et elle ne le chercha pas, bien au contraire. Luther en traite notamment dans ses *Commentaires du livre de la Genèse* [8] et Calvin dans son *Commentaire (...) sur le premier livre de Moyse dit Genèse,* publié à Genève en 1553. Ils créèrent ainsi une tradition à l'intérieur du monde protestant, ne serait-ce que par les traductions et adaptations de leurs œuvres.

La *Bishops' Bible* de 1568 contient un condensé des *Commentaires* de Calvin, qui connaissent en outre une version anglaise complète dix ans plus tard. Lieu théologique obligé de l'époque et point d'application privilégié de la science des exégètes et des hébraïsants, le paradis terrestre est un sujet abordé dans les milieux protestants du XVIe siècle aussi bien par l'antitrinitaire Michel Servet dans sa *Christianismi restitutio* (1553) que par le successeur de Zwingli à Zurich, Bullinger, dans son *Antiquissima fides et vera religio* (1544). Le Florentin Pierre Martyr Vermigli, passé à la Réforme, publie à Zurich en 1569 un *In Primum librum Mosis* qui connut une diffusion relativement importante. La même remarque vaut pour le disciple de Pierre Martyr, Zanchius (Girolamo Zanchi, † 1590), autre Italien devenu, lui aussi, réformé et qui se réfugia au Palatinat. Son traité *De Operibus Dei intra sex diebus creationis* (1613) ne consacra pas moins de huit cent soixante-quatre colonnes in-folio à commenter le premier chapitre de la Genèse. Un élève de Zanchius fut le calviniste allemand David Pareus (Wängler) dont le *In Genesim commentarius*, édité en 1609, fit autorité chez les protestants durant tout le XVIIe siècle [9].

Joseph Duncan, qui a étudié de façon exhaustive les sources du *Paradis perdu* de Milton, note que celui-ci et beaucoup d'hommes religieux de son temps furent très marqués par les *Praelectiones in Genesim* (1582) de l'hébraïsant hollandais Franciscus Junius [10] (Franz Du Jon). Savant cité constamment avec éloge au XVIIe siècle, Junius avait aussi publié à Francfort en 1579 avec son beau-père, le Juif converti Tremellius, une traduction latine de la Bible dont les annotations furent fréquemment utilisées par les auteurs protestants.

Parmi les théologiens et exégètes réformés français du XVIIe siècle particulièrement intéressés par le paradis terrestre et le texte de la Genèse qui l'évoque, il faut notamment retenir le nom d'André Rivet (1572-1651). Pasteur à Thouars, député à cinq synodes nationaux, puis professeur à Leyde et à Bréda, polémiste et rigoriste ardent, il ne consacra pas moins de neuf cent seize pages in-quarto à des *Exercitationes* sur la Genèse (publiées en 1633). Samuel Bochart (1599-1667), autre théologien réformé français, érudit de taille européenne, correspondant de Christine de Suède [11], aborda à son tour – et sous l'angle historique – la question « du serpent tentateur et du paradis terrestre [12] ». Au début du siècle suivant, l'intérêt pour ces questions restait vif chez les protestants français : à preuve l'*Histoire du Vieux et du Nouveau Testament* de Jacques Basnage parue à Amsterdam en 1705 et dont les premières pages sont consacrées à la « situation » du jardin d'Éden. En Suisse Giovanni Diodati (1579-1649), théologien genevois issu d'une famille de réfugiés lucquois, et qui traduisit la Bible en italien, nous retient ici par ses *Annotations pieuses et érudites sur la sainte Bible* (1644) qui connurent une audience internationale. Elles donnèrent lieu à trois traductions anglaises au cours du XVIIe siècle. Milton, en 1639, rendit visite à Genève à ce calviniste renommé.

C'est peut-être en Angleterre qu'on saisit le mieux la diversité et la multiplicité des écrits qui accordèrent au paradis terrestre un intérêt prioritaire. Le premier qui nous retiendra, édité en 1613, est le *Pilgrim* de Samuel Purchas. Celui-ci, chapelain à Canterbury, inspira Shakespeare pour *La Tempête* et continua la publication de la grande œuvre du géographe anglais, Hakluyt, *The Principal Navigations*. Le titre du livre de Purchas est *Pèlerinage à travers le monde et les religions... dans tous les temps et dans tous les lieux*. L'auteur s'y interroge longuement sur l'emplacement du paradis terrestre. Le second ouvrage est *A Treatise of Paradise* (1617) d'un ancien catholique, John Salked, devenu recteur dans le Somerset. Son livre peut être considéré comme le plus complet qui ait été rédigé en Grande-Bretagne sur le jardin d'Éden. C'est pourquoi nous le retrouverons à plusieurs reprises dans les pages suivantes. Le troisième, enfin, est *A Discourse of the Terrestrial Paradise* (1666), de Marmaduke Carver, recteur de paroisse dans le comté d'York, et qui écrivit son livre pour défendre la véracité historique du texte de la Genèse et indiquer la place « la plus probable » du paradis terrestre. Au moment de la publication, le manuscrit, nous dit l'auteur, était déjà rédigé depuis vingt-six ans.

Aux traités théologiques s'ajoutèrent les ouvrages des orientalistes, des voyageurs et des géographes. Ainsi John Hopkinson, qui enseigna pendant vingt-deux ans les langues de l'Orient, compose une *Synopsis paradisi*, publiée en 1593 après sa mort, et qui s'efforce de démontrer que le jardin d'Éden était situé en Mésopotamie. Walter Raleigh († 1618) connaissait bien la *Synopsis...* de Hopkinson et appelle celui-ci familièrement « notre Hopkins ». L'histoire du monde, inachevée pour cause de décapitation, de Raleigh commence par une description de l'état de l'homme avant le péché et une discussion sur l'emplacement du paradis terrestre. Plus technique, le traité de Nathanael Carpenter, *Geography Delineated Forth* (1625), est le premier livre anglais de géographie théorique. L'auteur s'efforce d'y concilier Aristote et Ptolémée avec Mercator et Ortelius.

La géographie fait en outre son entrée dans les Bibles imprimées. La première Bible à avoir contenu une carte date de 1525. Elle accompagnait, dans une édition zurichoise, une partie de la traduction de l'Ancien Testament par Luther [13]. Parmi les sujets qui furent ensuite cartographiés figure précisément le paradis terrestre. Celui-ci apparaissait déjà dans une Bible imprimée à Cologne en 1483 : la création d'Ève y était évoquée au centre de trois bandes concentriques représentant respectivement l'océan circulaire avec ses poissons, le firmament avec le soleil et les étoiles, enfin le ciel peuplé de saints. Mais c'est Calvin qui, le premier, voulut accompagner son commentaire de la Genèse d'une carte permettant au lecteur de localiser le paradis évoqué par Moïse dans la « Terre de Havila » placée par le réformateur à l'est de Séleucie et de Babylone. La carte de Calvin figura ensuite, avant même la fin du XVIe siècle, dans une douzaine d'éditions de la Bible. Cette tradition se maintint longtemps de sorte que les lecteurs protestants – car les Bibles catholiques demeurèrent sans carte – pouvaient visualiser à partir d'une représentation géographique qui se voulait rigoureuse l'emplacement précis où le Créateur avait situé le paradis terrestre.

On retrouve chez les catholiques de la Renaissance et de l'âge classique la même insistance sur le paradis terrestre. Les préoccupations théologiques, une meilleure connaissance des langues orientales que celle du passé et une curiosité géographique accrue additionnent désormais leurs effets et permettent aux spécialistes de mieux cerner le lieu et le temps paradisiaques. De ce côté de la frontière confessionnelle les noms à citer formeraient également une longue liste. L'important est de souligner les contributions principales, celles qui, en fin de parcours, dans les ouvrages spécialisés de la seconde moitié du XVIIe siècle et au XVIIIe siècle, servent le plus fréquemment de référence, étant vrai toutefois que ce ne sont pas toujours les plus gros volumes qui sont le plus souvent cités. Mais certains auteurs ont davantage retenu l'attention à cause de leur notoriété ou en raison de l'originalité de leurs affirmations.

Enea Silvio Piccolomini († 1464) entre dans la première catégorie. Humaniste devenu pape sous le nom de Pie II, auteur d'ouvrages poétiques, historiques et géographiques, il nous reste présent par les scènes de sa vie que Pinturicchio peignit dans la bibliothèque de la cathédrale de Sienne. Son *Historia rerum ubique gestarum* imprimée en 1477, au titre ambitieux, ne consacre que quelques développements à la localisation du paradis terrestre. Mais elle était encore rééditée à la fin du XVIIe siècle [14]. Soixante-quinze ans après Pie II et dans un tout autre style, mais avec les mêmes préoccupations géographiques, l'orientaliste Guillaume Postel qui enseigne les « langues pérégrines » – entendez l'hébreu et l'arabe – au Collège royal, crée la surprise en localisant le paradis terrestre au pôle nord ou à proximité [15]. Quelques années passent et voici qu'un médecin du Brabant, Jean Bécan (plus connu sous le nom de Goropius Becanus), très versé dans les langues latine, grecque et hébraïque, s'efforce d'établir dans ses *Origines antwerpianae* (1569) qu'Adam, au paradis terrestre, parlait flamand [16].

De facture plus classique sont des ouvrages souvent mentionnés par les auteurs ultérieurs, et d'abord les *Commentarii in quinque libros mosaïcos* (1539) du cardinal Cajetan édités en 1539 et forts de cinq cent trente huit folios. Ce dominicain, qui fut général de son ordre et légat de Léon X en Allemagne en 1518 avec mission de ramener Luther à la confession romaine, dut sa notoriété internationale à la fois à cette mission qui fut un échec et à son commentaire de la *Somme* de saint Thomas d'Aquin [17]. Les spécialistes du XVIIe siècle qui écrivent sur le paradis terrestre renvoient aussi assez fréquemment à la *Recognitio Veteris Testamenti ad hebraicam veritatem* (Venise, 1529) que rédige Augustinus Steuchus Eugubinus, un Italien qui fut évêque en Crète et légat au concile de Trente [18], et aux *Commentaria in Moïsi Pentateuchum* que publie à Lisbonne en 1556 le Portugais Jérôme Oleaster qui participa, lui aussi, au concile de Trente. L'ouvrage d'Eugubinus s'étend sur sept cent quatre-vingt-deux pages in-octavo et celui d'Oleaster sur six cent cinquante pages in-folio. Eugubinus et Oleaster ont contribué à faire rejeter la conviction médiévale qui voyait dans le Gange et le Nil deux des fleuves sortis du paradis terrestre. En quoi ils furent notamment rejoints par François Vatable, hébraïsant et théologien, l'un des six premiers « lecteurs royaux » nommés par François Ier dans ce qui devint plus tard le Collège de France. Vatable, à son tour, rédigea des *Annotationes in Pentateuchum*[19] (1545).

La seconde moitié du XVIe siècle et les premières décennies du XVIIe – l'âge d'or de la Contre-Réforme – voient se multiplier les commentaires catholiques de la Genèse, dus essentiellement à des plumes jésuites, décidément fécondes en ce domaine aussi... Appartiennent à la Compagnie l'Espagnol Pererius (Pereira), dont les quatre volumes de *Commentariorum et disputationum in Genesim* parus à Lyon dans les années 1590 constituèrent le grand ouvrage de référence sur la question; le Flamand Malvenda, auteur d'un *De paradiso voluptatis* (1605); le cardinal Bellarmin qui écrivit, entre autres, sur « la grâce du premier homme » et donc sur le paradis où il avait été placé par Dieu (1617-1620[20]); le Flamand Cornelius a Lapide, hébraïsant liégeois qui composa de savants *Commentaria in Pentateuchum Moysis* (1616, mille cent pages in-folio) édités onze fois avant la parution du *Paradis perdu* de Milton; enfin Francisco Suarez († 1617), en son temps l'auteur jésuite le plus en vue, dont les œuvres complètes remplissent quelque trente volumes. Il ne manqua pas d'aborder les questions relatives au paradis terrestre dans les chapitres qu'il consacra aux « travaux de chacun des six jours de la création et au repos du septième ».

Plus tard dans le XVIIe siècle et au cours du XVIIIe siècle des jésuites reviennent encore sur le thème du paradis terrestre. On découvre ainsi une *Diatriba de quatuor fluviis et loco paradisi* (1635) de Nicolas Abram, un *Nouveau traité sur la situation du paradis terrestre ou conformité de Pline avec Moïse, par rapport à la position des fleuves du paradis terrestre* (1716) du père Hardouin, et, à nouveau, des précisions géographiques sur le jardin d'Éden dans l'*Histoire du peuple de Dieu* (1728) du père Berruyer.

Cependant, de plus en plus, des auteurs non jésuites se penchaient sur la géographie sacrée. Le récollet Eugène Roger compose sur *La Terre sainte* (1646) un ouvrage de vulgarisation qui affirme après cent autres que le récit relatif au paradis terrestre « se doit prendre et entendre à la lettre ». Pierre Clément, chanoine régulier, publie à Langres en 1651 des *Sainctes curiositez* sur le même sujet. Surtout Pierre-Daniel Huet, à qui La Fontaine a dédié une « épître célèbre », rédige un *Traité de la situation du paradis terrestre* (1691), juste avant d'être nommé évêque d'Avranches. Cet ouvrage fit longtemps autorité. C'est Bossuet qui le présenta au roi [21]. Quelques années plus tard, le bénédictin Dom Calmet édite un *Commentaire littéral sur tous les livres de l'Ancien et du Nouveau Testament* (1706) qui cherche à renouveler la question du paradis terrestre.

Mais, à la suite de Joseph Duncan [22], il faut accorder ici une importance particulière au livre d'un « prêtre sicilien », Agostino Inveges, *Historia sacra paradisi terrestris et sanctissimi innocentiae status* (1649). Apparemment ce traité n'eut pas une grande diffusion puisqu'on ne le trouve ni à Rome ni à Paris (je ne l'ai lu que grâce à un microfilm venu de Palerme). Mais il est le symétrique catholique du *Treatise of Paradise* anglican de Salked mentionné plus haut. L'un et l'autre livres posent toutes les questions possibles et inimaginables sur le paradis terrestre et ses habitants, et renvoient consciencieusement à la vaste littérature antérieure sur le sujet. Ils sont donc des guides précieux dans une forêt touffue.

Méthodes et enjeux

Tant d'érudits, constate Inveges, ont écrit sur le paradis terrestre que le nombre des volumes rédigés sur la question est proprement « infini », si bien que « le " paradis " peut être appelé un labyrinthe plutôt qu'un jardin [23] ». Alors pourquoi tant d'efforts au cours des âges pour éclairer cette histoire des origines ? Walter Raleigh et le pasteur anglican Marmaduke Carver répondent que « nous avons tous profondément ancré en nous le désir de connaître le lieu où habitèrent nos premiers parents [24] ». Mais la réponse la plus habituelle, sur laquelle aux XVIe et XVIIe siècles s'accordent la plupart des catholiques et des protestants, est qu'il s'agit là d'un sujet religieux majeur.

Suarez est très net à cet égard : « La connaissance du paradis terrestre, écrit-il, est importante pour la foi et est nécessaire quand on doit traiter de ce que fut le statut de l'humanité avant le péché [25]. » Plus loin il ajoute, s'agissant cette fois de l'emplacement du jardin d'Éden : « J'estime que cette question ne fait pas partie des choses indifférentes, mais qu'elle est matière de foi ou peu s'en faut [26]. » Walter Raleigh consonne à cet égard avec Suarez. « On peut objecter, écrit-il, [...] que la curiosité qui pousse à rechercher avec diligence quelle fut la place du paradis et que la connaissance de celle-ci sont peu utiles, voire inutiles. A quoi je réponds qu'il n'y a rien dans les Écritures qui n'ait été écrit pour notre instruction [27]. »

Dans une thèse soutenue en 1676 devant la faculté de théologie protestante de Iéna et consacrée à « l'emplacement d'Éden, Ophir et Tarsis », Matthias Beck estime que Dieu n'a pas voulu nous cacher l'endroit du jardin d'Éden, contrairement à ce qu'il a fait pour le tombeau de Moïse. Son dessein à l'inverse a été de nous faire connaître le paradis terrestre, « comme un mémorial de notre désobéissance. C'est pourquoi il a fait décrire par Moïse et placé devant nos yeux avec tant de soin et de précision ce jardin devenu lieu de malheur par la triste faute du genre humain [28] ». Le même sentiment et la même logique sont exprimés dans le *Treatise of Paradise* de John Salked. C'est seulement, explique-t-il, en considérant « toutes les excellences de l'endroit où nous étions avant le péché » que nous pouvons comprendre qu'un Dieu si bon et si miséricordieux ait infligé à l'humanité une punition si longue et si grande qui durera jusqu'à la fin des temps [29].

Soulignons donc l'importance de l'enjeu, tel que l'apercevaient presque unanimement les théologiens catholiques et protestants d'autrefois : l'énormité du premier péché et la gravité du châtiment qui le suivit ne deviennent intelligibles et crédibles que par référence à la situation idyllique dont bénéficièrent d'abord Adam et Ève. Une anthropologie pessimiste et une certaine conception de la rédemption découlèrent de l'image communément reçue du paradis terrestre.

A une question de cette importance il convenait d'apporter le plus grand soin possible et toutes les ressources intellectuelles disponibles. La Renaissance, suivie à cet égard par l'âge classique qui lui emboîta le pas, mobilisa les savoirs du temps pour faire toute la lumière sur le paradis des origines. Son approche se voulut « multidisciplinaire », en croisant toutes les informations que l'érudition de l'époque pouvait demander aux langues anciennes mieux connues, en particulier à l'hébreu, à l'histoire exaltée par la culture humaniste, à la géographie renouvelée par les voyages de découvertes.

Ainsi les milliers et les milliers de pages qui furent consacrées pendant plus de deux cents ans au jardin d'Éden furent le produit d'enquêtes qui se voulaient rigoureuses et techniques et qui accumulèrent les citations, les références et, en même temps, les connaissances les plus récentes pour éclairer de façon définitive les débuts de l'humanité. Beaucoup de commentateurs de la Genèse auraient pu prendre à leur compte la formule de Cornelius a Lapide qui voulait « donner solidement, brièvement, méthodiquement et clairement le sens originel et littéral » du texte sacré [30].

On peut dès lors parler d'une « rationalité » et d'une « scientificité » des nombreux travaux qui prirent le paradis terrestre comme objet « historique ». Ils se voulaient, certes, apologétiques. Mais cette théologie « positive » entendait intégrer les méthodes les plus sûres de l'exégèse et les acquis les plus récents de la géographie et de l'histoire. Le texte de Moïse était assurément inspiré. Mais la seule démarche valable à son endroit consistait à en retrouver le vrai sens par un mot à mot rigoureux et en établissant de façon précise en quel endroit et à quelle période Moïse avait écrit.

Raleigh, au début de son histoire du monde, s'en prend de façon significative à ceux qui ont parlé du paradis terrestre « sans égard pour la géographie, sans respect pour l'est et pour l'ouest, sans considérer où Moïse écrivait », et à partir d'où il indiquait le chemin pour retrouver l'endroit du jardin d'Éden, alors qu'il est, à cet égard, « tout à fait précis ». Raleigh critique aussi ceux qui traitent de cette question « sans connaître l'hébreu », ou qui, trop sûrs d'eux, « confondent un lieu avec un autre [31] ». Dans le même esprit, Marmaduke Carver assure : « Sans l'aide de la géographie sacrée, le sens immédiat et littéral du texte (qui est la base de toute interprétation correcte) ne peut en beaucoup d'endroits être dégagé, ni l'histoire clarifiée, ni discutées les questions qui bien évidemment en surgissent comme d'elles-mêmes [32]. » A la fin du XVIIe siècle, Huet avertit le lecteur que sa méthode pour localiser avec exactitude le paradis terrestre sera austère : « Préparez-vous, lui dit-il, à une lecture sèche, à une recherche épineuse, à l'ennuy des citations, et à essuyer quelque Grec et quelque Ebreu. Une matière aussi obscure que celle-cy ne peut s'éclairer que par ce secours [33]. »

Si paradoxal que cela puisse nous paraître, les précisions d'une surprenante naïveté que nous énumérerons témoignèrent d'un esprit différent de celui du Moyen Age. Il s'agissait d'évacuer des légendes, d'en finir avec des localisations fantaisistes, d'établir avec exactitude la chronologie des jours de la création, de fixer avec certitude le moment du premier péché. L'énormité de ces ambitions nous fait aujourd'hui sourire. Elle explique en tout cas l'épuisant travail auquel se livrèrent avec le plus grand sérieux les meilleures intelligences du temps.

Et d'abord, soucieuses de réalisme, elles rejetèrent le plus souvent avec vigueur les interprétations allégoriques du paradis terrestre qu'avaient jadis données Philon, Origène ou Éphrem. Le texte de la Genèse constituait pour les hommes de la Renaissance un document totalement crédible, racontant une histoire qui s'était réellement passée. La science humaniste confirma à cet égard et renforça la tradition d'Isidore de Séville et de saint Thomas d'Aquin. Il y eut bien, au XVIIe siècle, quelques « indépendants » anglais, quelques « blasphémateurs » pour affirmer le caractère allégorique du récit de la Genèse. Mais de façon massive la science du temps, soucieuse d'objectivité, proclama haut et clair que le Pentateuque tout entier devait être pris au pied de la lettre.

Luther est formel à cet égard. « Origène, écrit-il, se représente que le paradis, c'est le ciel, que les arbres sont des anges, les fleuves étant la sagesse. De telles frivolités conviendraient peut-être à la fantaisie d'un poète : elles sont indignes du théologien. Origène ne vit pas que Moïse écrivait une histoire, et une histoire de faits passés depuis longtemps [34]. » Calvin n'est pas moins catégorique lorsqu'il affirme : « Quant aux allégories d'Origène et de ses semblables, il les faut entièrement rejeter, car Satan, par une méchante astuce, s'est efforcé de les introduire en l'Église, afin que la doctrine de l'Écriture fût ambiguë et n'eût rien de ferme ni de certain [35]. » L'orientaliste Hopkinson s'en prend, quant à lui, à Philon qui, poussé par un « malin génie », a cru pouvoir nier le caractère « terrestre » du paradis. Or « du contexte lui-même il ressort clairement qu'il a existé sur terre [36] ». Raleigh dans son histoire du monde cite cette phrase de Hopkinson et ajoute : « Je m'étonne grandement que des hommes instruits – il songe notamment à Philon et à Origène – aient pu errer si grossièrement et si aveuglément [37]. »

Salked, pour prouver que le paradis terrestre a été « un lieu réel et corporel », s'appuie sur de nombreuses autorités (saint Augustin, saint Basile, Épiphane, Isidore de Séville, etc.) et cite une homélie de saint Jean Chrysostome où il est dit que « Moïse a si manifestement décrit le paradis, ses rivières, ses arbres, ses fruits et tout ce qui s'y rapportait que même les simples et les ignorants ne devraient pas être abusés par les allégories fabuleuses et les rêveries radotantes que certains présentent comme l'unique vérité que cache la description imagée et concrète du paradis [38] ». Carver, à son tour, se plaint de ce que certains « ont évacué la lettre pour la remplacer par un paradis cabalistique et allégorique de leur crû [39] ». Jacques Basnage († 1723) enfin, pour clore cette liste d'auteurs protestants, conseille de « suivre exactement » la description que Moïse a donnée dans son « histoire [40] ».

La position catholique officielle à l'époque est exactement semblable. Donnons-en pour preuve ces déclarations de Suarez, autorité de grand poids du côté romain : « La principale question [au sujet du jardin d'Éden], écrit-il, et presque la seule qui importe à la foi est de savoir si le paradis fut vraiment terrestre, c'est-à-dire planté sur terre, et donc si tout ce qui est dit de lui dans la Genèse est à prendre à la lettre, tel que notre oreille l'entend, ou, au contraire, dans un sens métaphysique et mystique ». Suarez rappelle les erreurs de Philon et d'Origène, discute les opinions qu'on a prêtées à saint Ambroise, puis exprime la position officielle : « La doctrine catholique, déclare-t-il, est que le paradis que Dieu planta au début fut un lieu terrestre et que tout ce qui a été dit de sa création doit être entendu au sens propre et littéral. Cette affirmation est de foi et prouvée par l'Écriture [41]. »

Suarez, lui aussi, oppose aux partisans de l'allégorie les pères grecs et latins, et renvoie notamment à saint Jérôme et à saint Thomas. Faisant le point sur la question au milieu du XVIIe siècle, l'érudit sicilien Inveges mobilise « Irénée, Tertullien, Épiphane, Augustin et Jérôme ». C'est dans leurs écrits que les modernes – Sixte de Sienne, Pereira, Bellarmin, Malvenda – ont puisé les arguments qui confondent les allégoristes et font ressortir « leur erreur manifeste », voire leur « hérésie ». « La raison » de cette condamnation est que « Moïse a dit que le paradis a été planté d'arbres, qu'il a porté des fruits beaux à voir et suaves à manger; qu'il a été irrigué par des fleuves; qu'Ève a vu, touché et goûté le fruit de la science. Ces mots ne sont pas allégorie, mais histoire [42] ».

Abandon progressif des croyances médiévales

L'étude rigoureuse de la Genèse conduisit la science de la Renaissance et de l'âge classique à évacuer plusieurs naïvetés médiévales relatives à la localisation du paradis terrestre. Et d'abord comment aurait-il pu être situé haut dans l'air, à proximité de la lune? Les *Chroniques de Nuremberg* (1492) consacrent un chapitre, au début de l'ouvrage, « au paradis et à ses quatre fleuves ». On y mentionne encore, il est vrai sans prendre parti, la conception (attribuée notamment à Bède le Vénérable, mais sans vérification) qui situe le jardin des délices à une « altitude inaccessible », c'est-à-dire dans une zone « très élevée de l'éther ». Les eaux qui en descendent font un tel bruit à leur arrivée sur terre que les hommes qui habitent à proximité de cette cascade en perdent l'ouïe. En tout cas elles « génèrent quatre fleuves », dont le Pishôn, qui est le Gange, et Guihôn qui est le Nil [43]. Un tel discours va bientôt être dénoncé comme obscurantiste tant par les protestants que par les catholiques.

Pour Calvin, « le jardin a été situé sur la terre et non pas en l'air, comme d'aucuns le songent [44] ». Hopkinson et Raleigh abondent dans le même sens. A ceux qui ont placé le paradis terrestre hors d'atteinte, « sur une montagne très élevée, dans l'orbite lunaire », Hopkinson répond en s'appuyant sur les calculs de Ptolémée. Selon celui-ci, la distance entre la terre et la lune est de 327 381 milles anglais. Pour que le paradis terrestre atteigne cette altitude du ciel, il devrait avoir pour base toute la surface de notre planète. En outre, il nous cacherait la lumière du soleil [45]. Salked et Carver, entre autres, sont du même avis et se trouvent à cet égard en compagnie de Pereira, Bellarmin et Suarez.

Ce dernier explique longuement que l'opinion qui situe le

paradis terrestre à proximité de la lune ne se trouve ni dans l'*Hexaemeron* de saint Basile ni, comme on le dit souvent, dans le commentaire de Bède sur la Genèse. En revanche, on peut tirer dans le sens de cette interprétation des textes de Jean Damascène, du *De paradiso* de saint Basile (mais nous savons aujourd'hui que cet ouvrage n'est pas de lui), de Rupert et de Mosès Bar Céphas. Mais comment ne pas voir les difficultés que soulève une telle doctrine? Un lieu si élevé n'aurait pas été « salubre ni adapté à l'habitat humain tant à cause de la proximité du soleil, des étoiles et de l'élément igné qu'à cause de l'agitation perpétuelle de l'air provoquée par le mouvement du ciel [46] ». Au milieu du XVIIe siècle Eugène Roger n'évoque plus qu'avec condescendance l'ancienne hypothèse d'un paradis terrestre situé en plein ciel. « Je ne m'arrête pas, écrit-il, à cette opinion frivole de ceux qui l'ont placé dans la concavité de la lune; n'y ayant point d'apparence qu'on l'eust appelé terrestre et fust placé dans les choses célestes [47]. »

S'agissant de la géographie paradisiaque, une autre solution, connue du Moyen Age et reprise par quelques auteurs postérieurs, fut rejetée aux XVIe et XVIIe siècles par la majorité des commentateurs de la Genèse : elle assimilait paradis terrestre et terre entière et s'appuyait notamment sur les *Annotationes in Genesim* (chap. II) de Hugues de Saint-Victor [48]. L'humaniste réformé Vadian la reprend pourtant à son compte. Il rappelle que dans la Genèse (1, 28-29) Dieu commanda à l'homme de « remplir la terre » et lui donna « toute herbe qui porte sa semence sur toute la surface de la terre ». Pour Vadian cela signifie que la terre entière était le jardin d'Adam et de sa postérité, la fontaine (ou le fleuve) du paradis devant être entendue comme l'océan [49].

Plus encore que le Suisse Vadian c'est le Flamand Goropius qui offre à l'époque « la théorie la plus développée de la terre comme paradis [50] ». On lit dans ses *Origines antwerpianae* : « Le paradis, c'est-à-dire le jardin des délices, fut la terre entière, destinée à fournir la nourriture aux hommes sans fatigue de leur part mais au contraire dans un contentement perpétuel. La fontaine qui l'irriguait était le grand océan, source des fleuves arrosant les quatre parties du monde. » A l'appui de cette affirmation, Goropius rappelle les évocations antiques des Champs Élysées et de l'âge d'or. Il continue en montrant qu'Adam et Ève n'ont pas été « chassés d'un lieu mais d'une nature bénie », qui suppléait à tous leurs besoins sans qu'ils connussent la peine du travail. Ils n'ont pas changé d'espace mais de condition. « Je ne vois pas pourquoi, conclut-il, je n'affirmerais pas que la terre entière fut le paradis avant la malédiction divine ». Quant à la formule « Dieu planta le paradis *ab oriente*, elle signifie que c'est dans cette partie du monde que l'homme a été créé. Autrement dit, il fallait bien que Dieu plaçât Adam quelque part, mais cela n'implique pas que toute la terre n'était pas paradisiaque [51] ».

Un jésuite espagnol, Juan de Pineda, défend comme Goropius la doctrine assimilant paradis terrestre et terre entière, en s'appuyant sur des arguments de bon sens. S'il n'y avait pas eu la faute originelle l'humanité innocente se serait tout de même multipliée. Comment aurait-elle pu se loger dans l'enclos étroit d'un jardin? Y aurait-il eu distinction entre des privilégiés qui y auraient eu leur habitation et des élus de seconde zone qui n'y seraient venus que pour manger du fruit de l'arbre de vie? En outre, ceux qui auraient logé à deux ou trois mille lieues de celui-ci auraient-ils pu commodément venir s'y ravitailler [52]?

Pereira, Raleigh et Suarez répondent d'abord à cette logique par la soumission au texte même de la Genèse : Adam a été expulsé d'un jardin, non de la terre entière, et un chérubin a été placé à son entrée pour l'interdire. Ensuite ils argumentent à leur tour : le paradis terrestre devait avoir des dimensions importantes, « au moins celles d'un royaume assez grand », estime Suarez. L'humanité y aurait tenu à l'aise. Et cela pour deux raisons : a) sous le règne du péché les élus sont beaucoup moins nombreux que les réprouvés; or, sous le règne de la grâce, il n'y aurait eu que des élus; donc leur nombre aurait été assez limité; b) ceux-ci, au bout d'un certain temps au paradis terrestre, auraient été régulièrement transportés dans la gloire du ciel.

Place aurait ainsi été laissée aux nouvelles générations. C'est aussi l'avis de l'anglican Salked [53]. L'immense majorité des spécialistes des XVIe et XVIIe siècles concluent donc que le paradis terrestre a été une « région particulière ». Cette formule vient, entre autres, sous les plumes de Calvin, Steuchus Eugubinus, Oleaster, Raleigh, Suarez, Diodati, etc. [54] : liste très succincte où se confondent protestants et catholiques.

Enfin, certains auteurs médiévaux, notamment Éphrem et Cosmas Indicopleustès, avaient imaginé l'œcoumène entouré par l'océan, au-delà duquel aurait été situé le paradis terrestre. Cette géographie est, elle aussi, rejetée aux XVIe et XVIIe siècles comme non scientifique. Le protestant allemand Pareus la qualifie d'« utopie transmarine [55] » et Raleigh d'« opinion ridicule [56] ». Pereira et Bellarmin expliquent pourquoi elle n'a « aucune vraisemblance » et ne comporte « aucune espèce de probabilité ». « De notre temps, constatent-ils, les navigations des Espagnols et des Lusitaniens ont parcouru tout l'océan et fait le tour de la terre [57] »; elles n'ont découvert « ni que la terre était entourée par l'océan, ni qu'au-delà de l'océan se trouve une autre terre [58] ». En outre, qui peut croire que celle-ci, « qui serait beaucoup plus grande que la nôtre, serait restée vide et sans habitat humain depuis le début du monde jusqu'à aujourd'hui [59] »? Les découvertes géographiques récentes et le bon sens conduisent donc au rejet de cette doctrine périmée.

Quand jadis on situait le paradis terrestre à proximité de la lune ou dans un continent séparé de l'œcoumène par l'océan, on pouvait imaginer qu'il subsistait encore, inaccessible sans doute, mais préservé. On a vu aussi que la cartographie médiévale ne se faisait pas faute de maintenir son existence actuelle quelque part dans les profondeurs de l'Asie. La Renaissance et l'âge suivant discutèrent âprement de cette question. Ce qui peut nous surprendre mais qui s'explique par l'enracinement profond d'une croyance : plusieurs esprits éminents maintinrent la doctrine traditionnelle à cet égard. Dans leur groupe on trouve notamment le protestant Junius qui écrivait :

Je ne suis pas impressionné par l'opinion de plusieurs qui ont estimé que le paradis terrestre avait été seulement transitoire et qu'il avait été détruit au bout de quelques années : soit après la mort d'Adam, soit par la submersion du Déluge. Cela n'est dit nulle part par Moïse et n'est confirmé par aucun témoignage de la Sainte Écriture. Son maintien paraît mieux s'accorder à la gloire de Dieu, comme preuve de sa colère, que sa disparition [60].

Cependant Junius fait plutôt figure d'exception parmi les commentateurs protestants de la Genèse et c'est en général sous des plumes catholiques qu'on trouve la persistance de la conviction médiévale relative à l'existence continuée du paradis, souvent qualifiée à l'époque d'« erreur papiste ». Les jésuites Malvenda, Bellarmin et Suarez tiennent ferme pour cette doctrine ancienne et affirment que « le jardin des délices n'a pas péri sous les eaux du Déluge, mais qu'il existe encore à notre époque [61] » (Malvenda). Significative est la position de Bellarmin. Après avoir mentionné plusieurs écrivains catholiques selon qui plus aucune trace ne subsiste de la beauté et du charme du paradis terrestre, il déclare : « Pour de multiples raisons cette opinion ne me paraît pas prouvée et d'abord parce qu'elle est nouvelle et contraire au sentiment commun des docteurs, soit pères de l'Église, soit scolastiques [62]. »

Le poids de la tradition pèse aussi très lourdement sur le raisonnement de Suarez qui expose longuement le pour et le contre. « De graves auteurs », reconnaît-il, estiment que le paradis terrestre n'existe plus, car il a été détruit par les eaux du Déluge qui dépassèrent de quinze coudées les plus hautes montagnes; en outre, personne ne l'a retrouvé. Mais l'opinion contraire lui paraît « plus vraie ». Justin, Athanase, Augustin, Jérôme et Isidore de Séville autrefois, Bellarmin aujourd'hui tiennent que « le paradis existe toujours dans l'état où il fut créé avec ses délices et sa beauté ». Il est probable qu'Élie et Hénoch s'y trouvent. L'Écriture ne dit rien de sa destruction mais indique au contraire l'intention divine de le conserver. Enfin si Dieu avait voulu le détruire, pourquoi aurait-il attendu le Déluge? Il pouvait l'anéantir tout de suite après la faute ou en arracher l'arbre de vie. Or il l'a fait garder spécialement par un ange. « Donc, selon les indications de l'Écriture, l'opinion la plus crédible est que le paradis subsiste toujours [63] ».

Du côté protestant, on a été, naturellement, beaucoup plus libre vis-à-vis de la tradition. Luther, sur cette question, veut coller à « l'histoire ». « J'y insiste, écrit-il, pour qu'un lecteur irréfléchi ne soit pas surpris par l'autorité des Pères qui s'écartent de l'histoire... [64] » Or celle-ci invite à renoncer aux rêveries paradisiaques et à avoir les pieds sur terre :

> Un débat est oisif dès lors que l'objet n'en existe plus. Car Moïse rapporte des choses qui se sont passées avant le péché et avant le Déluge. Nous, en revanche, ce n'est que des choses telles qu'elles sont après le péché et après le Déluge que nous pouvons parler. [...] Le temps et la malédiction, qui est le salaire du péché, consument tout. Ainsi, tout le monde a été détruit par le Déluge, hommes et bêtes compris; le fameux jardin a subi le même sort et a péri. [...] Maintenant donc, après le Déluge, quand nous avons à parler du paradis, nous parlons de ce paradis historique qui était et qui n'est plus [65].

Cette lucidité et ce discours de la méthode méritent d'être soulignés. Car la volonté novatrice de Luther en ce domaine, comme en beaucoup d'autres, constrastait fortement avec les attachements traditionnels de l'époque. Elle le conduisait même à considérer comme sans objet la curiosité de ceux qui veulent à tout prix enquêter sur « ce qui n'existe plus nulle part depuis le péché et le Déluge [66] ». Cette position négative et décapante est reprise par Du Bartas dans sa *Deuxième Semaine*. Le poète y donne ce conseil :

> Curieux, cependant ne cherche en quel lieu
> Ce parterre fut fait des mains propres de Dieu :
> Sur un mont voisin des cornes de Latone,
> Si dessous l'équateur, si près de Babylone,
> Si sur le clair Levant. Humble, contente-toy
> De savoir que ce parc, dont Dieu fit l'homme roy
> estoit un beau terroir. [...]
> Mais plus tôt, s'il te plaît user de conjecture,
> Presume que le flot qui noya la nature,
> Vengeur, n'espargna point les beautez de ce lieu
> Qui, premier, vid forcer les sainctes loix de Dieu.

Pense qu'il arracha la plupart de ses plantes,
Estouffa les esprits des fleurs plus odorantes [67].

La conviction que le paradis terrestre avait été détruit a été presque générale chez les commentateurs protestants de la Genèse. Diodati, par exemple, avertit qu'on ne pourra retrouver le fleuve du jardin d'Éden qui se divisait en quatre branches. « A cela rien d'étonnant, tant les choses ont changé depuis : d'abord à cause du Déluge et ensuite en raison des tremblements de terre qui ont modifié le cours des fleuves et leurs noms [68] ». Quant à Salked, qui rassemble et résume sur cette question les sentiments les plus habituels en son temps et en son pays, il écrit : « Ce qui semble le plus probable, c'est que le paradis dans lequel Adam avait été créé ne peut plus maintenant être découvert et qu'il a été détruit par le Déluge universel [69]. »

En dépit de l'autorité de Malvenda, de Bellarmin et de Suarez, les commentateurs catholiques, en nombre croissant, rejoignirent sur cette position leurs adversaires protestants. Dès 1531, Steuchus Eugubinus, évêque italien d'un diocèse de Crète, avait déclaré : « Je pense que les arbres si agréables [du jardin d'Éden] furent arrachés par le débordement des eaux, et que la terre [paradisiaque] elle-même, qui nourrissait des herbes suaves, fut détruite par des tourbillons très rapides. Ainsi fut dévasté le lieu des délices. Il disparut aux yeux des mortels, de sorte qu'après le Déluge il n'en est plus demeuré aucun vestige [70]. » A un demi-siècle de distance, Pereira, généralement cité avec éloge par les protestants eux-mêmes, reprend le même discours : « Si le paradis n'a pas été retrouvé et ne peut pas l'être, la raison tout à fait vraisemblable en est qu'il a péri par le Déluge et que, par le débordement général des eaux qui inondèrent toute la terre et en recouvrirent les sommets, les beautés, charmes et agréments du paradis furent totalement anéantis et supprimés [71]. »

Cornelius a Lapide tient le même raisonnement, avec peut-être un peu plus de prudence : « Si l'on pose la question, écrit-il, est-ce que les douceurs du paradis existent encore? Je réponds :

le lieu oui ; la douceur, c'est douteux. » Il considère en effet comme « la plus probable » l'opinion de ceux qui pensent que le paradis a subsisté avec ses délices des premiers jours jusqu'au Déluge, puis qu'il a été « ruiné, violé et détruit » par les eaux qui recouvrirent la terre « pendant une année entière [72]. »

Au milieu du XVIIe siècle, Inveges, résumant le débat sur cette question, rappelle d'abord la position de Malvenda – le jardin des délices subsiste encore –, puis constate que « la plupart des érudits la rejettent » et lui-même la juge « dure » à admettre [73].

Ainsi se trouvait consommée la rupture avec une croyance qui avait perduré pendant un millénaire. A la fin du XVIIe siècle l'opinion la plus courante était que le paradis terrestre avait, certes, existé comme « réalité historique », mais qu'il avait été rayé de la surface du globe.

CHAPITRE VIII

Les recherches sur la localisation du paradis terrestre (XVIe-XVIIIe siècle)

ABANDON DES LOCALISATIONS FANTAISISTES

Luther et Du Bartas eurent beau avertir qu'« il est vain de demander aujourd'hui où se trouvait et ce qu'était ce jardin (d'Éden) [1] », ils n'empêchèrent pas de très nombreux « curieux » de rechercher « en quel lieu ce parterre fut fait des mains propres de Dieu [2] ». La plupart des commentateurs de la Genèse jugèrent comme Calvin que, même si « notre héritage éternel [...] est au ciel [...], il nous faut arrêter le pied en terre » pour considérer « le logis dont Dieu a voulu que l'homme usât en son temps [3] ».

Suarez était le porte-parole de beaucoup de théologiens et d'exégètes lorsqu'il affirmait que la connaissance du paradis terrestre nous est « nécessaire » pour comprendre « tout ce que l'Écriture nous dit du statut de l'humanité avant le péché [4] ». La recherche passionnée de l'endroit où se trouvait le jardin des délices était donc légitime et souhaitable. Mais elle était, en outre, possible. Car, écrivait Raleigh, « bien que le jardin lui-même ne puisse pas être trouvé, le Déluge et les autres accidents de l'histoire ayant réduit le pays d'Éden à l'état de champ et de pâturages ordinaires, néanmoins le lieu reste le lieu et ses rivières demeurent les mêmes [5] ».

Joseph Duncan constate judicieusement qu'aux XVIe et XVIIe siècles « la localisation du paradis terrestre a plus attiré l'attention [des spécialistes] que n'importe quelle autre question le concernant [6] ». Se penchant sur ce sujet, la science du temps ne se contenta pas d'abandonner l'interprétation allégorique de Philon et d'Origène et les localisations fantaisistes médiévales à proximité de la lune ou au-delà de l'océan circulaire. Elle passa au crible de la critique d'autres hypothèses géographiques, anciennes, réactualisées ou récentes, qui parurent en contradiction avec la lettre du texte sacré ou avec la nouvelle connaissance du monde issue des grandes découvertes.

Il faut donc revenir un moment sur l'hypothèse « équatoriale ». Celle-ci, avancée par Tertullien [7], fut évoquée par saint Thomas d'Aquin qui écrivit, prudemment toutefois, dans la *Somme théologique* : « Il faut penser que le paradis a été placé en un lieu très tempéré, soit sous l'équateur, soit ailleurs [8] ». Saint Bonaventure et Durand de Saint-Pourçain († 1334) sont en revanche plus catégoriques. Le premier affirme qu'au paradis terrestre « la chaleur est tempérée à cause de la pureté de l'air et qu'il y règne une grande égalité des saisons par la proximité de l'équateur [9] ». Pour lui en effet le « paradis » est situé en Orient et jouxte la ligne équinoxiale, penchant légèrement vers le midi. Durand de Saint-Pourçain [10], dans ses *Commentaires des sentences* de Pierre Lombard et Jean de Gênes à l'article « *Paradisus* » de son *Catholicon* (achevé en 1288) [11], adhèrent à cette opinion qui s'accordait avec l'attirance que les régions chaudes de l'Asie – Inde ou Ceylan – exerçaient sur l'imagination des Occidentaux du Moyen Age.

En sens contraire, Roger Bacon († 1292), tout en admettant que la région équatoriale est « tempérée », ne croit pas qu'elle soit « très tempérée ». « Aussi n'est-il pas certain que le paradis [terrestre] doive se trouver ici [12] ». A son tour Pierre d'Ailly, dans son *Ymago mundi*, après discussion et hésitations, se rallie au sentiment de Roger Bacon et « déduit que sous l'équateur le climat n'est pas absolument tempéré. Il n'y a donc pas d'apparence que le paradis terrestre y soit placé, puisqu'il doit jouir des conditions les plus tempérées [13] ».

L'*Historia rerum ubique gestarum* de Pie II met pareillement « en doute » la possibilité d'un habitat humain à l'équateur [14]. En sens inverse, il est révélateur que Christophe Colomb, par ailleurs grand lecteur et admirateur de Pierre d'Ailly et de Pie II, se soit séparé d'eux sur le point qui nous occupe ici. En face du passage de Pie II qu'on vient de citer il note : « Le contraire est démontré au sud par les Portugais, au nord par les Anglais et les Suédois qui naviguèrent en ces parties du monde [15]. » Plus loin, commentant toujours Pie II, Christophe Colomb revient sur le sujet en ces termes : « Eratosthène dit que le climat est très tempéré sous le cercle équatorial ; et Avicenne aussi [...]. Le fort de la Mine (Mina) du Sérénissime roi du Portugal est perpendiculairement situé sous la ligne équatoriale. Nous l'avons vu [16]. » Pour Christophe Colomb, l'expérience prouvait donc le caractère habitable des zones équatoriales. C'est pourquoi il crut que le golfe de Paria constituait le chemin, interdit peut-être, mais le chemin tout de même, du paradis terrestre.

On a pu dresser une liste impressionnante d'historiens du XVIe siècle qui furent sinon convaincus du moins impressionnés par la localisation proposée par Christophe Colomb [17]. Parmi eux on trouve notamment Francisco Lopez de Gomara (*Historia general de las Indias*, 1552 [18]), Antonio de Herrera (*Historia general de los hechos de los Castellanos en las yslas en tierre del Mar Oceano*, 1601-1615 [19]), le père Josef de Acosta (*Historia natural y moral de las Indias*, 1590 [20]).

Plus catégorique, le fils de marrane portugais Antonio de Leon Pinelo, dans un gros ouvrage rédigé en 1645-1650, prouva que les quatre fleuves sortant du paradis terrestre étaient le Río de la Plata, l'Amazone, l'Orénoque et le Magdalena. Selon lui, le paradis terrestre était situé au cœur de l'Amérique du Sud [21]. Le livre de Pinelo n'a été imprimé qu'au XXe siècle. Vraisemblablement, Simão de Vasconcelos ne le connaissait pas quand il écrivit sa *Cronica da Companhia de Jesus* (1663), où lui aussi plaçait le paradis terrestre en Amérique du Sud, et plus précisément au Brésil.

La question de la localisation équatoriale du paradis terrestre fait l'objet d'un développement substantiel dans l'*Histoire du monde* de Raleigh. On pouvait autrefois, estime-t-il, juger raisonnablement que les régions sous l'équateur étaient inhabitables. Mais Tertullien et Avicenne, qui ont émis l'opinion contraire, étaient dans le vrai. Nous savons maintenant, par l'enseignement des voyages de découvertes, que si doit se trouver sur terre un endroit doté de la nature, de la beauté et des délices dont jouissait le paradis terrestre, il faut le chercher dans la région que l'on supposait auparavant inhabitable et brûlée : entre les tropiques où à proximité de la ligne équatoriale elle-même. La chaleur du jour y est adoucie par la brise et les nuits sont fraîches. « Je ne connais aucune autre région du monde qui ait une température meilleure et plus égale [22]. »

Un peu plus tard, le géographe Carpenter confirme à son tour que Tertullien, Bonaventure et Durand de Saint-Pourçain avaient raison contre les anciens lorsqu'ils estimaient la zone équatoriale « plaisante et commode pour l'habitation. Il est bien vrai que les lieux placés sous la ligne équinoxiale ne sont pas brûlés par la soleil comme certains le pensaient. Les derniers navigateurs ont au contraire prouvé qu'ils sont le plus souvent très agréables et fertiles [23] ».

Contemporain de Raleigh et de Carpenter, Suarez posant à son tour la question (« le paradis était-il à l'équateur? »), constate avec eux que l'« expérience » – le mot est riche ici de modernité – a modifié les données du problème : « L'expérience a prouvé, écrit-il, que les régions de la zone torride, réputées inhabitables par les anciens, sont en réalité tempérées (par l'abondance des eaux et la fréquence des vents) et très propres à l'habitation [24]. » Nous verrons bientôt que non seulement Raleigh, Carpenter et Suarez mais encore beaucoup de savants qui en leur temps commentèrent la Genèse placèrent malgré tout dans le Proche ou le Moyen-Orient le beau jardin disparu. Il faut néanmoins considérer comme un fait d'histoire, s'agissant de l'emplacement du paradis terrestre, la relance de l'hypothèse

« équatoriale », s'élargissant d'ailleurs en une hypothèse « américaine » – Amérique chaude s'entend.

Ce regain de crédibilité de la localisation équatoriale dans sa nouvelle version américaine ne pouvait qu'inciter à la recherche de royaumes fabuleux – celui de l'El Dorado et autres Ophir – à l'intérieur du Nouveau Monde. Si, toutefois, les commentateurs les plus sérieux de la Genèse, au XVIe et au XVIIe siècles, rejetèrent cette hypothèse séduisante et réactualisée par les voyages de découvertes, c'est qu'il fallait tenir compte de la lettre du texte sacré qui plaçait le jardin d'Éden à l'orient et mentionnait le Tigre et l'Euphrate. Carpenter exprimait donc l'opinion des spécialistes lorsqu'il écrivait : « L'emplacement du paradis ne peut pas avoir été [à l'équateur] dans la mesure où les rivières du paradis mentionnées dans la Sainte Écriture n'y ont pas été trouvées [25]. »

En revanche, il se trouva un attardé, le dominicain Luis de Urreta, au début du XVIIe siècle, pour pencher vers une localisation, équatoriale certes, mais africaine, du paradis terrestre. Nous avons déjà mentionné ses descriptions hyperboliques des « grands et lointains royaumes d'Éthiopie et [de] la monarchie de l'empereur appelé Prêtre Jean [26] ». En raison du lien géographique ancien que la croyance collective avait établi entre royaume du Prêtre Jean et paradis terrestre, Urreta est enclin à penser que, puisque le premier est en Afrique, le second s'y trouvait aussi. Il considère donc le mont Amara comme un lieu équatorial qui aurait été digne de porter le jardin d'Éden. Ses formulations sur le sujet se veulent circonspectes. Elles suggèrent néanmoins le caractère vraisemblable d'une telle localisation. Urreta explique que le mot *amara* en éthiopien a la signification de « paradis ». Effectivement, assure-t-il, le mont qui porte ce nom est véritablement un *hortus deliciarum*, séparé par son altitude du reste de la terre. C'est un lieu de bonheur, un jardin fleuri, rempli d'arbres fruitiers et d'agréables rivières.

« Je n'ai pas l'intention, écrit Urreta, et il ne me vient pas à l'esprit de prouver que ce mont est le paradis terrestre créé en Orient le troisième des six jours de la création où furent Adam et Ève et où auraient vécu les hommes si Adam n'avait pas péché. Je prétends seulement exalter les grands privilèges de ce mont et montrer que s'y trouvent de nombreux caractères que les saints docteurs, traitant du paradis terrestre, attribuèrent au jardin de délices où furent placés nos premiers parents ». Rappelant ensuite la tradition qui situait le jardin d'Éden à l'équateur, Urreta remarque que le mont Amara est situé précisément à cette latitude. Les jours y sont égaux aux nuits; l'hiver n'y est pas rigoureux ni l'été brûlant. La température, tempérée toute l'année, apporte « comme un printemps perpétuel, joyeux et fleuri. » Toutes les caractéristiques du paradis terrestre se rencontrent donc au mont Amara où les arbres produisent des fruits trois fois l'an. Quand le soleil se dirige vers le tropique du Capricorne, mûrissent les fruits portés par les branches méridionales des arbres; quand il est en route vers l'autre tropique, c'est au tour des fruits des branches septentrionales; quand il est à l'équateur, viennent à maturité les fruits des branches centrales : ainsi la nature ne s'arrête pas de produire. « D'où l'on infère que nous pourrions donner à ce mont le nom de " paradis " en raison de sa fertilité et de ses délices [27] ». Cette conclusion est toutefois suivie d'un prudent point d'interrogation.

Le livre d'Urreta induisit, au XVIIe siècle, et notamment en Angleterre, une discussion sur le mont Amara. Purchas, dans son *Pilgrimage*, consacre à cette montagne un développement qui est parfois une traduction littérale d'Urreta. Il ajoute – en cela plus catégorique qu'Urreta – que « plusieurs ont pris cet endroit pour le paradis de nos premiers parents [28] ». Heyleyn, s'appuyant sur Purchas, donne une description d'Amara dans sa *Cosmographie* (1652), refusant toutefois de l'identifier avec l'emplacement du paradis terrestre [29]. Milton, tributaire sans doute de Heyleyn, lui fait une place dans son *Paradis perdu*, tout en situant en « Assyrie » le jardin d'Éden. Mais il est révélateur qu'il ait cru à l'existence d'un lieu exceptionnel au fond de l'Afrique :

Le mont Amar, où les rois d'Abyssinie gardent leurs enfants,
Quoique supposé par quelques-uns le vrai paradis,
Sous la ligne éthiopique et près de la source du Nil,
Ce mont entouré d'un roc brillant,
Et que l'on met tout un jour à monter, est loin d'approcher
Du jardin d'Assyrie où le démon
Vit sans plaisir tous les plaisirs, toutes sortes
De créatures vivantes, nouvelles et étranges à la vue.
(IV, v. 280-287)

Milton, en rejetant à regret peut-être la localisation équatoriale du paradis terrestre, se rangeait donc à l'avis des spécialistes autorisés de l'époque. Ceux-ci, finalement, optèrent pour le Proche ou le Moyen Orient, mais en se persuadant que le paradis terrestre y avait bénéficié de conditions qu'on ne trouve maintenant que dans les régions équatoriales. Aussi a-t-on éliminé sans grandes discussions, la citant seulement pour mémoire, l'affirmation aventureuse de Guillaume Postel qui avait cru pouvoir situer à proximité du pôle Nord l'emplacement originel de l'humanité. Il croyait que la langue des Goths avait été la première des hommes et que les Scythes, endurants au froid, au travail et aux privations, avaient conservé mieux que les autres les qualités physiques des habitants du paradis perdu [30].

Celui-ci, au cours des XVIᵉ et XVIIᵉ siècles, reçut essentiellement trois localisations concurrentes entre lesquelles se partagèrent les meilleurs commentateurs de la Genèse : l'Arménie, la Mésopotamie, et la Terre sainte. Ils furent à peu près unanimes à penser qu'il fallait remplacer par *ab Oriente*, le *a principio* de la Vulgate ; et donc substituer *plantavit Deus hortum ab Oriente* à *plantaverat autem Deus paradisum voluptatis a principio* [31] (Gen., 2, 8). Tel était d'ailleurs le sens que la Septante et les Pères grecs, entre autres, avaient donné à ce passage. Grégoire de Nysse avait expliqué par cette géographie la prière vers l'Orient : « Quand nous nous tournons vers le Levant, c'est parce que notre première patrie, le paradis d'où nous sommes tombés, était au Levant [32]. » Un paradis terrestre américain ou africain se trouvait ainsi éliminé. De même la Renaissance et l'âge classique abandonnèrent progressivement, malgré des retardataires comme Suarez [33], l'identification médiévale du Pishôn avec le Gange et du Guihôn avec le Nil que permettait l'hypothèse d'une circulation souterraine des eaux à partir du paradis terrestre.

L'Arménie, la Babylonie ou la Palestine?

L'Arménie

Ces éliminations une fois effectuées, plusieurs auteurs hésitent entre Arménie et Mésopotamie, ou du moins se refusent à une localisation plus précise à l'intérieur d'une zone qui va du pied du Caucase au golfe Persique, voire à l'Arabie heureuse [34]. Selon Pereira « ce que la Divine Écriture appelle simplement " terres orientales ", ce sont celles qui sont autour du golfe Persique : la Perse, l'Arménie, l'Arabie, la Mésopotamie [35] ». Cornelius a Lapide est à peu près du même avis : « Il apparaît, écrit-il, que le paradis [terrestre] se trouvait du côté de la Mésopotamie et de l'Arménie [36]. »

En revanche, Carver dépense des trésors d'érudition dans son *Discourse of the Terrestrial Paradise* pour démontrer que le jardin d'Éden était situé en Arménie. Accumulant les textes hébreux, grecs et latins et s'appuyant sur le savoir géographique du temps, il parvient (« avec l'aide de Dieu ») à localiser « la fontaine de la rivière du paradis [37] ». La source du Tigre est située, dit-il, sur le versant sud du Taurus. D'abord fleuve unique, il traversait l'Éden que « les géographes appellent Sophane ». C'est à l'intérieur de cette région que se trouvait le paradis terrestre à la place duquel existe maintenant un lac nitreux évoqué par Pline [38]. Ensuite le Tigre se divise en quatre, donnant naissance à l'Euphrate, au Pishôn et au Guihôn. La géographie de Carver nous paraît évidemment fantaisiste. Mais l'auteur éprouve une vive satisfaction à constater que le grand cartographe Ortelius situe le paradis terrestre précisément en cet endroit [39].

Au début du XVIIIe siècle, le bénédictin Dom Calmet, exégète dont l'influence fut considérable, s'interroge à son tour sur la localisation du « jardin des délices ». « Il n'y a peut-être aucune question dans l'Écriture, constate-t-il, qui ait tant partagé les sentiments des écrivains que celle de la situation du paradis terrestre [40]. » Il s'attelle lui aussi à ce problème pour « montrer qu'il était situé dans l'Arménie, entre les sources du Tigre, de l'Euphrate, du Phase et de l'Araxe. Nous supposons que Moïse écrivait la Genèse dans l'Arabie Petrée et qu'il fixe la situation des lieux dont il parle par rapport à ce pays [41]. » Si le paradis terrestre proprement dit était en Arménie, en revanche le pays d'Éden était plus vaste et « comprenait une partie de la Mésopotamie, la Sophène, l'Adiabène (Assyrie septentionale) et une partie de l'Arménie et de la Colchide [42] ».

La Mésopotamie

La solution mésopotamienne a pour elle, au XVIe et au XVIIe siècles, des esprits éminents, notamment à l'intérieur du protestantisme. Calvin, en prenant position pour elle, contribua à lui donner un grand crédit. Son raisonnement peut être considéré comme exemplaire de la nouvelle approche « scientifique » qui, en ces domaines, caractérise la Renaissance. Après avoir établi que « le lieu du paradis a été situé entre le soleil levant et la Judée », le réformateur, contrairement à Luther, estime qu'« on se peut enquérir plus certainement de la question [43] ». Le problème est alors d'identifier le fleuve qui arrosait le jardin pour se diviser ensuite en quatre bras. Sur l'Euphrate et le Tigre, « tous sont d'accord [44] ». Mais Strabon, « diligent écrivain et qui a pris garde de bien près aux choses [45] », a montré que « ces fleuves s'assemblent chez les Babyloniens, et puis que chacun d'eux séparément, par son propre conduit, va tomber dans la mer Rouge [46] ».

On a dit plus haut que Calvin joignit une carte à son commentaire (carte n° 23). Elle montre une communication entre le Tigre et l'Euphrate au nord de Séleucie et de Babylone, puis un confluent complet au sud des deux villes. Ce fleuve devenu

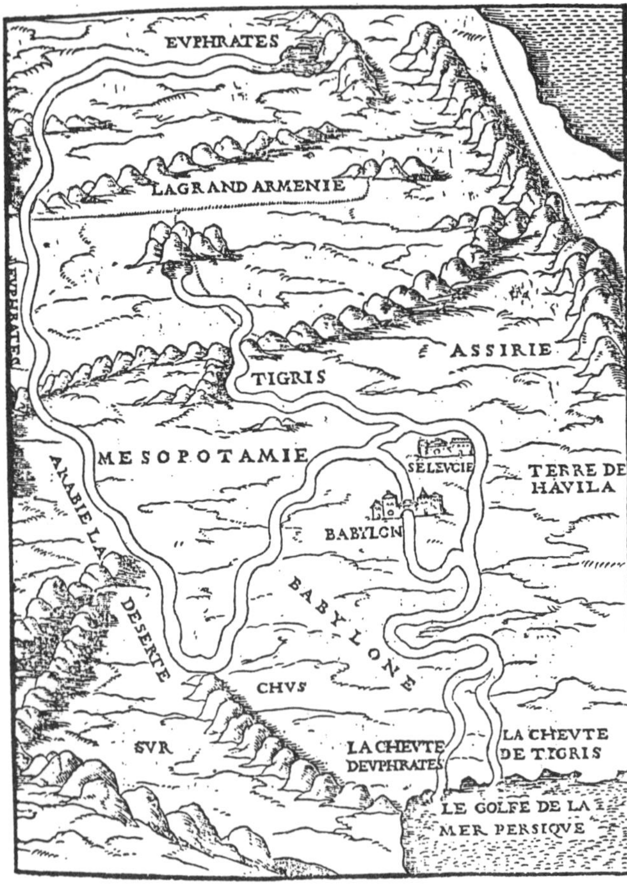

23. Carte de l'emplacement du jardin d'Éden selon Calvin, *Commentaire... sur le premier livre de Moyse, dit Genèse,* Genève, 1556. D. Smith et E.M. Ingram, *Maps in the Bible, 1500-1600*, Droz, Genève, 1991, t. 16.

unique se redivise ensuite en deux branches à proximité du golfe Persique : le bas Euphrate devait être le Guihôn et le bas Tigre, le Pishôn : ce qui conduit, pour s'accorder avec la Genèse, à placer le pays de Koush (ou Chus) à l'ouest du Guihôn et le pays d'Hawila à l'est du Pishôn.

Adam a-t-il « habité vers Babylone et Séleucie, ou au-dessus » ? Peu importe selon Calvin : « Il suffit que [le jardin d'Éden] ait été un lieu arrosé d'eaux. » « S'il y a région sous le ciel qui soit excellente en beauté, abondance de fruits, en fécondité, en délices et autres dons, ceux qui ont écrit des pays célèbrent au-dessus de tous celui-ci. C'est pourquoi les louanges par lesquelles Moïse exalte le paradis le concerne bien. Il est donc vraisemblable que la région d'Éden a été située en ce pays-là [47]. »

On se rappelle que la carte qui accompagnait le *Commentaire* de Calvin fut reproduite non seulement dans sa traduction anglaise mais aussi dans la *Bishops' Bible* : d'où une grande diffusion [48]. Toutefois elle comportait, comme le *Commentaire* lui-même, une difficulté, puisque le confluent complet du Tigre et de l'Euphrate était placé au sud de l'endroit présumé du paradis terrestre. C'est pourquoi une carte insérée dans une traduction néerlandaise du *Commentaire* de Calvin, tout en maintenant les noms propres en français, corrigea selon la logique, mais non selon la géographie, la carte précédente : le Tigre et l'Euphrate n'y ont qu'un seul confluent et ne forment plus l'île que dessinait Calvin [49] (carte n° 24). On ne sera pas étonné d'apprendre que les *Annotations* sur la Bible dont le synode de Dordrecht (1619) ordonna la rédaction, tout en reconnaissant que la Bible mentionne deux « Éden », l'un en Syrie et l'autre en Chaldée, estima, comme Calvin, que c'est dans le second qu'était situé le paradis terrestre [50]. C'était devenu en pays calviniste une doctrine quasi officielle.

Junius, regardé par les protestants comme une grande autorité en la matière, distingue lui aussi deux Éden, celui de Syrie, près de Damas, et celui de Chaldée. C'est le second qu'il faut retenir comme lieu du paradis terrestre. « Tous les historiens, assure-t-il, conviennent que le terroir de la Babylonie arrosé par le Tigre et l'Euphrate est le plus agréable et le plus fertile non seulement de tout l'Orient mais de la terre entière [51]. » Hopkinson partage ce sentiment et précise même que le pays d'Éden ne comprenait

24. Bible de Calvin (traduction néerlandaise). *The Map Collector*, 1984, n° 29.

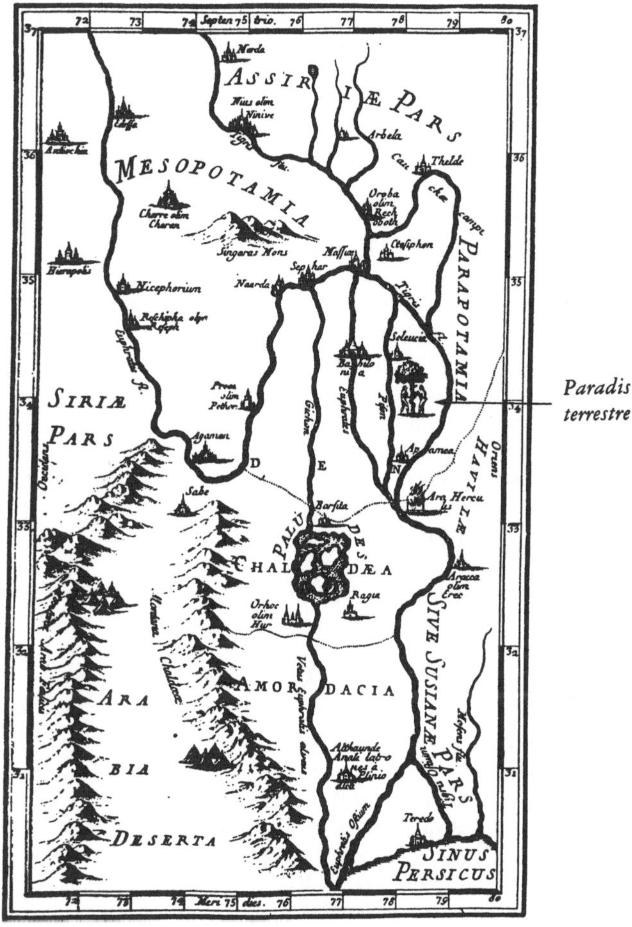

25. Le paradis en Mésopotamie selon J. Hopkinson. J. Duncan, *Milton's Earthly Paradise*, Univ. of Minnesota Press, 1972, planche IV.

pas toute la Babylonie mais la partie supérieure de celle-ci que certains auteurs appellent Auranitis. Une carte jointe à cette localisation dans l'ouvrage d'Hopkinson situe le jardin du bonheur dans une île entourée par le Tigre et le Pishôn, le Guihôn et l'Euphrate étant situés plus à l'ouest [52] (carte n° 25).

Raleigh, qui a beaucoup d'admiration pour Hopkinson, parvient à la même conclusion et la renforce par des considérations géographiques. La Mésopotamie, écrit-il, bénéficie des meilleures conditions, se trouvant à 35° de l'équateur et 55° du pôle Nord. Elle produit en abondance des vins excellents, des fruits, de l'huile et diverses qualités de grain. Rien ne prouve mieux la qualité du sol et du climat que la présence ici de nombreux palmiers-dattiers qui poussent sans l'intervention humaine. Assurément on les trouve aussi dans les Indes orientales et occidentales qui sont pareillement favorisées par un printemps et un été perpétuels. Mais, en contrepartie, elles sont affectées « par de dangereux tonnerres et éclairs, d'horribles et fréquents tremblements de terre, de violentes maladies, une multitude de bêtes et de vers venimeux et par d'autres incommodités ». Aussi ne peut-on établir aucune comparaison entre la Mésopotamie et les Indes [53].

Le géographe et pamphlétaire royaliste Peter Heyleyn consacre un chapitre de son *Microcosmos : A Little Description of the Great World* à l'« Assyrie, Mésopotamie et Chaldée ». C'est l'occasion pour lui d'éclairer la géographie du paradis terrestre et de bousculer d'une chiquenaude les interprétations et localisations fantaisistes qui eurent cours au Moyen Age. Voir dans les quatre fleuves des allégories des vertus cardinales n'est pas soutenable. Placer le paradis terrestre dans le cercle de la lune et en faire descendre les quatre fleuves qui circuleraient ensuite sous l'océan est « si vaine fatuité [*foppery*] que cela ne mérite pas l'honneur d'une réfutation ». La localisation équatoriale ne s'accorde pas avec les précisions données par l'Écriture sainte. Affirmer que le paradis terrestre occupait la terre entière est « absurde ». Où seraient allés Adam et Ève quand ils en furent chassés? Le Pishôn ne peut être le Gange ni le Guihôn le Nil, l'un et l'autre trop éloignés des régions mentionnées par Moïse [54]. En réalité, le Guihôn était la branche occidentale de l'Euphrate et le Pishôn la branche méridionale du Tigre. Le jardin d'Éden se trouvait donc en Mésopotamie [55].

Pareus opine dans le même sens en formulant toutefois quelques interrogations. Il ne peut pas dire si la division du fleuve en quatre branches s'effectuait « avant le paradis, à l'intérieur ou à la sortie de celui-ci [56] ». Mais il tient pour certain que le jardin d'Éden était situé « soit en bordure de l'Euphrate, soit à proximité de ce fleuve [57] ». De même pour André Rivet « la région de l'Éden est une partie de la Babylonie et la Babylonie une partie de la Mésopotamie [58] ». Samuel Bochart († 1667), neveu de Rivet et l'un des hébraïsants réformés les plus distingués du XVIIe siècle, déclare nettement : « En bref je place le paradis terrestre dans le même endroit que Calvin [59]. » Diodati estime, quant à lui, « probable » cette localisation. « Je dis probable, car on ne peut pas la dire certaine, en raison des grands changements qu'a connus le monde. » Mais, à cette réserve près, on peut considérer comme vraisemblable que la Mésopotamie « était le verger ou jardin des délices » mentionné par la Genèse [60].

Jacques Basnage enfin – mais cette énumération se veut plus significative que complète – n'a pas d'hésitation. Il écrit : « [Le paradis terrestre] était situé un peu en dessous de l'ancienne Ninive, sur le fleuve des Arabes. C'est là qu'on remarque sensiblement les quatre fleuves que Moïse a nommez. Là on voit l'Euphrate et le Tigre qui, après s'être joints ensemble, se partagent en deux grands canaux, lesquels, après avoir roulé leurs eaux quelques tems, vont se jeter dans le golfe Persique. Ainsi on peut dire qu'il y a dans ce lieu un fleuve et quatre fleuves [61]. » Quand il écrivait, Moïse se trouvait en Arabie ou en Judée, et c'est de là qu'il montrait le paradis terrestre, lequel était situé à l'est par rapport à lui [62].

On a dit plus haut que Milton, à son tour, situa le jardin d'Éden en Assyrie [63]. C'est aussi le choix que fit Grotius dans son *Adamus exul*. L'« argument » qui précède la tragédie précise formellement : « La scène se passe dans l'Éden, région de la Babylonie où était le jardin, sur les rives de l'Euphrate [64]. » Effectivement les vers 1000-1005 évoquent « Adam sous le feuillage d'un platane, les tempes entourées d'un vert laurier, nu avec sa tendre épouse, assis sur la rive du fleuve d'Assyrie. Il célèbre les merveilles de la divine puissance par un chant mélodieux qui s'envole comme un oiseau sacré [65]. »

Les commentateurs catholiques se rallièrent en nombre croissant à cette géographie paradisiaque. Un des premiers parmi eux fut l'évêque italien Steuchus Eugubinus, dont l'ouvrage sur l'Ancien Testament parut à Lyon en 1531. Nettement en avance sur Calvin, il localisa le jardin d'Éden en Mésopotamie. Plusieurs raisons lui apportaient cette « conviction ». D'abord, c'est là que sont les quatre fleuves que l'on dit sortir du paradis. Ensuite cette terre est très plaisante. Enfin le mot « paradis » est perse [66]. Il faut penser que c'est à partir de la Chaldée que l'humanité s'est disséminée [67]. Les *Commentaires sur le Pentateuque* de Hieronymus Oleaster (1556) opinèrent dans le même sens. L'auteur, se détachant des affirmations médiévales, écrivit : « Bien que les sentiments diffèrent [au sujet de la place du paradis terrestre] je pense [...] qu'il n'était pas éloigné de la Chaldée. » Plus loin, il explique : « La probabilité est qu'il se trouvait en Chaldée ou à proximité, car l'Euphrate, un des quatre fleuves du paradis, traverse la Chaldée [68]. » Oleaster, dans la suite de son propos, émet les plus grands doutes sur l'identification traditionnelle du Guihôn et du Pishôn avec le Nil et le Gange [69].

Faisant le point des débats sur ce sujet, le prêtre sicilien Agostino Inveges, au milieu du XVIIe siècle – et, il est vrai, sans toujours distinguer entre partisans de l'Arménie et partisans de la Chaldée – range parmi ceux-ci l'hébraïsant Vatable [70], qui fit partie du premier train de nominations au Collège royal en 1530. Après avoir cité Steuchus Eugubinus, Oleaster, Pereira, Maldonat, etc., Inveges constate que les spécialistes se partagent entre deux grandes opinions dignes de foi : « Les uns situent le jardin [d'Éden] à l'orient du monde, c'est-à-dire en quelque région de l'Inde. Les autres le placent à l'est de la Palestine, c'est-à-dire en Mésopotamie. La première opinion est la plus ancienne; la seconde est plus en faveur chez les auteurs récents [...] Si le lecteur souhaite que je propose mon sentiment, je dis que pour moi le plus probable est que le paradis [terrestre] fut planté à l'est de la Palestine, en Mésopotamie [71]. »

Compte tenu de ces prises de position, il est clair que le *Traité de la situation du paradis terrestre* publié en 1691 par l'évêque Pierre-Daniel Huet, ancien sous-précepteur du Dauphin et membre de l'Académie française, n'apporta pas d'élément fondamentalement nouveau. Mais l'auteur, plaçant le lecteur en face des opinions diverses qui s'étaient manifestées au cours des âges sur la localisation du paradis terrestre et les évoquant avec humour au début de son livre, voulut apporter à cette énigme une solution scientifique, qui balaierait les fantaisies et les incertitudes :

> On l'a placé [le paradis terrestre] dans le troisième ciel, dans le quatrième, dans le ciel de la lune, dans la lune mesme, sur une montagne voisine du ciel de la lune, dans la région moyenne de l'air, hors de la terre, sur la terre, sous la terre, dans un lieu caché et éloigné de la connaissance des hommes. On l'a mis sous le Pole Arctique [...] Plusieurs l'ont placé [...], ou sur les bords du Gange ou dans l'isle de Ceilan, faisant mesme venir le nom des Indes du mot d'Éden [...] D'autres dans l'Amérique, d'autres en Afrique sous l'équateur, d'autres à l'Orient équinoctial, d'autres sur la montagne de la lune d'où l'on a cru que sortait le Nil; la plupart dans l'Asie, les uns dans l'Arménie majeure, les autres dans la Mésopotamie ou dans l'Assyrie, ou dans la Perse, ou dans la Babylonie, ou dans l'Arabie, ou dans la Syrie ou dans la Palestine. Il s'en est mesme trouvé qui ont voulu faire honneur à nôtre Europe, et ce qui passe toutes les bornes de l'impertinence, qui l'ont établi à Hédin, ville d'Artois, fondez sur la conformité de ce nom avec celui d'Éden [72].

S'offrant à sortir le lecteur de ce labyrinthe, Huet propose sa propre localisation, finalement proche de celle avancée par Calvin qu'il cite d'ailleurs à cet égard avec éloge. « De tous ceux qui, écrit-il, se sont engagez dans cette recherche, aucun n'a approché plus près du sentiment que je propose que Jean Calvin dans ses *Commentaires de la Genèse*[73]. »

Voulant faire œuvre précise et définitive, Huet entend donner la « seule » localisation qui réponde à la description de Moïse et retrouver le sens vrai du texte biblique en faisant converger ensemble toutes les connaissances utilisables. Il démontre successivement qu'« Éden est un nom propre de lieu[74] », qu'Éden et le paradis sont « deux lieux differens [...] (j'entends differens comme le tout de sa partie)[75] », que « le paradis occupait la partie orientale de la province d'Éden[76] » et, enfin, que « la plus grande partie du jardin estait sur la rive orientale du Tigre[77] ». Le pays d'Éden lui-même « occupait une bonne partie de cette grande région qui depuis a été appelée Babylonie[78] ».

En fait, Huet violente la géographie fluviale de l'Irak actuel lorsqu'il écrit qu'on ne peut « se méprendre que faute d'attention » sur ce qu'a écrit Moïse. De toute évidence « les quatre rivières qui partageoient le grand fleuve du paradis estoient l'Euphrate et le Tigre au-dessus ; et au-dessous les deux branches qui divisent le canal commun du Tigre et de l'Euphrate, avant qu'il tombe dans le Golphe Persique[79] ». Huet comme Calvin invente cette séparation ultime en Guihôn à l'ouest et Pishôn à l'est et, comme lui, il localise le paradis terrestre juste en amont de cette séparation. Quelques jours après la publication du *Traité* de Huet, Bossuet écrivit à celui-ci. « J'arrivai ici samedi soir, Monseigneur, et dès le lendemain matin j'eus l'honneur de présenter au roi votre Paradis terrestre. Il le receut parfaitement et voulut que je lui explicasse le sujet du livre[80]. » Le *Traité* fut rapidement traduit en latin et en anglais.

La Terre sainte

Huet avait espéré clore le débat sur la localisation du jardin d'Éden. Son espoir fut déçu. Car une autre solution avait été avancée dès le XVIe siècle qui connut ensuite une certaine faveur : celle qui plaçait le paradis terrestre en Syrie-Palestine. C'était déjà l'opinion de Michel Servet qui affirmait dans sa *Christia-*

nismi restitutio : « L'Éden était un endroit agréable de la Syrie [...] Le lieu du paradis terrestre était celui de la Terre promise. » Assurément, depuis le péché d'Adam il a perdu ses privilèges. Mais – conception très médiévale – le Christ est né « au milieu des terres habitables ». Il n'existe aucun autre lieu dans le monde « aussi facile d'accès de tous côtés et vers lequel tendent à ce point toutes les mers [81] ». Cette localisation fut reprise en 1575 par le théologien et hébraïsant calviniste Matthieu Beroalde (ou Bérould), ministre et professeur à Genève. Pour lui la formule « En Éden, à l'orient » faisait référence à une région située à l'est de Canaan. Il l'identifia à la Syrie, il est vrai en déportant vers l'orient les cours du Tigre et de l'Euphrate et en déplaçant vers le nord et vers l'est les limites données d'habitude à la Syrie [82].

On retrouve sensiblement la même géographie sacrée, au milieu du XVIIe siècle, chez Isaac de La Peyrère dont l'ouvrage sur les « Préadamites » publié aux Provinces-Unies (1655) fit scandale. La thèse révolutionnaire de ce protestant originaire de Bordeaux est qu'Adam est seulement le père du peuple juif et non de l'humanité entière. Cette attaque frontale du monogénisme suscita de violentes oppositions : une vingtaine de réfutations de son livre parurent durant le demi-siècle qui suivit sa publication. L'auteur fut arrêté, dut se rétracter et son ouvrage fut brûlé par la main du bourreau [83]. Mais ce qui nous importe ici est que La Peyrère, faisant du Christ le symétrique d'Adam sur la base de l'*Épître aux Romains*, établissait le paradis terrestre dans la « Terre promise », dont le cœur est la région du Jourdain [84]. Vers le même moment deux autres auteurs protestants, le Suisse Heidegger et le Silésien Herbinus, plaçaient très précisément le paradis terrestre en Galilée. Ils retrouvaient en outre une vieille croyance médiévale selon laquelle Adam avait été enterré sur le calvaire [85].

Du côté catholique aussi plusieurs auteurs, notamment jésuites, identifièrent le paradis terrestre avec la « Terre promise ». En 1635, le père Nicolas Abram, membre de la Compagnie, publie un commentaire des *Géorgiques* où il s'interroge comme beaucoup d'autres sur « les quatre fleuves et l'emplacement du paradis ». Il y exprime la conviction que le Jourdain remplissait « les conditions requises du fleuve du paradis ». Ses eaux disparaissent dans le sein de la terre et ensuite elles refont surface comme sources d'autres fleuves : c'est la reprise d'une antique conviction géographique. Pour l'auteur le paradis était constitué par un territoire comprenant le lac de Tibériade, Sodome et la mer Morte. Même après le Déluge, mais avant la punition de Sodome, cette région était « très amène, très féconde et très tempérée et elle donnait des fruits en toutes saisons [86] ».

Dix ans après Nicolas Abram, frère Eugène Roger, récollet, opine dans le même sens. Sa *Terre sainte*, un ouvrage de vulgarisation, pose la question qui sous-entend la réponse : « Y a-t-il province sur la terre qui aye plus de rapport au paradis terrestre que la Terre sainte ou de promission ? [...] N'est-elle pas au bout de la mer Méditerranée et close de montagnes inaccessibles, sçavoir du mont Liban du côté du septentrion, à l'Orient des montagnes de l'Arabie et au Midy de celles de l'Idumée ? Quel climat plus tempéré y a-t-il que celui-cy qui est au-dessous du 30ᵉ jusqu'au 34ᵉ degré d'élévation ? N'y a-t-il pas plusieurs doctes qui tiennent que Jérusalem est le lieu le plus haut de la terre ? » Dans la suite de ses développements, Roger explique que « la grande inondation [du Déluge] a fait changer de lict aux fleuves aussi bien que de nom » et que « chacun demeure d'accord que ce fut au champ d'Amacène que Dieu crea nostre pere Adam, lequel champ est proche d'Hebron a sept lieues de Jerusalem ». D'où cette interrogation convaincante : « Pourrions-nous dire que le Pere Eternel aurait voulu dénier à son propre Fils cette terre de benediction si elle eut esté encore dans sa premiere beauté ? Non certes, nous ne pouvons advancer cette proposition sans faire injure à cet amour paternel qui ne pouvait refuser à son Fils naissant la province la plus considerable [87]. »

Au XVIIIᵉ siècle, deux jésuites français prennent, eux aussi, position en faveur de la localisation palestinienne. Le plus connu est le P. Jean Hardouin, natif de Quimper et mort à Paris en 1729. Tenté par les paradoxes, il assure que Hérode était athénien et que Jésus et ses apôtres prêchèrent en latin. En ce qui concerne la géographie de la Genèse, il concilie sans complexe Moïse et Pline. Il est d'ailleurs un spécialiste de ce dernier et il fait paraître en 1686 une traduction de son *Histoire naturelle*, bien reçue à l'époque [88]. C'est dans un ouvrage terminé en 1716 et conçu comme une réponse à Huet que Hardouin déclare : « Le fleuve (du paradis était) le Jourdain et le lieu de délices, tout le pays des environs du lac de Tiberiade [89] ». On lit plus loin : « Il me paraît que l'on peut sûrement conclure que ce paradis était situé dans la Galilée, auprès du Jourdain, et dans le lieu où les cartes placent Ennon, ou du moins dans le voisinage... Il occupait l'un et l'autre bord du Jourdain [90]. » « Si l'on y fait attention, argumente Hardouin, l'on verra que dans tout le Pentateuque le dessein de Moïse est de persuader aux Israélites que Dieu les rappelait et les faisait retourner dans l'ancienne demeure de leurs premiers pères [91]. »

L'*Histoire du peuple de Dieu* (1728) de Berruyer arrive aux mêmes conclusions que les *Traitez geographiques et historiques* de Hardouin : « Ce n'est pas assurément, y affirme-t-on, hors de la Palestine, destinée à être jusqu'au temps du Messie l'héritage et la portion du peuple de Dieu, qu'il faut chercher ce lieu délicieux, préparé pour l'homme dès le troisième jour de la création, trois jours avant que l'homme même fût créé [92]. » Pour Berruyer la géographie sacrée se présentait ainsi... avant le péché :

> Au nord de la Palestine sortait une source abondante des plus belles et meilleures eaux du monde qui, serpentant dans les plaines voisines, suffisaient à fertiliser le pays et formaient ensuite un grand lac appelé le lac de Genesar [...] C'est de là que les eaux, reprenant leur course dans les campagnes, formaient le fleuve du Jourdain. Ce beau fleuve arrosait tout le pays par differens detours et suppléait aux pluyes qui ne tombèrent point jusqu'au Déluge. Ses vapeurs fécondes et réglées faisaient de toutes ses campagnes étendues à ses deux rives, à l'Orient jusqu'à l'Euphrate et à l'Occident jusqu'à la Méditerranée, que les Hébreux nomment la grande mer, le plus beau, le plus sain et le plus fertile pays du monde, auquel on donna pour cette raison le nom d'Éden ou terre de volupté [93].

Le fleuve, sortant du lac de Génésareth, parcourait quelques lieues du pays et « entrait dans le jardin délicieux qu'il arrosait de ses eaux [94] ». « C'est dans ces heureuses contrées et dans le beau jardin qui en faisait le centre que le Seigneur Dieu transporta lui-même le premier homme, aussitôt après qu'il l'eut créé, afin qu'il le cultivât et le gardât [95]. »

Par rapport aux « savantes » études des commentateurs protestants de la Genèse et de Pierre-Daniel Huet, les conclusions de Roger, Hardouin et Berruyer peuvent paraître archaïsantes. Hardouin notamment, s'attachant fermement à la Vulgate, refuse de modifier *a principio* par *ab oriente*. Mais, vue avec le recul du temps, la localisation palestinienne du paradis terrestre apparaît finalement proche de celles qui le situait en Arménie ou en Babylonie. Au XVIIIe siècle on avait abandonné les fantaisies du Moyen Age ou de la Renaissance qui l'avaient placé dans le cercle lunaire, ou au fond de l'Asie, voire, comme Christophe Colomb, en amont du golfe de Paria. Personne n'identifiait plus le Pishôn avec le Gange ou le Guihôn avec le Nil. En revanche, dans les Églises chrétiennes, il n'y avait que des marginaux – notamment parmi les dissidents anglais (« familistes, antinomistes [...], Quakers », etc. [96]) – pour entendre au sens symbolique le récit de la Genèse sur le jardin des délices.

QUELQUES QUESTIONS COMPLÉMENTAIRES

La question de la localisation du paradis terrestre induisait forcément celle de ses dimensions. C'est pourquoi Salked et Inveges consacrent chacun un chapitre de leur encyclopédie à ce problème plutôt embarrassant. Il s'agit du chapitre III de Salked (*The compasse and greatnesse of Paradise...*) et du chapitre IV d'Inveges (*De Paradisi limitibus, seu paradisus quam late patuerit*). L'un et l'autre auteurs – apparemment ils ont écrit en s'ignorant – évoquent les différentes positions adoptées à ce sujet au cours de l'histoire chrétienne. Pour Éphrem, rappelle Salked,

« le paradis était aussi grand que la terre elle-même [97] ». De son côté, Inveges cite la formule de saint Augustin : « Le paradis n'était pas un petit territoire puisqu'une si grande source l'irriguait » (qui donnait naissance à quatre fleuves [98]). Plus généralement tous les auteurs, tels encore Vadian et Goropius au XVIe siècle, qui identifièrent le paradis terrestre à la terre entière, résolurent par là même le problème de ses dimensions. En revanche, ceux qui, surtout au XVIe-XVIIIe siècle, proposèrent une localisation précise ne purent adhérer à l'affirmation de Luther selon laquelle, bien que le jardin d'Éden ne s'étendît pas à la terre entière, il était néanmoins d'« une immense étendue [99] ».

Les commentateurs se partagèrent en deux camps. D'un côté, il y eut ceux qui pensèrent, comme Rivet, que le jardin d'Éden ne couvrait pas « une bien grande région (*non valde magna regio*) [100] ». De l'autre, ceux qui estimèrent avec Suarez qu'il devait « avoir au moins l'ampleur d'un assez grand royaume [*saltem amplitudinem unius regni non parvi habuisse* [101]] ». Salked ne cache pas l'embarras que lui procure cette question de caractère spatial qui « est plus difficile que nécessaire. Néanmoins comme plusieurs insistent sur elle, je vais m'efforcer d'y répondre jusqu'à un certain point, dans la mesure du moins où les principes de la philosophie et de la théologie, voire les grands commentateurs de l'Écriture sainte apporteront quelque base solide à mon discours [102] ».

La grande difficulté était celle-ci : sur un territoire bien délimité et de dimensions relativement réduites – par exemple la Mésopotamie – comment toute l'humanité aurait-elle pu tenir si Adam et Ève n'avaient pas péché ? Les hommes, assure Salked, auraient eu plus d'enfants qu'ils n'en ont aujourd'hui (« car le péché, comme l'enseigne la philosophie, n'est pas un petit empêchement pour la génération [103] »). En outre, ils auraient vécu beaucoup plus vieux. Le paradis terrestre aurait donc été trop petit pour eux. La réponse du recteur anglican est qu'ils n'y seraient restés que « jusqu'au temps de leur transfert dans un état plus heureux », c'est-à-dire au ciel [104]. Ainsi le jardin d'Éden se serait régulièrement déchargé de son trop plein en l'évacuant vers le royaume de la béatitude définitive.

Inveges résout à son tour la difficulté de la façon suivante : « Beaucoup de raisons me persuadent que ce jardin de bonheur avait de grandes et de très amples dimensions. D'abord, comme l'enseignent Moïse et Jean Damascène, Dieu lui-même planta ce jardin de ses mains. Or toutes les œuvres de Dieu, principalement les premières, furent grandes et dignes de la magnificence du divin Créateur. En outre, comme le dirent avec raison Augustin et Bar Céphas, ce jardin ne pouvait pas être exigu si en sortaient l'Euphrate, le Gange, le Tigre et l'Indus, qui sont les plus grands de tous les fleuves. Enfin, si le statut d'innocence avait continué [...], soit la totalité de l'humanité, soit une grande partie d'entre elle aurait habité ici [105]. » En revanche, Inveges se refuse à préciser davantage la grandeur de ce lieu, la formule de Suarez lui paraissant toutefois raisonnable (« au moins la surface d'un assez grand royaume [106] »).

Une question en induisant une autre, Inveges se demande au chapitre suivant si le paradis terrestre, compte tenu de ses vastes limites, était situé en plaine ou si, à l'intérieur de sa clôture, se trouvaient aussi des monts, des collines et des vallées : c'est le chapitre V du livre. A son habitude, l'auteur expose diverses opinions antérieurement émises sur le sujet. Tertullien, par exemple, plaçait le jardin d'Éden dans une plaine. Mais tous les auteurs qui lui ont accordé de vastes dimensions en ont logiquement conclu qu'il comprenait des monts, des collines et des vallées. Cette fois encore, Inveges se range au sentiment de Suarez qu'il cite à ce propos : « Il est vraisemblable qu'à l'intérieur du paradis la terre n'était pas uniforme mais que dans sa vaste surface certaines parties étaient plus hautes que les autres et donc que s'y trouvaient des collines et des champs. Car une telle variété concourt au plaisir des corps, ainsi qu'à la beauté et à la fécondité du lieu. Aussi n'est-il pas vraisemblable qu'elle ait manqué à ce jardin divin [107]. » En revanche, les commentateurs Inveges ne pouvaient que donner au paradis terrestre les conditions d'altitude de la région où ils le situaient : Arménie, Babylonie ou Judée.

CHAPITRE IX

Raffinements chronologiques

QUAND A EU LIEU LA CRÉATION DU PARADIS TERRESTRE?

A la question « où était situé le paradis terrestre? » les commentateurs de la Genèse ajoutèrent des interrogations en cascade sur le moment de sa création et la chronologie des événements décisifs qui s'y déroulèrent jusqu'à l'expulsion de nos premiers parents. Mais valait-il la peine de passer du temps sur des problèmes aussi difficiles?

André Rivet ne le pensait pas, qui écrivait avec quelque humour dans ses *Exercitationes CXC in Genesim* :

> Fleurissent à ce propos les questions curieuses de certains scolastiques : combien d'heures, de jours ou d'années les premiers hommes demeurèrent-ils au paradis? Déjà auparavant les docteurs juifs avaient sué sur de tels sujets et plusieurs parmi les anciens cabalistes estimèrent qu'Adam n'avait pas pu être condamné [par Dieu] avant que vingt ans ne se fussent écoulés depuis sa création. Les uns comptent plusieurs années, d'autres quarante jours, certains un seul jour, quelques-uns seulement six heures, d'autres un peu plus et certains huit jours. Mais tous s'appuient sur des conjectures boiteuses auxquelles ils s'abandonnent sans convaincre ni eux-mêmes ni les autres. Ils doivent finalement avouer qu'aucune réponse précise et définitive n'est possible en ce domaine. Car elle ne peut ni être conclue de la Divine Écriture, ni tirée de façon certaine des écrivains sacrés, ni être conjecturée à partir d'arguments vraisemblables. Pereira et d'autres de son parti [les catholiques] disent que cette question est plus que difficile pour les voyageurs que nous sommes [...] Mersenne nous avertit avec raison que nous ne pouvons rien dire là-dessus sans révélation divine [1].

Les mises en garde de Rivet, Pereira et Mersenne n'empêchèrent pas de nombreux commentateurs de tenter de percer, Genèse en main, le mystère des premiers temps du monde et des premiers pas de l'homme. En prenant à nouveau pour guide la somme rédigée par Inveges, le lecteur peut voir la variété des questions de caractère chronologique qui furent posées au cours des âges au sujet du paradis terrestre et du séjour qu'y firent Adam et Ève. Ces interrogations furent notamment les suivantes :

« En quel mois, quel jour et à quelle heure le paradis fut-il planté par Dieu [2]? »

« En quel mois, quel jour et à quelle heure Dieu façonna-t-il le corps d'Adam [3]? »

« Quel jour, et à quelle heure [...] Dieu conduisit-il Adam depuis le lieu de sa création jusqu'au paradis [4]? »

« [Les commandements] : " Nourris-toi de tous les arbres du paradis " ; " Mais ne mange pas de l'arbre de la science " : où et quand furent-ils portés à la connaissance d'Adam [5]? »

« [Les animaux] : quel jour, à quelle heure et comment furent-ils conduits devant Adam [6]? »

« Quel jour, à quelle heure et en quel lieu Adam imposa-t-il leurs noms aux animaux [7]? »

« A quelle heure, où et comment Adam commença-t-il à dormir? Et combien d'heures dormit-il [8]? »

« Quel jour, à quelle heure et où Dieu créa-t-il le corps d'Ève [9]? »

« A quelle heure, où et par qui Ève fut-elle amenée à Adam pour son mariage [10]? »

« Combien d'heures, de jours, de mois ou d'années Adam et Ève habitèrent-ils ensemble au paradis [11]? »

« Quelle fut l'heure du repas mortifère [12]? »

« Quelle fut l'heure de l'expulsion d'Adam et Ève [13]? »

A ces questions, qui résument quinze cents ans de réflexions sur le paradis terrestre, quelles réponses furent apportées, principalement aux XVIe et XVIIe siècles?

Il fut généralement admis que le jardin des délices avait été « planté » avant la création d'Adam pour qui, selon la formule de Mosès Bar Céphas, il devait constituer « comme un lit préparé par Dieu pour l'époux [14] ». En revanche, des divergences s'élevèrent quant à une datation plus précise. Pour les uns, par exemple Grégoire de Nazianze, Jean Damascène, Isidore de Séville, Raban Maur, Bède, etc., l'événement s'était produit en mars, à l'équinoxe de printemps, quand les arbres se couvrent de feuilles et que la nature revêt sa plus belle parure. Pour d'autres, il avait eu lieu en juillet, raison pour laquelle au temps de Noé on faisait commencer l'année à ce moment-là. Pour d'autres encore – et Pereira [15] se range parmi eux malgré la prudence dont il se targue d'ordinaire –, il était advenu à l'équinoxe de septembre. Car c'est en automne que les arbres donnent leurs fruits. Or Adam et Ève devaient manger l'un d'entre eux. L'archevêque anglican James Ussher fixe même au 25 octobre la date de la création de la terre et du paradis terrestre [16]. Inveges, quant à lui, se range à la première opinion, d'ailleurs la plus répandue : « Nous pensons, écrit-il, que le paradis a été fait par Dieu, en même temps que la terre, au printemps et en mars, car le Christ s'est incarné et a souffert au printemps et en mars. L'asservissement d'Adam [au péché] et la rédemption par le Christ devaient s'accorder dans le temps [17]. » Cette symétrie supposée entre l'histoire d'Adam et celle de Jésus a joué un grand rôle dans la reconstitution du calendrier édénique.

Peut-on pousser plus avant la connaissance du calendrier de la Création? Étant entendu que le paradis terrestre a surgi, en même temps que la terre, le troisième jour, donc un mardi, et si l'on admet – opinion la plus courante – que ces événements se produisirent en mars, plusieurs hypothèses sont envisageables, selon la date où l'on place le début de la Création à l'intérieur de ce mois. Inveges, rejoignant « le sentiment commun des auteurs les plus récents », estime qu'Adam a été créé le 25 mars, jour de la conception de Jésus par Marie, et donc que le paradis terrestre a été constitué le 22 mars [18].

Mais à quelle heure du jour? La question se pose. Car les savants divergèrent sur les moments des journées où Dieu effectua les différentes réalisations de sa création. Ainsi le théologien protestant Beroalde pensa que le ciel et la terre avaient été formés au milieu de la nuit [19]. Steuchus Eugubinus situa leur création vers six heures du matin et crut qu'ils s'étaient dépliés dans les ténèbres pendant une demi-journée jusqu'à ce que la lumière surgisse, vers six heures du soir. Alors se seraient produits la germination et donc aussi le surgissement des plantes du paradis terrestre [20]. Mais Inveges préfère, encore une fois, rejoindre le sentiment de Suarez [21] et placer la création du jardin des délices « au printemps, le 22 mars, un mardi, au début de la première heure du jour [...], au moment du lever du soleil [22] ».

L'EMPLOI DU TEMPS ENTRE LA CRÉATION D'ADAM ET CELLE D'ÈVE

Vient ensuite la question : à quel moment situer la création d'Adam? Une conviction générale chez les spécialistes est que l'homme a été créé après tous les êtres animés et inanimés. Tel est bien l'ordre qui ressort de la Genèse. En outre, explique Pereira, la logique veut que ce qui est « plus parfait » vienne après ce qui l'est moins [23]. Mais peut-on aller au-delà de cette affirmation?

Les érudits s'y efforcent, mais divergent sur la date de la création d'Adam suivant qu'ils placent la première semaine du monde à l'automne, en juillet ou en mars. Ainsi l'archevêque anglican James Ussher, de grande réputation en son pays au XVIIe siècle, qui tient ferme pour le mois d'octobre, donne le 28 octobre comme jour de la création d'Adam puis d'Ève [24]. Inveges constate, en revanche, que l'opinion la plus répandue est qu'elle a eu lieu en mars, et plus précisément le 25 mars (et non le 23 comme l'affirmait Bède le Vénérable [25]). Enfin, sur l'heure même de la formation du premier homme, « il y a grande controverse » parmi les érudits. Suarez estime qu'elle nous est

« totalement inconnue ». Néanmoins il considère comme « vraisemblable » l'échelonnement suivant : apparition des animaux, le sixième jour, vers le lever du soleil; celle de l'homme, le même jour, le soleil déjà levé, c'est-à-dire une heure ou deux après la création des bêtes [26]. Inveges à son tour regarde comme l'hypothèse « la plus vraisemblable » que la création d'Adam s'est produite « à l'aurore » du 25 mars : moment où l'Esprit saint forma le corps du Christ dans le sein de la Vierge. La tradition de l'Église situe en effet à l'aurore le premier « angelus [27] ».

Dans la Genèse (2, 8) il est écrit : « Le Seigneur Dieu planta un jardin en Éden, à l'orient, et il y plaça l'homme qu'il avait formé. » Prenant cette affirmation à la lettre, les commentateurs d'autrefois en conclurent qu'Adam avait été créé hors du paradis terrestre et y avait été ensuite introduit par Dieu. La raison qu'avait Dieu en agissant ainsi est expliquée, entre autres, par Salked : c'était « afin que l'homme fût plus à même de comprendre la bonté et la libéralité divines envers lui et réalisât que cet endroit [le jardin béni] lui était plutôt accordé comme un don gratuit que comme un dû de la nature [28] ».

Théologie et chronologie faisaient alors surgir une nouvelle question : quand Dieu introduisit-il Adam à l'intérieur du jardin d'Éden? « On est dans l'incertitude », répond Suarez, car « ce n'est pas révélé [29] ». Certains pensèrent autrefois – ainsi Anastase le Sinaïte († après 700) – que quarante jours s'étaient écoulés entre la création du premier homme et son entrée au paradis terrestre. Anastase plaçait la première le 25 mars et la seconde le 3 mai, jour de la fête de l'Invention de la Croix. Mais Suarez, malgré la prudence dont il faisait preuve tout à l'heure, estime qu'Adam « fut placé au paradis aussitôt après sa création [30] ». Inveges se rapproche beaucoup plus de Suarez que d'Anastase, mais l'adverbe « aussitôt » lui paraît excessif et, tout en avouant que l'heure de la translation d'Adam au jardin nous est « totalement inconnue », il considère comme « vraisemblable » qu'elle s'est produite « peu d'heures » – sans doute deux – après la formation du premier homme. Ce transfert aurait donc eu lieu vers neuf ou dix heures du matin [31]. Que fit Adam durant l'intervalle qui précéda ce transfert? Il est probable qu'il passa son temps à adorer Dieu et « à philosopher sur la beauté, la variété et l'harmonie du monde » qu'il découvrait [32].

La question, « quand furent signifiés à Adam les deux ordres », « Nourris-toi de tous les arbres »; « mais ne mange pas de celui de la science » », a fait couler beaucoup d'encre et a partagé les spécialistes en deux camps. Les uns, avec saint Jean Chrysostome, saint Ambroise, saint Augustin, saint Thomas d'Aquin et Suarez, ont pensé que ces deux lois avaient été portées à la connaissance du seul Adam avant la création d'Ève, et ensuite révélées à celle-ci par son mari. Les autres, et notamment Cajetan et Pereira, ont estimé au contraire qu'elles avaient été promulguées après la création d'Ève et signifiées distinctement et personnellement à chacun des membres du premier couple humain. Inveges, quant à lui, penche pour la première hypothèse, et calcule que la révélation de ces deux commandements fut faite à Adam pendant qu'il se promenait dans les saints bocages du paradis, c'est-à-dire aux environs de onze heures du matin [33].

Nouvelle interrogation : quand situer l'épisode de la Genèse (2, 19-20) qui montre Dieu amenant à l'homme les bêtes des champs et les oiseaux du ciel afin que chaque espèce reçoive de lui son nom? Mais d'abord – question préalable – faut-il penser que Dieu amena, devant Adam, au paradis terrestre, la totalité du monde animal? Selon Pereira, il faut exclure, et les poissons, car le jardin d'Éden ne se trouvait pas au bord de la mer, et « les animaux qui naissent d'une matière putride ». En outre, toujours selon Pereira, ne furent présentés à Adam qu'un mâle et une femelle de chaque espèce noble. « Car si toutes les bêtes de la terre avaient pénétré au paradis et tous les oiseaux des forêts y avaient volé, ç'eût été plus un spectacle d'horreur que de délectation. Ajoutez qu'une si grande foule d'animaux et d'oiseaux aurait écrasé et défiguré la beauté du jardin [34]. »

Cette difficulté évacuée, on peut aisément aborder le problème chronologique proprement dit, bien qu'il soit, avoue Inveges, d'« une investigation difficile [35] ». Se référant à Suarez, il estime – rappelons-le – que les animaux ont dû être créés le vendredi au lever du soleil et l'homme lui-même une ou deux heures après. Dès lors les animaux auraient été amenés au paradis terrestre à partir de sept heures du matin et jusqu'à midi, leur nomination par Adam se poursuivant jusqu'aux environs de quatorze heures. Ces délais étaient suffisants, d'une part, pour que les anges, comme des bergers, conduisent les animaux terrestres et les oiseaux à l'intérieur du paradis et, d'autre part, pour qu'Adam puisse « philosopher » sur leur nature et, après réflexion, « inventer tant de noms [36] ».

Cette tâche accomplie, « c'est une pieuse conjecture de penser qu'Adam, pour manifester à la fois sa domination et son plaisir, aurait appelé à lui les plus beaux animaux et les plus charmants oiseaux et les aurait caressés de la main. Ceux-ci, obéissant à sa voix, se seraient approchés et auraient exprimé leur douceur et leur joie en chantant, en volant ou en remuant les oreilles et la queue [37] ». Un spectacle digne d'un dessin animé de Walt Disney!

De la création d'Ève à l'expulsion du paradis terrestre

Des moments essentiels dans le calendrier proposé par la Genèse furent évidemment ceux du sommeil d'Adam, de la création d'Ève et du mariage de nos premiers parents. Inveges explique qu'après la « longue imposition des noms » aux animaux, qui demanda trois ou quatre heures d'intenses réflexions, Adam, fatigué, s'endormit rapidement et profondément [38].

Mais de quel genre de sommeil? Pour Cajetan, il ne s'est pas agi d'un sommeil véritable et naturel, mais plutôt « allégorique et métaphorique [39] ». En revanche, de grandes autorités – Pereira, Suarez, Cornelius a Lapide, etc. – estiment qu'il fut tout ensemble « naturel et surnaturel [40] ». On peut admettre, « malgré le silence des érudits », que cet engourdissement se produisit dans l'endroit même du jardin où Adam avait donné leurs noms aux animaux.

A quelle heure du vendredi le premier homme commença-t-il à dormir ? Et combien de temps dormit-il ? Compte tenu de la nécessaire symétrie chronologique entre le premier vendredi et le vendredi saint, Inveges considère comme « probable » que le sommeil tomba sur Adam vers quinze heures ou, en tout cas, avant seize heures, c'est-à-dire vers le moment de la journée ou le Christ mourut. Le même type de raisonnement conduit notre auteur à penser que le sommeil fut bref : environ le temps qui s'écoula entre la mort de Jésus et le coup de lance qui lui perça le côté [41]. En outre, il n'est pas pensable que le mariage d'Adam et Ève ait été célébré le soir, au soleil couchant. Il dut advenir quand il faisait encore grand jour et que le soleil brillait. Cela conduit à Inveges à supposer qu'Adam dormit seulement de quinze à seize heures. Il restait alors deux heures de pleine clarté pour la célébration du mariage et pour qu'Adam instruise son épouse des commandements reçus de Dieu et des révélations qu'il avait eues pendant qu'il dormait. Enfin, il pourrait goûter avec elle, dans l'amitié, et pendant un temps raisonnable, les délices du paradis.

Cette reconstitution du calendrier de la création conduit donc à placer la formation d'Ève entre quinze et seize heures, le vendredi. Toutefois cette date et cette heure firent l'objet de discussions au cours des âges. Saint Thomas d'Aquin, par exemple, faisait naître Ève après le septième jour [42]. Mais, à la fin de la Renaissance, Molina [43], Pereira [44] et Suarez [45], entre autres, se prononcent pour le vendredi, journée assurément très chargée mais qu'il faut accepter comme telle, puisque, le samedi, Dieu se reposa. Inveges revient ici sur l'importance de la seizième heure du jour : elle fut le moment où le côté du Christ fut percé, de même elle fut aussi celui de l'ouverture du flanc d'Adam : symétrie oblige [46].

Celle-ci invite pareillement à enchaîner création d'Ève et

mariage avec Adam, étant entendu qu'aucune controverse ne s'est jamais élevée entre érudits sur le fait que les deux événements se produisirent le même jour. Pour Suarez, « Ève, sitôt formée, fut présentée à Adam et jointe à lui par le mariage [47] ». La raison de cette précipitation est d'ordre analogique et avait déjà été expliquée par saint Augustin [48]. Le sang et l'eau qui s'écoulèrent du côté transpercé de Jésus représentent le mariage du Christ et de l'Église et les sacrements issus de cette union. Si donc, rappelons-le, ce coup de lance eut lieu vers seize heures, le mariage d'Adam et Ève dut advenir vers le même moment de la journée [49]. Quant à l'endroit du mariage, il y a tout lieu de supposer que ce fut « sous les ombrages odorants et somptueux des arbres de la vie et de la science, dans un lieu élevé, là où jaillissait la fontaine du paradis, au centre du jardin [50] ».

Surgissent maintenant deux questions capitales, jointes entre elles : combien de temps Adam et Ève demeurèrent-ils au paradis terrestre et quand se produisit le péché originel ? La première question suscita au cours des siècles de multiples réponses divergentes qu'Inveges classe en trois catégories principales selon qu'on a accordé à nos premiers parents quelques heures, quelques journées ou plusieurs années de séjour au jardin des délices [51]. Aussi notre prêtre sicilien parle-t-il de la « foule tumultueuse des érudits » qui se sont penchés sur ce problème et de la « dissonance » entre leurs opinions. Il est donc très difficile, pense-t-il, d'apporter une certitude en ce domaine [52]. Salked, qui consacre au même sujet un chapitre de son *Treatise of Paradise*, reconnaît pareillement qu'on peut légitimement hésiter dans « une matière aussi douteuse et incertaine [53] ». John Swan, dont le *Speculum mundi* (1635) eut un réel succès populaire – la Bodleian conserve les témoins de quatre éditions du XVIIe siècle –, permet, lui aussi, au lecteur de choisir en ce domaine « l'opinion qui lui plaît le mieux », car il y a de bonnes raisons de différents côtés [54].

Au XVIIe siècle, les spécialistes ne maintiennent plus guère la conviction, jadis très répandue, qu'Adam et Ève auraient péché le jour même de leur création. Malvenda en son temps fait à cet égard figure d'exception [55]. « L'opinion commune » des auteurs récents, note Inveges, est que nos premiers parents vécurent « plusieurs jours » au paradis terrestre. Elle s'appuie notamment sur le raisonnement de Mosès Bar Céphas pour qui il n'était pas vraisemblable que tant d'événements aient pu s'accumuler en un seul jour : la création d'Adam, son entrée au jardin, la prise de connaissance des commandements divins, la nomination des animaux, la formation d'Ève, la tentation, la faute et l'expulsion [56]. Suarez estime qu'au moins un jour et demi furent nécessaires pour contenir tous ces faits importants [57]. Inveges, quant à lui, préfère rejoindre le sentiment de Pereira qui calcule qu'Adam et Ève vécurent une semaine dans le jardin béni [58]. Certes, répète Inveges, il est « téméraire » de vouloir compter le nombre de jours, de mois ou d'années passés par Adam et Ève au paradis terrestre. Néanmoins c'est l'hypothèse des huit jours qui « nous sourit le plus [59] ». L'anglican Salked parvient à la même conclusion : « Je penserais volontiers que [nos premiers parents] demeurèrent seulement huit jours au paradis. Car c'était suffisant pour l'expérience de cet heureux état [60]. » En revanche, l'anglican John Swan situe le premier péché le quatorzième jour après la création d'Adam [61].

S'il y eut débat sur le temps passé dans le jardin, plus large fut l'accord sur le jour de la semaine qui vit s'accomplir le fatal péché. Suarez est plutôt un isolé lorsque, calculant qu'on ne doit pas accumuler trop d'événements durant la journée de la création d'Adam, il recule seulement au lendemain la faute originelle [62]. L'opinion la plus courante, aux XVIe et XVIIe siècles, est qu'elle eut lieu un vendredi.

C'est ce qu'explique Salked, héritier à cet égard d'une longue tradition. De même, dit-il en substance, que notre Sauveur fut conçu et mourut un vendredi, de même la première prévarication se produisit également un vendredi. « Ainsi le péché d'Adam, sa création et sa rédemption, par une particulière providence du Dieu tout-puissant, [...] intervinrent le même jour [de la semaine]. Bien qu'il n'y ait pas à cela d'argument déterminant, ni de preuve décisive fondée sur le texte sacré, néanmoins on ne peut nier en ce domaine une conformité et une convenance de raison, le mal et le remède ayant été fixés au même jour par Dieu, qui de toute éternité prévoit la fin et les moyens [63]. » Inveges, contre Suarez, se rallie à l'hypothèse du vendredi, car « tous les Pères ont dit qu'Adam avait étendu la main vers l'arbre de la science ce même jour de vendredi où le Christ fut attaché à la croix [64] ». Ce furent les deux vendredis les plus « mémorables » de l'histoire, celui de la faute se situant le 1er avril, la création d'Adam ayant eu lieu le 25 mars.

Il faut maintenant déterminer l'heure même de la « manducation mortifère ». Inveges, notre guide fidèle, rappelle la croyance commune transmise au long des siècles depuis saint Augustin et saint Jérôme jusqu'à Suarez. On a toujours cru qu'Adam avait péché à l'heure où Jésus avait été attaché à la croix, donc aux environs de midi. A quoi s'ajoute que, selon le récit de la Genèse, c'est Ève d'abord qui cueillit le fruit et qu'après la faute les deux coupables entendirent la voix de Dieu qui se promenait dans le jardin « au souffle du jour », c'est-à-dire, crut-on généralement, au moment où la brise se fait sentir après la chaleur du milieu de journée. D'où la reconstitution suivante tentée par Inveges : Ève aurait péché vers onze heures du matin, puis elle aurait persuadé son mari de manger, à son tour, du fruit ; Adam aurait accepté aux environs de midi et Dieu se serait promené dans le jardin l'après-midi mais avant le soir [65], soit aux alentours de quinze heures. Adam et Ève auraient donc passé quelque trois heures « anxieux, timides et tristes [66] » dans l'attente du jugement divin.

S'agissant enfin de l'exil hors du paradis terrestre, « beaucoup de circonstances historiques doivent être scrutées avec soin – c'est toujours Inveges qui parle – et d'abord à quelle heure se produisit l'expulsion [67] ? ». Mosès Bar Céphas avait affirmé, suivi ensuite par beaucoup de commentateurs, qu'elle avait eu lieu au moment de la journée correspondant à celui où Jésus fit entrer l'âme du bon larron au paradis [68] : toujours la symétrie entre le premier et le second Adam. Inveges penche toutefois pour une chronologie plus affinée et « plus probable ». Si le jugement, dit-il, commença – rappel de ce qui a été dit plus haut – vers quinze heures, on peut penser qu'il dura à peu près une heure. « Ce temps paraît suffisant pour l'interrogation des coupables, le prononcé de la sentence et l'entier déroulement du jugement. On peut donc croire que Jésus fut déposé de la croix vers seize heures et qu'Adam vers la même heure descendit des hauteurs du paradis [69]. »

Il est maintenant possible, pour plus de clarté, de rassembler en un tableau récapitulatif tous les éléments chronologiques contenus dans l'ouvrage d'Inveges. Il nous paraît significatif de la minutie avec laquelle les commentateurs de la Genèse aux XVIe et XVIIe siècles étudièrent le texte sacré, leur érudition, répétons-le, s'efforçant d'éclairer un texte sacré tenu pour « historique » :

Chronologie du séjour d'Adam et Ève au paradis terrestre selon Agostino Inveges (1649) [70]

Vendredi 25 mars, sixième jour de la Création :

– A l'aurore, création d'Adam dans le pays d'Éden.

– Vers 9 h, introduction au paradis terrestre.

– De 9 h à 11 h, promenade d'Adam à l'intérieur de la forêt paradisiaque. Il reçoit du Tout Puissant deux ordres : « prendre soin du jardin et le garder ».

– Vers 11 h, Adam parvient au milieu du jardin et reçoit deux autres commandements : « Manger de tous les fruits. » « Mais ne pas toucher à ceux de l'arbre de la connaissance du bien et du mal. »

– De 12 h à 15 h environ, les animaux sont amenés à Adam qui les « nomme ».

– De 15 h à 16 h, sommeil d'Adam et création d'Ève.

– Vers 16 h, noces d'Adam et Ève, suivies d'une semaine de bonheur.

Vendredi 1er avril :

– Vers 10 h, Satan commence la tentation d'Ève.

– Vers 11 h, « il la vainc misérablement ».

– Vers 12 h, Adam pèche à son tour.

– Vers 15 h, citation des deux fautifs en jugement. Condamnation.

– Vers 16 h, expulsion du paradis terrestre. Le jardin est fermé et un ange préposé à sa garde.

Outre-Manche, la date du 25 mars comme jour de la création d'Adam fut loin de faire l'unanimité. Un des meilleurs hébraïsants anglais du temps, John Lightfoot (1602-1675), se prononça pour le 18 septembre, l'événement s'étant produit à 9 heures du matin [71]. John Swan, quant à lui, fixa la naissance d'Adam au 23 avril [72]. Sur le continent en revanche il parut raisonnable de placer le même jour, le 25 mars, la création du premier homme et l'annonciation du Rédempteur.

Tous les auteurs de la Renaissance et de l'âge classique qui traitèrent du paradis terrestre n'entrèrent pas dans des détails chronologiques aussi raffinés qu'Inveges. Mais la passion de celui-ci pour les problèmes de temps et d'espace relatifs à la première semaine de l'humanité se comprend mieux si on la replace dans un contexte plus général et si on la rapproche du souci largement partagé de fixer de manière précise l'année de la création du monde. Ne nous étonnons pas d'une telle ambition. Elle est aussi la nôtre aujourd'hui lorsque nous tentons de calculer au plus près le moment du big bang. Toutefois les moyens conceptuels pour remonter aux origines de l'univers n'étaient évidemment pas les mêmes qu'aujourd'hui.

Pour la plupart des contemporains de Kepler et de Galilée, c'est à la Bible qu'il fallait demander des lumières sur cette difficile et passionnante question. Comme le disait le théologien anglican Hugh Brighton en 1594 : « Quiconque niera que le cours du temps est clairement marqué dans la Bible jusqu'à son accomplissement ainsi que l'année du salut en laquelle Notre Seigneur mourut peut aussi bien nier que le soleil brille [73]. » C.-A. Patrides, dans une excellente étude dont je m'inspire beaucoup ici, constate avec raison que « les calculs chronologiques ont été parmi les productions [intellectuelles] les plus typiques » de la Renaissance et d'une grande partie du XVIIe siècle [74]. Ne nous étonnons donc pas de voir un certain Girolamo Vecchietti, un religieux qui mourut en prison, compter 1 442 801 jours entre la création du premier Adam et la naissance du second [75].

La Renaissance, qui renoua avec l'hébreu, préféra le plus souvent – surtout mais pas seulement en pays protestant – le texte hébraïque de l'Ancien Testament à la traduction grecque des Septante (commencée au IIIe siècle avant notre ère). Or la Bible hébraïque place la création du monde en 3760 avant le Christ – date qui est toujours à la base du calendrier juif – alors que la traduction des Septante la situe antérieurement à 5200. Au choix initial portant tantôt sur le texte hébraïque et tantôt sur le grec s'ajoutaient d'autres éléments qui, en se combinant mais aussi en compliquant le problème, conduisaient à des estimations plus raffinées. Entraient en effet en ligne de compte les divisions de l'histoire couramment acceptées à l'époque. L'une attribuée à Élie, segmentait le temps en trois parties : deux mille ans entre la Création et la promulgation de la Loi ; deux mille entre la Loi et le Messie ; deux mille entre celui-ci et la fin du monde. Une autre répartition acceptée par saint Augustin, Isidore de Séville et Bède le Vénérable divisait le temps en six périodes : d'Adam à Noé, puis successivement jusqu'à Abraham, David, la captivité de Babylone, la naissance de Jésus et enfin le Jugement dernier. En outre, en une telle matière, on citait souvent le psaume XC et la deuxième lettre de saint Pierre (3, 8) qui affirment ensemble qu'aux yeux de Dieu « mille ans sont comme un jour ». Enfin la Bible hébraïque situe le Déluge en l'an 1656 de la création, alors que la chronologie des Septante le place en 2242 ou 2262.

Les commentateurs de la Genèse et les nombreux auteurs des XVIe et XVIIe siècles qui s'intéressèrent à la chronologie s'efforcèrent, en tenant compte des divers paramètres qu'on vient d'énumérer, de proposer une date pour le premier jour du monde. C.-A. Patrides, dans l'article que j'utilise ici, dresse une liste de cent sept auteurs du XVIe au XVIIe siècles – liste qui ne se prétend pas complète – ayant proposé un millésime pour l'année de la création de l'univers. Ils offraient le choix aux lecteurs de leur temps entre quarante-trois dates s'échelonnant de 3928 à 4103 av. J.-C [76]. Il peut être intéressant d'extraire de cette liste quelques noms importants en mettant en regard la date pour laquelle ils optaient :

3928	av.	J.-C.	Beroalde, l'hébraïsant John Lightfoot et le calviniste allemand David Pareus.
3947	»	»	l'érudit protestant Joseph-Juste Scaliger, auteur d'un *Opus de emendatione temporum* (1583), qui est un traité de chronologie.
3950	»	»	Girolamo Vecchietti et Friedrich Spanheim, théologien du Palatinat († 1649).
3951	»	»	l'érudit Cornelius a Lapide, de Liège.
3954	»	»	l'historien protestant allemand du XVIe siècle, Sleidan.
3955	»	»	le jésuite espagnol Maldonado (Maldonat en français)
3960	»	»	Hugh Brighton
3963	»	»	le mathématicien et historien protestant allemand du XVIe siècle Carion († 1538), auteur d'une *Chronique* réécrite par Melanchthon..
3967	»	»	le théologien anglais William Perkins.
3974	»	»	Heinrich Bullinger, successeur de Zwingli à Zurich.
3980	»	»	Le théologien réformé français Lambert Daneau.
3983	»	»	l'humaniste français Charles de Bovelles

			(1470-1553?), disciple de Lefèvre d'Étaples, et le théologien jésuite français Denis Pétau († 1652) dont les travaux de chronologie inspireront le *Discours sur l'histoire universelle* de Bossuet.
3984	»	»	Bellarmin [77].
3992	»	»	Kepler
3996	»	»	le médecin et chimiste belge Van Helmont († 1644).
4000	»	»	à la fois Luther, Suarez et le théologien et hébraïsant réformé de Sedan Louis Cappel.
4004	»	»	l'archevêque anglican James Ussher.
4022	»	»	le jésuite espagnol Benedicto Pereira.
4051	»	»	l'humaniste et poète français Jean de Sponde († 1595), passé de la Réforme au catholicisme.

Ce sondage dans la littérature exégétique et eschatologique fait comprendre le principal intérêt que John Napier († 1617), théologien et mathématicien écossais, voyait aux logarithmes dont il fut l'inventeur : faciliter les calculs relatifs au « nombre de la Bête » indiqué dans l'Apocalypse et à la date de la fin du monde [78]. En effet, un lien étroit unissait à l'époque les recherches sur la première semaine de la création et les supputations sur le jour de la fin du monde.

CHAPITRE X

« Dès que l'homme ouvrit les yeux, il se vit heureux »

Dans le *Mistere du Viel Testament* (fin XVe siècle), on voit Dieu prendre la main d'Adam et lui présenter le paradis terrestre. Au premier homme émerveillé le Créateur dit :

Adam, nous te avons apresté
Ce lieu de divine puissance,
Où tu auras felicité
De toute noble esjouissance.
Icy feras ta demourance
En ce beau Paradis terrestre,
Ouquel auras gloire et plaisance
A tous costez, dextre et senestre [1].

Plus loin, après la création d'Ève, Dieu déclare à nos premiers parents :

Vous aurez soubz votre pouvoir
Tous les poissons entierement
Qui font en la mer leur manoir,
Partout universellement;
Puis vous aurez semblablement
Les bestes en vostre obeissance
Qui ont sur terre mouvement
Par nostre divine puissance.
Les oysaulx aurez a plaisance,
Qui sont vollans, francz et agilles,
Et, pour bref, toute la regence
Sur bestes, poissons et reptilles;
Puis, pour substanter votre vye,
Pourrez de tous ces fruictz user,
Excepté de l'arbre de vie [2].

Comme les auteurs de mystères, les commentateurs de la Genèse furent intarissables sur les avantages, dons et privilèges dont jouissaient Adam et Ève au jardin d'Éden. Ils se demandèrent, en outre, dans quelles conditions leurs descendants auraient vécu si le péché originel n'avait pas tout gâché. Le paradis terrestre devint sous leurs plumes un lieu utopique digne des plus mélancoliques regrets et l'occasion d'évoquer un extraordinaire irréel du passé.

La perfection de l'être

Reprenant un questionnaire déjà ancien, Salked et Inveges – ils ne se connaissaient sûrement pas – s'interrogent l'un et l'autre sur l'âge et la stature d'Adam [3]. Le prêtre sicilien refuse d'entrée de jeu les « délires de certains rabbins » affirmant que nos premiers parents avaient été créés enfants et n'avaient appris que plus tard l'interdiction touchant l'arbre de la connaissance. Depuis longtemps on avait adopté en terre chrétienne la position de saint Augustin à ce sujet. Pour l'évêque d'Hippone, Adam n'étant pas né de parents mais ayant été façonné à partir de la terre avait été créé par Dieu dans la perfection de l'âge [4]. A la fin de la Renaissance, les catholiques Bellarmin, Pereira et Suarez adoptent ce point de vue, Bellarmin précisant en outre que nos premiers parents furent créés dans des conditions d'âge et de complexion qui leur permettaient d'engendrer puisque, aussi bien, ils avaient reçu l'ordre de peupler la terre [5]. L'anglican Salked partage la même conviction [6] et, dans le *Paradis perdu* de Milton, Adam et Ève naissent adultes.

Une double tradition chrétienne et païenne conduisait à cette certitude. La Genèse affirme que Dieu créa l'homme à sa ressemblance. Or Dieu, par définition même, ne peut avoir ni commencement ni fin. Il existe de toute éternité dans la plénitude de son être. On peut dire en termes humains qu'il a toujours été adulte. Quant aux Gréco-romains, ils faisaient naître

Athéna-Minerve, toute armée (et donc adulte), du cerveau de son divin père. D'où cette formule de Cicéron reprise par L. B. Alberti au XVe siècle : « Rien n'est à la fois né et parfait. » Pour être parfait, il ne faut pas être passé par le stade de la naissance humaine et de l'enfance. Adam, lui, était parfait parce qu'il était sorti adulte des mains de Dieu [7].

Mais à quel âge était-on adulte au paradis terrestre? Ni saint Augustin ni Bellarmin ne s'étaient aventurés à le préciser. En revanche, Suarez, reprenant une opinion de saint Jérôme [8], suggéra qu'Adam avait été créé à l'âge qui fut celui de Jésus au moment de sa résurrection, donc entre trente et quarante ans et plus précisément aux alentours de trente-quatre ans [9]. Mais n'était-ce pas oublier que, dans l'état d'innocence, les dimensions de la vie n'auraient pas été les mêmes qu'aujourd'hui? Elle aurait été beaucoup plus longue. Pereira suggère donc qu'Adam avait cinquante ans au moment de sa création [10]. Cajetan estime qu'il avait « l'âge du plein usage du libre arbitre [11] », peut-être soixante-dix ans. A quoi Suarez répond avec humeur : pourquoi pas cent ans? Salked, prudent, estime de son côté que « Dieu créa nos premiers parents dans la perfection de leur stature et de leur âge : soit, comme l'affirment plusieurs, entre trente et quarante ans; soit, selon d'autres, aux environs de cinquante ans [12]. »

Mais stature parfaite, qu'est-ce que cela veut dire? Adam et Ève étaient-ils des géants? Mosès Bar Céphas nous apprend que plusieurs auteurs avancèrent cette hypothèse : chassés du paradis terrestre, nos premiers parents auraient traversé la mer; il fallait donc que leur tête émergeât au-dessus de l'eau, voire même atteignît les nuages : « Ce qui, dit-il, est ridicule [13]. » Suarez estime qu'Adam avait la taille correspondant à la perfection de la nature humaine [14]. Inveges cite toutefois certains commentateurs qui lui accordent six pieds (1,95 mètre) : c'était, pensent-ils, la taille du Christ et ce sera la nôtre à la résurrection [15]. Salked sur la question raisonne avec bon sens : il est improbable, assure-t-il, que nos premiers parents aient été des géants. Adam devait être « le plus grand des hommes non en quantité, mais en qualité ; non par la dimension corporelle, mais par la beauté du corps et de l'âme ; non par la taille mais par la dignité, les prérogatives et autres excellences corporelles et spirituelles. Autrement, par rapport à nous, il aurait ressemblé plutôt à un monstre qu'à un homme ». Il devait être doté de « la plus belle stature », et des « meilleures proportions » qu'un homme eût jamais ou doive avoir dans le futur, « notre Sauveur excepté [16] ».

A la perfection d'Adam répondait celle d'Ève, adaptée aux caractéristiques de son sexe. D'où un chapitre consacré dans l'ouvrage d'Inveges à « l'âge, à la stature, à la beauté, à la sainteté et aux privilèges » de la première femme. Une chose est certaine : Ève était aussi belle qu'Adam était beau. Mais comme la femme est nubile avant l'homme, on peut supposer que Dieu la créa avec dix ans de moins que son mari. Si donc l'on reprend les chiffres donnés plus haut pour Adam, Ève aurait eu « cinquante ans selon Cajetan, quarante selon Pereira et vingt-quatre selon Suarez ». Compte tenu de cette différence, il est loisible de penser qu'Ève vécut encore dix ans après la mort d'Adam [17].

Un raisonnement comparable conduit Inveges à calculer la taille de la première femme, en posant comme principe que le corps féminin est plus petit que celui de l'homme. Rejetant l'opinion que nos premiers parents furent des géants, il est raisonnable de se rallier au sentiment de Suarez qui accorde à Ève un pied ou un demi-pied de moins qu'à son mari [18]. Selon toute vraisemblance, elle reçut de Dieu la même taille que la Vierge Marie, tout comme Adam fut doté des mêmes mesures que le Christ.

Ce fut une tradition durable, attestée de saint Irénée [19] à saint Bernard [20], que « le corps d'Ève fut créé à l'image et similitude » de celui de la future mère de Dieu. Un texte décisif fut rédigé à ce sujet par le Byzantin saint Nicéphore († 829), un moment patriarche de Constantinople. Inveges reprend mot à mot la description donnée de Marie par Nicéphore et en déduit l'image que pouvait présenter la première femme : « Ève était de taille moyenne, ou dépassant légèrement la moyenne. Son visage n'était ni rond ni anguleux, mais discrètement allongé avec un teint chaud, des cheveux blonds, des sourcils arqués et plutôt noirs, des yeux pénétrants aux pupilles un peu dorées et presque de la couleur de l'olive (*pupillis sub flavis, et tamquam olee colore*), le nez bien dessiné, des lèvres comme une fleur, émettant de suaves paroles. Ses mains et ses doigts étaient fins. En tout Ève apparaissait digne et sérieuse, à la ressemblance de la future mère de Dieu [21]. »

Ce portrait, qui concilie décence et désir, a, entre autres mérites, celui de nous révéler un idéal de beauté féminine qui fut très largement accepté par les artistes, notamment dans l'Occident des XVe et XVIe siècles. Les proportions accordées à Adam et à Ève sont peut-être à rapprocher, dans une étude globale, des canons proposés dans de savants ouvrages tels que le *De architectura* de Vitruve, le *Della pittura* de L. B. Alberti (1540), le *De divina proportione* de Luca Pacioli (1509), le *De harmonia mundi totius* (1525) de Francesco Giorgi, le *Traité des proportions du corps humain* de Dürer (1528) [22], etc.

Assurément, toutes les représentations d'Adam et Ève n'accordèrent pas au premier vingt ou vingt-cinq centimètres de plus qu'à la seconde. Dans le polyptyque de Hans Memling (vers 1480) conservé à Vienne [23] et dans les célèbres panneaux de Dürer (1507) exposés au Prado et aux Offices de Florence nos premiers parents ont presque la même taille. En revanche, la gravure sur cuivre du même Dürer [24] (1504) montre Adam plus grand que sa compagne. Michel-Ange au plafond de la Sixtine (1508-1512) et Lucas Cranach dans sa représentation du *Péché originel* [25] (1533) (Offices) adoptent le même parti qui fut, en fait, le plus fréquent.

Si, en outre, on observe des peintures, des miniatures et des vitraux, notamment de la Renaissance, consacrés soit à Ève soit à la Vierge Marie, on constate que l'une et l'autre ont, en règle générale, des cheveux blonds ou châtain clair – pour Milton aussi Ève a des « tresses dorées [26] » –, et que les artistes ont respecté des règles rappelées au siècle suivant par Inveges, en accordant à la mère de l'humanité et à celle du Christ des sourcils arqués, un nez bien dessiné, un visage régulier, des lèvres comme une fleur et des mains fines. Les Vierges de Raphaël constituent les meilleurs exemples d'une iconographie qui associait esthétique et religion dans une représentation de la femme idéale. Au XVIIe siècle il était clair pour le recteur Salked et pour la plupart des théologiens qu'Ève avait été créée, elle aussi, à l'image de Dieu, malgré la phrase de saint Paul, « L'homme est l'image et la gloire de Dieu, mais la femme est la gloire de l'homme. » (I Cor., 11, 8). De tous les êtres humains, celui qui a le plus ressemblé à Dieu, c'est évidemment Marie [27].

Au paradis terrestre, avant la péché, Adam et Ève étaient immortels et protégés contre toutes les maladies. Luther explique : « Adam avait été créé tel que, si quelque incommodité naturelle venait à lui échoir, il trouverait le secours [approprié] dans l'arbre de vie, qui lui conserveroit forces et parfaite santé en tous temps [28]. » Si nos premiers parents étaient restés « en l'état d'innocence », leurs enfants « à leur naissance n'eussent pas dépendu si longtemps du lait maternel, mais il se pourrait qu'à l'instar des poussins ils eussent pu se mouvoir sans plus attendre, cherchant eux-mêmes leur nourriture [29] ». « Créé pour une vie immortelle et spirituelle, Adam [sans le péché] y eut été entraîné [sans passer par la mort], après s'être rassasié d'une vie heureuse en Éden et partout sur la terre [30]. » La même conviction est exprimée par John Swan dans son *Speculum mundi* (Cambridge, 1635) : « Si l'homme n'avait pas péché, la mort ne serait pas intervenue pour lui; son corps et son âme auraient été translatés de la terre au ciel, comme l'ont déclaré les anciens Pères [31]. » Si Adam coupable a vécu néanmoins jusqu'à neuf cent cinquante ans, c'est peut-être parce qu'il avait conservé quelque chose de son ancien état.

L'adjectif « immortel » accolé à l'homme d'avant la faute mérite toutefois explication : ce à quoi s'efforce le réformé David

Pareus. Dieu seul, déclare-t-il en substance, peut être dit, à la rigueur des termes, incorruptible et immortel. Les anges le sont aussi, mais par la volonté divine. De même, les « nouveaux cieux » et la « nouvelle terre » le deviendront par ordre du Tout-Puissant. Celui-ci peut donc faire que ce qui est mortel reçoive le don d'immortalité. Adam, lorsqu'il bénéficiait de l'état d'innocence, « n'était pas dans l'incapacité de mourir mais il avait le pouvoir de ne pas mourir », qui serait devenu une impossibilité de mourir au moment du transfert dans le royaume des cieux [32].

Inveges pose en principe, à l'instar de la plupart des théologiens protestants, qu'Adam était à la fois « immortel » et « impassible », c'est-à-dire incapable de souffrir : tel est d'ailleurs l'avis de l'ensemble des spécialistes de l'époque. Suarez assure qu'il s'agit d'un « article de foi ». Mais comment, avec un corps composé d'« humeurs contraires et dissemblables », nos premiers parents auraient-ils pu néanmoins échapper à la mort et ignorer la souffrance? « Ce n'est pas facile à expliquer », reconnaît Inveges qui, finalement, se contente d'exposer les différentes solutions proposées. Adam et Ève auraient-ils été transférés au ciel avant que la maladie ne s'installe dans leur corps? C'est l'opinion de Scot. Auraient-ils reçu de Dieu un « don » qui, infusé dans leur corps, l'aurait préservé de toute dégradation? Saint Augustin, saint Jean Chrysostome et beaucoup d'autres ont opté pour cette solution. Quoi qu'il en soit, nos premiers parents auraient été à la fois mortels et immortels.

Suarez distingue en effet trois « immortalités ». L'une est « naturelle » et appartient aux anges et aux cieux « incorruptibles ». Une seconde est « glorieuse » : ce sera celle des bienheureux. Une troisième est simplement « moyenne » : l'humanité innocente en était dotée, qui n'excluait pas définitivement la corruption des humeurs et la possibilité de mourir, ces deux issues tragiques étant toutefois écartées par l'action bienfaisante des fruits du paradis et notamment de ceux de l'arbre de vie. Ainsi la « mort naturelle » n'avait pas prise sur Adam et Ève.

Quant à la mort violente, elle ne pouvait les atteindre à cause de la protection spéciale de Dieu. Ainsi raisonne Suarez [33].

Il va de soi qu'avant la faute le travail dans le jardin paradisiaque n'était pas pénible. L'homme, certes, y travaillait – car l'oisiveté est un mal – mais c'était pour son plus grand plaisir. Luther affirme à ce sujet : « Si Adam était resté dans l'état d'innocence, il eût cultivé la terre [...] non seulement sans peine mais c'eût été pour lui un jeu et une jouissance sans pareille [...]. Il n'est pas inutile de souligner ici que l'homme n'a pas été créé pour être oisif mais pour travailler : il en était ainsi dans l'état d'innocence. Il faut donc justement condamner l'état d'oisiveté qui est celui des moines et des moniales [34]. »

Luther additionne dans ce passage les deux condamnations de la paresse prononcées respectivement par la théologie morale chrétienne la plus ancienne et par les milieux d'affaires de la Renaissance [35] et il justifie par elles son hostilité à la vie monastique. Mais l'essentiel pour nous ici est l'affirmation que le travail avant le péché originel était une des formes du bonheur. Comment aurait-il pu en être autrement quand la terre, écrit Calvin, n'avait pas été « maudite », ni « réduite en un misérable et hideux état » et qu'elle n'avait pas encore revêtu son actuel « habit de deuil [36] ». « Il n'y avait alors coin de la terre qui fût stérile ; qui plus est, il n'y en avait pas un qui ne fût grandement riche et fécond [37]. »

Le discours protestant sur ce sujet a continué celui de Luther et de Calvin. On lit dans le *Treatise of Paradise* de Salked : « Dieu dans sa bonté plaça Adam au paradis, *ut operaretur et custodiret illum*, pour qu'il puisse le travailler et le garder. Par son travail il pouvait garder le paradis, et celui-ci, grâce au travail de l'homme, pouvait protéger Adam de l'oisiveté et du péché. Car le désœuvrement est la cause ordinaire du péché et le poète a raison de dire que le travail émousse les flèches de Cupidon et les autres dards du démon. » Objectera-t-on que le travail était contraire à l'état béni du paradis qui comportait quiétude, repos et bonheur ? « Je réponds qu'il était une conséquence nécessaire de cet état heureux, vu qu'il n'entraînait ni fatigue ni peine mais constituait plutôt un plaisir, [...] une récréation et une jouissance de la volonté et de l'esprit », la référence donnée ici par Salked étant le *De Genesi ad litteram* (chap. 8) de saint Augustin [38].

L'exaltation du travail, tel qu'on l'imaginait avant la faute, atteint en 1632 sous la plume de l'évêque Joseph Hall – un calviniste modéré persécuté par Laud – une rare puissance pédagogique : « Regardez! Ce qui était le magasin de l'homme [le paradis terrestre] était aussi son atelier. Le travail était son plaisir. Le paradis non seulement comblait ses sens mais encore exerçait ses mains. Si le bonheur avait consisté à ne rien faire, l'homme serait resté inemployé. Mais toutes les délices [qui lui étaient offertes] ne l'auraient pas rendu heureux dans une vie oisive. Aussi a peine créé, le voici mis au travail. Aucune grandeur, aucune perfection ne peut convenir à des bras croisés. L'homme devait travailler parce qu'il était heureux. Combien, nous autres, devons-nous travailler davantage, afin qu'un jour nous soyons heureux [au ciel]. » « Le travail à l'origine était sans nécessité, ni peine ni fatigue. Plus nous nous adonnons avec gaieté à nos occupations, plus nous nous approchons du paradis [39]. » Saisissante et très puritaine apologie de l'activisme tirée paradoxalement de l'évocation du temps paradisiaque!

Milton a repris le thème, à cette nuance près qu'il admet dans le jardin d'Éden la réalité d'une fatigue après le travail, mais qui permettait de mieux apprécier la douceur du repos. Par ailleurs il consonne tout à fait avec Hall dans la condamnation du désœuvrement, un état inconnu de l'homme et de la femme avant le péché :

> Ils s'assirent; après la fatigue
> De leur riant travail de jardinage qui ne faisait
> Que leur rendre plus agréable le frais zéphyr, le repos
> Plus reposant, la soif plus saine et l'appétit
> Plus savoureux, ils mangèrent les fruits de leur souper,
> Fruits doux comme le nectar, que les branches complaisantes

Leur cédaient, tandis que sur le côté ils reposaient inclinés
Sur le mol duvet d'un talus damassé de fleurs [40]...

Plus loin Adam déclare :

... Les autres créatures tout le long du jour
Errent oisives, inemployées, et ont moins besoin de repos;
L'homme a son ouvrage quotidien de corps ou d'esprit
Qui lui est assigné, ce qui déclare sa dignité
Et l'attention que le ciel donne à toutes ses voies.
Les autres animaux, au contraire, rôdent désœuvrés,
Et de leurs actions Dieu ne tient pas compte.
Demain, avant que le frais matin ne raye l'Orient
Des premières approches de la lumière, nous devons être levés
Et occupés à nos agréables travaux [41].

Ainsi, selon Milton, Adam et Ève étaient sur pied avant l'aurore. Pas question de grasse matinée, même au paradis terrestre.

Le discours catholique sur le travail au paradis terrestre ressemble, certes, beaucoup à celui de la Réforme, qui prend son origine, comme lui, dans la Genèse et dans saint Augustin. Il culpabilise, lui aussi, l'oisiveté mais son originalité consiste peut-être dans une insistance particulière sur la haute valeur de l'agriculture. Dans ses *Origines antwerpianae*, le médecin et étymologiste Goropius pose la question : « Si toute la terre [avant le péché] ne servait qu'au bonheur, pourquoi Dieu y plaça-t-il l'homme pour travailler et garder [le paradis terrestre], alors que ces tâches engendrent non le plaisir mais la fatigue et le désagrément? » La réponse est double : d'une part, Aristote a raison d'écrire que tout vrai plaisir est lié à l'exercice de la vertu, laquelle est incompatible avec l'oisiveté; d'autre part, « travailler et garder le jardin, avant le péché de l'homme, entraînait nécessairement avec soi la délectation [42] ».

Sur le mode poétique, le Tasse affirme de son côté dans *Il mondo creato* que Dieu « plaça l'homme comme gardien de ce jardin heureux et doux, afin qu'il le travaillât. Il ne le créa pas pour une vie oiseuse et inutile [43] ». Suarez exprime un sentiment largement partagé par les commentateurs de la Genèse lorsqu'il écrit, en se référant à saint Thomas d'Aquin [44] : « Le travail [au paradis terrestre] ne devait être ni une fatigue ni une punition, mais une occupation facile, un plaisant exercice corporel. [...] En outre, il n'aurait pas été une obligation, pour se procurer la nourriture, ce qu'il est aujourd'hui, mais le moyen de perfectionner, de fertiliser et d'explorer la nature, comme dit saint Thomas, en conduisant des expériences sur les forces de la terre, sur les semences ou sur les plantes [45]. »

Mais, plus précisément, en quoi aurait consisté le travail « agricole » d'Adam au paradis terrestre? Pour saint Augustin et une longue postérité après lui, il s'agissait de semer, de réaliser des boutures, de transporter des arbrisseaux, d'insérer des greffons et, plus généralement, d'effectuer toutes les tâches qu'imposent les cultures [46]. Toutefois Bar Céphas voit les choses autrement : Adam, pense-t-il, n'avait pas à semer ni à tailler, ni à se fatiguer en utilisant de lourds instruments. Son rôle était d'aplanir et de dégager des allées et des sentiers permettant des promenades dans la forêt paradisiaque [47]. Pour Malvenda, le rôle du premier homme au jardin d'Éden était d'orner celui-ci avec le maximum de soin et de veiller à sa beauté, afin que rien ne pût le défigurer [48].

En dépit de ces divergences de détail, tous les commentateurs catholiques d'autrefois ont été persuadés, comme ceux du monde réformé, que l'agriculture paradisiaque n'était « pas pénible » mais « source de délices » – *non laboriosa, sed delitiosa* – expression de saint Augustin cent fois répétée après lui [49]. Et cela étonnait d'autant moins qu'on fut longtemps persuadé avec Cicéron que « rien n'est plus royal que l'étude de l'agriculture ». C'est Pereira qui cite cette phrase du *De senectute* [50].

A la fin de son chapitre sur l'ordre donné à Adam concernant l'« agriculture » du paradis terrestre, Inveges, pour être complet, pose une question inattendue : est-ce que le commandement de Dieu au sujet de la culture du paradis terrestre s'adressait seulement à Adam ou à nos deux premiers parents ensemble? Le prêtre sicilien constate que le texte de Moïse n'est pas clair à cet égard et que les deux interprétations sont possibles. Il ne se prononce donc pas [51].

Poètes et commentateurs de la Genèse ont été inépuisables sur les conditions idylliques de l'âge d'or biblique. Du Bartas invite son lecteur à ne pas s'étonner :

> Si je te dy que toujours d'une face seraine
> Le ciel, embrassant tout, œilladoit ceste plaine,
> Que des rochers cambrez le doux miel distillaient,
> Que le lait nourrissier par les champs ruissellait,
> Que les rues * avoyent mesme odeur que les roses,
> Que tout terroir portoit en tout temps toutes choses,
> Et sous mesmes rameaux cent et cent fruicts divers
> Toujours se brandillaient ni trop meurs ni trop verds,
> Que le plus aigre fruict et l'herbe plus amère
> Egalait en douceur les sucres de Madere,
> Et les myrobolans ** en puissante bonté,
> Nourrissant beaucoup mieux leurs corps pleins de santé...
>
> Là régnait la musique et toujours sur la rive
> Un doux bruit secondait la voix [52].

John Swan, dans son *Speculum mundi*, assure que nous sommes des « pygmées » par rapport aux « cèdres » qu'étaient nos premiers parents avant la faute. Leur corps ignorait la maladie et les infirmités. L'air était « léger et pur ». Les fruits nourrissaient beaucoup plus qu'après le Déluge [53]. Joseph Hall est presque lyrique sur le sujet : le premier homme, déclare-t-il, ne connaissait pas la maladie et n'avait aucun sujet de mécontentement. Aucune affection n'atteignait ses veines, ses artères et ses muscles. Dieu l'avait fait à la fois acteur et spectateur, car il avait la terre pour son usage et le ciel comme objet de contemplation. Tout autour de lui était beauté, force et harmonie. Dans l'univers qui l'entourait, rien qui ne suscitât l'admiration. L'homme alors « n'avait pas besoin d'un sauveur. Sa jouissance de Dieu lui donnait la plénitude du bonheur. La douceur qu'il éprouvait dans la contemplation de la création alors nouvelle et la gloire de son auteur le ravissaient au point de ne lui laisser ni loisir ni cause de plainte. [...] Il avait la perfection de l'être [...] Dès qu'il ouvrit les yeux, il se connut heureux [54]. »

* La rue exhale une odeur très forte. Elle est toxique à forte dose.
** Les myrobolans = fruits des Indes.

Pouvoirs et connaissance d'Adam et Ève

Un des bonheurs dont jouissaient Adam et Ève au paradis terrestre était de dominer totalement la nature et de se faire obéir docilement par tous les animaux. La Genèse (1, 26) fait dire au Créateur : « que [l'homme] soumette les poissons de la mer, les oiseaux du ciel, les bestiaux, toute la terre et toutes les petites bêtes qui remuent sur la terre ». Il en découle « nécessairement, commente Suarez, que les animaux même féroces, que l'on redoute maintenant parce qu'on peut être tué ou blessé par eux, étaient alors doux envers l'homme et lui obéissaient [55] ». Déjà saint Augustin avait affirmé qu'Adam et Ève, avant le péché, ne pouvaient ni avoir peur, ni souffrir, ni mourir. Rien ne pouvait agresser leur corps ou leur âme [56].

Mais comment se réalisait, concrètement, l'obéissance des animaux? On notera au passage de quelle façon les questions sortaient les unes des autres à partir du moment où l'on prenait au pied de la lettre le récit biblique de la Création. Cajetan, avec quelque originalité, assura que la domination de la nature et des animaux constitue un pouvoir donné à l'homme aussi bien après qu'avant le péché, car il lui appartient toujours de domestiquer, capturer et tuer les animaux [57]. Mais saint Augustin avait conjecturé que Dieu dans sa providence avait fait en sorte que les bêtes dangereuses abandonnent leur agressivité face à l'homme, dans l'état d'innocence, s'entend, et ne lui fassent aucun mal [58]. C'est l'opinion qui fut généralement admise. Pour saint Thomas d'Aquin, Dieu s'arrangea pour que les animaux aient peur de l'homme et le respectent comme leur seigneur et maître [59]. Pereira estime, quant à lui, que l'homme d'avant le péché avait suffisamment de perspicacité et de sagesse pour connaître parfaitement la nature et les inclinations des animaux; il savait donc comment se faire obéir d'eux. En outre, si besoin était (*quantum opus erat*), Dieu pouvait par l'action de ses anges reconduire facilement à l'obéissance des animaux qui auraient fait difficulté à obtempérer aux ordres d'Adam [60].

Suarez explique de son côté que les animaux, même aujourd'hui, possèdent une certaine « prudence naturelle » – à preuve les abeilles –, et peuvent même acquérir une réelle familiarité avec les humains, comme on le voit avec les chevaux. Aussi peut-on penser qu'avant le péché Dieu les avait dotés d'une tendance – alors instinctive – à obéir à l'homme et à le respecter. Certes, même dans l'état de péché, nous gardons la possibilité de dominer les animaux. Mais réfléchissons qu'avant le péché Adam et Ève ne mangeaient pas de viande; ils n'avaient pas besoin de laine ou de peaux pour se vêtir, et ils n'avaient nulle besoin de la traction animale. Pourquoi les bêtes auraient-elles eu des desseins agressifs envers nos premiers parents qui ne se seraient servis d'elles que « pour une honnête récréation intellectuelle, ou pour un usage scientifique [*usum scientiae*], ou pour élever [à partir d'elles] leur esprit vers Dieu [61] »?

Il est intéressant de souligner encore une fois, à l'occasion de l'obéissance des animaux, la similitude entre les commentaires catholiques et protestants de la Genèse. Salked est emphatique sur le sujet. « Rien ne révèle mieux, écrit-il, l'excellence de l'homme, spécialement dans l'état d'innocence, que le pouvoir et la domination qu'il avait sur toutes les créatures lesquelles, étant à son service, étaient toujours prêtes à obéir à ses ordres. Le lion n'était pas terrible [comme aujourd'hui], ni l'éléphant redoutable, ni le tigre féroce, ni l'aigle rapace, ni la baleine monstrueuse. Tout était soumis au pouvoir de l'homme comme lui-même était le sujet de son Seigneur et Créateur [62]. » Dans la situation paradisiaque, la logique d'une création non perturbée aurait fait que l'inférieur obéisse naturellement au supérieur. Toute chair aurait craint l'homme qui aurait dominé les bêtes et les oiseaux de proie.

La nomination des animaux par Adam constituait évidemment la preuve de l'autorité que Dieu lui avait concédée sur l'ensemble des bêtes. « L'homme, écrit Joseph Hall, tenait son nom de Dieu; et les animaux reçurent le leur de l'homme [63]. » Les poètes et les artistes, des deux côtés de la barrière confessionnelle, ne manquèrent pas d'évoquer l'âge heureux où hommes et bêtes se côtoyaient en bonne harmonie. Au paradis terrestre, assure le Tasse, « l'homme vivait dans la sécurité et le bonheur, maître et seigneur des animaux que produisent la terre et la mer. Tous étaient contraints de lui obéir. Beaucoup apprenaient, sous son doux pouvoir, à le servir volontiers dans une heureuse paix [64]. » Milton a été encore plus lyrique lorsqu'il a évoqué le beau couple formé par Adam et Ève ajoutant, en s'inspirant d'Isaïe, qu'

> ... autour d'eux folâtraient
> Tous les animaux de la terre, sauvages depuis et que l'on chasse
> Dans les bois ou les déserts, les forêts ou les cavernes.
> Le lion, en jouant, se cabrait, et dans ses pattes
> Berçait le chevreau; ours, tigres, onces, léopards
> Gambadaient devant eux; le lourd éléphant,
> Pour les amuser, employait toute sa puissance et contournait
> Sa trompe flexible [65].

Combien d'artistes au long des siècles ont aimé évoquer cette scène! Adam et Ève ne commandaient pas seulement aux animaux. C'est toute la nature qui leur obéissait. Salked explique que cette obéissance était dans la logique d'une création non encore perturbée par le péché. Sans celui-ci : « Toutes les créatures seraient restées sujettes de l'homme, lui-même n'obéissant qu'à Dieu. Car toutes les créatures inférieures sont soumises à leur supérieur en raison de leur nature, de l'ordre, de la perfection et du décret de Dieu : ce qui est imparfait à ce qui est plus parfait, la matière à la forme, le corporel au spirituel, l'accident à la substance, les éléments aux composés. Ainsi même les cieux, les étoiles et les planètes étaient à l'homme. Lui seul était à Dieu et n'était soumis qu'à lui tant qu'il n'enfreignait pas cette chaîne et cette ordonnance sacrées grâce auxquelles toutes choses étaient réduites en son pouvoir et reliées à Dieu par lui [66]. »

La question des occupations d'Adam et Ève au paradis terrestre s'est démultipliée en une grande variété d'interrogations. On s'est demandé, par exemple, s'ils rendaient un culte à Dieu, célébraient des sacrifices, et chantaient des psaumes. Suarez avoue son incertitude sur ce sujet, « Car, de même qu'on ne peut répondre par l'affirmative en raison de la brièveté du temps passé (au jardin d'Éden), de même il n'existe pas de preuve suffisante pour le nier. L'Écriture n'en parle pas, mais il n'en découle pas que ce ne se soit pas fait [67]. »

Mais si la faute originelle ne s'était pas produite, est-ce que l'humanité non pécheresse aurait eu des temples, des autels et des prêtres ? A la suite de saint Thomas, Suarez incline pour une réponse positive, car la « loi naturelle » commande d'offrir des sacrifices à Dieu. Toutefois, comment aurait-on choisi les prêtres ? Selon toute vraisemblance en les prenant parmi les aînés, car la primogéniture comporte le maximum de dignité. Quels rites auraient observé ces prêtres au cours des cérémonies ? Suarez ne peut répondre, mais il tient pour certain qu'ils auraient sacrifié nus, à la façon des corps « glorieux [68] ».

Revenons à Adam et Ève au paradis terrestre. Qu'ils aient ou non offert des sacrifices à Dieu, il est évident qu'indépendamment de leurs occupations agricoles, ils « vaquaient agréablement à la contemplation divine et méditaient les joies de la patrie céleste » – formule d'Inveges qui rejoint celle de Moses Bar Céphas pour qui nos premiers parents innocents vivaient dans la « familiarité de Dieu [69] ». Celle-ci induisait nécessairement une sagesse et des connaissances qui dépassent de loin les nôtres. Adam et Ève étaient des surdoués par rapport à nous. « Si Adam, écrit Luther, avait persisté dans l'innocence, [...] nous n'eussions pas eu besoin de papier, d'encre, de plume et de cette foule de livres après lesquels nous courons aujourd'hui, sans acquérir la millième partie de cette sagesse qui était celle d'Adam au paradis. [...] Sans le péché, Adam eût transmis cet unique précepte (de Dieu) * à toute sa postérité, suscitant ainsi les théologiens les meilleurs, les juristes les plus savants et les médecins les plus experts [70]. »

* Cet unique précepte était « Tu mangeras de tout arbre du paradis, mais garde-toi de manger de l'arbre de la connaissance du bien et du mal. »

Outre la grâce, la sainteté et la foi que nos premiers parents avaient reçues de Dieu, quelle science de la nature possédaient-ils ? Les théologiens d'autrefois débattirent aussi de cette question sur laquelle Suarez fait le point au début du XVIIe siècle :

> Adam, écrit-il, avait une connaissance naturelle parfaite. [...] Sa science n'embrassait pas tout le ciel, ni tout le pouvoir des étoiles, et elle ne lui faisait pas connaître les futurs contingents qui dépendent du libre arbitre. En revanche, elle lui permettait d'anticiper les futurs contingents résultant du concours de multiples causes naturelles non libres. Il ne connaissait pas tout le passé mais ce qui en est révélé par le présent. En outre, sa science s'étendait à la totalité des espèces effectivement créées : oiseaux, poissons, bêtes sauvages, arbres, herbes, fleurs.

Certes, il n'avait pas de révélation sur tout ce qui était « créable », ni sur les individus composant chaque espèce, ni, contrairement au Christ, sur les pensées secrètes d'autrui. Mais Suarez, fort de l'approbation de saint Augustin et de saint Thomas, affirme « si grande était la science naturelle innée d'Adam et Ève qu'avant le péché ils ne pouvaient ni se tromper ni être trompés : c'est-à-dire prendre le faux pour le vrai et inversement, sinon volontairement. Car l'ignorance et l'erreur constituèrent une punition du péché ». En somme, leur science et leur sagesse dépassaient de loin celles des plus instruits et des plus sages de leurs successeurs, Salomon compris [71].

Salked, du côté protestant, ne voit pas les choses autrement. « C'est, écrit-il, l'opinion commune des Pères et autres théologiens qu'Adam possédait, infusée dans son âme, une très parfaite connaissance de toute la nature (*of all natural objects* [72]). » Pour le prouver, il s'appuie sur le chapitre 17 (3-11) de l'Ecclésiastique où il est dit : « Le Seigneur [...] a donné aux hommes pouvoir sur les choses de la terre. Comme lui-même il les a revêtus de force, il les a faits à son image. Il les a fait redouter de tout être vivant, pour qu'ils soient les maîtres des bêtes sauvages et des oiseaux ». C'est parce qu'Adam, continue Salked, connaissait parfaitement la nature des êtres inférieurs qu'il a été capable de les nommer, en fonction de leurs caractéristiques [73].

Salomon a, certes, été ensuite « le plus sage des hommes ». Le livre de la Sagesse (7, 17-20) met en effet dans sa bouche des affirmations étonnantes : « Le Seigneur m'a donné une connaissance exacte du réel. Il m'a appris la structure de l'univers et l'activité des éléments, le commencement, la fin et le milieu des temps, les alternances des solstices et les changements des saisons, les cycles de l'année et les positions des astres, la nature des animaux et les humeurs des bêtes sauvages, [...] la variété des plantes et les vertus des racines ». Mais ce qui est vrai de Salomon l'était encore plus d'Adam. « Sans aucun doute possible, il fut le plus sage de tous les hommes à l'exception de notre Sauveur, l'auteur de sa sagesse et de toute sagesse [74] », sagesse englobant ici connaissances et prudence.

Nouvelle question, à nos yeux non moins étonnante que les précédentes : comment Dieu communiqua-t-il ses préceptes à Adam et Ève : à intelligible voix ou par une révélation intérieure? saint Augustin se prononça pour la première solution. « J'estime, écrivit-il, [...] que Dieu, au paradis, parla à l'homme comme il parla ensuite [...] à Abraham et à Moïse, c'est-à-dire sous quelque forme corporelle [75] », traduisons : en utilisant le langage. Mais quel langage? Saint Augustin encore, puis, à la fin du XVIe siècle et au début du XVIIe siècle, Pereira et d'autres commentateurs catholiques avec lui répondirent que l'« idiome » qu'entendaient et utilisaient nos premiers parents était l'hébreu, langue primitive de l'humanité et mère de toutes les autres [76].

Du côté protestant, on partagea longtemps la même conviction. L'hébreu, pensait-on, était tout chargé de révélation et le texte de la Bible était logiquement parvenu aux hommes sans la moindre altération [77]. Joseph-Juste Scaliger († 1609) affirme que « la plus vieille de toutes les langues est celle en laquelle furent écrits les livres sacrés [78] ». Plus tard, Jean Buxtorf (II) s'efforce de démontrer que le genre humain, étant sorti d'un seul homme, l'hébreu a été la langue unique parlée par les hommes jusqu'à la confusion de Babel. Il est donc la langue sainte à cause de Dieu son auteur [79].

L'école de Saumur nuance ensuite ce discours trop catégorique. Louis Cappel, dans sa *Critica sacra* (1650), propose une modification du statut particulier conféré à l'hébreu qui reculait sa naissance à l'origine des temps et faisait de lui la source de toutes les langues [80]. Puis Bochart, excellent arabisant, suggère de comparer l'hébreu aux autres langues de l'Orient. En dépit de cette méthodologie novatrice il maintient l'ancien ordre généalogique des langues et les fait toutes dériver de l'hébreu [81]. Il faut attendre la fin du XVIIe siècle et les travaux de Jean Le Clerc, l'éditeur d'Érasme, pour trouver une contestation érudite de la primauté de l'hébreu. Néanmoins, à l'article « Langue » de l'*Encyclopédie*, l'hébreu est toujours considéré comme la langue mère de l'humanité.

Il s'est trouvé des esprits originaux, autant dire marginaux, pour découvrir au paradis terrestre une autre langue que l'hébreu. L'un d'entre eux fut Goropius qui entendit démontrer qu'Adam et Ève parlaient flamand. Son argumentation était celle-ci : Magog, petit-fils de Noé et fils de Japhet, émigra selon la Bible – référence ici à Genèse, 10, 5 – « vers les îles des gentils ». Leibniz, au début du XVIIIe siècle, fera l'éloge de Goropius, « savant médecin » anversois, qui n'a « pas eu trop tort de prétendre que la langue germanique, qu'il appelle cimbrique, a autant et plus de marques de quelque chose de primitif que l'hébraïque même [82] ». Pour Goropius les rives germaniques de la mer du Nord constituèrent le point d'aboutissement de la migration [83] de Magog et des siens. Mais, au XVIIe siècle, des savants suédois, en particulier Georg Stiernhielm († 1672) et Olaus Rudebeck († 1702) assurèrent que cette migration s'était dirigée vers la Suède, y apportant la langue des origines. Adam et Ève parlaient donc suédois.

La question de la langue utilisée au paradis terrestre paraissait à l'époque suffisamment débattue pour qu'un autre Suédois, Andreas Kempe, lui consacrât un ouvrage, rédigé en allemand, *Die schwedische Standarte erhöhet* (1683) : « L'étendard suédois élevé [84] ». On y voit des pasteurs suédois réunis autour d'une table et de chopes de bière et qui discutent du langage parlé au paradis terrestre. L'un d'entre eux propose l'hébreu. Mais le porte-parole de l'auteur explique et prouve que Dieu, au paradis terrestre, parla suédois à nos premiers parents. Ceux-ci, en revanche, utilisaient le danois. Quant au serpent, il s'exprima... en français, « une langue qui mobilise le corps entier, de sorte qu'elle peut tromper même le plus sage ».

On a compris que Kempe a quitté ici le ton sérieux, restant vrai que la question de la langue parlée au paradis terrestre retint l'attention de nombreux esprits distingués, y compris de Richard Simon en 1678 [85].

Mariage et société au paradis terrestre

Luther, évoquant, dans son *Commentaire du livre de la Genèse*, les conditions merveilleuses du paradis terrestre, assure notamment :

> L'homme [alors] devait manger et boire, et les aliments devaient se transformer dans son corps, mais d'une transformation qui n'était pas repoussante comme elle l'est à présent. Cet arbre de vie [nous] eût conservé une jeunesse perpétuelle et l'on n'eût jamais ressenti les incommodités de la vieillesse : le front ne se serait pas ridé, les pieds, les mains et les autres parties du corps ne se fussent ni affaiblis ni fatigués. Le fruit de l'arbre [de vie] eût conservé intact à l'homme le pouvoir d'engendrer et d'accomplir tous ses travaux jusqu'à son passage final de la vie corporelle à la vie spirituelle. [...]
>
> L'homme, ses pieds, ses yeux, ses oreilles ont bien la forme qui leur a été donnée lors de la création, mais ces membres eux-mêmes ont été misérablement corrompus et déparés par le péché. Avant le péché, Adam avait les yeux les plus perçants, l'odorat le plus délicat et le plus subtil; son corps était parfaitement apte à engendrer et lui était entièrement soumis. [...]
>
> [Alors] l'amour d'un sexe pour l'autre eût été sans mélange et pur. L'on eût engendré en toute intégrité, et l'on peut dire que c'eût été par obéissance. Les mères eussent enfanté sans douleur. Et l'on n'eût pas eu tant de tracas et de peine à élever les enfants [...]
>
> Il est certain que l'attrait mutuel de l'homme et de la femme demeure dans la nature, de même que son fruit qui est la procréa-

tion, mais non sans que s'y mêlent les effrayants débordements du désir et les grandes souffrances de l'accouchement. Les époux eux-mêmes éprouvent un sentiment de honte et de confusion quand ils jouissent des rapports usuels licites, tant est partout présent le mal immense du péché originel. La création est bonne, il est vrai, et bonne aussi la bénédiction. Mais la corruption survenue par la faute du péché est telle que les époux n'en peuvent jouir sans gêne [86].

Dans ce texte Luther a résumé de façon saisissante la conception que la chrétienté s'est longtemps faite de la vie paradisiaque au jardin d'Éden et il répond à une question qui a durablement excité la curiosité des théologiens : comment Adam et Ève, s'ils n'avaient pas péché, auraient-ils eu des enfants? Auraient-ils fait l'amour? Et comment l'humanité se serait-elle ensuite multipliée, si la faute originelle n'était pas intervenue?

Très tôt ce questionnaire s'est enrichi d'une interrogation supplémentaire : Adam et Ève, avant le péché, eurent-ils des rapports charnels? Réponse d'Inveges : « Tous les Pères tiennent pour certain qu'Adam et Ève, avant la faute, restèrent vierges. [...] Cette affirmation est commune à saint Jean Chrysostome, à saint Jérôme et à saint Augustin. » « C'est après la perte du paradis, dit Chrysostome, que commença le premier usage de la chose vénérienne. Car, avant la désobéissance, Adam et Ève menaient une vie angélique et on ne parlait pas des plaisirs de Vénus [87]. » Cette référence à la vie angélique mérite d'être soulignée. Car longtemps on a cru dans l'Église que Dieu avait créé l'humanité pour qu'elle occupe au ciel la place laissée vide par les anges rebelles : de sorte que toute une anthropologie désincarnée découla de ce présupposé initial [88].

Toutefois saint Thomas d'Aquin, Pereira et Suarez apportèrent sur la virginité d'Adam et Ève encore innocents des précisions et des nuances intéressantes. Ils distinguèrent l'intégrité virginale (pour Ève), l'absence de désir libidineux, et la volonté délibérée de s'abstenir de la conjonction sexuelle. Selon Suarez nos premiers parents, au jardin d'Éden, avaient la volonté de s'unir charnellement pour obéir à l'ordre du Créateur « croissez et multipliez-vous », mais ils conservèrent « matériellement » leur virginité qu'ils ne perdirent qu'après leur désobéissance [89]. Inveges fait sienne cette distinction et en conclut : « Vraisemblablement Adam et Ève, dans le saint jardin, dormirent en des lieux séparés, comme en des lits à part, sans baisers, sans étreintes, sans paroles amoureuses, ni de jour ni de nuit. » Ce qui est normal puisqu'ils ignoraient l'agitation du désir [90]. A ces arguments l'anglican John Swan ajoute une raison supplémentaire : « On peut admettre, écrit-il, que Adam fauta avant d'avoir connu sa femme. Autrement Caïn aurait été conçu sans péché. [...] Or il est impensable que Caïn ait été conçu sans péché [91]. »

Ce type de raisonnement théologique ne convainquait pas tout le monde. Milton aurait privé son *Paradis perdu* d'un de ses plus beaux passages s'il en avait soustrait les tendres et purs ébats d'Adam et Ève au jardin d'Éden :

> Ainsi passait le couple nu; il n'évitait ni la vue
> De Dieu ni celle des anges, car il ne songeait point au mal;
> Ainsi passait, se tenant par la main, le plus beau couple
> Qui depuis s'unit jamais dans les embrassements de l'amour [...];
> Au bord d'une fontaine limpide
> Ils s'assirent. [...] Ils mangèrent les fruits de leur souper [...].
> Ni les doux propos, ni les tendres sourires
> Ne manquaient à ce festin, ni les jeunes caresses naturelles
> A un beau couple uni par l'heureux lien nuptial
> Et qui était seul [92].

Indépendamment du cas particulier d'Adam et Ève, les commentateurs de la Genèse ne pouvaient éviter la question plus générale : comment, si le péché originel ne s'était pas produit, les hommes et les femmes auraient-ils vécu l'amour et engendré des enfants? L'accord était total sur deux points : dans l'état paradisiaque, la nudité eût été sans honte et l'accouchement sans douleur. Pourtant la peur de la sexualité et l'« anthropologie angélique » d'autrefois conduisirent plusieurs théologiens à des affirmations étonnantes à nos yeux. Saint Jean Chrysostome, saint Grégoire de Nysse, saint Augustin – du moins dans le *Contra Manicheos* car il évolua ensuite –, saint Jean Damascène et autres estimèrent que, dans la situation paradisiaque, la multiplication des hommes ne se serait pas réalisée par la conjonction de l'homme et de la femme mais par création divine, puisque l'humanité aurait alors bénéficié d'un statut angélique. Saint Jean Damascène expliqua : « Ces mots " croissez et multipliez-vous " ne signifiaient pas la propagation [de l'espèce] telle qu'elle s'accomplit par l'étreinte amoureuse. Car Dieu pouvait réaliser cette propagation d'une autre façon [93]. » Déjà saint Augustin avait affirmé dans le *De Religione* que, dans l'état de nature innocente, les êtres humains ne se multipliant pas par la conjonction du mâle et de sa compagne, il n'y aurait eu ni noces, ni consanguinités, ni parentés, toutes ces affinités provenant du péché et non de la nature [94].

Au vrai saint Augustin, au cours de sa carrière, modifia son point de vue et évolua sur cette question. Mais il maintint toujours – et beaucoup de théologiens après lui – une forte culpabilisation de la sexualité telle que nous la vivons depuis le péché originel. Dans la *Cité de Dieu* il écrivit :

> Gardons-nous bien de penser qu'en une si grand abondance de biens et une telle félicité des âmes, la procréation n'aurait pu avoir lieu sans la maladie de la volupté. L'époux aurait fécondé l'épouse sans l'aiguillon d'une séduisante passion, dans la sérénité de l'âme et l'intégrité parfaite du corps. Si l'expérience ne peut nous le montrer, ce n'est pas une raison d'en douter; car ces parties du corps auraient été non pas excitées par une ardeur troublante, mais employées selon les besoins par un pouvoir maître de soi. Ainsi la semence de l'homme aurait pu être communiquée à l'épouse en lui conservant sa virginité, comme à présent le flux menstruel peut se produire sans nulle atteinte à la virginité. Car c'est par la même voie que l'une est introduite et l'autre rejetée [95].

Au XIIe siècle le scolastique Alexandre de Hales renchérit sur saint Augustin (première manière) et assure que, dans l'état d'innocence, le coït et la génération se seraient effectués sans fracture de l'hymen. La copulation se serait réalisée par le seul contact des organes sexuels de l'homme et de la femme, le membre du premier s'approchant de « la porte close de la vulve féminine ». La semence masculine émise à l'extérieur du vase féminin aurait alors été introduite dans la matrice par une action spéciale de Dieu (*speciali Dei providentia* [96]).

Il est toutefois arrivé à saint Augustin de corriger les opinions qu'on vient de rappeler et d'affirmer que l'humanité sans péché se serait multipliée par la génération naturelle [97] : en quoi il fut rejoint par l'immense majorité des théologiens, de saint Thomas à Suarez. Un texte de saint Bonaventure fut souvent cité ensuite sur ce sujet. Il y distingue dans l'acte sexuel :

> [...] l'ouverture du verrou féminin, la passion qui est la rançon du péché et le plaisir honteux. La première est conforme à la nature ; la seconde est un châtiment, le troisième est une corruption vicieuse à mi-chemin entre la punition et la faute. Si l'homme avait connu la femme dans l'état d'innocence, il y aurait eu ouverture de la porte, mais pas la passion-punition ni la délectation indigne. Car alors la force générative n'aurait pas été corrompue ni infectée et les membres (qu'elle met en mouvement) auraient obéi à la raison comme le font, dit saint Augustin, la bouche, les mains et la langue. De même que les mains et la bouche s'ouvrent et se ferment sans qu'interviennent la passion et un plaisir honteux, ainsi en aurait-il été des membres [sexuels]. Alors il n'aurait pas été plus dégoûtant de parler d'eux que des autres. Maintenant en revanche il est honteux de parler de ce qui répugne à la nature. Or cet acte fait rougir en raison de la laideur qui lui est inhérente [98]. »

Cette position de saint Bonaventure, conforme d'ailleurs à celle de saint Thomas, a été ensuite la plus généralement adoptée par la commentateurs de la Genèse, notamment par Suarez. Ils en conclurent en outre que le plaisir sexuel aurait, certes, existé dans l'acte d'amour – saint Thomas pense même qu'il aurait été plus grand qu'après le péché [99] – mais il aurait été totalement maîtrisé. « Les organes sexuels, déclare Suarez, n'auraient pas été excités d'abord par une altération naturelle et involontaire de la chaleur, mais par la raison et la volonté. » La « délectation » aurait donc été « modérée et selon la mesure de la raison [100] ». Tirant les conséquences de ce grand débat, Inveges estime qu'Adam et Ève, au paradis terrestre, si le péché n'avait pas eu lieu, se seraient exprimé leur amour par des « étreintes honnêtes, des baisers et des attouchements pudiques, des mots chargés d'une sainte affection [101] ». En outre, on doit penser que « le coït paradisiaque entre époux n'aurait pas été aussi fréquent qu'il l'est maintenant dans l'état de nature corrompue où il intervient très souvent. Car maintenant cette copulation immodérée est le résultat d'une concupiscence ardente et désordonnée. Alors, au contraire, elle se serait produite dans des moments bien précis (*statuto tempore*), c'est-à-dire pour les nécessités de la reproduction [102] » : affirmation typiquement augustinienne [103].

Il vaut la peine de souligner une nouvelle fois la similitude, sur ce thème aussi, entre les prises de position catholiques et protestantes. Salked, exprimant un sentiment très répandu dans le monde réformé, affirme, comme aurait pu le faire Suarez :

> Aussi longtemps que les puissances supérieures de l'homme auraient obéi à Dieu, aussi longtemps les puissances inférieures auraient obéi à l'homme. Tant que le péché ne déformait pas la volonté, il ne pouvait y avoir de saleté et d'abomination dans les actions naturelles. De même que nos yeux et nos autres sens sont encore soumis à notre volonté, de même les autres puissances inférieures qui, aujourd'hui, se rebellent en nous seraient restées dociles au pouvoir supérieur. Toutes difformités et tous désordres auraient été exclus. La conformité (à la volonté) et l'ordre seraient restés intacts. L'appétit sensitif aurait obéi à la raison, la raison à l'esprit et l'esprit à Dieu. De même qu'aucun désordre dans la nature ne peut procéder de l'auteur de la nature, de même aucun désordre dans les actes naturels ne se serait produit dans le cours normal des choses. Ainsi, dans l'état de nature, il y aurait eu génération humaine comme maintenant : je veux dire quant à la substance de l'acte, mais non dans la manière de jouir et dans la furieuse domination du plaisir [104].

Dans la situation paradisiaque la femme était-elle l'égale de l'homme? Inveges répond d'une phrase : « La sainteté et les dons d'Ève étaient presque les mêmes que ceux d'Adam [105]. » Cependant le premier bénéficiait à la fois de la garde d'un archange, en raison de sa responsabilité « publique » de chef futur de l'humanité, et de celle d'un ange pour sa conduite « privée ». La seconde n'était assistée que d'un ange « privé [106] ». Salked en revanche s'interroge plus longuement sur l'égalité de l'homme et de la femme avant le péché, revenant sur la question à plusieurs reprises. Il est en effet embarrassé par le passage célèbre de la première épître aux Corinthiens (11, 1-16) : « L'homme est l'image et la gloire de Dieu, mais la femme est la gloire de l'homme. Et l'homme n'a pas été créé pour la femme, mais la femme pour l'homme. » Toutefois la Genèse (1, 27) affirme en sens inverse : « Dieu créa l'homme à son image, à l'image de Dieu il le créa; mâle et femelle il les créa. ».

Salked se tire d'affaire en s'aidant de saint Augustin [107] et en distinguant deux sens du mot « image ». Si l'on y inclut seulement les « dons naturels », on conclura que l'homme est la « tête de la femme ». Mais si on considère les « dons surnaturels », tels que l'âme immortelle, la grâce, le libre arbitre, etc., on se persuadera que l'homme et la femme étaient et sont égaux devant Dieu et même que « certaines femmes sont plus ornées que les hommes de ces privilèges et dons surnaturels et par conséquent plus semblables à Dieu » : à preuve la Vierge Marie [108].

Cependant cette réponse ne résout pas entièrement le problème du statut d'Ève par rapport à Adam dans le contexte paradisiaque. La soumission de la femme à l'homme existait-elle avant la faute ou est-elle une conséquence du péché? Voici la réponse de Salked qui exprime l'opinion courante des théologiens de son temps :

> Il existe deux soumissions de la femme à son mari : l'une volontaire, l'autre involontaire; l'une venant de la nature, l'autre du péché; l'une pénible, l'autre agréable; celle-ci fortifiée par la grâce, celle-là contraire à la nature. Et donc l'une n'est en rien contraire à l'état d'innocence, tandis que l'autre est la punition de la faute originelle.
>
> Assurément, si Ève n'avait pas péché ni transgressé le commandement divin en mangeant du fruit défendu, parce qu'elle était un vase plus fragile [que l'homme], sa nature aurait quand même requis la soumission à son mari : soumission, j'entends, volontaire et non contrainte, naturelle et non forcée et donc libre et exempte de ces mouvements de refus qu'aujourd'hui même les meilleures descendantes d'Ève éprouvent à l'égard de leur mari [109].

Cette anthropologie à base théologique permet de situer dans son juste éclairage le passage du *Paradis perdu* où Milton, en se fondant implicitement sur saint Paul et la Genèse (« Il dominera sur toi »), marque fortement la supériorité d'Adam sur Ève, même avant le péché :

> Ces deux créatures
> N'étaient pas égales, de même que leur sexe n'était point pareil;
> Lui formé pour la méditation et le courage,
> Elle pour la tendresse et la douce grâce séduisante;
> Lui pour Dieu seulement, elle pour Dieu en lui.
> Le beau grand front et l'œil levé de l'homme indiquaient
> La puissance absolue; ses cheveux d'hyacinthe,
> Partagés sur le devant d'une manière mâle, pendaient
> En grappes, mais non plus bas que ses larges épaules;
> Elle, comme un voile descendant jusqu'à la taille mince
> Portait ses tresses dorées sans ornement,
> Éparses, mais ondoyant en folâtres anneaux,
> Telle la vigne replie ses vrilles; cela impliquait
> Sujétion, mais demandée avec une douce autorité,
> Accordée par la femme, d'autant mieux reçue par l'homme
> Que mieux accordée avec une douce autorité, une modeste fierté [110].

Bel exemple, à nos yeux, de machisme camouflé derrière l'idéologie et encore renforcé un peu plus loin dans le poème par la réponse d'Ève à son mari qui lui demande de l'aider à élaguer les plantes du jardin béni et à en soigner les fleurs :

> O toi pour qui
> Et de qui j'ai été formée, chair de ta chair,
> Et sans qui je suis sans but, ô mon guide,
> Et mon chef, ce que tu as dit est juste et exact. [...]
> Toi supérieur à tant d'égards, et qui ne peux trouver
> De compagnon semblable à toi-même [111].

Si l'humanité restée innocente avait continué son existence paradisiaque, les enfants n'auraient causé aucun souci et n'auraient éprouvé aucune douleur. Saint Augustin enseigna même que, nés évidemment tout petits « à cause de la contenance de l'utérus », ils auraient été, aussitôt après, portés par Dieu à la perfection de l'âge adulte [112]. Saint Thomas d'Aquin et Suarez corrigèrent à cet égard les affirmations augustiniennes, estimant que les petits d'hommes auraient, comme nous, connu successivement l'enfance, l'adolescence et la jeunesse. Ils auraient eu besoin du lait maternel. Ils auraient grandi jusqu'à l'âge adulte. Mais ensuite les humains auraient échappé à la vieillesse et à la décrépitude. Les cheveux blancs, les rides du visage, le tremblement des membres, la voix rauque et les crachats visqueux leur auraient été épargnés [113].

Inveges, dans la logique de ce discours, ajoute que l'accouchement se serait produit sans douleur et même « avec une certaine récréation de l'âme », que le bébé sorti sanguinolent aurait été aussitôt lavé et nettoyé par l'émission même du liquide maternel, que le nouveau-né n'aurait pas pleuré, vagi ni tremblé. Au contraire, il aurait été heureux, il aurait « ri aux éclats et exulté parce qu'il naissait immortel ». Bien évidemment il n'aurait eu besoin ni de couches ni de langes. On peut, en outre, penser avec Suarez que les mères auraient nourri leur progéniture au sein jusqu'à au moins douze ans [114].

Pour saint Augustin, de même que l'enfant, sitôt après sa naissance, serait devenu un adulte, de même il aurait acquis presque instantanément l'usage de la raison et un vaste lot de connaissances [115]. Mais la plupart des spécialistes se démarquèrent, à cet égard aussi, de l'évêque d'Hippone. Hugues de Saint-Victor, saint Thomas d'Aquin, saint Bonaventure et Suarez, entre autres, estimèrent plutôt que, dans l'état d'innocence, les petits d'hommes n'auraient pas possédé « dès la conception » l'usage de la raison. Ils l'auraient acquis progressivement. Mais ils n'auraient pas éprouvé de « mouvements et d'appétits contraires à la raison ». Quant aux connaissances, elles leur seraient venues progressivement. En revanche ils auraient tous bénéficié, dès le premier instant, d'une « prudence infuse [116] ». Résumons avec Inveges :

> Dans l'état de la nature déchue, le genre humain passe par l'âge du nourrisson, l'enfance et l'adolescence qu'il traverse misérablement dans les larmes, la tristesse, la crainte et les douleurs. Car l'âge du nourrisson est marqué par l'amertume et les vagissements; l'enfance et l'adolescence se passent sous la rigueur de la discipline

> paternelle et la férule des maîtres, et ces trois étapes sont remplies de craintes et de douleurs. Au contraire, dans l'état d'intégrité de la nature, les mères auraient nourri au sein des bébés qui n'auraient ni vagi ni pleuré ; les parents et les maîtres auraient éduqué et instruit des enfants et des adolescents qui auraient ignoré la crainte et la douleur. Toutes les activités auraient toujours été remplies de joie [117].

La « vallée de larmes », négatif du jardin d'Éden : une opposition terme à terme qui fut longtemps une évidence.

Nouvelles interrogations découlant des précédentes : dans la société paradisiaque y aurait-il eu des supérieurs et des inférieurs, des empereurs, des rois et des princes et des gens leur obéissant ? La propriété privée aurait-elle existé ? Pour saint Augustin, dans l'état d'innocence, les cités et les royaumes n'auraient pas eu besoin de rois, d'archontes et de consuls ni d'aucune des dignités qui de nos jours marquent le pouvoir. L'homme n'aurait eu de domination que sur les poissons, les oiseaux et les bêtes sauvages [118]. Mais saint Thomas d'Aquin, Pereira et Suarez se démarquèrent, à cet égard aussi, de l'auteur de la *Cité de Dieu*, leur raisonnement sur ce sujet étant parallèle à celui que nous avons lu sous la plume de Salked, à propos de l'homme et de la femme [119].

Il existe, disent-ils, deux sortes d'autorité. L'une est naturelle, s'accompagnant d'une obéissance libre et joyeuse, l'autre découle du péché et entraîne avec elle la cœrcition. C'est la première qui aurait régi la société paradisiaque dans la paix, la douceur et la liberté à l'aide de lois « directives et non pénales ». Inveges, qui est à nouveau notre guide ici, se demande alors si les gouvernants, sur cette terre bénie, auraient été héréditaires. Sa réponse est qu'ils auraient été élus. L'humanité sans péché aurait certes vécu sous le gouvernement d'une monarchie. Aussi bien Aristote la recommande-t-il et l'Église catholique se trouve-t-elle sous la houlette d'un unique pontife [120]. Mais cette monarchie aurait été élective.

Il faut ici introduire une parenthèse pour rappeler le discours original qui émergea en Espagne au XVe siècle au sujet de la noblesse. Dans son *Nobiliario vero* imprimé en 1492, Fernando de Mexia argumenta ainsi : Dieu avait créé « nobles » nos premiers parents. Mais tandis que Abel garda cette noblesse, Caïn la perdit. Le péché originel nous a conservé le libre arbitre qui nous permet de mériter ou de démériter, autrement dit de nous rapprocher ou de nous éloigner de notre ressemblance au Créateur, le noble par excellence. Ainsi, depuis le commencement du monde, « les mauvais, s'écartant de la noblesse [initiale] [...], devinrent obscurs et sans lignage, se rapprochant toujours plus de la vilainie et obscurité du péché et des mauvaises coutumes et s'adonnant à des vils travaux et à de honteuses manières [121] » : étonnante apologie sociale de la noblesse tirée de la Genèse.

De l'avis commun de saint Augustin, de saint Grégoire le Grand, de saint Thomas d'Aquin, de Pereira et de Suarez, la société paradisiaque n'aurait pas eu besoin de serviteurs. Certes, le statut des serviteurs n'est pas celui de l'esclave, mais il implique tout de même une certaine domination d'un homme sur un autre : il est donc une conséquence du péché [122]. Enfin les chefs de communautés édéniques n'auraient pas vécu dans des palais, n'auraient porté ni couronne ni sceptre, n'auraient pas été entourés d'une cour. Leur train de vie aurait été simple et sans pompe comme celui des supérieurs des ordres religieux. Car tout le décor qui entoure la puissance résulte du péché originel [123].

Mais *quid* de la propriété des biens meubles et immeubles dans la société paradisiaque? Une longue tradition chrétienne, remontant à saint Ambroise et à saint Jean Chrysostome [124], affirma qu'elle ne reconnaissait et n'aurait connu, si elle avait continué, aucune propriété privée de la terre, des animaux et des arbres et que les fruits de la terre auraient été communs. Toutefois, au seuil du XVIIe siècle, Suarez croit nécessaire de nuancer doublement ces affirmations. Il faut, dit-il, distinguer entre biens meubles et immeubles. Dans l'état d'innocence, une certaine division des premiers aurait été nécessaire, car celui qui aurait, par exemple, cueilli les fruits d'un arbre aurait acquis un droit particulier sur eux et on n'aurait pas pu les lui enlever sans injustice. Mais cette propriété privée aurait été valable pour les arbres et les animaux, non pour l'or, les richesses et les vêtements. Aussi bien n'aurait-on pas eu besoin de vêtements. Même au sujet de la propriété immobilière, un correctif s'impose. Car une indivision totale aurait lésé celui qui n'aurait pas pu disposer du champ où il aurait semé ou du terrain où il aurait élu domicile. « Mais ces choses peuvent être tenues presque pour rien et elles ne contredisent absolument pas l'indivision essentielle des biens dans l'état d'innocence [125]. » D'où les rêves communistes de tous ceux qui, au cours des âges, ont tenté de faire renaître le paradis terrestre.

Chapitre XI

La disparition du jardin enchanté

Si nous sautons brusquement de 1667, date de la publication du *Paradis perdu* de Milton, à 1779, l'année où Buffon fait éditer ses *Époques de la nature*, nous mesurons combien le regard et le discours des intellectuels les plus en vue sur le jardin d'Éden et sur les premiers chapitres de la Genèse se sont modifiés. On a remarqué avec raison que, durant le siècle qui suit le chef-d'œuvre de Milton, se produit un effondrement à la fois de la production littéraire et des travaux d'exégèse se rapportant à Adam et Ève et au paradis terrestre [1]. C'est donc surtout pour mémoire, en raison de son caractère tardif (1760), qu'il faut citer l'adaptation française du *Paradis perdu* que réalisa une poétesse de Rouen, Mme Dubocage.

Ce qui caractérise l'époque des Lumières, relativement au thème que nous traitons ici, c'est une remise en cause progressive du contenu et de la véracité « historiques » du début de la Genèse. Des approches diverses, mais finalement convergentes, conduisirent à ce résultat. Mais elles ne firent que lentement leur chemin dans les esprits. Fait révélateur : le *Dictionnaire historique et critique* (1696-1697) de Bayle, qui voulait être non seulement un sottisier des erreurs historiques du temps, mais aussi un travail de critique positive, s'exprime sur Adam et Ève en termes tout à fait traditionnels. On lit à l'article « Adam » :

> Adam, tige et père de tout le genre humain, fut produit, immédiatement de Dieu, le sixième jour de la création. Son corps ayant

été formé de la poudre de la terre, Dieu lui souffla aux narines respiration de vie, c'est-à-dire qu'il l'anima et qu'il en fit ce composé qu'on appelle homme, qui comprend un corps organisé et une âme raisonnable. Le même Dieu qui avait produit Adam le plaça dans un beau jardin et pour le mettre en état d'imposer un nom aux animaux, il les fit venir à lui, puis il fît tomber sur lui un sommeil profond et lui ôta une côte de laquelle il forma la femme. [...] Il y avait dans le jardin un arbre dont Dieu leur avait défendu de manger, à peine de la vie. Cependant la femme, séduite par un serpent, ne laissa pas d'en manger et de persuader Adam d'en manger aussi. Dès lors ils s'aperçurent qu'ils étaient nus, et se firent des feuilles de figuiers cousues ensemble. Dieu vint leur prononcer la peine dont il voulait punir leur crime, les chassa du jardin et leur fit des habits de peau [2]. »

Prudent, Bayle, au long de cet article, veut s'en tenir à « ce que nous savons de certain » sur le sujet. Il rejette donc une « infinité de choses que l'on a dites [d'Adam] et qui sont ou fausses ou très incertaines ». Il considère toutefois comme « probable » qu'il « sortit des mains de son créateur avec les sciences infuses » et qu'il était très beau. A l'article « Abel » il estime en outre que le premier péché eut lieu peu après la bénédiction nuptiale et qu'Ève « fut tentée et séduite aussitôt presque que formée [3] ». Bayle ne met donc pas en cause le caractère « historique » des premiers chapitres de la Genèse.

La même remarque vaut pour *Le Christianisme raisonnable* que Locke publie d'abord anonymement en 1695. L'ouvrage constitue, certes, une contestation de la théologie traditionnelle selon laquelle « toute la postérité d'Adam est condamnée à des supplices éternels et infinis à cause du péché de ce premier homme, dont des milliers d'hommes n'ont jamais ouï parler et qu'aucun d'eux n'a autorisé à agir en son nom, ou à représenter sa personne [4] ». Mais il ne doute pas que « l'état où était Adam dans le paradis terrestre était un état d'immortalité et d'une vie sans fin et qu'il en fut privé le propre jour où il mangea du fruit défendu [5] ». « Le paradis terrestre, écrit encore Locke, était le siège du bonheur aussi bien que de l'immortalité; il n'y avait dans cet heureux séjour ni fatigue ni chagrin à essuyer [6]. »

Quant à l'article « Adam » de l'*Encyclopédie*, le moins qu'on puisse en dire est qu'il se veut circonspect et même conservateur. Il fait, certes, remarquer qu'*Adam* signifie homme en général. Il rejette la création d'Ève à partir de la côte d'Adam, évacue les « fables » sur la beauté et la taille du premier homme, se refuse à fixer l'étendue de sa « science infuse » et à lui attribuer l'invention des lettres hébraïques. Mais pour l'essentiel l'article reprend, en plus bref, celui de Bayle et se révèle conforme à la théologie traditionnelle. Il y est dit :

> On peut voir dans la Genèse, ch. 1, 2, 3 et 4, toute l'histoire d'Adam ; comment il fut formé du limon et placé dans le paradis terrestre, et institué chef et roi de la terre et des animaux créés pour son usage ; et quelle fut sa première innocence et sa justice originelle ; par quelle désobéissance il en déchut et quels châtiments il attira sur lui-même et sur sa postérité. Il faut nécessairement en revenir à ce double état de félicité et de misère, de faiblesse et de grandeur, pour concevoir comment l'homme, même dans l'état présent, est un composé si étrange de vices et de vertus, si vivement porté vers le souverain bien, si souvent entraîné vers le mal et sujet à tant de maux qui paraissent à la raison seule les châtiments d'un crime commis anciennement. Les payens eux-mêmes avoient entrevu les ombres de cette vérité, et elle est la base fondamentale de leur métempsycose, et la clé unique de tout le système du christianisme.

L'article « Paradis terrestre » de l'*Encyclopédie* est donc, lui aussi, tout à fait classique. Il donne comme une certitude qu'Adam et Ève furent placés dans l'Éden après leur création. « Ils y demeurèrent pendant leur état d'innocence et en furent chassés dès qu'ils eurent désobéi à Dieu en mangeant du fruit défendu. » Vient ensuite la discussion des différentes localisations proposées au cours des âges et notamment par Hopkinson, Huet, Bochart et le P. Calmet, le sentiment de l'auteur de l'article étant qu'il était probablement situé en Asie. C'est donc plutôt en dehors des dictionnaires, même rédigés avec des intentions critiques, qu'il faut chercher les cheminements intellectuels qui conduisirent à mettre en doute le jardin d'Éden.

Les questions posées par les fossiles

L'attention croissante portée aux fossiles constitua l'une des voies détournées par lesquelles les esprits se détachèrent peu à peu de l'évocation « historique » du paradis terrestre contenue dans la Genèse. Car dans certains « romans diluviens » inspirés par l'étude des fossiles, et dont nous parlerons bientôt, l'attention fut déportée de la faute originelle et de sa punition immédiate vers le cataclysme du Déluge. D'autre part, une connaissance plus approfondie des fossiles conduisit à donner à la terre une ancienneté qui ne concordait pas avec la chronologie biblique.

Déjà Léonard de Vinci avait mis en doute la théorie assurant que des pierres figurées naissent au sommet des collines sous l'influence des étoiles. Puis Fracastoro, en 1517, vit dans les fossiles des restes d'animaux ayant réellement vécu [7]. Surtout Bernard Palissy, qui avait apporté de sa Saintonge natale et des Ardennes de nombreux fossiles, se persuada que les couches fossilifères résultent d'une sédimentation au fond des eaux. Aussi réfuta-t-il la thèse du mathématicien Cardan pour qui « les médailles de la création » étaient une conséquence du Déluge : une conception qui devait cependant avoir la vie dure [8].

Au XVIIe siècle et surtout au XVIIIe siècle une curiosité croissante dirige l'attention vers les fossiles. En 1669, un savant danois vivant en Italie, Niels Stensen, plus connu sous le nom de Sténon, publie un petit ouvrage, *Prodrome d'une dissertation sur le solide naturellement contenu dans le solide*. Le « solide naturellement contenu dans le solide », c'est le fossile. Sténon est le premier à avoir compris que les couches supérieures avaient dû être déposées après les couches inférieures. Il est donc l'inventeur de la stratigraphie. Mais il essaya d'intégrer la distribution verticale des couches à l'intérieur des inondations diluviennes [9]. En 1708, un savant de Lucerne, Nicolas Lange, publie une *Histoire des fossiles*, riche de cent soixante-trois planches. En 1718, Antoine de Jussieu signale l'intérêt des végétaux fossiles de la région de Saint-Chamond : tous étaient étrangers et parents des plantes des Indes orientales et occidentales. De son côté, Réaumur attire le regard des savants vers les faluns de Touraine, masses énormes de coquilles utilisées comme engrais, et conclut que « la mer a eu autrefois pour lit, et pendant longtemps, les pays les plus habités [10] ». Soulignons au passage la formule « pendant longtemps », en désaccord manifeste avec la notion classique d'un Déluge violent mais bref. En 1729, les *Lettres philosophiques*... du protestant Louis Bourguet, installé à Zurich, insistent sur le fait que l'on trouve partout des fossiles [11].

Quand Voltaire, en 1746, se moque de la croyance des paléontologistes au sujet des fossiles et ne voit en ceux-ci que des poissons rejetés de la table des Romains ou des coquilles ramenées de Syrie par les pèlerins, il est en retard sur la science de son temps [12]. Aussi bien corrigera-t-il cette boutade lorsqu'il publiera en 1764 la première édition de son *Dictionnaire philosophique*. On y lit en effet à l'article « Inondation » : « Les lits, les couches de coquilles qu'on a découvertes à quelques lieues même de la mer, sont une preuve incontestable qu'elle a déposé peu à peu ces productions maritimes sur des terrains qui étaient autrefois les rivages de l'océan [13]. »

L'intérêt accru pour les conséquences possibles du Déluge conduisit à la rédaction de véritables « romans diluviens », dont trois au moins méritent mention. Dans l'ordre chronologique, le premier est celui de Thomas Burnet, *Telluris theoria sacra* (1681) dont Buffon écrivit : « C'est un roman bien écrit et un livre qu'on peut lire pour s'amuser, mais qu'on ne doit pas consulter pour s'instruire [14]. » Selon Burnet, la terre, lisse et plate avant le Déluge, était d'abord constituée d'un chaos de matières fluides recouvertes d'une croûte extérieure. Mais le Déluge, punition méritée de l'humanité pécheresse, la recouvrit tout entière, comme l'affirme la Genèse. Cette catastrophe fut provoquée à la fois par des pluies torrentielles et par la rupture de la croûte superficielle libérant l'eau des abîmes intérieurs. En un instant, la terre s'écroula et tomba par morceaux dans cet abîme : telle fut l'origine des montagnes. L'assèchement ultérieur laissa au sol l'aspect tourmenté et inégal qu'on lui voit aujourd'hui. Ainsi le Déluge constituait pour Burnet un événement majeur et une révolution unique dans l'histoire de la terre [15].

En 1695, un autre géologue anglais, John Woodward, publia à son tour un *Essay Towards a Natural History of the Earth*, traduit ensuite en latin puis en français. Il avait reconnu en Angleterre et ailleurs que le sol est formé de strates superposées dont beaucoup renferment des fossiles, ceux-ci se trouvant aussi bien au sommet des montagnes que dans de profondes carrières. Mais, pour faire cadrer ce constat avec la Genèse, il imagina que l'eau du Déluge aurait entièrement dissous l'écorce terrestre. Cette matière dissoute, pénétrant dans les coquilles, les aurait remplies. Celles-ci auraient alors prêté leurs formes à cette matière qui les pénétrait et leur auraient servi de moules [16]. Buffon reconnut la qualité des observations géologiques de Woodward mais ironisa sur son « système » qui donnait aux eaux du Déluge « tout ensemble la vertu d'un dissolvant universel, et la qualité d'un remède préservatif pour les coquillages, qui seuls n'ont pas été dissous, tandis que les marbres et les roches l'ont été [17] ».

Le plus caractéristique des « romans diluviens » fut toutefois celui de William Whiston, à la fois mathématicien et géologue, successeur de Newton à Cambridge. Il publia en 1696 une *New Theory of the Earth from its Original to the Consumation of All Things*. Le sous-titre mérite d'être reproduit : « [ouvrage] où la création du monde en six jours, le Déluge universel et la conflagration générale tels qu'ils sont exposés dans les Saintes Écritures sont mis en parfait accord avec la raison et la philosophie [18] ». Selon Whiston, le 18 novembre de l'année 2349 avant J.-C., une comète passa à proximité de la terre, laquelle séjourna deux heures dans la queue (faite de vapeur) du météore. D'où des pluies extraordinaires. En outre, sous l'influence de l'attraction exercée par la comète, les liquides contenus dans le grand abîme intérieur de la terre rompirent l'écorce terrestre et se répandirent à la surface du globe.

Les trois « théories » ou « histoires » de la terre qu'on vient de rappeler se présentaient comme des justifications scientifiques de la Genèse et ne mettaient pas en doute – au contraire – la punition de l'humanité pécheresse. Mais elles tendaient (avec des nuances, il est vrai) à prolonger jusqu'au moment du Déluge l'existence des conditions paradisiaques. Burnet, par exemple, expliqua la longévité des antédiluviens par le climat qui régnait alors sur la terre et qui était égal toute l'année : ni froidure ni canicule, mais une « perpétuelle clémence du ciel », comme dans certaines îles encore aujourd'hui [19]. Pour Woodward aussi, il fallut le Déluge « pour détruire et changer l'état où la terre entière se trouvait pour lors et qui, selon les apparences, était disposée d'une manière convenable à l'état d'innocence [20] ». On doit donc penser qu'avant le grand cataclysme « la charrue n'était point d'usage. Elle ne fut inventée qu'après. La terre n'avait pas besoin d'être cultivée, ou du moins fort peu ». A partir de la « précipitation générale », « la quantité de la matière qui sert à la végétation diminua considérablement. Car avant le Déluge il y en avait sur la surface de la terre une très grande quantité, et elle était très pure : ce qui rendait la terre extrêmement fertile [21] ».

Whiston estime de même qu'avant le Déluge la terre était mille fois plus peuplée et fertile qu'elle ne l'est aujourd'hui. Les hommes et les bêtes vivaient dix fois plus longtemps à cause de la forte chaleur issue du noyau central. Avant le Déluge, l'axe des pôles était perpendiculaire au plan de l'écliptique. il n'y avait donc pas de saisons et l'homme antédiluvien, même sous nos latitudes, profitait d'un printemps perpétuel. La terre féconde lui permettait de ne pas manger de viande. Toutefois la chaleur, par ailleurs bénéfique, engendra les passions, les violences et les crimes qu'il fallut punir. Dieu alors lança la comète vengeresse qui provoqua les « cataractes du ciel » dont parle la Genèse [22].

Les « romans diluviens » déplaçaient assurément la grande punition de l'humanité de l'époque d'Adam et Ève à celle du Déluge et, d'autre part, ils insistaient de façon neuve sur les causes secondes. Ils voulaient néanmoins coller, la science aidant, au récit de la Genèse. Buffon au contraire, en 1749, dans sa « Théorie de la terre » opposa au système de Whiston des considérations méthodologiques que Galilée n'aurait pas désavouées :

> Toutes les fois qu'on sera assez téméraire pour vouloir expliquer par des raisons physiques les vérités théologiques, qu'on se permettra d'interpréter, dans des vues purement humaines, le texte divin des livres sacrés, et que l'on voudra raisonner sur les volontés du Très-Haut et sur l'exécution de ses décrets on tombera nécessairement dans les ténèbres et dans le chaos où est tombé l'auteur de ce système qui cependant a été reçu avec grand applaudissement. Il ne doutait ni de la vérité du Déluge, ni de l'authenticité des livres sacrés; mais, comme il en était beaucoup moins occupé que de physique et d'astronomie, il a pris les passages de l'Écriture sainte pour des faits de physique et pour des résultats d'observations astronomiques; et il a si étrangement mêlé la science divine avec nos sciences humaines qu'il en est résulté la chose du monde la plus extraordinaire qui est le système [de Whiston] que nous venons d'exposer [23].

Tout n'est pas de cette veine très moderne dans la « Théorie de la terre » qui constitue le « Second Discours » de l'*Histoire naturelle* de Buffon (1749). Celui-ci, persuadé de l'« unité de temps de la création », se refuse à croire que « les coquillages et les autres animaux habitants des mers, dont on trouve les dépouilles dans l'intérieur de la terre, [aient] existé les premiers, et longtemps avant l'homme et les animaux terrestres. Or, indépendamment du témoignage des livres sacrés, n'a-t-on pas raison de croire que toutes les espèces d'animaux et de végétaux sont à peu près aussi anciennes les unes que les autres [24]? »

En revanche, Buffon, s'opposant aux auteurs de « romans diluviens », minimise le Déluge. Il le voit comme un « miracle » destiné à punir les hommes mais qui « n'a changé en aucune façon la terre », laquelle est restée capable ensuite de « recevoir la culture » et de « produire des vignes et des fruits », contrairement à ce qui se passe quand des inondations charriant des quantités de limon et d'immondices rendent en certains lieux le sol impropre aux cultures pendant plusieurs siècles [25]. « Il ne paraît pas possible que les eaux du Déluge aient pu bouleverser les terres à la surface du globe jusqu'à d'aussi grandes profondeurs [que ne le dit Whiston], dans le peu de temps que dura l'inondation universelle [26] ». Surtout Buffon, insérant le Déluge dans l'histoire générale, n'hésite pas à écrire : « Les changements qui sont arrivés au globe terrestre, depuis deux ou trois mille ans, sont fort peu considérables en comparaison des révolutions qui ont dû se faire dans les premiers temps après la création [27]. » Ainsi le Déluge n'a été qu'un épisode. Il n'a pas modifié fondamentalement l'histoire de la terre. Le récit de la Genèse s'en trouve relativisé : il renvoie à un « miracle ». Buffon emploie à dessein ce terme – qui n'est pas explicable par les lois de la physique.

Mais Voltaire ne manqua pas d'ironiser sur le mot « miracle » :

> Tout est miracle dans l'histoire du Déluge, écrivit-il dans le *Dictionnaire philosophique* : miracle que quarante jours de pluie aient inondé les quatre parties du monde et que l'eau se soit élevée de quinze coudées au-dessus de toutes les plus hautes montagnes ; miracle qu'il y ait eu des cataractes, des portes, des ouvertures dans le ciel ; miracle que tous les animaux se soient rendus dans l'arche de toutes les parties du monde ; miracle que Noé ait trouvé de quoi les nourrir pendant dix mois ; miracle que tous les animaux aient tenu dans l'arche avec leurs provisions ; miracle que la plupart n'y soient pas morts ; miracle qu'ils aient trouvé de quoi se nourrir en sortant de l'arche... [28].

La crédibilité des premiers chapitres de la Genèse comme récit « historique » se trouvait désormais ouvertement mise en cause : le paradis terrestre et le Déluge n'étaient plus hors de contestation. C'est déjà ce qu'avait nettement affirmé Benoît de Maillet, ancien consul de France en Égypte, dans un ouvrage paru en 1749 mais sans doute rédigé au début du siècle : le *Telliamed ou Entretiens d'un philosophe indien avec un missionnaire français.* Dans ce livre au titre étrange, on qualifie d'« opinion insoutenable » la doctrine qui explique la présence des fossiles par le

Déluge. Il faut au contraire « convenir qu'il y a eu un temps où la mer a couvert les plus hautes montagnes de notre globe; qu'elle les a couvertes pendant un assez grand nombre d'années ou de siècles pour pouvoir les pétrir et les former en son sein ». En outre, « il faut renoncer à l'histoire de la création telle que nous la lisons dans la Genèse [29] ». Le mot « jour » n'y est employé qu'« improprement » et « métaphoriquement [30] ».

Écriture sainte et raison

Tout un courant critique, anglais notamment et particulièrement actif dans les années 1640-1660, avait précédé l'ironie décapante de Voltaire au sujet des premiers chapitres de la Genèse. Puis, en 1693, parurent à Londres *The Oracles of Reason* de Charles Blount, un déiste qui voulait démontrer que religion et raison ne sauraient s'opposer. Or l'homme est doté de raison, il a donc le droit et le devoir de s'en servir, même pour interpréter les saintes Écritures. En conséquence, Blount remerciait Burnet d'avoir éclairé la Genèse par des explications scientifiques. C'est encore au nom de la raison que Blount rejetait la doctrine du péché originel : « une pilule » qui ne lui « avait jamais passé le nœud de la gorge ». Car personne, disait-il, ne peut raisonnablement croire que les guerres, les fléaux et les maladies doivent être imputés à Adam sans distinguer entre « péché naturel » et « péché contre la loi ». Le « péché naturel » n'est autre que la faiblesse et l'imperfection de notre nature, et l'infirmité native de l'homme est sa principale calamité naturelle [31].

Parlent dans le même sens au XVIIIe siècle d'autres non-conformistes : David Whitby pour qui la doctrine du péché originel est « excessivement cruelle »; Mathew Tindal qui ridiculise la conversation entre Ève et le serpent, et estime contradictoire avec la nature de Dieu l'énorme punition qui aurait été infligée à nos premiers parents; John Taylor qui ne trouve de fondement au péché originel ni dans l'Écriture ni dans la raison [32].

Parmi les écrits de Conyers Middleton, déiste et violemment antipapiste, mort en 1750, se trouve un *Essay on the Allegorical and Literal Interpretations of the Creation and Fall of Man.* On y lit, entre autres : « Il serait fastidieux de rassembler l'étrange variété des inventions qui ont été imaginées sur le seul article du paradis [terrestre]. Le principal argument contre sa réalité est l'ignorance dans laquelle tous les âges ont été concernant sa situation [33]. » S'il est gardé par un chérubin avec une épée de feu, c'est la preuve qu'il subsiste quelque part. Adam lui-même n'a pas dû s'installer loin de lui. Comment se fait-il que personne n'ait jamais pu dire où il se trouve? Affirmant ensuite que Moïse tenait tout son savoir des Égyptiens, Middleton estime probable que « le récit mosaïque de la faute » découvre des « principes et notions dont Moïse avait été pénétré lorsqu'il était jeune dans les écoles des Égyptiens [34] ».

La mise en cause de la valeur historique de la Genèse se trouve aussi sous la plume de Lord Bolingbroke († 1751), personnage remuant qui eut une carrière politique compliquée et fut un ami de Swift, de Pope et de Voltaire. Dans son essai, *On the Study and Use of History*, il s'efforce de montrer que le ou les auteurs du Pentateuque n'ont pas cherché à écrire une histoire universelle, mais seulement à informer le peuple juif de ses origines et à justifier ses prétentions sur la terre de Canaan [35].

C'est là une reprise laïcisée de la thèse de La Peyrère sur les « préadamites », qu'il faut rappeler d'un mot. Le huguenot Isaac de La Peyrère (1594-1676) avait proposé dans son livre *Praeadamitae...* (1655) une hypothèse audacieuse pour l'époque : Adam n'avait pas été le premier homme mais seulement l'ancêtre du peuple élu. Avant Adam avaient vécu des préadamites. L'ouvrage suscita dès sa parution l'hostilité conjointe des catholiques et des protestants. Son auteur fut arrêté en Belgique sur ordre de l'archevêque de Malines et le livre condamné par le Parlement de Paris. La Peyrère se rétracta et abjura le protestantisme. Dépassant La Peyrère, Bolingbroke ironise donc sur l'histoire et la géographie des premiers âges du monde qu'on fonde sur la Genèse. « La création du premier homme, note-t-il, est décrite par certains [commentateurs] comme si, préadamites eux-mêmes, ils en avaient été témoins. Ils parlent de sa beauté comme s'il l'avaient vue, de sa taille gigantesque comme s'ils l'avaient mesurée, et de sa science prodigieuse comme s'ils avaient conversé avec lui. Ils ont la minute de toute la conversation entre le serpent et la mère du genre humain, qui damna ses enfants avant même de les porter [36]. » La conclusion de Bolingbroke est que les auteurs sacrés et profanes ne nous apportent aucun matériau capable de nous permettre d'établir la chronologie et l'histoire des premiers âges du monde [37].

Six ans après la mort de Bolingbroke, David Hume publie sa *Natural History of Religion* qui prend le contre-pied de la ligne d'évolution habituellement déduite de la Genèse. Opposant les « faits historiques » aux « opinions spéculatives [38] », il abandonne complètement l'idée reçue d'un premier couple en contact intime avec l'unique vrai Dieu dans une terre paradisiaque. Pour lui, « l'animal barbare et nécessiteux [qu'était] l'homme à la première origine de la société [39] » était de toute évidence polythéiste. « Plus nous remontons dans l'Antiquité, plus nous trouvons l'humanité plongée dans le polythéisme. Aucune marque, aucun symptôme d'une religion plus parfaite. Les plus anciens registres de la race humaine nous présentent encore ce système comme la croyance établie et populaire [40]. »

L'abandon de la croyance à une situation paradisiaque primitive sous-tend l'affirmation suivante : « Nous pouvons aussi bien imaginer que les hommes habitèrent des palais avant d'habiter des huttes et des cabanes, ou étudièrent la géométrie avant l'agriculture, que soutenir qu'ils saisirent la Divinité sous la forme d'un pur esprit omniscient, omnipotent et omniprésent, avant de l'appréhender comme un être puissant quoique limité, doué de passions et d'appétits, de membres et d'organes. L'esprit s'élève progressivement de l'inférieur au supérieur [41]. »

Ce raisonnement par l'absurde évacue à la fois le jardin d'Éden et le péché originel. Hume est typiquement un homme des Lumières lorsqu'il écrit encore : « Considérons les progrès de la société humaine, de ses débuts grossiers à un état de plus grande perfection : il me semble que le polythéisme ou l'idolâtrie a été et a dû être nécessairement la première et la plus ancienne religion de l'humanité [42]. »

Naissance de l'évolutionnisme

La nouvelle conception du temps, quand on l'élargissait, conduisait à la fois à renverser la thèse « fixiste » – chère à Linné en plein XVIIIe siècle – d'une création, en six jours, de végétaux et d'animaux totalement distincts, dès le début, les uns des autres et à mettre en relief le long travail de la nature au cours des âges. Les premières affirmations évolutionnistes datent du XVIIIe siècle. Des observations concordantes – certaines effectuées par Linné lui-même – firent connaître des espèces nouvelles, identifièrent des « zoophytes » intermédiaires entre les insectes et les plantes, et amenèrent l'horticulteur Duchesne, placé à la direction du jardin d'essai de Versailles, à écrire en 1766, à propos d'une race inédite de fraisiers : « L'ordre généalogique est le seul que la nature indique, le seul qui satisfasse pleinement l'esprit ; tout autre est arbitraire et vide d'idées [43]. »

On était sur le chemin de la notion neuve de variabilité des espèces, en contradiction évidente avec le schéma créationniste rigide qu'on tira pendant longtemps de la Genèse prise au pied de la lettre. L'idée de continuité dans le travail de la nature pouvait très bien s'intégrer dans une vision spiritualiste et hiérarchisée de l'univers. Leibniz l'avait incorporée à son système de l'harmonie universelle. Mais elle dériva progressivement vers une conception matérialiste, notamment avec La Mettrie, auteur de *L'Homme machine* (1748).

Dans sa *Dissertation* de 1746 où il ironisait sur les fossiles, Voltaire se montrait résolument « fixiste ». « Rien, écrivait-il, de tout ce qui végète et qui est animé n'a changé ; toutes les espèces sont demeurées invariablement les mêmes : il serait bien étrange que la graine de millet conservât éternellement sa nature, et que le globe entier variât la sienne [44]. » Mais, en sens contraire, Fontenelle avait affirmé dès 1722, mettant en cause la notion de compartimentation rigide : « Tout est conduit dans la Nature par degrés en se plaçant à un point de vue méthodologique et par nuances [45]. » Dans ce sillage Buffon écrit, un quart de siècle après : « Plus on augmentera le nombre des divisions des productions naturelles, plus on approchera du vrai, puisqu'il n'existe réellement dans la nature que des individus, et que les genres, les ordres et les classes n'existent que dans notre imagination [46]. ».

De façon concordante, Charles Bonnet n'hésite pas à dépasser la distinction classique entre les trois règnes et, raisonnant sur les « zoophytes », voit en eux « le lien qui unit le règne végétal à l'animal ». Pour lui, on tient là une preuve de la continuité de la nature et de l'« échelle des êtres », laquelle renvoie à la « Sagesse infinie qui a formé et combiné les différentes pièces du monde ». Aussi lui paraît-il certain que « plus [nos connaissances] augmenteront et plus nous découvrirons d'échelons et de degrés [47] ». D'où cette autre affirmation de Bourguet dans la *Contemplation de la nature* : « Il n'est point de sauts dans la nature; tout y est gradué, nuancé; si entre deux êtres quelconques il existait un vide, quelle serait la raison d'un passage à l'autre? [48] ». Bourguet ne soupçonnait pas les mutations.

Peu après la découverte des « zoophytes », un autre naturaliste, Boissier de Sauvages, s'interroge sur l'existence des « lithophytes » qui établiraient le lien entre le règne végétal et le règne minéral. Il en vient à conclure : « Pour peu qu'on étudie la nature, on trouve quelqu'une de ses productions qu'on ne sait auquel des trois règnes rapporter : il y en a où les limites du règne des pierres et de celui des végétaux sont confondues, à certains égards, par différentes nuances qui se perdent pour ainsi dire l'une dans l'autre [49]. »

Cet éclairage nouveau sur la continuité dans le grand œuvre

de la nature conduisit à une réévaluation – en baisse – de la primauté de l'homme parmi les êtres créés. C'est Buffon qui écrivit à ce sujet : « La première vérité qui sort de cet examen de la nature est une vérité humiliante pour l'homme ; c'est qu'il doit se ranger lui-même dans la classe des animaux [50]. » Buffon ne tirait pas une conclusion matérialiste d'un tel constat. Mais La Mettrie et d'autres avec lui ne s'en privèrent pas. En tout cas l'Adam et l'Ève du paradis terrestre disparaissaient de l'horizon.

En 1761, le philosophe Jean-Baptiste Robinet (1735-1820), qui eut des démêlés avec Voltaire, avait remarqué qu'un printemps perpétuel serait monotone et stérile [51]. Quelques années après – en 1768 –, il publia un ouvrage au titre singulièrement moderne, *Considérations philosophiques de la gradation des formes de l'être, ou les Essais de la Nature qui apprend à faire l'homme*. On y lisait : « Dans la suite prodigieusement variée des animaux inférieurs à l'homme je vois la Nature en travail avancer en tâtonnant vers cet être qui couronne son œuvre. [...] La Nature perfectionne sans cesse son ouvrage, ajoutant des facultés à des facultés, des organes à des organes », formant des espèces, « monuments durables de la gradation de sa marche [52] ». Certaines conceptions de Robinet nous semblent aujourd'hui naïves, car selon lui la Nature avait conçu un prototype à partir duquel elle avait cherché à réaliser l'homme par des essais successifs. Elle avait ainsi façonné des pierres en forme de cœur, de rein ou de crâne, puis des lions marins avec deux mamelles sur la poitrine, etc. Sur sa lancée, Robinet vit dans l'orang-outang « une espèce intermédiaire qui remplit le passage du singe à l'homme », d'autant qu'il « ressemble plus à l'homme qu'à aucun autre animal [53] ». Il reste que Robinet est l'un de ceux qui mirent les esprits sur le chemin de l'évolutionnisme.

On assista à l'époque des Lumières et surtout pendant la seconde moitié du siècle à une convergence d'opinions et d'observations qui devaient conduire à une véritable révolution culturelle. Le mathématicien Maupertuis, qui se plaisait aussi à réaliser des expériences d'hybridation, nous apparaît comme l'un des fondateurs de l'évolutionnisme et l'un des précurseurs du mutationnisme contemporain. Il annonçait Charles Darwin lorsqu'il assurait : « Ne pourrait-on pas dire que dans la combinaison fortuite des productions de la Nature, comme il n'y avait que celles où se trouvaient certains rapports de convenance qui puissent subsister, il n'est pas merveilleux que cette convenance se trouve dans toutes les espèces qui existent naturellement? Le hasard, dirait-on, avait produit une multitude innombrable d'individus; un petit nombre se trouvait construit de manière que les parties de l'animal pouvaient satisfaire à ses besoins; dans un autre infiniment plus grand, il n'y avait ni convenance ni ordres : tous ces derniers ont péri. » Ce texte fut édité en 1756 [54].

Un autre précurseur de l'évolutionnisme fut Michel Adamson (1727-1806) dont l'œuvre capitale, les *Familles de plantes*, fut éditée en 1763. Il y affirma en des termes que Lamarck devait reprendre, quarante-quatre ans plus tard presque mot pour mot, à propos des classes, des genres et des espèces : personne n'a pu « prouver qu'il en existe dans la nature », car il y a seulement « des individus qui se suivent, en se fondant pour ainsi dire les uns dans les autres par le moyen des variétés [55] ». Adamson comprit que de nombreuses coquilles fossiles appartenaient à des espèces anciennes disparues de nos jours et avec une acuité remarquable distingua mieux que personne à son époque les variations individuelles que nous appelons somations et les variations héréditaires ou mutations [56].

Autour de 1800, plusieurs voix se font à nouveau entendre qui insistent sur la continuité et l'évolution du monde organisé. Le médecin Cabanis déclare : « Les physiciens semblent être dans ce moment à la veille de déterminer au moins une partie des changements qu'éprouve la matière en passant de l'état inorganisé à celui d'organisation végétale, et de la vie incomplète d'un arbre ou d'une plante à celle des animaux les plus parfaits [57]. » Il formule déjà ce qu'on appellera la thèse des « caractères acquis et affirme que des manières d'être inédites se perpétuent ensuite ou se reproduisent, même en l'absence des causes dont elles dépendent. Lacépède, élève de Buffon et professeur au Museum, traitant de la durée des espèces, conclut : « Il en est de l'espèce, comme du genre, de l'ordre et de la classe ; elle n'est au fond qu'une abstraction de l'esprit. » Puisse l'étude du passé nous révéler « les modifications successives de la matière organisée, vivante, animée et sensible [58] ».

Érasme Darwin, le grand-père de Charles, à la fois botaniste et poète, et par ailleurs déiste et auteur d'hymnes religieux, sans être conduit à l'idée de sélection naturelle, constate « les analogies qui existent dans l'anatomie de tous les animaux à sang chaud » et en vient à penser que tous ces animaux ont dû avoir un point de départ commun de leur organisation [59]. Lamarck enfin, lui aussi élève de Buffon, botaniste devenu zoologiste, insiste à son tour dans son *Discours d'ouverture* au Museum (1800) puis dans son *Système des animaux sans vertèbres* (1810) sur « la graduation nuancée » que révèle l'organisation des êtres vivants, laquelle « fait pressentir la marche qu'a tenue la nature [60] ». Il constate une tendance fondamentale de la matière vivante vers la complexification et le perfectionnement, éclaire le processus de transformations adaptatives, énonce la loi de l'hérédité des caractères acquis.

Comme Érasme Darwin et contrairement à Cabanis, Lamarck est déiste. Il ne voit pas comment expliquer par le hasard l'ordre et la progression inhérents à la vie. Celle-ci révèle une finalité immanente. « Rien, écrit-il, n'existe que par la volonté du sublime Auteur de toutes choses : sa puissance infinie n'a-t-elle pas pu créer un ordre de choses qui donnât successivement l'existence à tout ce que nous voyons [61] ? » Il reste que la conception évolutionniste en train de s'affirmer rompait avec le récit de la Genèse pris au pied de la lettre. Elle abandonnait la notion jusqu'ici reçue d'une création par catégories bien tranchées « oiseaux, grands serpents de mer [...], bestiaux, bestioles, bêtes sauvages selon leur espèce », etc., et reléguait parmi les images d'Épinal la scène touchante au cours de laquelle Adam avait donné « des noms à tous les bestiaux, aux oiseaux du ciel et à toutes les bêtes sauvages ». Une page était tournée dans l'histoire de la civilisation chrétienne.

Quand on se souvient de tous les efforts tentés, aux XVIe et XVIIe siècles, par d'excellents esprits pour calculer au plus près l'âge de la terre et établir sa naissance entre 3928 et 4051 avant Jésus-Christ, on mesure le caractère révolutionnaire de l'évolutionnisme en train de naître et le rôle nouveau attribué à la longue durée dans l'histoire du monde. Lacépède, en 1800, caractérisait bien le nouvel esprit scientifique lorsqu'il invitait à interroger « la nature au nom du temps ». Cette étude du passé, assurait-il, nous révélera « les modifications successives de la matière organisée, vivante, animée et sensible [62] ». Lacépède n'avait pas été pour rien l'élève de Buffon dont il faut rappeler la contribution décisive à la remise en cause de la chronologie tirée de la Genèse.

Se refusant à « mêler une mauvaise physique avec la pureté du livre saint [63] », excluant le Déluge biblique de l'histoire géologique globale de la planète, Buffon, dans son « Second Discours... » publié en 1749, invitait à substituer aux explications catastrophiques l'étude des lentes transformations de la nature. « Des causes, écrivait-il, dont l'effet est rare, violent et subit ne doivent pas nous toucher; elles ne se trouvent pas dans la marche ordinaire de la nature, mais des effets qui arrivent tous les jours, des mouvements qui se succèdent et se renouvellent sans interruption, des opérations constantes et toujours réitérées, ce sont là nos causes et nos raisons [64]. » Pour le sieur de Montbard, l'histoire de la terre était infiniment plus longue que celle de l'humanité : ce qui ruinait, même si ce n'était pas clairement exprimé, l'application de la chronologie biblique à l'histoire de la nature.

> Nous ne pouvons, affirmait-il, juger que très imparfaitement de la succession des révolutions naturelles. [...] Il nous manque de l'expérience et du temps; nous ne faisons pas réflexion que ce temps qui nous manque ne manque point à la nature; nous voulons rapporter à l'instant de notre existence les siècles passés et les âges à

> venir, sans considérer que cet instant, la vie humaine, étendue même, autant qu'elle peut l'être par l'histoire, n'est qu'un point dans la durée, un seul fait dans l'histoire des faits de Dieu [65].

Les trois premiers volumes de l'*Histoire naturelle* connurent le succès et firent l'objet, en 1749-1750, de commentaires élogieux de la part des jésuites dans leur revue mensuelle, les *Mémoires de Trévoux*. En revanche les *Nouvelles ecclésiastiques*, organe semi-clandestin mais régulièrement publié du parti janséniste, firent « connaître le venin » distillé par le « pyrrhonien » Buffon [66]. Celui-ci fut accusé de considérer l'homme comme un animal et de contredire la Genèse. La faculté de théologie se saisit du dossier. D'Argenson pouvait alors écrire : « Le sieur de Buffon [...] a la tête tournée du chagrin que lui donne le succès de son livre. Les dévots sont furieux et veulent le faire brûler par la main du bourreau. Véritablement il contredit la Genèse en tout [67]. »

Pour éviter une condamnation, Buffon accepta de rédiger une mise au point où il affirma croire « très fermement tout ce qui est rapporté (par l'Écriture) sur la création, soit pour l'ordre des temps, soit pour les circonstances des faits » et n'avoir présenté ses théories que « comme une pure supposition philosophique [68] ». Cette rétractation figura à partir de 1753 et pendant près de trente ans dans les éditions ultérieures de l'*Histoire naturelle*. Moyennant ce sauf-conduit, Buffon republia les textes incriminés sans y changer un mot.

En 1749, Buffon avait présumé que le soleil avait été jadis heurté obliquement par une comète et qu'il avait laissé échapper un « torrent » de matière liquide qui s'était lui-même divisé en globes animés d'une rotation rapide [69]. En 1778, dans les *Époques de la nature* [70], il affine sa théorie de la terre et démontre que toute l'histoire géologique de notre planète s'explique par son refroidissement progressif. Dès lors, il ne peut éviter la question de l'âge de la terre qu'il avait esquivée en 1749. Au terme de calculs minutieux il parvient à compter 74 832 ans depuis sa formation jusqu'à sa température actuelle [71]. La vie y serait née 35 983 ans après sa formation.

Jacques Roger, dans sa remarquable biographie de Buffon, a

montré que le sieur de Montbard n'avait pas été satisfait de ces estimations chiffrées et qu'il avait repris ses calculs, essayant différentes hypothèses et parvenant à des évaluations de plus en plus hautes : sept cent mille ou huit cent mille ans, voire davantage [72]. Ce sont les manuscrits des *Époques de la nature* qui portent la trace de ces hésitations. Mais Buffon ne les reporta pas sur le texte imprimé où la terre retrouva un âge d'environ soixante-quinze mille ans. Pourquoi cette timidité, s'interroge Jacques Roger, « soixante-quinze mille ans étaient aussi scandaleux que dix millions [73] »? Apparemment, pour ne pas choquer les habitudes intellectuelles de ses contemporains et ne pas les plonger « dans le sombre abîme du temps ». Le manuscrit édité par Jacques Roger porte notamment ce conseil que Buffon se donna à lui-même : « Quoiqu'il soit très vrai que plus nous étendrons le temps et plus nous nous rapprocherons de la vérité et de la réalité de l'emploi qu'en fait la nature, néanmoins il faut le raccourcir autant qu'il est possible pour se conformer à la puissance limitée de notre intelligence [74]. »

La science donne maintenant à la terre un âge d'environ quatre milliards d'années. Nous sommes évidemment très loin des estimations, même les plus allongées, de Buffon. Il reste qu'il fit sauter un verrou qui bloquait jusque-là l'étude scientifique du passé de notre planète, et ce verrou était constitué par la lecture littérale des premiers chapitres de la Genèse considérée comme un ouvrage « historique ». Comme déjà trente ans plus tôt, Buffon fut en butte en 1779, à la suite de la publication des *Époques de la nature*, aux attaques de certains défenseurs de la religion. Il était certes plus difficile de s'en prendre à lui qu'en 1749. Car il était devenu illustre, avait toujours parlé avec respect du Créateur et n'avait pas participé à l'*Encyclopédie*. Néanmoins des théologiens de la Sorbonne constatèrent que « ses principes généraux sur la manière d'entendre l'Écriture » étaient inacceptables et que ses « différentes époques [...] n'ont aucun rapport avec les différents jours de la création, ni pour l'ordre du temps, ni pour les circonstances des faits [75] ». A nouveau Buffon signa une rétractation qu'il promit de publier en tête de son prochain volume. Cette fois, il ne tint pas sa promesse. Mais la faculté de théologie la publia en 1780 dans une brochure latine consacrée à l'affaire, laquelle s'arrêta là. On n'était plus au temps de Galilée.

Quand il sentit sa mort approcher, Buffon en 1788 tint à recevoir les sacrements de l'Église. Était-ce par simple respect de l'ordre établi? Il est impossible de répondre à cette question. Mais il a probablement exprimé sa conviction la plus profonde lorsqu'il a écrit dans les *Époques de la nature* : « Plus j'ai pénétré dans le sein de la nature, plus j'ai admiré et profondément respecté son Auteur, mais un respect aveugle serait superstition : la vraie religion suppose au contraire un respect éclairé [76]. » Il faut « nous écarter de cette sainte tradition [...] quand la lettre tue, c'est-à-dire quand elle paraît directement opposée à la saine raison et à la vérité des faits de la nature [77] ». L'âge de la terre dont on commençait à mesurer l'étendue tendait à reléguer désormais au rang des légendes une humanité primitive au statut quasi divin placée dans un jardin féerique.

L'« ÉTAT DE NATURE » POUR ROUSSEAU ET KANT

Aussi bien le tableau idyllique de l'« état de nature » proposé par Rousseau nous apparaît-il aujourd'hui comme plutôt en retrait par rapport à la recherche scientifique de son temps dans la mesure où il maintint la croyance à un âge d'or. Son *Discours sur l'origine de l'inégalité*... (1755) ne prétend certes pas retrouver le « roi Adam [78] ». Il dépouille l'« homme naturel » de tous « dons surnaturels » et de toutes « facultés artificielles ». Il le décrit comme un animal « moins fort » que certains animaux et « moins agile » que d'autres, « mais, à tout prendre, organisé le plus avantageusement de tous [...], se rassasiant sous un chêne, se désaltérant au premier ruisseau, trouvant son lit au pied du même arbre qui lui a fourni son repas ». Cette humanité primitive vivait heureuse au milieu d'une nature généreuse :

> La terre abandonnée à sa fertilité naturelle et couverte de forêts immenses que la cognée ne mutila jamais offre à chaque pas des magasins et des retraites aux animaux de toute espèce. Les hommes, dispersés parmi eux, observent, imitent leur industrie et s'élèvent ainsi jusqu'à l'instinct des bêtes; avec cet avantage que chaque espèce n'a que le sien propre, et que l'homme, n'en ayant peut-être aucun qui lui appartienne en propre, se les approprie tous. [...]
> Accoutumés dès l'enfance aux intempéries de l'air et à la rigueur des saisons [...], les hommes se forment un tempérament robuste et presque inaltérable [...].
> Chez les vieillards qui agissent et transpirent peu, le besoin d'aliment diminue avec la faculté d'y pourvoir, et comme la vie sauvage éloigne d'eux la goutte et les rhumatismes, et que la vieillesse est de tous les maux celui que les secours humains peuvent le moins soulager, ils s'éteignent enfin, sans qu'on s'aperçoive qu'ils cessent d'être, et presque sans s'en apercevoir eux-mêmes [79].

Tel était, selon Rousseau, l'état de nature avant qu'un homme ait « besoin du secours d'un autre ». Cette aide demandée à autrui engendra la dépendance, le travail, l'inégalité et la servitude. Toutes les connaissances et tous les progrès accumulés par l'espèce humaine n'ont pu remplacer l'heureuse condition dont elle jouissait dans son « état primitif ». Le bonheur est derrière nous. L'âge d'or a existé mais il disparut quand « les vastes forêts se changèrent en des campagnes riantes qu'il fallut arroser de la sueur des hommes, et dans lesquelles on vit bientôt l'esclavage et la misère germer et croître avec les moissons [80] ».

Autrement profond est le point de vue exposé par Kant, en 1785, dans ses *Conjectures sur le commencement de l'histoire humaine* [81] où le philosophe de Königsberg tente une lecture neuve de la Genèse conciliant la conception traditionnelle du péché originel avec la confiance dans le progrès : en quoi il s'écarte de Rousseau. Kant prend comme point de départ l'homme de taille adulte, vivant en couple dans « un milieu protégé [...], en quelque sorte dans un jardin, sous un climat toujours doux ». Ce qui s'est passé avant lui paraît inconnaissable et il préfère n'en point parler. Cet homme sait déjà se tenir debout, parler et penser. Mais c'est encore un « novice », obéissant comme les animaux à la « voix de Dieu », c'est-à-dire à l'instinct. Toutefois sa raison commence à s'éveiller et à vouloir élargir ses connaissances au-delà des limites de l'instinct. C'est l'éclosion de la concupiscence. La cueillette d'un fruit qui paraissait agréable alors qu'il était nuisible a bien pu constituer la première tentative de « libre choix ». L'homme découvrit, en effet, qu'il avait la possibilité de choisir lui-même son mode de vie. Mais ce fut à ses risques et périls. Car naquirent de cette démarche bientôt répétée l'angoisse et l'inquiétude.

S'ouvrant à une infinité d'objets dans le choix desquels il ne savait encore se repérer, l'homme se rejeta lui-même « hors du sein maternel et de la nature », « hors de l'état d'innocence et de sécurité » de l'enfance : état qui était « comme un jardin qui pourvoyait à ses besoins ». Il fut désormais tiraillé entre « le souhait d'un paradis, création de son imagination [...], où il pourrait passer son existence à rêver et à folâtrer » et les incitations de « l'infatigable raison qui le pousse irrésistiblement à développer les capacités qui sont en lui et qui ne lui permet pas de retomber dans l'état de primitivisme et de simplicité d'où elle l'avait tiré ». La sortie de l'homme du paradis terrestre n'a été « rien d'autre que le passage de l'état de primitivisme d'une création purement animale à celui d'humanité ».

Dès lors, la question de savoir si l'homme a gagné ou perdu à ce changement ne se pose pas. Car la « destination » de notre espèce consiste dans « la progression vers la perfection » rendue possible par l'usage de la raison et « la lutte corps à corps avec l'animalité », étant, certes, vrai que cette lutte s'est accompagnée et s'accompagne de maux et même de vices « qui étaient totalement étrangers à l'état d'ignorance, et par conséquent d'innocence ».

Pour parler en termes bibliques, l'histoire de la nature a commencé par le Bien, car elle est l'œuvre de Dieu. Au contraire, l'histoire de la liberté a commencé par le Mal, car elle est l'œuvre de l'homme. Il y a bien eu chute et punition. Mais personne ne doit rejeter sur Adam ni le « crime originel », ni la responsabilité de ses propres transgressions. Car « chacun d'entre nous, à la place d'Adam, se serait conduit exactement de la même manière dans les mêmes circonstances et aurait inauguré l'usage de la raison en faisant, même contre les indications de la nature, un mauvais usage ». Toutefois – et en ceci Kant s'écarte du pessimisme augustinien qui a longtemps investi le christianisme occidental – l'usage de la liberté, malgré les dérapages individuels, a constitué un « gain » pour l'espèce humaine dont la finalité naturelle est la « perfection ». Aussi bien le cours des affaires humaines « considéré dans son ensemble [...] ne part pas du Bien pour aller vers le Mal, mais se déroule lentement vers le mieux, selon un progrès auquel chacun dans sa partie et dans la mesure de ses forces est lui-même appelé par la nature à contribuer ». Ne regrettons pas le péché originel : il a constitué une *felix culpa* qui était, en outre, nécessaire.

Rejetons donc « la vaine nostalgie de l'âge d'or tant célébré par les poètes, où nous sommes censés être délivrés de tous les besoins imaginaires que suscite en nous le luxe, où nous sommes censés satisfaire les simples besoins de la nature, où doit régner entre les hommes une égalité parfaite, une paix perpétuelle, en un mot, où nous jouissons pleinement d'une vie exempte de soucis, coulée dans la paresse et la rêverie, ou passée à folâtrer parmi les jeux d'enfants ». L'homme ne saurait se maintenir dans cet état primitif, à supposer qu'il puisse y revenir, et en outre il n'est pas disposé à y retourner malgré nos rêveries qui « rendent si attrayants les Robinsons et les voyages dans les îles des Mers du Sud ». La raison et la nature invitent l'humanité à se construire un avenir digne d'elle. Le soleil est devant nous.

Conclusion

Une autre lecture d'un mythe

Au Moyen Age, dans l'Europe chrétienne, la croyance la plus générale relativement au paradis terrestre est qu'il existait encore sur notre terre. Il était, certes, inaccessible, ceinturé de feu, gardé par un chérubin porteur d'une épée, mais il n'avait pas disparu. Sur les cartes on n'hésitait pas à le localiser dans un coin reculé de l'Orient. Des voyageurs tentaient de s'approcher de lui et les découvreurs de la Renaissance crurent avoir touché des territoires qui conservaient quelques aspects, traces et privilèges du merveilleux jardin d'Éden.

Cependant, sous l'impulsion des deux réformes religieuses, on commenta à nouveau frais les premiers livres de la Genèse pour aboutir progressivement à une conclusion décapante : le paradis terrestre avait disparu. Le Déluge l'avait englouti. En revanche, dans sa soif de connaissance, la science du temps, regroupant toutes les informations à sa disposition, chercha à situer le plus précisément possible l'endroit où Dieu avait placé avant la faute le premier couple humain. Elle abandonna la localisation dans l'Orient lointain pour un site plus proche : de préférence la Mésopotamie, quelquefois l'Arménie ou la Terre sainte.

Mais au XVIIIe siècle une nouvelle donnée entra en ligne de compte. L'étude des fossiles prouvait que la terre n'avait pas six mille ans. Bientôt on en inféra que l'histoire humaine était beaucoup plus longue qu'on ne l'avait cru, que l'homme s'était progressivement détaché du monde animal, qu'il ne pouvait pas avoir eu à ses débuts tous les dons « préternaturels » dont les théologiens l'avaient complaisamment doté dans leurs doctes ouvrages. Le « jardin des délices » dès lors s'évanouit. Tout au plus devint-il sous la plume de Rousseau et de Kant la nature sécurisante qui materne les premiers êtres humains encore dociles à leur instinct. On comprit de plus en plus clairement que le paradis terrestre revêtait une signification symbolique, même si la pastorale officielle s'efforça encore longtemps de dissimuler cette évidence derrière une lecture littérale du récit de la Genèse.

Or un lien théologique étroit a noué entre eux le paradis terrestre et le péché originel. Ils ont été solidaires l'un de l'autre. Plus on embellissait le verger sans hiver, plus on accordait à nos premiers parents des dons, des privilèges et des connaissances largement au-dessus des nôtres, et plus on était conduit à majorer les dimensions de la faute première. Alors qu'ils vivaient au milieu d'une nature généreuse et souriante, qu'ils avaient été comblés de bienfaits par Dieu et qu'ils avaient tout pour être heureux, ils avaient librement commis une désobéissance de portée incalculable et montré à l'égard de leur Créateur une ingratitude digne des plus grands châtiments. D'où, comme punition, la souffrance et la mort : à quoi saint Augustin surtout ajouta l'enfer, dont les rédacteurs de la Genèse ignoraient l'existence. Par la faute d'Adam et Ève, l'humanité était devenue une « masse de perdition », tout entière coupable du premier péché. Seul le sacrifice du Sauveur excepterait une minorité d'élus de la damnation méritée par tous. La dramatique théologie de la chrétienté occidentale ne s'explique que par une majoration hyperbolique des beautés du jardin d'Éden et des avantages inouïs concédés par Dieu à nos premiers parents.

Or notre époque doit reconnaître avec Teilhard de Chardin qu'il n'existe « pas le moindre vestige à l'horizon, pas la moindre cicatrice indiquant les ruines d'un âge d'or ou notre amputation d'un monde meilleur [1] ». Et, d'autre part, selon les Évangiles, Jésus a souvent parlé du « péché du monde » mais jamais du « péché originel » auquel, d'ailleurs, le judaïsme ancien n'accorda que peu d'importance, toute son attention et son espérance se portant sur l'« Alliance », confirmée ensuite et élargie à l'humanité entière par le Christ le soir du Jeudi saint.

Surgit alors la question : n'y avait-il pas une autre lecture chrétienne possible des premiers chapitres de la Genèse? Nous savons aujourd'hui que oui. Nos connaissances exégétiques, qui manquaient évidemment à nos devanciers, distinguent désormais deux récits différents des origines à l'intérieur des chapitre 1, 2 et 3 de la Genèse. Le premier (chap. 1 et 2, 4^{a}) parle d'une Création en six jours tandis que le second (chap. 2, 4^{b}, 3, 4) raconte l'histoire d'Adam et Ève. Le récit de la Création en six jours peut être daté dès les Vᵉ et IVᵉ siècles avant J.-C., alors que l'histoire d'Adam et Ève a été rédigée aux IXᵉ-VIᵉ siècles avant notre ère. Ce dernier texte conserve des traces de conceptions très anciennes, sumériennes et assyriennes. L'autre, au contraire, se présente à nous comme un essai d'intelligence de l'univers, composé d'éléments obéissant à un ordre d'apparition. Le péché originel n'y est pas mentionné! D'autre part, les psaumes insistent fréquemment sur les péchés personnels, et dans le deuxième livre des Maccabées (7, 18 et 32) revient à deux reprises la formule : « Nous souffrons à cause de nos propres péchés [2]. » Il n'y est pas question de la faute de nos premiers parents.

Dès avant notre époque, une lecture moins dramatique de l'histoire d'Adam et Ève avait été proposée notamment par saint Théophile d'Antioche et saint Irénée, deux évêques qui écrivirent à la fin du IIᵉ siècle. Certes, l'un et l'autre entendaient de façon « historique » le récit de la Genèse relativement au paradis terrestre et à la faute première. Mais ils n'attribuaient pas à Adam et Ève des dons et des privilèges « préternaturels ». Dieu leur avait seulement donné un « principe de progrès » – expression de Théophile – grâce auquel ils pourraient « se développer et arriver à la perfection [3] ». Surtout, ces deux évêques étaient persuadés que nos premiers parents étaient comme des enfants. Théophile écrivait :

> L'arbre de la science était lui-même bon, et son fruit aussi. Ce n'est pas, comme s'imaginent certains, l'arbre qui contenait la mort, mais la désobéissance. Il n'y avait rien d'autre dans le fruit de la science; et la science, c'est bien, du moment qu'on s'en sert comme il faut. Mais par son âge réel Adam n'était encore qu'un enfant, et c'est pour cela qu'il ne pouvait comme il faut recevoir la science. De nos jours quand naît un enfant, il ne peut encore manger du pain, mais il se nourrit d'abord de lait; par la suite, selon le développement de son âge, il en vient à une nourriture plus solide [4].

Irénée avait-il lu Théophile? En tout cas, il partage avec lui la conviction qu'Adam et Ève étaient comme des enfants. « L'homme [des débuts], écrit-il, était tout petit, car il était enfant et devait, en se développant, arriver à l'état adulte [...]. Il n'avait pas encore un jugement achevé [5]. » Un autre texte encore plus explicite d'Irénée et très proche des formulations de Théophile est celui-ci :

> [Les êtres créés], en tant qu'ils ne sont pas incréés, sont au-dessous de la perfection : car, en tant qu'ils sont nouvellement produits, ils sont de petits enfants, et, en tant qu'ils sont de petits enfants, ils ne sont ni accoutumés ni exercés à la conduite parfaite. De même, en effet, qu'une mère peut donner une nourriture parfaite à son nouveau-né, mais que celui-ci est encore incapable de recevoir une nourriture au-dessus de son âge, ainsi Dieu pouvait, quant à lui, donner dès le commencement la perfection à l'homme, mais l'homme était incapable de la recevoir, car il n'était qu'un petit enfant [6].

Cette affirmation, qui figure dans l'*Adversus haereses* (IV, 38, 1), est complétée un peu plus loin (IV, 40, 3) par une autre déclaration concordante : « L'homme avait accueilli la désobéissance par inadvertance et non par malice [7]. » En termes modernes, on pourrait dire qu'Adam et Ève, selon Théophile et Irénée, se sont trop pressés. Enfants, ils ont voulu connaître une science qui ne pouvait leur devenir accessible que quand ils auraient grandi.

Dans la logique de cette conception, Irénée reporte sur le tentateur la principale responsabilité de la faute première. Aussi bien Dieu a-t-il « retourné contre l'auteur de l'inimitié l'inimitié que celui-ci avait voulu fomenter contre lui [8] ». En revanche, il a eu « pitié de l'homme ». Il n'y a pas trace, on le voit, dans le discours irénéen, de la « masse de perdition » ni d'une condamnation globale à l'enfer qu'aurait méritée l'humanité pécheresse. Théophile et Irénée estiment l'un et l'autre que Dieu a banni les hommes du paradis terrestre pour leur permettre d'expier et a laissé faire la mort pour que le péché « ne fût pas immortel ». Théophile écrit : « Ce fut de la part de Dieu un grand bienfait pour l'homme de ne pas le maintenir pour toujours en état de faute mais, en quelque sorte, de lui infliger une espèce de bannissement en le chassant du paradis : ainsi le châtiment devait permettre à l'homme d'expier son péché dans un temps fixé et, une fois châtié, de recevoir une nouvelle vocation [9]. » Irénée assure plus explicitement encore :

> Voilà pourquoi Dieu chassa [l'homme] du paradis et le transféra loin de l'arbre de vie – non que, par jalousie, il lui refusât cet arbre de vie, comme certains ont l'audace de soutenir. Mais il l'a fait par pitié pour que l'homme ne demeurât pas éternellement transgresseur, pour que le péché dont il se trouvait grevé ne fût pas immortel, pour que le mal ne devînt pas sans fin ni incurable. Il l'arrêta donc dans sa transgression, interposant la mort et faisant cesser le péché, lui assignant un terme par la dissolution de la chair qui se ferait dans la terre, afin que l'homme, cessant quelque jour de « vivre au péché » (Rom., 6, 2) et « mourant à ce péché », commençât de « vivre de Dieu » (Rom., 6, 10 [10]).

Théophile et Irénée ne dirigent pas vers le paradis perdu un regard mélancolique. Ils sont au contraire beaucoup plus sensibles à la dynamique qui doit conduire un jour les hommes de bonne volonté à la « vision de Dieu » qui « procure l'incorruptibilité [11] ». Car l'humanité a reçu depuis la première faute une « nouvelle vocation. « De même, écrit Théophile, que l'homme, en désobéissant, s'était attiré la mort, de même, en obéissant à la volonté de Dieu, il peut se procurer la vie éternelle et, [...] quand viendra la résurrection, recevoir en héritage l'incorruptibilité [12]. »

Pour Irénée, même au moment de la venue du Sauveur et pas seulement à l'époque d'Adam et Ève, l'humanité était encore dans l'enfance : « Aussi, comme à de petits enfants, le Pain parfait du Père se donna-t-il à nous sous forme de lait – ce fut sa venue comme homme – pour que, nourris pour ainsi dire de la mamelle de sa chair et habitués par une telle lactation à manger et à boire le Verbe de Dieu, nous puissions garder en nous-mêmes le pain de l'immortalité, qui est l'Esprit du Père [13]. » Ne cherchons donc pas à brûler les étapes : soyons « d'abord hommes » pour devenir « ensuite Dieu [14] ». « Il fallait que d'abord apparût cette nature, pour qu'ensuite ce qui est mortel fût vaincu et englouti par l'immortalité [15]. » « Comment, répète Irénée, seras-tu dieu, alors que tu n'as pas encore été fait homme? Comment seras-tu parfait, alors que tu viens à peine d'être créé? Comment seras-tu immortel alors que, dans une nature mortelle, tu n'as pas obéi à ton Créateur? Car il te faut d'abord garder ton rang d'homme et ensuite seulement recevoir en partage la gloire de Dieu [16]. »

L'introducteur des *Trois Livres à Autolycus* de Théophile dans l'édition « Sources chrétiennes » invite le lecteur à découvrir dans cet ouvrage un « écho fidèle de la doctrine enseignée et transmise par l'Église aux environs de 180 [17] ». La même remarque peut être appliquée aux écrits de cet autre apologiste chrétien qu'était Irénée, lui aussi évêque. Or ces deux voix concordantes nous éloignent beaucoup de l'anthropologie pessimiste issue de saint Augustin qui se fondait sur l'énorme péché commis par un couple parfait dans un jardin féerique. Assurément Théophile et Irénée ne mettent pas en doute le jardin d'Éden, ni que la souffrance et la mort résultèrent de la désobéissance d'Adam et Ève. Mais ils n'aperçoivent pas au début de l'histoire la colère d'un Dieu qui punit et surtout qui aurait condamné l'humanité à l'enfer, n'eût été la rédemption. Ils relativisent le premier péché, commis par des « enfants ». Ils sont persuadés que l'humanité, même fautive à l'origine, a reçu une « nouvelle vocation » et que, grâce à la venue du Sauveur et à son aide salutaire, elle est en marche vers l'incorruptibilité et la divinisation.

Si j'ai exposé en conclusion de ce livre sur le paradis terrestre le point de vue des deux évêques, c'est parce qu'en Occident le mythe du jardin d'Éden « compris comme un reportage historique [18] » était devenu un dogme d'où découla une image noire de l'homme et de Dieu. Mais, alors qu'il n'existe aucune conciliation possible entre, d'une part, ce que la science nous fait connaître des origines de l'homme et, d'autre part, le paradis terrestre de nos images d'Épinal et le statut accordé à nos premiers parents par la théologie occidentale, on peut en revanche harmoniser le point de vue de Théophile et d'Irénée avec les acquis de la science moderne. Et cela en mettant l'accent sur la trajectoire de l'humanité depuis son enfance jusqu'à nos jours. Cette trajectoire assurément n'a pas été un « sans faute ». Bien au contraire! Mais la science et la seule théologie chrétienne acceptable aujourd'hui concourent, dans le sillage de Théophile et d'Irénée, à ne pas culpabiliser à l'excès l'humanité balbutiante des origines.

Est-ce un mal si la disparition du paradis terrestre entraîne avec elle l'image répulsive d'un Dieu vengeur?

Notes

Ouverture

1. M. Reeves, *The Influence of Prophecy in the Late Middle Ages*, Oxford, Clarendon Press, 1969, p. 504.
2. H. Michaux, *Connaissance par les gouffres*, Paris, Gallimard, rééd. de 1978, p. 9.
3. Th. Zeldin, *Le Bonheur*, Paris, Fayard, 1988, p. 328.

Chapitre premier : L'amalgame des traditions : de Moïse et Homère à saint Thomas d'Aquin.

1. Me contentant ici d'une simple mise en place je renvoie, pour les pistes bibliographiques, à : *Dictionnaire de la Bible*, supplément, t. 6, art. « Paradis », c. 1177-1220 ; *Catholicisme*, t. 10, art. « Paradis », c. 621-632 ; *Encyclopedia of Religion* (M. Éliade dir.), t. 11, art. « Paradise », pp. 184-189.
2. H. Limet, « Dilmun et la mythologie sumérienne des pays lointains », dans Fr. Jouan et B. Deforge, *Peuples et pays mythiques*, Paris, Les Belles Lettres, 1988, pp. 9-21.
3. Les rapprochements étroits établis entre Dilmun et le paradis terrestre de la Bible par S.N. Kramer, *L'histoire commence à Sumer*, trad. fr., Paris, 1957, chap. xix, paraissent aujourd'hui excessifs.
4. Sur cette question, *cf.* deux livres fondamentaux : A.B. Giamatti, *The Earthly Paradise and the Renaissance Epic*, Princeton Univ. Press, 1966, surtout pp. 15-48, et J.E. Duncan, *Milton's Earthly Paradise*, Univ. Minnesota Press, 1972, surtout pp. 19-38. Ces deux ouvrages, eux-mêmes débiteurs de E.-R. Curtius, *European Literature and the Latin Middle Ages*, trad. angl., New York, 1953.
5. Hésiode, *Les Travaux et les jours*, Paris, Les Belles Lettres, 1928, p. 90, v. 111-121.

6. *Ibid.*, v. 170-175.
7. PLATON, *Le Politique*, Paris, Les Belles Lettres, 1935, p. 25 (t. IX des œuvres de Platon dans cette collection). *Cf.* aussi, dans ce tome IX, *Les Lois*, 1951, pp. 61 et 62.
8. VIRGILE, *Quatrième Bucolique*, Paris, Les Belles Lettres, 1942, traduction de E. de Saint-Denis, v. 5-10, 18-46.
9. OVIDE, *Métamorphoses*, Paris, Les Belles Lettres, 1928, pp. 10 et 11, v. 90-112.
10. HOMÈRE, *L'Odyssée*, Paris, Les Belles Lettres, 1924, p. 107 : v. 536-568.
11. PINDARE, t. 1 : *Deuxième Olympique*, Paris, Les Belles Lettres, 1922, pp. 46 et 47, v. 78-84.
12. VIRGILE, *L'Énéide*, Paris, Les Belles Lettres, 1978, 3 vol., t. 2, pp. 67 et 68, livre VI, v. 637-675.
13. HOMÈRE, *L'Odyssée*, p. 187, v. 110-133.
14. HÉSIODE, *Théogonie*, p. 39, v. 215-217.
15. HORACE, *Odes et Épodes*, Paris, Les Belles Lettres, 1927, p. 266, « Sixième Épode », v. 43-62.
16. DIODORE DE SICILE, *Bibliothèque historique*, Londres, W. Heinemann, 1967, 12 vol., II, pp. 65-81.
17. J'adopte ici cette division très utile donnée par A.B. GIAMATTI, *The Earthly Paradise...*, pp. 34-48.
18. *Hymnes homériques*, Paris, Les Belles Lettres, 1936, p. 125.
19. THÉOCRITE, « Septième Idylle », dans *Bucoliques grecs*, Paris, Les Belles Lettres, 1972, I, p. 14 : v. 134-146.
20. JUSTIN, *Cohortatio ad Graecos* : *Patr. Gr.*, t. 6, c. 294.
21. TERTULLIEN, *Apologie*, chap. 47 : *Patr. Lat.*, I, c. 517.
22. CLÉMENT (d'Alexandrie), *Les Stromates*, Paris, Cerf, « Sources chrétiennes », t. 30, 1951, p. 126.
23. *Ibid.*, p. 91.
24. LACTANCE, *Institutions divines*, V, Paris, Cerf, « Sources chrétiennes », t. 204, 1973, p. 153.
25. A.G. GIAMATTI, *The Earthly Paradise...*, p. 30.
26. *Cf.* BASILE DE CÉSARÉE, *Homélies sur l'Hexaemeron*, 2e éd., Paris, Cerf, « Sources chrétiennes », t. 26 bis, 1968 ; M. THIBAUT DE MAISIERES, *Les Poèmes inspirés du début de la Genèse à l'époque de la Renaissance*, Louvain, 1931, pp. 18-39.
27. PSEUDO-BASILE, *Appendix operum s. Basilii magni* : *Patr. Gr.*, t. 30, c. 63-66.
28. ÉPHREM, *Hymnes sur le paradis*, Paris, Cerf, « Sources chrétiennes », t. 137, 19, ici p. 139 (hymne X) et pour ce qui précède notamment pp. 47, 48, 135, 137.
29. *Ibid.*, p. 181.
30. *Minor Latin Poets*, Harvard Univ. Press, 1954 : « De Ave Phœnice »,

pp. 650-665. *Cf.* A.B. GIAMATTI, *The Earthly Paradise...*, pp. 69 et 70; J. DUNCAN, *Milton's Earthly Paradise...*, pp. 60 et 61.

31. *De variis Marcionis haeresibus*, appendices : *Patr. Lat.*, t. 2, c. 1094-1095. A.B. GIAMATTI, *The Earthly Paradise...*, pp. 70 et 71.

32. PRUDENCE, *Cathemerinon* : *Patr. Lat.*, t. 59, c. 803-804, III, v. 101-110 et c. 826-827, II, v. 113-124.

33. C.-M. VICTOR, « *Alethia* », dans *Corpus scriptorum ecclesiasticorum latinorum*, V-XVI, Vienne, 1898, pp. 372-375.

34. SIDOINE APOLLINAIRE, *Panégyrique à Anthémius* : *Patr. Lat.*, t. 58, c. 640.

35. AVITIUS, *Pœmatum de mosaicae historiae gestibus libri quinque* : *Patr. Lat.*, t. 59, c. 327-328. H.R. PATCH, *The Other World According to Descriptions in Medieval Literature*, Cambridge (Mass.), Harvard Univ. Press, 1950, p. 140; A.B. GIAMATTI, *The Earthly Paradise...*, pp. 73 et 74; J. DUNCAN, *Milton's...*, pp. 64 et 65.

36. DRACONTIUS, *Carmen de Deo* : *Patr. Lat.*, t. 60, c. 704 et suiv.

37. *Ibid.*, c. 704.

38. ISIDORE DE SÉVILLE, *Étymologies*, XIV, VI, 8 : *Patr. Lat.*, t. 82, c. 514.

39. *Cf.* A.-B. GIAMATTI, *The Earthly Paradise...*, pp. 79 et 80. A. GRAF, *Miti, leggende e superstizioni del Medio-Evo*, (réimp), Bologne, 1980, I, pp. 209-217.

40. W. RALEIGH, *The Works*, 8 vol., 1829, Oxford, *The History of the World*, t. 2, p. 74.

41. PHILON, *Œuvres*, Paris, Cerf, 1963, t. 10 (36, « De Plantatione ») p. 39. *Cf.* aussi t. 34, « Quaestiones in Genesim », pp. 67-69.

42. *Ibid.*, p. 39, 32.

43. ORIGÈNE, *Traité des principes*, Paris, Cerf, « Sources chrétiennes », t. 268, p. 343.

44. Voir plus haut, p. 23.

45. ÉPHREM, *Hymnes sur le paradis*, pp. 36 et 125.

46. *Ibid.*, p. 146.

47. GRÉGOIRE DE NYSSE, *De Beatitudinibus* : *Patr. Gr.*, t. 44, c. 1212.

48. *Ibid.*, *Traité de la création* : *Patr. Gr.*, t. 44, c. 196-b.

49. THÉOPHILE D'ANTIOCHE, *Ad Autolycum*, II, 24 : *Patr. Gr.*, t. 6, c. 1090.

50. IRÉNÉE, *Adversus haereses*, V, chap. V : *Patr. Gr.*, t. 7, c. 1135.

51. HIPPOLYTE, *Fragmenta in Hexameron* : *Patr. Gr.*, t. 10, c. 583 et c. 586. Cette citation et la précédente dans J. DANIÉLOU, « Terre et paradis chez les Pères de l'Église », dans *Eranos Jahrbuch*, 1953, XXII, p. 443.

52. ÉPIPHANE, *Panarium*, II, I, 36 : *Patr. Gr.*, t. 41, c. 1148-c. Cité dans J. DANIÉLOU, « Terre et paradis », p. 444.

53. THÉODORE DE MOPSUESTE, *Fragmenta alia in Genesim* : *Patr. Gr.*, t. 66, c. 638.

54. JEAN DAMASCÈNE, *La Foi orthodoxe*, Institut orthodoxe français de théologie de Paris, 1966, p. 65.

55. Mosès Bar Céphas, *De Paradiso*: *Patr. Gr.*, t. 111, c. 583-602. *Cf.* C.R. Beasley, *The Dawn of Modern Geography*, Londres, 1887, p. 333. H.R. Patch, *The Other World, op. cit.*, p. 147; J.E. Duncan, *Milton's...*, pp. 50-51.
56. Ambroise, *De Paradiso* : *Patr. Lat.*, t. 14, c. 276.
57. Lactance, *Institutions divines*, II, Paris, Le Cerf, « Sources chrétiennes », 1987, t. 337, p. 175.
58. Augustin, *De Genesi ad litteram*, Paris, Desclée, 1972, Bibl. Augustinienne, t. 49, p. 9.
59. *Ibid.*, p. 17.
60. *Cf.* à ce sujet le livre XIII de la *Cité de Dieu* dans *Œuvres de saint Augustin*, Paris, Desclée, 1959 (xx-xxi), pp. 307 et suiv.
61. *Ibid., De Genesi ad litteram,* pp. 11-35.
62. *Cf.* J. Fontaine, *Isidore de Séville et la culture classique dans l'Espagne wisigothique,* Paris, Études augustiniennes, 1959. *Cf.* aussi *Histoire des saints et de la sainteté chrétienne,* Paris, Livre de Paris, 1986-1987, 10 vol., iv, pp. 194 et 195.
63. Isidore de Séville, *De Ordine creaturarum*, I, chap. x, 7-11 : *Patr. Lat.*, t. 83, c. 939-940.
64. *Cf.* J. Le Goff, *La Civilisation du Moyen Age*, Paris, Arthaud, 1964, p. 577.
65. Raban Maur, *De Universo libri XXII*, l. XII, chap. ii : *Patr. Lat.*, t. 111, c. 334.
66. Honorius d'Autun, *Elucidarium*, l. I, Chap. XVIII : *Patr. Lat.*, 172, c. 1117. *Cf.* aussi, du même, *De Imagine mundi*, l. I, dans *Ibid.*, c. 121-125.
67. Herrade de Lansberg (dite aussi de Hottenbourg), *Hortus deliciarum*, Leiden, Brill, 1979, 2 vol., II, p. 36.
68. Pierre Lombard, *Sentences*: *Patr. Lat.*, t. 192, c. 686.
69. Augustin, *Cité de Dieu*, l. XIII (xxi, p. 311).
70. Thomas d'Aquin, *Somme théologique*, « Les origines de l'homme », I, q. 102, Paris, Desclée, 1963, pp. 270 et 271.
71. *Ibid.*, pp. 273 et 274.
72. *Ibid.*, p. 281.
73. Vincent de Beauvais, *Speculum historiale*, chap. lvi. Éd. consultée : *Speculum majus*, Douai, 1623, t. 4, p. 22.

Chapitre ii : Le paradis comme lieu d'attente

1. A. Dupont-Sommer et M. Philolenko (sous la dir. de), *La Bible. Écrits intertestamentaires*, Paris, Gallimard, 1987, p. lxxix.
2. *Cf.* C. Kappler (sous la dir. de), *Apocalypses et voyages dans l'au-delà*, Paris, Le Cerf, 1987, pp. 187, 202-203.
3. *Cf.* notamment les différents articles du P. Grelot signalés dans la bibl. de l'article « Paradis » du *Dictionnaire de la Bible*, t. 6, c. 1220.

4. *La Bible. Écrits intertestamentaires*, pp. XCIX, 1143-1144 et 1153.

5. *Ibid.*, pp. 1395 et 1396. J. LE GOFF, *La Naissance du purgatoire*, Paris, Gallimard, 1981, pp. 51-53.

6. *La Bible. Écrits intertestamentaires*, pp. 1426-1428.

7. J. LE GOFF, *La Naissance du purgatoire*, pp. 52 et 53.

8. *Patr. Lat.*, t. 14, c. 560. *Cf.* aussi de saint AMBROISE, *In Lucam* : *Patr. Lat.*, t. 15, c. 1653.

9. EUSÈBE DE CÉSARÉE, *Praeparationes evangelicae* : *Patr. Lat.*, t. 21, c. 535.

10. Cité dans Il. DE VUIPPENS, *Le Paradis terrestre au troisième ciel*, Paris, Fribourg, 1925, p. 10.

11. M. R. JAMES, *The Apocryphal New Testament*, Oxford, Clarendon Press, rééd. de 1966, pp. 504-521, notamment pp. 518 et 519. F. AMIOT, *La Bible apocryphe. Évangiles apocryphes*, Paris, Fayard, 1952, pp. 291-294.

12. C. KAPPLER (sous la dir. de), *Apocalypses...*, pp. 237-240.

13. *Ibid.*, pp. 254-258.

14. M. R. JAMES, *The Apocryphal...*, pp. 537-573 F. AMIOT, *Évangiles apocryphes*, p. 306. C. KAPPLER, *Apocalypses...*, p. 258.

15. *Cf.* à ce sujet les développements de J. LE GOFF dans *La Naissance du purgatoire*, pp. 74-77, avec bibliographie.

16. Trad. dans *Dictionnaire d'archéologie chrétienne*, article « Paradis », t. 13, c. 1583-1584. Texte complet de la *Passio sanctarum Perpetuae et Felicitatis* édité par C. van Beek, Nimègue, 1936.

17. TERTULLIEN, *De Anima* : *Patr. Lat.*, t. 2, c. 744. *Cf.* J. DANIÉLOU, « Terre et paradis... », dans *Eranos Jahrbuch*, 1953, XXII, p. 448.

18. *Cf.* Il. de VUIPPENS, *Le Paradis terrestre....*, pp. 20 et 21. *Dictionnaire d'archéologie chrétienne*, t. 13, article « Paradis », c. 1582.

19. *Dictionnaire de la Bible, op. cit.*, t. 6, article, « Paradis », c. 1214.

20. Cette citation et les suivantes faites par Il. de VUIPPENS, « Le Paradis terrestre », pp. 15 et 16 et par le *Dictionnaire d'archéologie chrétienne...*, t. 13, c. 1580. Ici ATHANASE, *Expositio fidei*. 1 : *Patr. Gr.*, t. 25, c. 201 et suiv.

21. GRÉGOIRE DE NYSSE, *Oratio in baptismum Christi*; *Oratio in Christi resurrectionem*, I; *Oratio II* in XL *martyres* : *Patr. Gr.*, t. 46, c. 600, 617, 772.

22. JEAN CHRYSOSTOME, *De Cruce et latrone* : *Patr. Gr.*, t. 49, c. 401.

23. PROCLUS, *Oratio in Parasceve* : *Patr. Gr.*, t. 65, c. 784.

24. JEAN DAMASCÈNE, *Homilia III* : *Patr. Gr.*, t. 96, c. 620.

25. THÉOPHILACTE, *In s. Lucam* : *Patr. Gr.*, t. 123, c. 1104.

26. LÉON LE GRAND, *Sermo LXVI* : *Patr. Gr.*, t. 54, c. 367.

27. *Ibid.*, *Sermo LXXIII* : *Patr. Gr.*, t. 54, c. 396.

28. *Cf. Dictionnaire d'archéologie chrétienne*, t. 13, « Paradis », c. 1593-1601.

29. *Cf.* à ce sujet les considérations de J. DANIÉLOU, « Terre et paradis... », p. 447.

30. BASILE, *Homilia in ps. XXXIII* : *Patr. Gr.*, t. 33, c. 377.

31. AUGUSTIN, *Enarratio in ps. XXXVI* : *Patr. Lat.*, t. 36, c. 361. *Enchiridion*, dans *Œuvres*, Paris, Desclée, 1936 et ss, t. 9, chap. LXIII, p. 213. *De Genesi ad litteram*, t. 49, l. VIII, n. 4 : *Patr. Lat.*, t. 38, c. 638.

32. AUGUSTIN, *Confessions*, dans *Œuvres*, t. 14, p. 81.
33. JÉRÔME, *Epist. 22* : *Patr. Lat.*, t. 22, c. 405. *Contra Joan.* : *Patr. Lat.*, t. 23, c. 381.
34. *Dictionnaire de la Bible, op. cit.*, t. 6, article « Paradis », c. 1219.
35. Comme précédemment, citations indiquées principalement par Il. DE VUIPPENS, *Le Paradis terrestre...*, pp. 21-25.
36. J. D. MANSI, *Sacrorum conciliorum nova et amplissima collectio*, Paris, 1759-1789, 31 vol., I, c. 669 et suiv.
37. IRÉNÉE, *Adversus haereses* : *Patr. Gr.*, t. 7, c. 1135, 1209, 1220-1222.
38. CLÉMENT D'ALEXANDRIE, *Quis dives salvetur ?* : *Patr. Gr.*, t. 9, c. 652.
39. ORIGÈNE, *Traité des principes* : Paris, Cerf « Les sources chrétiennes », t. 252, 1978, p. 409.
40. Voir plus haut p. 28.
41. ORIGÈNE, *Traité des principes*, p. 267.
42. Inscription reproduite et commentée dans le *Dictionnaire d'archéologie chrétienne...*, t. 13, c. 1599-1600.
43. Successivement ATHANASE, *Expositio fidei* ; *De Incarnatione...* ; *Epist. heortast.*, chap. V, n. 3 : *Patr. Gr.*, t. 26, c. 201, 989, 1380. DIDYME, *De Dydimo commentarius* : *Patr. Gr.*, t. 39, c. 180 ; *De Trinitate*, I, 16 : *Patr. Gr.*, t. 39, c. 337. ÉPIPHANE, *Adversus Haereses*, 64, n. 47 et 69 : *Patr. Gr.*, t. 41, c. 1148 et 1192. GRÉGOIRE DE NYSSE, *Oratio II in XL Mart.* ; *Oratio in funere Pulcheriae* ; *Oratio in baptismum Christi* : *Patr. Gr.*, t. 46, c. 772, 869 et 600. JEAN CHRYSOSTOME, *De Cruce et latrone*, hom. I, n. 2 : *Patr. Gr.*, t. 49, c. 401 ; *Sermo VII in Genesim*, n. 5 : *Patr. Gr.*, t. 54, c. 614.
44. *Cf.* GRAFFIN, *Patrologia syriaca*, Paris, 1884, t. 1, p. 402.
45. ÉPHREM, *Hymnes sur le paradis*. Éd. « Sources chrétiennes », pp. 36, 37, 47, 66, 77, 87, 92.
46. THÉODORET DE CYR, *Patr. Gr.*, t. 82, c. 448.
47. CASSIODORE, *De Anima* ; *In ps. CI* ; *In ps. XXIV* : *Patr. Lat.*, t. 70, c. 1301, 713 et 180.
48. ISIDORE DE SÉVILLE, *De Ordine creaturarum* : *Patr. Lat.*, t. 83, c. 927, 928 et 940.
49. BÈDE, *Homilia IV et Homilia XXII* : *Patr. Lat.*, t. 94, c. 30 et 96.
50. *Dictionnaire d'archéologie chrétienne...*, t. 13, c. 1581.
51. J. DANIÉLOU, « Terre et paradis... », p. 448.
52. THOMAS D'AQUIN, *In IVum Sent.*, dist. XLV, qu.1, a.2, éd. Vivès, 1888, p. 790.
53. *Cf. Dictionnaire de théologie catholique*, t. 9, art. « Limbes », c. 760-772.
54. CASSIODORE, *Expositio in ps. XXIV* : *Patr. Lat.*, t. 70, c. 180.
55. Cité dans le *Dictionnaire d'archéologie chrétienne et de liturgie, op. cit.*, art. « défunts », t. 4 (1), c. 444. Sur les liturgies funèbres *cf.* J. NTEDIKA, *L'Évocation de l'au-delà dans la prière pour les morts*, Louvain, Nauwelaerts, 1971, principalement le chap. V, pp. 227 et suiv.
56. *Patr. Gr.*, t. 5, c. 976. Ces citations et les suivantes reproduites dans Il. DE VUIPPENS, *Le Paradis terrestre...*, pp. 26-28, le *Dictionnaire*

d'archéologie chrétienne..., art. « Paradis », t. 13, c. 1582-1583, et le *Dictionnaire de théologie catholique*, art. « ciel », t. 2, c. 2500-2503.

57. *Patr. Gr.*, t. 2, c. 613.

58. E. RENAUDOT, *Liturgiarum orientalium collectio*, Paris, 1715 : I, p. 18.

59. *Ibid.*, II, p. 249.

60. *Sacramentaire de Gelase*, prière n° 91 : *Patr. Lat.*, t. 74, c. 1232-1233.

61. *Sacram. Greg. magni* : *Patr. Lat.*, t. 78, c. 28.

62. *Lit. gallic.* : *Patr. Lat.*, t. 72, c. 539 et 568 ; *cf.* MABILLON, *Musaeum italicum*, Paris, 1687, t. I, pp. 280 et 281.

63. *Patr. Lat.*, t. 86, c. 982. *Cf.* dom FÉROTIN, « Le *Liber ordinum* en usage dans les Églises wizigothique et mozarabe d'Espagne du Ve au Xe s. », dans *Monumenta Ecclesiae liturgicae* de Dom CABROL et Dom LECLERQ, t. 5, *Liturgia mozarabica vetus*, Paris, 1904, c. 111.

64. P. ARIÈS, *L'Homme devant la mort*, Paris, Seuil, 1977, p. 33 et J. LE GOFF, *La Naissance*..., p. 72.

65. *Ibid.*, pp. 31 et 32. *Cf.* J. BONNET, *Artémis d'Éphèse et la légende des Sept Dormants*, Paris, Geuthner, 1977.

66. J. DE VORAGINE, *La Légende dorée*, trad. de J.-B. Rose, Paris, Garnier-Flammarion, 1967, t. II, pp. 12 et suiv. *Cf.* également GRÉGOIRE DE TOURS, *Les Livres des Miracles et autres opuscules*, Paris, Librairie de la Société d'histoire de France, 1864, pp. 121-123.

67. Ph. ARIÈS, *L'Homme*..., p. 31.

68. M. VOVELLE, *La Mort et l'Occident de 1300 à nos jours*, Paris, Gallimard, 1983, p. 63.

69. *Ibid.*

70. J. LE GOFF, *La Naissance*..., pp. 251-256. Texte publié par Dom Mauro INGUANEZ, dans *Miscellanea Cassinese*, XI, 1932, pp. 83-103.

71. Cl. CAROZZI, « Structure et fonction de la vision de Tnugdal », dans *Faire croire* (sous la dir. de A. VAUCHEZ), École française de Rome, 1981, pp. 223-234. J. LE GOFF, *La Naissance*..., pp. 256-259. Texte publié par A. WAGNER, *Visio Tnugdali*, Erlangen, 1882. *Cf.* aussi H. SPILLING, *Die Visio Tnugdali*, Munich, 1975.

72. Dans l'éd. A. WAGNER, p. 32.

73. J. LE GOFF, *La Naissance*..., pp. 259-273 (avec bibliographie). Le *Purgatorium sancti Patricii* a été édité notamment par Ed. MALL, dans *Romanische Forschungen*, 1891, VI, pp. 139-197.

74. Sous le titre *L'Espurgatoire saint Patriz*.

75. GERVAIS DE TILBURY, *Otia imperialia*, dans *Scriptores rerum brunsvicensium*, Hanovre, 1707 (éd. de Leibniz), p. 897. Trad. de J. LE GOFF.

76. J. LE GOFF, *La Naissance*..., p. 276.

77. M. VOVELLE, *La Mort*..., p. 64. *Cf.* M. DYKMANS, *Les Sermons de Jean XXII sur la vision béatifique*, Rome, Université grégorienne, 1973, pp. 93, 145.

CHAPITRE III : Le paradis terrestre et la géographie médiévale

1. Traduction à partir du texte éthiopien par R. BEYLOT et reproduite dans A. DESREUMAUX et Fr. SCHMIDT, *Moïse géographe. Recherches sur les représentations juives et chrétiennes de l'espace*, Paris, Vrin, 1988, pp. 16 et 17.

2. FLAVIUS JOSÈPHE, *Histoire ancienne des Juifs*..., trad. d'Arnauld d'Andilly adaptée par J.A.C. Buchon, Paris, Lidis, 1968, p. 8.

3. Voir plus haut p. 28.

4. ÉPHREM, *Hymnes sur le paradis*, Paris, Cerf, « Sources chrétiennes n° 37 », pp. 36 et 37.

5. *In Genesim commentarii*, dans *Corpus Scriptorum christianorum Orientalium*, n ° 72, Louvain, 1955, p. 21

6. PHILOSTORGIOS, *Historiae ecclesiasticae* : *Patr. Gr.*, t. 65, c. 491-495, d'après le résumé qu'en a donné Photius. Sur Philostorgios, *cf. Real Encyclopädie* de PAULI-WISSOWA, t. 93, pp. 191-192.

7. K. KITAMURA, « Cosmas Indicopleustès et la figure de la terre », dans A. DESREUMAUX et Fr. SCHMIDT, *Moïse géographe*..., pp. 79-98. *Cf.* aussi dans *La Revue des Deux Mondes* de 1834 (I), l'art. de LETTRONE, « Des Opinions cosmographiques des Pères de l'Église », pp. 606-633.

8. JEAN DAMASCÈNE, *La Foi orthodoxe*, Paris, « Cahiers saint Irénée », 1966, chap. XI, p. 65.

9. *Ibid.*, IX, p. 61.

10. MOSÈS BAR CÉPHAS, *Commentaria de paradiso*, notamment I, chap. VII-IX : dans *Patr. Gr.*, t. 57, c. 491-494. H.R. PATCH, *The Other World*, p. 147. J.E. DUNCAN, *Milton's*..., p. 50.

11. ISIDORE DE SÉVILLE, *Differentiae*... : *Patr. Lat.*, t. 83, col. 75.

12. ISIDORE DE SÉVILLE, *Etymologiae* : *Patr. Lat.*, t. 82, 2, c. 496.

13. BÈDE LE VÉNÉRABLE, *Hexaemeron* : *Patr. Lat.*, t. 91, c. 43-44.

14. RABAN MAUR, *De Universo libri XXII*; l. XII, chap. III, « De Paradiso » : *Patr. Lat.*, t. 111, c. 334.

15. HONORIUS D'AUTUN, *De Imagine mundi* : *Patr. Lat.*, t. 172, c. 123. *Cf.* aussi l'*Elucidarium* : *Patr. Lat.*, t. 172, c. 1117. Une trad. ital. médiévale de l'*Imago mundi* a été éditée par Fr. CHIOVARO, *L'Ymagine del mondo*, Naples, Loffredo, 1977.

16. PIERRE LOMBARD, *Sententiarum libri quatuor* : *Patr. Lat.*, t. 82, c. 496.

17. Je me permets de signaler la thèse en cours de Danielle LECOQ, *La Vision et la représentation dans les milieux intellectuels du XIIe siècle*, sous la direction de G. Duby et un article à paraître du même auteur dans la *Revue de la Bibliothèque nationale*, numéro spécial, juin 1992, « Le Paradis au commencement du monde ».

18. Pour tout ce qui suit, *cf.* H.R. PATCH, *The Other World*, pp. 148-151; GERVAIS DE TILBURY, *Otia imperialia*, p. 911.

19. *Patr. Lat.*, t. 177, c. 209-210.

20. *Patr. Lat.*, t. 178, c. 775 n° 8.

21. Ed.-F. ZARNCKE, « Der Priester Johannes », dans *Abhandlungen der... Kön.-sächsischen Gesellschaft der Wissenschaften*, Phil.-Hist., Leipzig, 1883, n° 8, p. 123.

22. B. SYLVESTRE, *De Mundi universitate*, (éd. Barach et Wrobel), pp. 24 et 25.

23. *Cf.* A. HILKA, dans L.P.G. PECKHAM et M.S. LA DU, « The Prise de Defur and the Voyage au Paradis Terrestre », dans *Elliott Monographs*, 35 (Princeton Univ. Press, 1935), pp. XXXIII-LII et 73-90. G. CARY, *The Medieval Alexander*, Cambridge Univ. Press, 1956, pp. 19, 20, 151, 373, 374.

24. L.P.G. PECKHAM et M.S. LA DU, « The Prise... », p. XLII.

25. *Ibid.*, p. L.

26. *Ibid.*, pp. 78 et 79.

27. *Huon de Bordeaux*, dans *Les Anciens Poètes de France*, V, éd. 1860, F. Guessard et C. Grandmaison, pp. 165 et suiv.

28. THOMAS D'AQUIN, *Somme théologique*, « Les origines de l'homme », pp. 268-284.

29. BONAVENTURE, *Commentaria in quatuor libros sententiarum* dans *Opera omnia*, Florence, éd. Quarachi, 1938, t. 2, p. 66.

30. VINCENT DE BEAUVAIS, *Speculum majus*, p. 24.

31. JOINVILLE, « Histoire de Saint Louis », dans *Historiens et chroniqueurs du Moyen Age*, Paris, « Pléiade », 1952, pp. 247 et 248 ; cité par J. LE GOFF, *La Civilisation de l'Occident médiéval*, Paris, Arthaud, 1964, p. 177.

32. *Cf.* à ce sujet la bibliographie dans H.R. PATCH, *The Other World*, *op. cit.*, pp. 152 et 153. A.-B. GIAMATTI, *The Earthly...*, pp. 79-81. J. DUNCAN, *Milton's...*, pp. 83 et 84.

33. GAUTHIER DE METZ, *Le Miroir du monde*, éd. de Genève, 1517 : s.p. IIe partie, 2. Le poème est aussi intitulé *L'Image du monde.*

34. BR. LATINI, *Li Livres dou Tresor*, Paris, « Coll. des inédits de l'histoire de France », 1863, p. 161.

35. DANTE, *La Divine Comédie*, « Le Purgatoire », chap. XXV, trad. L. Portier, Paris, Le Cerf, 1987, pp. 330-334.

36. F. DEGLI UBERTI, *Il Dittamondo*, Milan, 1826, p. 35.

37. F. FREZZI, *Il Quadriregio*, éd. E. Filippini (« Scrittori d'Italia », t. 65), l. II, chap. 13, pp. 158-162.

38. *Cf.* G.H.T. KIMBLE, *Geography in the Middle Ages*, London, Methuen, 1938, p. 24. J. DE HESSE, *Itinerarius*, Deventer, 1504, f° 5.

39. J. DE MARIGNOLLI, *Relatio*, dans *Sinica Franciscana*, Florence, 1929, t. 1, p. 352. *Cf.* aussi I, pp. 531-534.

40. *Cf.* la récente thèse de C. DELUZ, *Le Livre de Jehan de Mandeville. Une « Géographie » au XIVe siècle*, Publ. de l'Univ. de Louvain-la-Neuve, 1990, notamment pp. 3-8.

41. *Mandeville's Travels*, texts and translation by Malcolm Letts, Londres, 1953, 2 vol., ici II, p. 234.

42. *Ibid.*, p. 404.
43. *Ibid.*, pp. 405 et 406.
44. *Ibid.*, pp. 336 et suiv.
45. B. PENROSE, *Travel and Discovery in the Renaissance*, Harvard Univ. Press, 1952, p. 16.
46. R. HYGDEN, *Polychronicon*, éd. Londres, 1865, I, chap. X, pp. 66-70.
47. *Ibid.*, p. 74.
48. *Ibid.*, pp. 74-76.
49. *Orto do esposo*, édité par B. MAIER, Rio de Janeiro, 1956, 2 vol., *Cf.* S. BUARQUE DE HOLANDA, *Visâo do paraiso*, Sâo Paulo, Companhia editora nacional, 1969 (2d.), pp. 172 et 173. Ce livre, que je vais souvent utiliser, est fondamental sur le sujet qui m'occupe dans ce chapitre.
50. *Orto do esposo*, I, pp. 14 et 15.
51. P. D'AILLY, *Ymago mundi*, chap. LV, éd. Buron, Paris, Maisonneuve, 1930, II, pp. 460 et 461.
52. C. COLOMB, *Œuvres*, présentées, traduites et annotées par A. Cioranescu, Paris, Gallimard, 1961, pp. 233-235.
53. *Ibid.*, p. 20.
54. B. DE LAS CASAS, *Obras*. I : *Historia de las Indias*, Madrid, Atlas, « Biblioteca de autores españoles », 1957, p. 379.
55. S. BUARQUE DE HOLANDA, *Visâo...*, pp. XXIII-XXIV.
56. G.H.T. KIMBLE, *Geography...*, p. 31.
57. M. F. de Barros et Sousa, vicomte de SANTAREM, *Essai sur l'histoire de la cosmographie et de la cartographie*, Paris, 1852, 3 vol., plus un atlas, Ici, II, p. 16 et pl. III.
58. SANTAREM, *Essai...*, *Atlas*, pl. IV.
59. *Ibid.*, *Atlas*, pl. XI et JOMART, *Les Monuments de la géographie*, Paris, 1854, *Cf.* J. LELEWEL, *Géographie du Moyen Age*, Bruxelles, (1852-1857), 4 tomes en 2 vol., IV, pp. 115-117.
60. SANTAREM, *Essai...*, II, pp. 197 et 224. *Atlas*, pl. XIII, 4.
61. *Ibid.*, *Atlas*, pl. VII, 3.
62. P. GAUTIER DALCHÉ, *La « Descriptio mappe mundi » de Hugues de Saint-Victor*, Paris, Études augustiniennes, Paris, 1988, p. 88 et pl. I.
63. SANTAREM, *Essai*, II, p. 241. Reproduction, *Atlas*, pl. XIV. Cette « mappemonde » figure au commencement d'un manuscrit de l'*Imago mundi* daté de 1410.
64. J.B. HARLEY et D. WOODWARD, *The History of Cartography*, Univ. of Chicago Press, 1987, I, p. 291. Reproduction dans JOMART, *Monuments de la géographie*, *op. cit.*, pl. XIV. *Cf.* les deux articles de R. LINDEMANN et A. WOLF, dans M. PELLETIER, *Géographie du monde au Moyen Age et à la Renaissance*, Paris, éd. du Comité des travaux historiques et scientifiques, 1989, pp. 45-68. Sur la carte d'Erbstorf *cf.* A. WOLF, *Neues zur Ebstorfer Welkarte in das Benedikt innerinnenkloster Ebstorf im Mittelalter*, Hildesheim, 1988. Texte anglais dans M. PELLETIER, *Géographie du monde au Moyen Age et à la Renaissance*, pp. 51-68.

65. *Cf.* F. PLAUT, « Where is Paradise ? : The Mapping of a Myth », dans *The Map Collector*, 1984, 24, p. 2. *Cf.* E. F. JOMART, *Les Monuments de la géographie*, SANTAREM, *Essai*..., t. II, p. 292. J. LELEWEL, *Géographie du Moyen Age*, t. 4, pp. 141-143.
66. J. LELEWEL, *Géographie du Moyen Age*, IV, pp. 145-161. SANTAREM, *Essai*..., t. 3, p. 32.
67. F. PLAUT, « Where is Paradise ? », p. 3.
68. SANTAREM, *Essai*..., t. 3, p 214. *Atlas*, pl. XXII.
69. *Ibid.*, III, pp. 247-301. *Atlas*, pl. XXXV.
70. *Ibid.*, III, pp. 381-382 et *Atlas*, pl. XXXVIII. J. LELEWEL, *Géographie du Moyen Age*, t. 2, pp. 85-89.
71. *Ibid*, pp. 89-96. G.H.T. KIMBLE, *Geography in the Middle Ages*, pp. 194-196.
72. A.E. NORDENSKIÖLD, *Facsimile-Atlas to the Early History of Cartography*, New York, Dover, 1973, p. 51.
73. *Ibid.*, p. 3.
74. R.W. SHIRLEY, *The Mapping of the World. Early Printed World Maps, 1472-1700*, Londres, The Holland Press, 1972, p. 115.
75. W.G.L. RANDLES, *De la terre au globe terrestre : une mutation épistémologique*, Paris, A. Colin, 1980, surtout pp. 20-28. *Cf.* la thèse de Frank LESTRINGANT, *André Thévet, Cosmographe du Levant*, Genève, Droz, 1985.
76. SANTAREM, *Atlas*, pl. XLIV.
77. J. LELEWEL, *Géographie du Moyen Age*, II, p. 135-139.

CHAPITRE IV : Le Royaume du Prêtre Jean

1. Nous nous appuierons à plusieurs reprises sur J. RICHARD, « L'Extrême-Orient légendaire au Moyen Age : Roi David et Prêtre Jean », *annales d'Éthiopie*, 1957, II, pp. 225-242 et sur L. HAMBIS, « La Légende du Prêtre Jean », dans *La Tour Saint Jacques*, janv.-févr. 1957, pp. 31-46 : ces deux articles avec abondante bibliographie. Toutefois un ouvrage récent vient de renouveler entièrement la question. Il s'agit de celui de J. PIRENNE, *La Légende du Prêtre Jean*, Presses Universitaires de Strasbourg, 1992. Ce livre d'une érudite disparue prématurément s'appuie sur une bibliographie dont nous utiliserons plusieurs titres dans les pages suivantes. Je remercie mes collègues de Strasbourg de m'avoir offert cette étude fondamentale sur le sujet.
2. Les chrétiens nestoriens avaient adopté l'hérésie de Nestorius (Ve siècle) qui niait les deux natures – humaine et divine – de Jésus et admettait seulement la conjonction entre une nature humaine et une personne divine. Après la condamnation de Nestorius (431) ses disciples se répandirent en Asie.
3. Sur cette lettre et toute la documentation relative au Prêtre Jean, ont été fondamentales les publications de F. ZARNCKE, « Der Priester

Johannes », dans *Abhandlungen der Sächsischen Kön. Gesellschaft der Wissenschaften*, n° 7 (1879), pp. 829-1 030 et n° 8 (1883), pp. 1-186. Ici, n° 7, pp. 837-843.

4. *Ibid.*, n° 7 (1879), pp. 843-847.

5. *Ibid.*, n° 7 (1879), pp. 847-850. Otto von Freising, *Chronicon*, VII, chap. xxxiii dans *Monumenta Germaniae*, XX, p. 266. *Cf.* aussi J. Richard, « L'Extrême-Orient légendaire... », p. 232.

6. J. Pirenne, *La Légende du Prêtre Jean*, pp. 31-46.

7. *Ibid.*, p. 25.

8. *Ibid.*, p. 32.

9. *Ibid.*, p. 36.

10. *Ibid.*, pp. 19 et 45-46.

11. *Ibid.*, p. 49.

12. V. Slessarev, *Prester John. The Letter and the Legend*, Minneapolis, Univ. of Minnesota Press, 1959.

13. E. Ullendort et C.F. Beckingham, *The Hebrew Letters of Prester John*, Oxford Univ. Press, 1982.

14. J. Pirenne, *Le Prêtre Jean*, p. 65.

15. *Ibid.*, p. 66.

16. *Ibid.*, p. 81.

17. *Ibid.*, p. 86.

18. F. Zarncke, « Der Priester Johannes », n° 7, pp. 909-924.

19. Cité dans J. Pirenne, *Le Prêtre Jean*, p. 45, d'après J. de Saint-Genoix, « Sur des lettres inédites de Jacques de Vitry », dans *Mémoires de l'Ac. royale de Belgique*, xxiii, Bruxelles, 1849, pp. 42-43.

20. Même renvoi à la publication de J. de Saint-Genois.

21. Joinville, *Histoire de Saint Louis*, dans *Historiens et chroniqueurs du Moyen Age*, Paris, Gallimard, « Pléiade », 1963, pp. 305-310.

22. Vincent de Beauvais reprenant Plancarpin, *Speculum historiale*, éd. de Venise, 1591, p. 449.

23. Thomas de Cantimpré, *De Apibus*, Douai, 1605, pp. 526-527.

24. G. de Rubrouck, *Voyage dans l'empire mongol*, trad. et com. de C. et R. Kappler, Paris, Payot, 1985, pp. 123 et 124.

25. Marco Polo, *La Description du monde*, éd. L. Hambis, Paris, Klinsieck, 1955, pp. 78-80.

26. *Ibid.*, pp. 91 et 92.

27. Odorico de Pordenone, « Les Voyages en Asie du bienheureux frère Odoric de Pordenone », dans *Recueil de voyages et documents pour servir à l'histoire de la géographie*, éd. H. Cordier, X, Paris, 1891, p. 433.

28. L. Hambis, « La légende... », p. 36. J. Richard, « L'Extrême-Orient légendaire... », p. 236. *Cf.* N. Egami, « Olon-Sume et la découverte de l'Église catholique romaine de Jean de Montcorvin », dans *Journal asiatique*, CCXL, 1952, pp. 155 et suiv. J. Dauvillier, « Les Provinces chaldéennes de l'extérieur au Moyen Âge », dans *Mélanges offerts au P.F. Cavallera*, Toulouse, 1948, pp. 230-316.

29. F. ZARNCKE, « Der Priester Johannes », n° 8 pp. 117-119. J. RICHARD, « L'Extrême-Orient légendaire... », p. 236. *Le De Gestis trium regum* a été publié par C. HORSTMANN à la suite de *The Three Kings of Cologne. An Early Translation of the Historia trium regum by John of Hildesheim*, Londres, 1886 (Early English Text Society, n° 85) : ici chap. XLIV et XLV.

30. P. D'ALCRIPE, *Nouvelles Fabriques des excellents traits de vérité, suivies des Nouvelles de la terre du Prestre Jehan*, Paris, 1853, pp. 207 et 208. *Cf.* un extrait de ce document dans J.-P. ALBERT, « Le Légendaire médiéval des aromates... » : *110e congrès des Sociétés savantes* (Montpellier, 1985) : *Le Corps humain, nature, culture, surnaturel*, pp. 40 et 41.

31. Je vais résumer les passages les plus significatifs des chap. XXX, XXXI et XXXII de *Mandeville's Travels*, pp. 383-410. *Cf.* aussi C. DELUZ, *Le Livre de Jehan de Mandeville...*, pp. 182-186.

32. *Ibid.*, p. 401.

33. *Ibid.*, pp. 397-398.

34. *Ibid.*, pp. 399-401.

35. *Ibid.*, pp. 388 et 389.

36. ODORICO DE PORDENONE, *Les Voyages en Asie...*, p. 474. *Cf.* C. KAPPLER, *Monstres, démons et merveilles à la fin du Moyen Age*, Paris, Payot, 1980, pp. 88 et 308.

37. MARCO POLO, *La Description du monde*, pp. 48-52.

38. *Ibid.*, p. 49.

39. *Les Mille Et Une Nuits*, « Cinquième voyage de Sindbad », Paris, Garnier-Flammarion, 1965, I, pp. 268 et 269.

40. *Ibid.*, III, p. 79.

41. *Cf.* notamment Sourates 56 (27-3) ; 61 (12) ; 69 (22-23) ; 76 (14) ; 78 (31-32).

42. JOURDAIN DE SÉVERAC, *Mirabilia*, éd. Coquebert de Monbret, dans *Recueil de voyages et mémoires*, IV, 1824, pp. 50 et 51.

43. *Mandeville's Travels*, II, p. 254.

44. MARCO POLO, *La Description...*, p. 288.

45. *Ibid.*, p. 114.

46. C. KAPPLER, *Monstres...*, p. 82.

47. *Les Mille Et Une Nuits*, « Histoire des amours de Camaralzaman », Paris, Garnier-Flammarion, rééd. 1978, II, p. 156.

48. *Mandeville's Travels*, II, p. 404.

49. *Ibid.*, pp. 390-393.

50. ODORICO DE PORDENONE, *Les Voyages en Asie...*, p. 490.

51. Sur ce récit, *cf.* C. KAPPLER, *Monstres...*, pp. 102-104.

52. MARCO POLO, *La Description...*, p. 66.

53. Ces précisions données au XIIe siècle, il vrai avec réserve (*si tamen verum est quod dicitur*), par Hugues de Saint-Victor : *cf.* P. GAUTIER DALCHÉ, *La « Descriptio mappe mundi » de Hugues de Saint-Victor.* Texte inédit avec introduction et commentaire, Paris, Études augustiniennes, 1988, p. 141. Je remercie Michel Mollat du Jourdin d'avoir attiré mon attention sur ce livre.

54. *Mandeville's Travels*, II, p. 403.
55. P. D'AILLY, *Ymago mundi*, II, p. 260.
56. *Secret de l'histoire naturelle...*, Paris, B.N. ms. fr. 22971, f° 60v°.
57. *Ibid.*, p. 11.
58. *Ibid.* pp. 82 et 83.
59. *Cf.* J. RICHARD, « L'Extrême-Orient légendaire... », pp. 228 et 229.
60. *Cf. ibid.*, p. 236. SANTAREM, *Essai...*, III, p. 195.
61. J. LELEWEL, *Géographie...*, III, p. 169.
62. *Ibid.*, p. 228.
63. VINCENT DE BAUVAIS, *Speculum histotiale...* , XXXI, chap. IV et suiv., f°s 448 et 449.
64. G. DE SANTISTEBAN, *Libro del Infante Don Pedro de Portugal*, texte publié et commenté par Fr. M. Rogers, Lisbonne, 1962. trad. anglaise par le même auteur, *The Travels of the Infante Dom Pedro of Portugal*, Cambridge (Mass.), Harvard Univ. Press, 1961.
65. J'ai résumé les chap. XI-XIX des voyages de Don Pedro d'après la trad. anglaise de Fr. M. Rogers, *The Travels...*, pp. 134-150.
66. Sur tout ceci je renvoie à nouveau à L. HAMBIS, « *La Légende...* », pp. 36-38 et à J. RICHARD, « L'Extrême-Orient légendaire... », pp. 236-242.
67. JOURDAIN DE SÉVERAC, *Mirabilia...*, pp. 55 et 56.
68. *Itineraria Symonis Symeonis*, éd. J. Nasmith, Cambridge, 1778, p. 36.
69. Dans *Sinica Franciscana*, éd. van de Wyngaert, 1929, t. 1, p. 532.
70. J. LELEWEL, *Géographie...*, II, p. 52.
71. SANTAREM, *Atlas*, pl. XXXVII.
72. *Il Mappemondo di Fra Mauro*, a cura di Tullia Gasparrini Le Portace, Rome, Istituto Poligrafico dello Stato, 1954, carte X.
73. J. LELEWEL, *Géographie...*, II, p. 102. SANTAREM, *Atlas...*, pl. XXXVII, et *Essai...*, III, pp. 281-296.
74. J. LELEWEL, *Géographie...*, II, pp. 109 et 110. JOMART, *Monument de la géographie...*, pl. XVI et SANTAREM, *Atlas*, pl. LV.
75. B. PENROSE, *Travel and Discovery...*, pp. 27, 138-141 et 284.
76. Edition anglaise par Lord Stanley of Alderley, Londres, Hakluyt Society, 1881 : F. ALVAREZ, *Narrative of the Portuguese Embassy to Abyssinia during the Years 1520-1527.*
77. *Cf.* J. DUNCAN, *Milton's...*, pp. 196-198.
78. MERCATOR, *Atlas*, Amsterdam, 1968 (reprint de 1636), t. 2, p. 431. *Cf.* JOMART, *Les Monuments...*, fac-similé pl. XXXI.

CHAPITRE V : D'autres pays de rêve

1. J. DE MARIGNOLLI, *Relatio*, dans *Sinica franciscana*, I, pp. 532 et 533.
2. JOURDAIN DE SÉVERAC, *Mirabilia*, I,pp. 50 et 51.
3. *Mandeville's Travels*, II, p. 383.
4. C. KAPPLER, *Monstres...*, p. 35.

5. *Ibid.*, p. 36.

6. Ces traductions dans J. LELEWEL, *Géographie*..., II, p. 58. La précision sur les deux floraisons figure déjà dans les *Étymologies* d'Isidore de Séville (XIV, 6) et s'applique à « Taprobana » – nom qui, au Moyen Age, a tantôt désigné Ceylan, tantôt Sumatra.

7. Voir plus haut pp. 15-19.

8. ISIDORE DE SÉVILLE, *Étymologies* : *Patr. Lat.*, t. 82, 2, col. 514.

9. GERVAIS DE TILBURY, *Otia imperialia*, II, chap. XI, pp. 10-11.

10. *Cf.* Barthélemy l'Anglais, *Le Grand Propriétaire de toutes choses*, Paris, 1556, LXV, chap. LXII, f° 128.

11. PIERRE D'AILLY, *Ymago mundi*, II, pp. 389 et 390.

12. GEOFFROY DE MONMOUTH, *The Historia regum Britanniae*, éd. Action Griscom, Londres, 1929, p. 501 (XI, 2).

13. GEOFFROY DE MONMOUTH, *The Vita Merlini*, éd. J. J. Parry, Urbana, Univ. of Illinois Press, 1925, pp. 82 et suiv.

14. H. R. PATCH, *The Other World*, pp. 284-287.

15. Voir plus haut p. 82 : British Museum.

16. P. GAUTIER DALCHÉ, *La « Descriptio mappe mundi »*..., pp. 82 et 135.

17. J. LELEWEL, *Géographie*..., III, p. 161. JOMART, *Les Monuments*..., pl. XIV. SANTAREM, *Essai*..., II, pp. 127-153.

18. J. LELEWEL, *Géographie*..., III, pp. 145 et suiv. SANTAREM, *Essai*..., *op. cit.*, III, pp. 60-82.

19. JOMART, *Les Monuments*..., pl. X. J. LELEWELL, *Géographie*..., II, p. 49.

20. Trad. de J. LELEWEL, *Géographie*..., II, p. 49.

21. *Ibid.*, pp. 66 et 67.

22. M. DE LA RONCIÈRE et M. MOLLAT DU JOURDIN, *Portulans du XIIIe siècle*, Paris, Nathan, 1984, carte XIX, Graciozo Benincasa (1467).

23. *The Anglo-Norman Voyage of St Brendan by Benedeit*, éd. E.G.R. Waters, Oxford, 1928, p. 90. Cité par S. BUARQUE DE HOLANDA, *Visâo do Paraiso*, pp. 66 et 167. *Cf.* aussi R. HENNIG, *Terrae Incognitae*, Leyde, 1936-1938, 4 vol. : t. 4, pp. 318-327, et *Journal de bord de saint Brendam à la recherche du paradis*, s.d., pp. 203-208. Voir aussi T. SEVERIN, *Le Voyage de Brendan*, Paris, Albin Michel, 1978.

24. S. BUARQUE DE HOLANDA, *Visâo do Paraiso*, p. 167.

25. SANTAREM, *Essai*..., II, p. 43. J. LELEWELL, *Géographie*..., III, pp. 160 et 161.

26. S. BUARQUE DE HOLANDA, *Visâo do Paraiso*, p. 167 (n. 49) corrige sur ce point V.W. BABCOCK, *Legendary Islands of the Atlantic*, New York, 1922, p. 48, qui donnait 1570 comme date de la dernière apparition de l'île de Saint-Brendan.

27. S. BUARQUE DE HOLANDA, *Visâo do Paraiso*, p. 178. M. MARTINS, *Estudos de Literatura Medieval*, Braga, 1956, p. 23.

28. R. HENNIG, *Terrae Incognitae*, t. 4, p. 326. S. BUARQUE DE HOLLANDA, *Visâo do paraiso*, p. 168.

29. Celle d'Angelino Dalorto : *cf.* S. BUARQUE DE HOLANDA, *Visâo do paraiso*, p. 168.

30. *Ibid.*

31. *Ibid.*, p. 178. E. CARUS-WILSON, *Medieval Merchant Ventures*, Londres, 1954, p. 97.

32. S. BUARQUE DE HOLANDA, *Visâo do Paraiso*, p. 168.

33. B. PENROSE, *Travel...*, p. 13.

34. *Ibid.*, pp. 149-152.

35. SANTAREM, *Atlas*, pl. XII.

36. *Ibid.*, pl. XXXVIII.

37. Reproductions dans R.N. SHIRLEY, *The Mapping of the World*, pp. XIII, XXI et 15.

38. C. COLOMB, *Œuvres*, Paris, Gallimard, 1961, p. 305.

39. J.T. MEDINA, *El Veneciano S. Caboto al servicio de España*, Paris, 1882, Santiago du Chili, 1908, 2 vol.

40. B. PENROSE, *Travel...*, pp. 112-119.

41. *Cf.* A. MÉTRAUX, « Les Messies de l'Amérique du Sud », dans *Archives de sociologie des religions*, IV, 1957, p. 109.

42. Sur le Monomotapa *cf.* à nouveau P. PENROSE, *Travel...*, pp. 133-138 et W.G.L. RANDLES, *L'Empire du Monomotapa du* XVe *au* XIXe*-siècle*, Paris, E.H.E.S.S., 1975.

43. *Cf.* le livre collectif intitulé, *Archéologie*, Paris, Nathan, 1986, pp. 98-101.

44. C. COLOMB, *Œuvres*, p. 181.

45. *Ibid.*, p. 57.

46. S. ARNOLDSSON, *Los Momentos historicos de America*, Madrid, 1956, éd. de l'Institut Ibéro-américain de Götteborg, p. 10. S. BUARQUE DE HOLANDA, *Visâo...*, p. 179.

47. H. VIGNAUD, *Améric Vespuce*, Paris, 1917, p. 410.

48. *Ibid.*, p. 309.

49. P. MARTIRE D'ANGHIERA, *De Orbe Novo*, 1re éd. complète, Alcala, 1531, livre X, Décade III, chap. IX. Ici : *Recueil de voyages et de documents*, Paris, 1907, t. 21, p. 325.

50. F. HERNANDEZ, *Antigüedades de la Nueva España*, Mexico, 1945. Cité par S. BUARQUE DE HOLANDA, *Visâo...*, p. 180

51. R. HAKLUYT, *The Principal Navigations, Voyages, Traffiques and Discoveries of the English Nation...*, Londres, 1927, V, p. 174. La 1re éd. des *Principal Navigations...* parut en 1589, la seconde (très amplifiée) en 1598-1600.

52. W. RALEIGH, *The Works*, II, p. 89.

53. Vicente de SALVADOR, *Historia do Brasil*, terminée en 1627, publiée seulement au XXe siècle par l'Univ. de Sâo Paulo, s.d., pp. 23 et suiv. S. BUARQUE DE HOLANDA, *Visâo do Paraiso*, p. 283.

54. Cité sans référence par S. BUARQUE DE HOLANDA, *Visâo do Paraiso*, p. XXI.

55. A. de L. PINELO, *El Paraiso en el Nuevo Mundo*... ouvrage écrit en 1650-1655 et publié seulement en 1943 (2 vol.) : ici, II, pp. 373 et suiv. S. BUARQUE DE HOLANDA, *Visão do Paraiso*, pp. XXII, 135 et 230-231.
56. A. DO ROSARIO, *Frutas do Brasil*..., Lisbonne, 1702, pp. 20 et suiv. S. BUARQUE DE HOLANDA, *Visão do Paraiso*..., pp. 234-243.
57. S. BUARQUE DE HOLANDA, *Visão do Paraiso*..., p. 233.
58. *Ibid.*, p. 68.
59. *Ibid.*, pp. 207-209.
60. *Ibid.*, p. 208.
61. Pour tout ce qui suit, *cf.* à nouveau *ibid.*, pp. 239-242.
62. E. FARAL, *La Légende arthurienne*, III, Paris, 1929, p. 334.
63. P. D'AILLY, *Ymago mundi*, II, chap. XLII, p. 393.
64. H. VIGNAUD, *Améric Vespuce*, p. 411 (lettre à Laurent de Médicis, 1502).
65. *Ibid.*, p. 308.
66. *Ibid.*, pp. 13-15.
67. A. PIGAFETTA, *Relation du premier voyage autour du monde par Magellan*, Club des Libraires de France, 1956, pp. 152 et 153.
68. J. DE LÉRY, *Histoire d'un voyage faict en la terre antarctique*, Genève, Droz, 1975, chap. VIII, p. 95.
69. B. DE LAS CASAS, *Colección de tratados*, Buenos Aires, 1927, pp. 7 et 8. Cité par L. HANKE, *Colonisation et conscience chrétienne*, Paris, Plon, 1957, p. XXII.
70. JEAN DE LÉRY, *Histoire d'un voyage*..., p. 95.
71. MONTAIGNE, *Essais*, éd. Gallimard-Librairie générale française, 1965, I, pp. 263 et 264.
72. C. L. SANFORD, *The Quest for Paradise*, Urbana, 1961, p. 111.
73. *Ibid.*, pp. 83-85.
74. *Ibid.*
75. Je reprendrai cette question, dans le volume qui suivra celui-ci.

CHAPITRE VI : Nostalgie

1. J. DELUMEAU, *La Civilisation de la Renaissance*, éd. Arthaud, 2e éd. 1973, pp. 347 et suiv.; éd. Flammarion, 1984, pp. 310 et suiv. et *Le Péché et la peur*, pp. 189-210.
2. *Cf.* H. LEVIN, *The Myth of the Golden Age in the Renaissance*, Indiana Univ. Press, 1969, pp. 26, 39 et 112. Pour Elisabeth, *cf.* F. LAROQUE, *Shakespeare et la fête*, Paris, P.U.F., 1988, p. 77.
3. G. DE LORRIS et J. DE MEUN, *Le Roman de la rose*, trans. A. Lanly, Paris, Champion, 1973 2 vol. : II, pp. 6-9.
4. C. SALUTATI, *Epistolario*, éd. Fr. Novati, Rome, 1891-1911. Ici I, pp. 270 et 271. Cité par A. TENENTI, *Il Senso della morte e l'amore della vita nel Rinascimento*, Reprints Einaudi, 1977, p. 64.

5. S. BRANT, *La Nef des fous*, trad. M. Horst, Strasbourg, Nuée bleue, 1977, p. 64.
6. ÉRASME, *Œuvres choisies*, prés., trad. et ann. de J. CHOMARAT, Paris, Le Livre de poche, 1991, p. 149.
7. MAROT, *Œuvres complètes*, Paris, Garnier, 1951, pp. 438 et 439.
8. A. DE GUEVARA, *L'Horloge des Princes*, éd. fr. Paris, 1550, f° 92. Cité par H. LEWIN, *The Myth...*, p. 30.
9. CERVANTÈS, *Don Quichotte*, partie I, chap. II, trad. de la Pléiade, 1963, pp. 93 et 94.
10. Lope de VEGA, *La Vega del Parnaso*, Madrid, 1637, « El siglo de Oro », f° 3. *Cf.* H. LEVIN, *The Myth...*, pp. 143 et 144.
11. Th. MORE, *La République d'Utopie...*, Lyon, 1559, « Avertissement déclaratif » par B. Aneau, p. 3. *Cf.* J. CÉARD, « République de Platon et pensée politique » dans *Platon et Aristote à la Renaissance*, XVIe Colloque international de Tours, Paris, Vrin, 1976, p. 180.
12. *Cf.* l'éd. de l'*Utopie* par A. Prevost, Paris, Mame, 1978.
13. Je renvoie à ce sujet à ma *Civilisation de la Renaissance*, Arthaud, pp. 359-365 et éd. de poche Flammarion, pp. 318-333.
14. RONSARD, *Œuvres complètes*, Paris, éd. P. Laumonier, V, 1914-1919, p. 160.
15. *Ibid.*, p. 161.
16. RABAN MAUR, *Operum pars* I : *Patr. Lat.*, t. 107, c. 479. *Cf.* H. COMITO, *Sacred Space and the Image of Paradise*, Rudgers Univ. Press, 1978, notamment pp. 25-50.
17. *Herrad of Hottenbourg* (Landsberg), *Hortus deliciarum*, édité par Brill, à Londres, en 1979, 2 vol. Ici I : p. 38.
18. Cité par P. RICHÉ, *Petite Vie de saint Bernard*, Paris, Desclée de Brouwer, 1989, pp. 32 et 33.
19. *Cf.* R. KING, *Les Paradis terrestres*, Paris, Albin Michel, 1980, pp. 76-79. M. MOSSER et G. TEYSSOT (sous la dir. de), *Histoire des jardins*, Paris, Flammarion, 1990, p. 33 (contr. de T. Comito).
20. Article de T. COMITO, dans l'*Histoire des jardins*, p. 37.
21. G. DURAND, *Rational ou manuel des divins offices*, Paris, 1848, p. 59.
22. Cité dans G. COHEN, *Histoire de la mise en scène dans le théâtre religieux français du Moyen Age*, Paris, Champion, 1951, p. 91.
23. Staedelsches Kunstinstitut, Francfort. *Cf.* F. RUSSELL et coll., *Dürer et son temps*, Time-Life, 1967, 1972, p. 42. *Cf.* aussi J. WIRTH, *L'Image médiévale. Naissance et développements (VIe-XVe s.)*, Paris, Klinsieck, 1989, pp. 294 et 295.
24. *Cf. Adam et Ève* (dans la coll. *L'Art et ses Grands Thèmes*, dirigée par L. Mazenod, Paris, 1967, pp. 39-42).
25. Je remercie Mme Danièle Alexandre-Bidon d'avoir attiré mon attention sur ce document.
26. Formule d'ALBERT LE GRAND, *Opera omnia*, éd. Vivès, Paris, 1898,

t. 36, p. 707. *Cf.* pour cette référence et ce qui suit, M. LEVI D'ANCONA, *The Garden of the Renaissance. Botanical Symbolism in Italian Painting*, Florence,. Leo S. Olschki, 1977, pp. 176-178.

27. JÉRÔME, *Adversus Jovianum* : *Patr. Lat.*, t. 23, c. 254.

28. *Cf.* L. HAUTECOEUR, *Les Jardins des dieux et des hommes*, Paris, Hachette, 1959, p. 81.

29. Je remercie le président et le bureau de l'Académie de Vérone d'avoir attiré mon attention sur cette fresque.

30. ADAM DE PERSEIGNE, *Mariale*, dans *Patr. Lat.*, t. 211, c. 707.

31. Sur ces développements *cf.* M. LEVI D'ANCONA, *The Garden...*, passim et le catalogue *Flore en Italie*, réalisé à l'occasion de l'exposition « Flore en Italie » au musée du Petit Palais (d'Avignon) en 1991. Préface de M. Laclotte, passim.

32. M. LEVI D'ANCONA, *The Garden...*, p. 365.

33. *Ibid.*, p. 332.

34. *La Flore en Italie*, p. 68. Sur la signification religieuse des fleurs, *cf.* O. SPEER, « Les Jardins du paradis : les plantes dans les tableaux des primitifs du paradis du musée d'Unterlinden », dans *Annuaire de la Société d'histoire et d'archéologie de Colmar*, XXIX, 1980-1981, pp. 27-46. St. Ambroise, *Hexaemeron* : *Patr. Lat.*, t. 17, c. 175.

35. *Cf.* l'article de T. COMITO, « Le Jardin humaniste » dans *L'Histoire des jardins*, pp. 33 et 34.

36. Nous utilisons ici l'éd. de J. CHOMARAT, *Érasme. Œuvres choisies*, déjà citée, pp. 638 et suiv.

37. J'utilise l'éd. de K. CAMERON, Genève, Droz, 1988.

38. B. PALISSY, *La Recepte...*, p. 126. *Cf.* l'article de A.M. LECOQ, « Le Jardin de la Sagesse de B. Palissy », dans l'*Histoire des jardins*, pp. 65-75.

39. *Ibid.*, p. 128.

40. *Ibid.*, p. 160.

41. *Ibid.*, p. 186.

42. *Ibid.*, p. 196.

43. *Ibid.*, p. 153.

44. *Ibid.*, pp. 128, 144, 149, etc.

45. A. LABBÉ, *L'Architecture des palais et des jardins dans les chansons de geste*, Paris-Genève, Champion-Slatkine, 1987, p. 377 (avec bibliographie).

46. Ce *Livre de l'échelle de Mahomet* a été connu en Occident au moins par trois manuscrits des XIIIe et XIVe s. *Cf.* M. BROSSARD, « Vergers et jardins dans l'univers médiéval », dans *Senefiance*, publ. du « Cuerma », Univ. de Provence, 1990, n° 28, pp. 55-61.

47. A. LABBÉ, *L'Architecture...*, pp. 315-317.

48. *Cf.* surtout M. CHARAGEAT, « Le Parc d'Hesdin, création monumentale du XIIIe siècle, ses origines arabes », dans *Bulletin de la Société d'histoire de l'art français*, 1950, pp. 94-106.

49. *Le Roman de Thèbes*, éd. C. Raynaud de Lage, Paris, Champion,

1966-1967, v. 2173-2174. Cité par M.-F. NOTZ, *Hortus conclusus.* « Réflexions sur le rôle symbolique de la clôture dans la description romanesque du jardin », dans *Mélanges de littérature... offerts à J. Lods*, Paris, E.N.S., 1978, p. 461.

50. *Floire et Blancheflor*, éd. M. Pelan, Publ. de l'Univ. de Strasbourg, Paris, 1937, v. 1746-1771. Cité par M.-F. NOTZ, *Hortus conclusus...*, p. 461.

51. CHRÉTIEN DE TROYES, *Romans*, Paris, Champion, 1970, p. 193, v. 6332-6333.

52. P. TRANNOYE, « Le Jardin d'amour dans le *De Amore* d'A. Le Chapelain », dans *Senefiance*, 1990, n° 28, pp. 375-386.

53. *Roman de la rose* (1re partie), (éd. A. Lanly), I, p. 20.

54. *Ibid.*, p. 25, v. 590.

55. J. FROISSART, *Le Joli Buisson de jonece*, Paris-Genève, Droz, 1975, p. 94, v. 1377-78.

56. Cité par G. POLIZZI, « Sens plastique : le spectacle des merveilles dans le *Livre du Cueur d'Amour espris* », dans *Senefiance*, 1988, n° 25, p. 206.

57. Fco COLONNA, *L'Hypnérotomachie ou Songe de Poliphile*, éd. du Club français du livre, Paris, 1963, pp. 106ro-106vo. Sur le lien entre le verger du *Roman de la rose* et le jardin de Cythère, *cf.* G. POLIZZI, « Le Devenir du jardin médiéval. Du verger de la Rose à Cythère », dans *Sénéfiance*, 1990, n° 28, pp. 267-288.

58. *Ibid.*, p. 110.

59. *Cf.* à ce sujet R. KING, *Les Paradis terrestres*, pp. 87-155 et *L'Histoire des jardins*, pp. 21-105.

60. *L'Histoire des jardins*, p. 37 (contribution de T. COMITO).

61. *Ibid.*, p. 36 (contribution de T. COMITO).

62. *Ibid.*, p. 43 (contribution de L. PUPPI).

63. *Ibid.*, p. 52 (contribution de L. PUPPI).

64. Cité par K. THOMAS, *Man and the Natural World*, New York, Pantheon Books, 1983, p. 236. Un tableau de l'école du Tintoret représente le « labyrinthe d'amour » du parc d'Hampton Court : reprod. dans l'*Histoire des jardins,* p. 81.

65. *Ibid.*, p. 146 (contribution de L. PUPPI).

66. MONTAIGNE, *Œuvres*, Paris, Pléiade, 1962, pp. 1193-1194.

67. Outre son article dans l'*Histoire des jardins*, pp. 55-63 (« *Naturalia* et *curiosa* dans les jardins du XVIe siècle », avec bibliographie, p. 63), L. ZANGHERI est l'auteur de *Pratolino, il giardino delle meraviglie*, 2e éd., Florence, 1987.

68. *Histoire des jardins,* p. 55 (contribution de L. Zangheri).

69. *Ibid.*, p. 77 (contribution de L.-T. TOMASI).

70. *Ibid.*, p. 50 (contribution de L. PUPPI).

71. Cité partiellement dans K. THOMAS, *Man and the Natural World,* p. 226. J. SHIRLEY, *Pœms*, « The Garden », , p. 136. Je remercie mon ami

André Rannou de m'avoir fourni le texte entier de ce poème et de m'avoir éclairé sur sa signification.

72. Cette lecture est proposée dans *ibid.*, p. 89 (contribution de Br. ADORNI).

73. Je renvoie ici au très intéressant catalogue, *Het aarts Paradijs. Dierenvoorstellingen in de Nederlanden van de 16de en 17de eeuw*, Anvers, 1982.

74. Dessin de Solimena. Je remercie Mme Danièle Alexandre-Bidon d'avoir attiré mon attention sur cette œuvre et de m'en avoir procuré les clichés.

75. F. COLONNA, *Le Songe de Poliphile,* p. 107-115.

76. K. THOMAS, *Man and the Natural World,* p. 224.

77. *Ibid.*

78. *Ibid.*, p. 226.

79. *Ibid.*

80. Paris, 1783-1785, 2 vol. avec 200 pl.

81. Ayant déjà à plusieurs reprises abordé cette question dans mes ouvrages antérieurs, je me permets de renvoyer à *La Civilisation de la Renaissance*, pp. 350 et 351 de l'éd. Arthaud, pp. 313 et 314 de l'éd. Flammarion, à *La Mort des pays de Cocagne*, Paris, Public. de la Sorbonne, 1976, et au *Péché et la peur,* principalement pp. 143-152.

82. Amsterdam, Rijksmuseum, n° d'inventaire : 1452-A2.

83. J'ai repris ici la description que j'avais donnée dans ma *Civilisation de la Renaissance* (éd. Arthaud seulement p. 356 et pl. CXXII).

84. Ces indications concernant Pierre Martire d'Anghiera et Fernandez de Oviedo d'après V. MURGA SANZ, *Juan Ponce de León*, éd. Univ. de Puerto Rico, 1972, pp. 118-120 : Anghiera (déc. II, l. X, chap. II); Oviedo (l. XVI, chap. II). *Cf.* aussi L. OLSCHKI, « Ponce de León's Fontain of Youth : A History of a Geographical Myth », dans *Hispanic American Review,* XXI, 1941, pp. 361-385.

85. Sur Jérôme Bosch, *cf.* notamment : W. FRAENGER, *Le Royaume millénaire de J. Bosch*, Paris, Denoël, 1966 et C. DE TOLNAY, *Hieronymus Bosch*, Londres, Methuen, 1966.

86. A. DE LA SALLE, *Le Paradis de la reine Sibylle*, trad. de F. Mora-Lebrun, Paris, Stock, 1983, p. 94.

87. O. DE SAINT-GELAIS, *Le Séjour d'Honneur*, éd. J. Alston James, Chapel Hill, Univ. of North Carolina Press, 1977. *Cf.* P. CHIRON, *Les Représentations du paradis dans la littérature entre 1450 et 1563*, D.E.A. dact., 1990-1991 (Univ. Paris X), pp. 52-60.

88. SPENSER, *Minor Pœms*, éd. E. de Selincourt, Oxford, Clarendon Press, 1910, I, p. 143.

CHAPITRE VII : La nouvelle érudition et le paradis terrestre

1. Mauritshuis, La Haye (vers 1520).
2. Mauritshuis. Rubens peignit Adam et Ève, Jean Breughel, les animaux et les arbres.
3. *Cf.* E. GONDINET-WALLSTEIN et E. ROUSSET, *Une Rose pour la création*, Paris, Mame, 1987, pp. 74-75.
4. A. DU VERDIER, *Diverses Leçons*, Lyon, 1580, pp. 16-20.
5. A. WILLIAMS, *The Common Exposition : An Account of the Commentaries on Genesis*, Chapel Hill, 1948, pp. 3-19.
6. K. KIRKCONNELL, *Celestial Cycle*, New York, Gordian Press, rééd. 1967, pp. 541-639.
7. Je renvoie aux pp. 273-289 de mon livre *Le Péché et la peur*, Paris, Fayard, 1983.
8. LUTHER, *Œuvres*, Genève, Labor et Fides, 1975, t. 17, pp. 94 et 95.
9. *Cf.* F. LAPLANCHE, *L'Écriture, le sacré et l'histoire. Érudits et politiques protestants devant la Bible en France au XVIIe siècle*, Holland Univ. Press (diffusion en France P.U. de Lille), 1986, notamment p. 70. Les œuvres complètes de Zanchius furent publiées à Genève en 1613.
10. J. DUNCAN, *Milton's...*, principalement pp. 93, 96, 134 et 206.
11. Sur Bochart, *cf.* F. LAPLANCHE, *L'Écriture...*, notamment, pp. 250-254.
12. Dans ses *Opera omnia...*, Leyde, 1692, 3 vol. : I, 833-834. Voir aussi la préface de saint Morin, *ibid.*, pp. 9-28.
13. Sur les cartes jointes aux Bibles (protestantes), *cf.* C. DELANO-SMITH, « Maps in Bibles in the Sixteenth Century », dans *The Map Collector*, décembre 1984, n° 29, pp. 2-16, et surtout C. DELANO-SMITH et E. MORLEY INGRAM, *Maps in Bible, 1500-1600. An Illustrated Catalogue*, Genève, Droz, 1991, surtout pp. XXI-XXXIX.
14. E.-S. PICCOLOMINI, *Historia rerum ubique gestarum*, éd., consultée : Helmstedt, 1699, pp. 7, 10 et 75-80 (sur l'Arménie).
15. G. POSTEL, *Cosmographicae disciplinae compendium*, Bâle, 1561, p. 25.
16. J. GOROPIUS, *Origines antwerpianae*, Anvers, 1569, l. V, p. 539.
17. CAJETAN, *Commentarii in quinque libros mosaicos*, édition utilisée : Paris, 1539.
18. Édition utilisée : Lyon, 1531, notamment pp. 83-101.
19. Édition utilisée : Lisbonne, 1556, notamment pp. 58-60.
20. R. BELLARMIN, *Opera omnia*, 1916 : IV, *De gratia primi hominis*, chap. LI.
21. BOSSUET, *Correspondance*, Paris, Hachette, 1920, t. 4, p. 355.
22. J. DUNCAN, *Milton's...*, principalement pp. 210-215.
23. A. INVEGES, *Historia sacra paradisi terrestris*, Palerme, 1649, « lectori ».

24. M. Carver, *A Discourse of the Terrestrial Paradise*, Londres, 1666, « To the reader ». W. Raleigh, *The Works,* II, p. 78.

25. F. Suarez, *Opera omnia*, éd. Vivès, Paris, 1856, III, « De hominis creatione... », p. 198.

26. *Ibid.*, p. 202.

27. W. Raleigh, *The Works*, II, p. 75.

28. M.F. Beck, *Schediasma hagiographicum de locis Eden, Ophir atque Tarsis*, Iéna, 1676, chap. I : dans *Thèses d'Iéna* (Fac. Th. Paris), t. IV, p. 251.

29. J. Salked, *A Treatise of Paradise*, Londres, 1617, pp. 19 et 20.

30. Cornelius A. Lapide, « Prœmium et Encomium S. Scripturae », pp. 13 et 14 in *Commentaria in Pentateuchum Mosis*, éd. Anvers, 1671.

31. W. Raleigh, *The Works,* II, p. 64.

32. M. Carver, *A Discourse...*, « To the reader ».

33. P.D. Huet, *Traité de la situation du paradis terrestre*, 1691. Edit. citée : 1701, pp. 3 et 4. *Cf.* J.-R. Massimi, « Montrer et démontrer » : autour du *Traité de la situation du paradis terrestre* de P.-D. Huet, 1691, dans A. Desreumaux et F. Schmidt, *Moïse géographe* (ouvr. coll.), Paris, Vrin, 1988, pp. 203-225.

34. Luther, *Commentaire du livre de la Genèse,* p. 95.

35. Calvin, *Commentaires sur l'Ancien Testament,* p. 47.

36. J. Hopkinson, *Synopsis paradisi*, éd. Lyon, 1598, p. 9.

37. W. Raleigh, *The Works,* p. 67.

38. J. Salked, *A Treatise,* p. 8.

39. M. Carver, *A Discourse of the Terrestrial Paradise,* « To the reader ».

40. J. Basnage, *Histoire du Vieux et Nouveau Testament*, Amsterdam, 1705, p. 6.

41. F. Suarez, *Opera omnia,* III, c. 198-199.

42. A. Inveges, *Historia sacra...*, p. 12.

43. Schedel, *Chroniques de Nuremberg*, éd. consultée, s.d., s.l. ; Réserve B.N., f°9.

44. Calvin, *Commentaires sur l'Ancien Testament,* p. 47.

45. J. Hopkinson, *Synopsis paradisi,* p. 9.

46. F. Suarez, *Opera omnia,* III, p. 206.

47. E. Roger, *La Terre sainte,* p. 7.

48. B. Pereira, *Commentariorum et disputationum in Genesim...*, éd. consultée, Mayence, 1912, III, f° 97 et F. Suarez, *Opera omnia,* III, p. 201, renvoient en effet à Hugues de Saint-Victor lorsqu'ils exposent cette opinion.

49. Vadian, *Epitome trium terrae partium, Asiae, Africae et Europae...*, Zurich, 1534, pp. 183-187.

50. J. Duncan, *Milton's...*, p. 200.

51. J. Goropius, *Origines antwerpianae*, Anvers, 1569, pp. 481 et 482.

52. J. de Pineda, *Los Treynta libros de la monarchia ecclesiastica o histo-*

ria universal del mundo, Salamanque, 1558, I, pp. 16 et 17. J. DUNCAN, *Milton's...*, pp. 200 et 201.

53. F. SUAREZ, *Opera omnia*, III, pp. 202-204. J. SALKED, *A Treatise of Paradise*, p. 26.

54. CALVIN, *Commentaires sur l'Ancien Testament...*, p. 47. A. STEUCHUS EUGUBINUS, *Recognitio Veteris Testamenti ad hebraicam veritatem*, Lyon, 1531, pp. 83 et 84. J. OLEASTER, *Commentaria in Moïsis Pentateuchum*, Lisbonne, 1556, p. 58. W. RALEIGH, *The Works*, pp. 66 et 67. G. DIODATI, *Annotations Upon all the Books of the Old and New Testament*, Londres, 1657, s.p. chap. II, v.8.

55. D. PAREUS, *In Genesim Mosis commentarius*, Genèse, 1614, c. 316.

56. W. RALEIGH, *The Works*, p. 77.

57. B. PEREIRA, *Commentariorum...*, f° 98.

58. R. BELLARMIN, *Opera omnia*, IV, c. 50.

59. B. PEREIRA, *Commentariorum...*, f° 98.

60. F. JUNIUS, *Protoctisia seu Creationis... historia*, Heidelberg, 1589, p. 107.

61. T. MALVENDA, *De Paradiso voluptatis*, Rome, 1605, chap. VIII, p. 279.

62. R. BELLARMIN, *Opera omnia*, IV, c. 51.

63. F. SUAREZ, *Opera omnia*, III, pp. 209 et 210.

64. LUTHER, *Commentaire du livre de la Genèse*, p. 97.

65. *Ibid.*, p. 93.

66. *Ibid.*, p. 95.

67. DU BARTAS, *La Deuxième Semaine (1er jour : Éden)*, Rouen, 1608, v. 125 et suiv.

68. G. DIODATI, *Annotations Upon all the Books...*, chap. II.

69. J. SALKED, *A Treatise of Paradise*, p. 39.

70. A. STEUCHUS EUGUBINUS, *Recognitio...*, p. 98.

71. B. PEREIRA, *Commentariorum...*, f° 101.

72. CORNELIUS A. LAPIDE, *Commentaria...*, p. 85.

73. A. INVEGES, *Historia sacra*, p. 93.

CHAPITRE VIII : Les recherches sur la localisation

1. LUTHER, *Commentaire du livre de la Genèse*, p. 94.

2. DU BARTAS, *La Deuxième Semaine*, V, v. 125-126.

3. CALVIN, *Commentaires sur l'Ancien Testament*, p. 48.

4. SUAREZ, *Opera omnia*, III, p. 198.

5. W. RALEIGH, *The Works*, II, pp. 78 et 79.

6. J. DUNCAN, *Milton's...*, p. 99.

7. TERTULLIEN, *Apologetica XLVII et contra Marcion : Patr. Lat.*, t. 1, c. 520 et II, c. 288.

8. THOMAS D'AQUIN, *Somme théologique*, Ia, qu. 102, art. 2 (éd. du Cerf, 11, p. 281).

9. BONAVENTURE, *Commentaria in quatuor libros sententiarum...* : *Opera omnia,* II, p. 408.
10. DURAND DE SAINT-POURÇAIN, *In Sententias theologicas Petri Lombardi commentariorum libri quatuor*, Lyon, 1586, p. 361.
11. Pierre D'AILLY, *Ymago mundi*, éd. Buron, III, p. 647.
12. Cité dans *ibid. Cf.* R. BACON, *Opus majus*, éd. de 1733, p. 83.
13. *Ibid.*, III, p. 648.
14. A.-S. PICCOLOMINI, *Historia...*, p. 10.
15. Cité dans Pierre D'AILLY, *Ymago mundi,* III, p. 742.
16. Cité dans *ibid.*, III, p. 745.
17. *Cf.* A. DE LEON PINELO, *El Paradiso en el Nuevo Mundo*, œuvre écrite entre 1650 et 1655, publiée en 2 vol. en 1943 : S. BUARQUE DE HOLANDA, *Visâo...*, p. 138.
18. F. LOPEZ DE GOMARA, *Historia general de las Indias*, Barcelone, 1954, 2 vol., I, pp. 150 et 151.
19. A. HERRERA Y TORDESILLAS, *Historia general de los hechos de los Castellanos en las yslas y en tierre del Mar oceano (1499-1552)*, éd. Madrid, 1933-1953 (12 vol.) : 1re déc., l. III, chap. XII, p. 281.
20. J. DE ACOSTA, *Historia natural y moral de las Indias*, 1re éd. Séville, 1590 ; 1re éd. fr. 1598 ; éd. O'Gorman, Mexico, 1962 : l. II, chap. XIV, pp. 84 et 85.
21. Antonio DE LEON PINELO, *El Paraiso en el nuevo mundo,* 2 vol., Lima, Imprenta Tomes Aguirre, 1943, pp. III-XLV. *Cf.* J. L. PHELAN, *The Millenial Kingdom of the Franciscans in the New World,* Univ. of Cal. Press, 1956, p. 69.
22. W. RALEIGH, *The Works,* II, pp. 87-88.
23. N. CARPENTER, *Geography*, 1625, reprint 1976, pp. 211 et 212.
24. FR. SUAREZ, *Opera omnia,* III, pp. 208 et 209.
25. N. CARPENTER, *Geography,* p. 212.
26. Voir plus haut. p. 126.
27. L. DE URRETA, *Historia ecclesiastica, politica, natural y moral de los grandes y remotos reynos de la Etiopia, monarchia del emperador llamado presté Juan de las Indias*, Valence, 1610, pp. 96-100.
28. PURCHAS, *His Pilgrimes*, Londres, 1625, 5 vol. : IIe partie, p. 1064.
29. P. HEYLEYN, *Cosmographie in Foure Books*, 1re éd. 1652. Éd. consultée, Londres, 1677, IV, p. 53.
30. G. POSTEL, *Cosmographiae disciplinae compendium*, Bâle, 1561, p. 25.
31. *Cf.* par ex. la discussion à ce sujet dans F. SUAREZ, *Opera omnia*, III, p. 208 qui, toutefois, maintient les deux sens en même-temps ; et dans C.-A. LAPIDE, *Commentaria...*, pp. 82 et 83.
32. GRÉGOIRE DE NYSSE, *De Oratione dominica* : *Patr. Gr.*, t. 44, c. 1184. *Cf.* M. ALEXANDRE, *Le Commencement...*, pp. 248 et 249.

33. F. Suarez, *Opera omnia,* III, p. 207.
34. Cette localisation (exceptionnelle) en Arabie heureuse est proposée par le protestant M. Becker, *Schediasma hagiographicum de locis Eden, Ophir, atque Tarsis*, Iéna, 1676, p. 258.
35. B. Pereira, *Commentariorum...,* fs 95-96.
36. C.-A. Lapide, *Commentaria...,* p. 84.
37. M. Carver, *A Discourse...,* p. 52.
38. *Ibid.*, p. 135.
39. *Ibid.*, p. 151. A. Ortelius, *Theatrum Orbis terrarum*, Londres, 1606 ; reprint Amsterdam, 1968, 2e table, f° J.
40. Dom Calmet, *Commentaire littéral sur tous les livres de l'Ancien et du Nouveau Testament*, Paris, 1706, p. 49.
41. *Ibid.*, p. 50.
42. *Ibid.*, p. 53.
43. Calvin, *Commentaires...,* p. 48.
44. *Ibid.*, p. 50.
45. Strabon, *Géographie*, éd. A. Tardieu, Paris, 1873, II, p. 446.
46. Calvin, *Commentaires...,* p. 52.
47. *Ibid.*
48. Voir plus haut p. 186.
49. C.D. Smith, « Maps in Bibles... », dans *The Map Collector*, 1984, n° 29, pp. 9-11.
50. *The Dutch Annotations Upon the Whole Bible*, trad. Th. Hoak, Londres, 1657, sig. B3. *Cf.* J. Duncan, *Milton's...,* pp. 210 et 309.
51. F. Junius, *Protoktisia seu creationis... historia*, Heidelberg, 1599, pp. 99 et 100.
52. J. Hopkinson, *Synopsis...,* pp. 17 et 18.
53. W. Raleigh, *The Works*, II, p. 127.
54. P. Heyleyn, *Microcosmas : a Little Description of the Great World*, 1621. Éd. consultée : Oxford, 1636, pp. 610-612.
55. *Ibid.*, pp. 629 et 668. Même géographie chez A. Ross, *The First Book of Questions Upon Genesis Containing Questions Upon the Sixe First Chapters*, Londres, 1620, pp. 40-44.
56. D. Pareus, *In Genesim Mosis commentarius*, Genève, 1614, c. 324.
57. *Ibid.*, c. 329-334.
58. A. Rivet, *Exercitationes CXC in Genesim*, Lyon, 1633, p. 247.
59. S. Bochart, *Opera omnia*, Leyde, 1692, I, c. 833. Sur Bochart *cf.* F. Laplanche, *L'Écriture...,* pp. 252-256.
60. G. Diodati, *Annotationes Upon...,* s.p., chap. ii, v. 8.
61. J. Basnage, *Histoire du Vieux et Nouveau Testament*, Amsterdam, 1705, p. 7.
62. *Ibid.*
63. Voir plus haut p. 208.
64. H. Grotius, *Adamus exul*, Assen, 1970, p. 33.
65. *Ibid.*, p. 107.

66. A. STEUCHUS EUGUBINUS, *Recognitio Veteris Testamenti ad hebraicam veritatem*, Lyon, 1531, p. 85.
67. *Ibid.*, p. 88.
68. H. OLEASTER, *Commentaria in Moisi Pentateuchum*, Lisbonne, 1556, p. 58.
69. *Ibid.*, p. 60.
70. F. VATABLE, *Biblia Sacra, In Genesim*, éd. Salmanticae, 1584, p. 31.
71. A. INVEGES, *Historia sacra...*, pp. 14 et 15. *Cf.* aussi J. SALKED, *A Treatise...*, p. 16.
72. P.D. HUET, *Traité de la situation du paradis terrestre*, 1re éd., Paris, 1691, pp. 4-6. *Cf.* J.R. MASSIMI, « Montrer et démontrer : autour du *Traité de la situation du Paradis terrestre* de P.D. HUET (1691) », dans *Moïse géographe...*, sous la dir. d'A. DESREUMAUX et F. SCHMIDT, Paris, Vrin 1988, pp. 203-226.
73. P.D. HUET, *Traité...*, p. 21.
74. *Ibid.*, p. 30.
75. *Ibid.*, p. 63.
76. *Ibid.*, p. 66.
77. *Ibid.*, p. 67.
78. *Ibid.*, p. 35.
79. *Ibid.*, pp. 70 et 71.
80. BOSSUET, *Correspondance*, Paris, Hachette, 1920, t. 4, p. 355.
81. M. SERVET, *Christianismi restitutio*, Vienne (Dauphiné), 1553, pp. 373 et 374.
82. M. BEROALDE, *Chronicum, scripturae sacrae auctoritate constitutum*, Genève, 1575, pp. 80-87. *Cf.* J. DUNCAN, *Milton's...*, pp. 209-210 et pl. 7.
83. J. DUNCAN, *Milton's...*, p. 110.
84. I. DE LA PEYRERE, *Praeadamitae sive exercitatio super... versibus epistolae D. Pauli ad Romanos*, 1655, principalement pp. 116-128. L'auteur considère que la « Terre promise », au sens large, s'étendait de l'Égypte à l'Euphrate.
85. J. HEIDEGGER, *Historia sacra patriarchum*, Amsterdam, 1667, I, pp. 142 et 143. J. HERBINUS, *Dissertationes de admirandis mundi cataractis*, Amsterdam, 1678, pp. 147-151. *Cf.* J. DUNCAN, *Milton's...*, pp. 211 et 212.
86. N. ABRAM, *Diatriba de quatuor fluviis et loco paradisi*, Rouen, 1635, pp. 64 et 65.
87. E. ROGER, *La Terre saincte*, Paris, 1646, pp. 7-10.
88. J.-R. MASSIMI, « Montrer et démontrer... », dans *Moïse géographe*, p. 224.
89. J. HARDOUIN, *Traitez geographiques et historiques pour faciliter l'intelligence de l'Ecriture sainte*, éd. de La Haye, 1730, I, p. 43.
90. *Ibid.*, p. 56.

91. *Ibid.*, p. 69.
92. J. BERRUYER, *Histoire du peuple de Dieu*, Paris, 1728, I, p. 18.
93. *Ibid.*, p. 19.
94. *Ibid.*, p. 20.
95. *Ibid.*, p. 21.
96. *Cf.* l'énumération méprisante donnée par M. CARVER, *A Discourse of the Terrestrial Paradise* : (« To the Reader »); Chr. HILL, *Antichrist in Seventeenth-Century England*, Londres, 1971, insiste longuement sur cette question : *passim*.
97. J. SALKED, *A Treatise...*, pp. 23 et 24.
98. A. INVEGES, *Historia sacra...*, p. 15. AUGUSTIN, *In Genesim ad litteram* : *Patr. Lat.*, t. 34, c. 381.
99. LUTHER, *Commentaire...*, p. 101
100. A. RIVET, *Exercitationes CXC in Genesim*, p. 246.
101. F. SUAREZ, *Opera omnia*, t. 3, p. 203.
102. J. SALKED, *A Treatise...*, p. 23.
103. *Ibid.*, p. 25.
104. *Ibid.*, p. 33.
105. A. INVEGES, *Historia sacra...*, pp. 16 et 17.
106. .*Ibid.*, p. 17.
107. *Ibid.*, p. 18. F. SUAREZ, *Opera omnia*, III, p. 207.

CHAPITRE IX : Raffinements chronologiques

1. A. RIVET, *Exercitationes CXC in Genesim, op. cit.*, p. 206.
2. A. INVEGES, *Historia sacra...*, , pp. 7-11.
3. *Ibid.*, pp. 83-86.
4. *Ibid.*, pp. 112-116.
5. *Ibid.*, pp. 124-127.
6. *Ibid.*, pp. 132-136.
7. *Ibid.*, pp. 136-138.
8. *Ibid.*, pp. 140-143.
9. *Ibid.*, pp. 145-148.
10. *Ibid.*, pp. 154-156.
11. *Ibid.*, pp. 158-163.
12. *Ibid.*, p. 261.
13. *Ibid.*, pp. 258-289.
14. M. BAR CÉPHAS, *Liber de paradiso* : *Patr. Gr.*, t. 111, c. 490-491.
15. B. PEREIRA, *Commentariorum...*, n. 117-118, f° 41.
16 J. USSHER, *Annales veteri testamenti*, Londres, 1650, p. 1.
17. A. INVEGES, *Historia sacra...*, p. 8.
18. *Ibid.*, p. 9.
19. Cette affirmation de Beroalde se trouve dans une *Chronologia, hoc est supputatio temporum* publiée à Bâle en 1577 en même temps qu'une

rééditión de la *Chronologia*... de Mercator, qui donne son nom à l'ensemble de l'ouvrage : ici, l. II, chap. III, p. 131.

20. A. STEUCHUS EUGUBINUS, *Recognitio...*, p. 51.
21. F. SUAREZ, *Opera omnia,* t. 3, p. 208.
22. A. INVEGES, *Historia sacra...*, p. 11.
23. B. PEREIRA, *Commentariorum...*, f° 116.
24. J. USSER, *Annales..., p. 1.*
25. A. INVEGES, *Historia sacra...*, p. 84.
26. F. SUAREZ, *Opera omnia,* III, p. 368.
27. A. INVEGES, *Historìa sacra...*, pp. 85 et 86.
28. J. SALKED, *A Treatise...*, p. 142.
29. F. SUAREZ, *Opera omnia,* III, pp. 368 et 369.
30. *Ibid.*, p. 192.
31. A. INVEGES, *Historia sacra...*, p. 126.
32. *Ibid.*, pp. 125 et 126.
33. *Ibid.*, p. 126.
34. B. PEREIRA, *Commentariorum...*, f° 176.
35. A. INVEGES, *Historia sacra...*, p. 133.
36. *Ibid.*, pp. 134-137.
37. *Ibid.*, p. 136.
38. *Ibid.*, p. 141.
39. CAJETAN, *Opera*, Paris, 1539 : fs XXIII-XXXV.
40. F. SUAREZ, *Opera omnia,* III, p. 182. B. PEREIRA, *Commentariorum...*, f° 177. C. A LAPIDE, *Commentaria...*, p. 69.
41. A. INVEGES, *Historia sacra...*, p. 142.
42. THOMAS D'AQUIN, *Somme théologique,* I, qu. 73, art. 2 : *L'Œuvre des six jours*, Paris, Cerf, 1960, p. 186.
43. L. MOLINA, *Commentaria in primam D. Thomae partem*, Lyon, 1622 : « De opere sex dierum », disp. 22, pp. 691 et 692.
44. B. PEREIRA, *Commentariorum...*, , f[s] 156 et 158.
45. F. SUAREZ, *Opera omnia,* III, p. 180.
46. A. INVEGES, *Historia sacra...*, p. 147.
47. F. SUAREZ, *Opera omnia,* III, pp. 369 et 183.
48. AUGUSTIN, *Appendix tomi decimi operum s. Augustini, pars tertia : sententiae ex Augustino delibatae*, Sent. 329 : *Patr. Lat.*, t. 45, c. 1888.
49. A. INVEGES, *Historia sacra...*, p. 155.
50. *Ibid.*
51. *Ibid.*, pp. 158 et 159.
52. *Ibid.*, pp. 162 et 163.
53. J. SALKED, *A Treatise...*, p. 228.
54. J. SWAN, *Speculum mundi or A Glass Representing the Face of the World*, éd. consultée : 3e, Londres, 1665, p. 456.
55. T. MALVENDA, *De Paradiso voluptatis*, Rome, 1605, chap. LXXV, pp. 241-245.
56. MOSÈS BAR CÉPHAS, *De Paradiso,* c. 580.

57. F. SUAREZ, *Opera omnia,* III, p. 372.
58. B. PEREIRA, *Commentariorum...*, f° 238.
59. A. INVEGES, *Historia sacra...*, p. 163.
60. J. SALKED, *A Treatise...*, p. 228.
61. J. SWAN, *Speculum mundi...*, p. 456.
62. F. SUAREZ, *Opera omnia,* III, p. 372.
63. J. SALKED, *A Treatise...*, pp. 227 et 228.
64. A. INVEGES, *Historia sacra...*, p. 236.
65. *Ibid.*, pp. 261 et 262.
66. *Ibid.*, p. 270.
67. *Ibid.*, p. 285.
68. MOSÈS BAR CÉPHAS, *De Paradiso,* c. 579.
69. A. INVEGES, *Historia sacra...*, pp. 285-286.
70. *Ibid.*, pp. 289-299.
71. J. LIGHTFOOT, *Works*, Londres, 1684, I, p. 692. *Cf.* C. A. PATRIDES, « Renaissance Estimates of the Year of Creation », dans *The Huntington Library Quarterly*, 1962-1963, vol. XXVI, p. 319. Dans les pages qui suivent, je vais beaucoup utiliser cet article très suggestif.
72. J. SWAN, *Calamus mensurans*, Londres, 1653, I, pp. 35-36. C.-A. PATRIDES, « Renaissance Estimates... », p. 319.
73. H. BROUGHTON, *A Selder Olam, That Is : Order of the World*, Londres, 1954, p. 1. Cité par C.-A. PATRIDES, « Renaissance Estimates... », p. 315.
74. C.-A. PATRIDES, « Renaissance Estimates... », p. 319.
75. G. VECCHIETTI, « *Tabulae majores* », dans *De Anno primitivo ab exordio mundi...*, Augsbourg, 1621. C.-A. PATRIDES, « Renaissance Estimates... », p. 319.
76. C.-A. PATRIDES, « Renaissance Estimates... », pp. 316-318.
77. Je l'ai ajouté à la liste de C.-A. PATRIDES en me fondant sur l'ouvrage de MALVENDA, *De Antichristo*, I, p. 106 de l'éd. de Lyon, 1647.
78. C. HILL, *Antichrist in Seventeenth-Century England*, p. 25.

CHAPITRE X : « Dès que l'homme ouvrit les yeux... »

1. Le *Mistere du Viel Testament*, éd. J. de Rotschild, Paris, 1878, I, p. 31.
2. *Ibid.*, p. 35.
3. J. SALKED, *A Treatise...*, pp. 133-135 ; A. INVEGES, *Historia sacra...*, pp. 90-92.
4. SAINT AUGUSTIN, *Œuvres*, Desclée de Brouwer, Bibliothèque augustinienne, n° 48 : *In Genesim*, l. VI, chap. XIII, p. 481.
5. BELLARMIN, *Opera*, Paris, Vives, 1873, t. 5 : *De amissione gratiae*, l. III, chap. IV, p. 308.
6. J. SALKED, *A Treatise...*, p. 134.

7. *Cf.* G. MAIORINO, *Adam « New Born and Perfect ». The Renaissance Promise of Eternity*, Indiana Univ. Press, 1987, pp. 3 et 4, 10-13. L.B. ALBERTI, « Della Pittura », dans ses *Opere volgari*, éd. C. Grayson, Bari, 1960-1973.

8. ST JÉROME, *Epistula 108 ad Eustochium* : *Patr. Lat.*, t. 22, c. 902.

9. F. SUAREZ, *Opera*, III, p. 186.

10. B. PEREIRA, *Commentariorum...*, f° 138.

11. CAJETAN, *Commentarii in quinque Mosaïcos Libros, Genesis I*, Paris, 1539, p. 20.

12. J. SALKED, *A Treatise...*, p. 134.

13. MOSÈS BAR CÉPHAS, *Liber de paradiso*, chap. XIV : *Patr. Gr.*, t. 111, c. 498.

14. F. SUAREZ, *Opera...*, III, p. 187.

15. A. INVEGES, *Historia sacra...*, p. 91.

16. J. SALKED, *A Treatise...*, p. 134 et 135.

17. A. INVEGES, *Historia sacra...*, pp. 151 et 152.

18. *Ibid.*, p. 152.

19. SAINT IRÉNÉE, *Contre les hérésies* (l. V), trad. par A. Rousseau, éd. du Cerf, 1984, p. 626.

20. ST BERNARD, *Sermones* : *Patr. Lat.*, t. 183, c. 429.

21. A. INVEGES, *Historia sacra..., p. 153.*

22. Cf. A. CHASTEL, *Le Mythe de la Renaissance, 1420-1520*, Genève, Skira, 1969, pp. 137-143.

23. Kunsthistorisches Museum.

24. The Fogg Museum of Art, Cambridge, Mass. Au sujet de l'iconographie du premier couple *cf.* J.-D. REY et A. MAZURE, *Adam et Ève*, Paris, Mazenod, 1967.

25. Landesmuseum, Gotha.

26. MILTON, *Paradis perdu*, l. IV, chap. v. 305.

27. J. SALKED, *A Treatise...*, pp. 103-106.

28. LUTHER, *Commentaires du livre de la Genèse*, p. 98.

29. *Ibid.*, p. 105.

30. *Ibid.*, p. 107.

31. J. SWAN, *Speculum mundi or a Glasse Representing the Face of the World...*, Cambridge, 1635 : éd. consultée, Londres, 1664, p. 460.

32. D. PAREUS, *In Genesim Mosis commentarius*, Genève, 1614, c. 202-203.

33. F. SUAREZ, *Opera...*, III, pp. 271 et 272.

34. LUTHER, *Commentaires du livre de la Genèse*, p. 105.

35. *Cf.* J. DELUMEAU, *Le Péché et la peur*, pp. 255-265.

36. CALVIN, *Commentaires sur l'Ancien Testament*, I, p. 50.

37. *Ibid.*, p. 48.

38. J. SALKED, *A Treatise...*, p. 143-145.

39. J. HALL, *Works*, I, 1863, p. 15 (« The creation of man »).

40. MILTON, *Paradis perdu*, I, p. 209 (l. IV, chap. v. 327-335).

41. *Ibid.*, pp. 223-225 (l. IV, chap. v. 616-625).
42. J. Goropius, *Origines antwerpiane,* p. 497.
43. T. Tasso, *Opere*, éd. B. Maier, Milan, Rizzoli, 1964, IV, p. 313, v. 810-814.
44. Thomas d'Aquin, *Somme théologique*, éd. Desclée : I, « Les origines de l'homme », q. 102, art. 3, p. 282.
45. Fr. Suarez, *Opera...,* t. 3, p. 230.
46. Augustin, *Œuvres,* t. 49 : *De Genesi ad litteram*, l. VIII, chap. ix, 17, p. 37.
47. Mosès Bar Céphas, *De Paradiso, op. cit.*, chap. xxviii : *Patr. Gr.*, t. 111, c. 530.
48. Malvenda, *De Paradiso,* 1605, chap. lxv, pp. 202-206.
49. Augustin, *Œuvres,* t. 49 : *De Genesi ad litteram*, l. 8, chap. viii, 15, p. 35.
50. Pereira, *Commentariorum...,* l. IV, f° 146.
51 .A. Inveges, *Historia sacra...,* p. 122.
52. Du Bartas, *La Deuxième Semaine : l'enfance du monde. 1er jour. Éden*, éd. Chouët, 1593, reproduite dans *The Works of G. de Salluste, sieur du Bartas*, Chapel Hill, The Univ. of North Carolina Press, 1940, Reprint Slatkine, 1977, 3 vol. : III, p. 3.
53. J. Swan, *Speculum mundi...,* pp. 457-458.
54. J. Hall, *Works,* I, pp. 10-14.
55. F. Suarez, *Opera...,* III, p. 280.
56. Augustin, *Œuvres*, t. 35 : *Cité de Dieu*, l. XIV, chap. x, p. 399.
57. Cajetan, *Commentarii...,* p. 23.
58. Augustin, *Œuvres,* t. 48 : *De Genesi ad litteram*, l. III, chap. xv, 24, pp. 249-251.
59. Thomas d'Aquin, *Somme théologique,* I, q. 96, a.1, « Les origines de l'homme », p. 189.
60. B. Pereira, *Commentariorum...,* l. IV, f° 175.
61. F. Suarez, *Opera...,* III, pp. 407 et 408.
62. J. Salked, *A Treatise...,* p. 122.
63. J. Hall, *Works,* I, p. 10.
64. T. Tasso, *Il Mondo creato,* p. 315, v. 862-867.
65. Milton, *Le Paradis perdu,* l. IV, v. 340-347.
66. J. Salked, *A Treatise...,* pp. 123 et 124.
67. F. Suarez, *Opera...,* t. 23 : *Commentaria ac disputationes in tertiam partem D. Thomae*, disp. 73, sect. 8, p. 622.
68. *Ibid.*, n. 5, p. 622. A. Inveges, *Historia sacra...,* pp. 166-169 et 217-219.
69. A. Inveges, *Historia sacra...,* p. 168. Mosès Bar Céphas, *De Paradiso* : *Patr. Gr.*, t. 111, c. 525.
70. Luther, *Commentaire du livre de la Genèse,. op. cit.*, pp. 107-108.
71. F. Suarez, *Opéra...,* III, p. 232.
72. J. Salked, *A Treatise...,* p. 185.

73. *Ibid.*, p. 186.
74. *Ibid.*, p. 189.
75. AUGUSTIN, *Œuvres,* t. 49 : *De Genesi ad litteram,* l. VIII, chap. XVIII, 37, p. 67.
76. *Ibid.*, t. 36 : *La Cité de Dieu*, l. 18, chap. XXXIX, p. 619. B. PEREIRA, *Commentariorum...*, l. IV, f° 176.
77. Sur cette question, *cf.* le grand ouvrage de F. LAPLANCHE, *L'Écriture..., op. cit.*, notamment pp. 81, 93, 245-254, 593 et 594.
78. J.-J. SCALIGER, *Opuscula varia antehac non edita*, Paris, 1610, p. 439.
79. J. BUXTORF (II), *Dissertationes philologico-theologicae*, Bâle, 1645 : I *De linguae hebreae origine, antiquitate et sanctitate.*
80. L. CAPPEL, *Critica sacra*, Paris, 1650, l. VI, chap. X.
81. S. BOCHART, *Opera omnia*, éd. de Leyde, 1692, I, c. 799 et suiv.
82. LEIBNIZ, « Nouveaux essais sur l'entendement humain » (1704), dans *Œuvres philosophiques*, éd. Janet, Paris, 1900 : I, pp. 238 et suiv. Cité dans M. OLENDER, *Les Langues du paradis*, Paris, Gallimard, 1989, pp. 12 et 13.
83. GOROPIUS, *Origines antwerpianae,* pp. 534-539.
84. *Cf.* C.C. ELERT, « Andreas Kempe (1622-1689) and the Language spoken in Paradise », dans *Historiographica linguistica*, V, III, 1978, pp. 221-226.
85. R. SIMON, *Histoire critique du Vieux Testament*, éd. de Rotterdam, 1685, p. 85. *Cf.* M. OLDENDER, *Les Langes...*, p. 16.
86. LUTHER, *Commentaire du livre de la Genèse,* pp. 97-107.
87. A. INVEGES, *Historia sacra...*, p. 157. JEAN CHRYSOSTOME, *Homelia* : *Patr. Gr.*, t. 53, XV, IV, c. 123.
88. A la suite de Robert Bultot, j'ai développé ce thème dans *Le Péché et la peur,* pp. 205-503.
89. THOMAS D'AQUIN, *Somme théologique*, « La tempérance », II, II, q. 151, a.1, p. 195. B. PEREIRA, *Commentariorum...*, l. IV, f° 176.
90. A. INVEGES, *Historia sacra...*, p. 166.
91. J. SWAN, *Speculum mundi,* p. 454.
92. MILTON, *Le Paradis perdu*, l. IV, v. 320-340.
93. *Cf.* note précédente.
94. AUGUSTIN, *Œuvres,* t. 8 : *De Vera religione*, chap. XLVI, 88, p. 155.
95. *Ibid.*, t. 35 : *Cité de Dieu*, l. 14, chap. XXVI, p. 459.
96. ALEXANDRE DE HALES, *Summa theologica*, Venise, 1575, IIe partie, q. 89, 1, f° 184 v.
97. AUGUSTIN, *Œuvres*, t. 49 : *De Genesi ad litteram*, l. IX, chap. VI, 10, p. 101.
98. BONAVENTURE, *Opera omnia*, t. 2, éd. Quarachi, 1875, II, dist. 20, q. 1, Dubia 2. AUGUSTIN, *Œuvres,* t. 35 : *Cité de Dieu*, l. XIV, chap. XXVI, p. 461.
99. THOMAS D'AQUIN, *Libri Sententiarum*, II, Paris, Vivès, 1873, II, dist. 20, q. 1, art. 2, p. 265.

100. F. SUAREZ, *Opera...*, III, p. 386.
101. A. INVEGES, *Historia sacra...*, p. 180.
102. *Ibid.*, p. 181.
103. AUGUSTIN, *Œuvres,* t. 49 : *De Genesi ad litteram*, l. IX, chap. III, 5-7, p. 97.
104. J. SALKED, *A Treatise...*, pp. 180 et 181.
105. A. INVEGES, *Historia sacra...*, p. 153.
106. *Ibid.*, p. 154.
107. AUGUSTIN, *Œuvres,* t. 16, *De Trinitate*, l. 12, chap. 7, p. 229.
108. A. SALKED, *A Treatise...*, pp. 105 et 106.
109. *Ibid.*, pp. 130-131.
110. J. MILTON, *Le Paradis perdu*, l. IV, v. 295-310.
111. *Ibid.*, v. 441-447 : I, p. 215.
112. AUGUSTIN, *De Peccatorum meritis et remissione* : *Patr. Lat.*, t. 44, l. I, chap. XXXVII et XXXVIII, c. 149-156.
113. THOMAS D'AQUIN, *Somme théologique* : « Les origines de l'homme », I, q. 99, art. 1, ad. 1, p. 243. F. SUAREZ, *Opera*, III, p. 403.
114 . A. INVEGES, *Historia sacra...*, p. 88.
115. AUGUSTIN, *De Peccatorum meritis et remissione* : *Patr. Lat.*, t. 44, l. I, chap. XXXVI-XXXVII, c. 148-149.
116. HUGUES DE SAINT-VICTOR, *De sacramentis* : *Patr. Lat.*, t. 176, c 278-179. THOMAS D'AQUIN, *Somme théologique* : « Les origines de l'homme », I, q. 101, art. 2, p. 265.
117. A. INVEGES, *Historia sacra...*, p. 190.
118. AUGUSTIN, *Œuvres,* t. 37 : *La Cité de Dieu*, l. XIX, chap. XV, p. 121.
119. THOMAS D'AQUIN, *Somme théologique* : « Les origines de l'homme »; I, q. 96, a. 4, p. 203. B. PEREIRA, *Commentariorum...*, l; IV, f° 132. F. SUAREZ, *Opera...*, III, pp. 415 et 416.
120. A. INVEGES, *Historia sacra...*, p. 194. Référence à ARISTOTE, *Politique*, Budé, 1971, t. 2, l. III, chap. VII, p. 67 et l. III, chap. XIV, p. 11 : *la Royauté des temps héroïques*, p. 89.
121. F. DE MEXIA, *Nobiliario vero*, Séville, 1492. Ce texte m'a été communiqué par Adeline RUCQUOI que je remercie vivement.
122. AUGUSTIN, *Œuvres,* t. 36 : *La Cité de Dieu*, l. XIX, chap. XV, p. 123. GRÉGOIRE LE GRAND, *Moralium*, l. XXI, chap. XV, n. 689 : *Patr. Lat.*, t. 76, c. 203. THOMAS D'AQUIN, *Somme* : « Les origines de l'homme », I, q. 96, a. 4, p. 203. B. PEREIRA, *Commentariorum...*, f°132. F. SUAREZ, *Opera...*, III, pp. 415 et 416.
123. PEREIRA, *Commentariorum...*, l. IV, f° 132. F. SUAREZ, *Opera...*, XXIII, pp. 415 et 416.
124. A. INVEGES, *Historia sacra...*, pp. 195 et 196. AMBROISE, *Expositio evangelii secundum Lucam* : *Patr. Lat.*, t. 15, chap. 122, c. 1730. JEAN CHRYSOSTOME, *Patr. Gr.*, t. 48, *De Beato phylogonio*, VI, c. 749-750
125. F. SUAREZ, *Opera...*, XXIII, p. 418.

CHAPITRE XI : La disparition du jardin enchanté

1. J. DUNCAN, *Milton's...*, p. 269.
2. P. BAYLE, *Dictionnaire historique et critique*. Éd. consultée : Paris, 1820; I, pp. 197-207, art. « Adam ».
3. *Ibid.*, I, p. 45, art. « Abel ».
4. J. LOCKE, *Le Christianisme raisonnable*, trad. fr., Amsterdam, 1740, 2 vol. : t. 1 : p. 2. *Cf.* B. COTTRET, *Le Christ des Lumières*, Paris, Cerf, 1990, pp. 39-65.
5. *Ibid.*, p. 4.
6. *Ibid.*, p. 8.
7. Sur tout ceci *cf.* E. GUYENOT, *Les Sciences de la vie aux XVIIe et XVIIIe siècles. L'idée d'évolution*, Paris, A. Michel, rééd. de 1957, pp. 349-353.
8. B. PALISSY, *Discours admirables, « des pierres »*, dans *Œuvres complètes*, Paris, Librairie scientifique et technique A. Blanchard, 1961, p. 273.
9. E. GUYENOT, *Les Sciences...*, p. 344. J. ROGER, *Buffon*, Paris, Fayard, 1989, pp. 138-139.
10. *Mémoires de l'Académie royale des sciences*, dans *Histoire de l'Académie* (année 1720, publiée en 1722), pp. 400-416. *Cf.* aussi les pp. 5-9 (article non signé).
11. L. BOURGUET, *Lettres philosophiques sur la formation des sels, des cristaux et la génération et le mécanisme organique des plantes et des animaux*, Amsterdam, 1729.
12. VOLTAIRE, *La Défense de mon oncle*, dans *Œuvres*, éd. Moland, t. 26 (5e vol. des Mélanges), Paris, 1879, p. 408.
13. VOLTAIRE, *Dictionnaire philosophique*, Paris, Garnier, 1954, p. 250.
14. BUFFON, *Histoire naturelle*. « Second discours » dans *Œuvres complètes*, 15 vol., Paris 1749-1763 : I, p. 182.
15. *Cf.* sur Th. Burnet : E. GUYENOT, *Les Sciences de la vie...*, pp. 345 et 346. J. EHRARD, *L'Idée de Nature en France à l'aube des Lumières*, I, Paris, Flammarion, 1970, p. 200. J. ROGER, *Buffon*, p. 138.
16. *Cf.* sur J. Woodward, E. GUYENOT, *Les Sciences de la vie...*, p. 347; J. EHRARD, *L'Idée de Nature...*, p. 20; J. ROGER, *Buffon*, pp. 139 et 140.
17. BUFFON, *Histoire naturelle*. « Second Discours et théorie de la terre », p. 186.
18. W. WHISTON, *A New Theory of the Earth from its Original to the Consumation of all Things Wherein The Creation of the World in Six Days, The Universal Deluge and the General Conflagration, as Laid Down in the Holy Scriptures, are Shown to Be Perfectly Agreeable to Reason and Philosophy*, Londres, 1696.

19. T. Burnet, *Telluris historia sacra...*, pp. 163-181.
20. J. Woodward, *Géographie physique ou Essay sur l'histoire naturelle de la terre*, traduit de l'anglais par M. Noguez, Paris, 1735, p. 51.
21. *Ibid.*
22. W. Whiston, *A New Theory...*, éd. de 1696, surtout pp. 178 et 179.
23. Buffon, *Histoire naturelle.* « Second Discours... », p. 220.
24. *Ibid.*, p. 196.
25. *Ibid.*, p. 201.
26. *Ibid.*, p. 79.
27. *Ibid.*, p. 77.
28. Voltaire, *Dictionnaire philosophique*, art. « Inondation », p. 251.
29. B. de Maillet, *Le Telliamed*, Bâle, 1749, p. XLVII.
30. *Ibid.*, p. LIII.
31. C. Blount, *The Oracles of Reason*, Londres, 1693, préface.
32. D. Whitby, *Six Discourses*, Worcester (Mass.), 1801 ; M. Tindal, *Christianity as Old as the Creation*, Londres, 1731 ; J. Taylor, *The Scripture. Doctrine of Original Sin proposed to Free and Candid Examination*, 2e éd. Londres, 1741. *Cf.* J. Duncan, *Milton's...*, pp. 278 et 279.
33. C. Middleton, *Miscellaneous Works*, Londres, 1752, II, p. 127.
34. *Ibid.*, p. 151.
35. H. Bolinbroke, *Works*, éd. H.G. Bohn en 4 vol., Londres, 1962 et suiv. : II (1967), p. 209.
36. *Ibid.*, p. 207.
37. *Ibid.*, p. 211.
38. D. Hume, *L'Histoire naturelle de la religion*, Paris, Vrin, 1971, p. 43.
39. *Ibid.*, p. 42.
40. *Ibid.*, p. 40.
41. *Ibid.*, p. 41.
42. *Ibid.*, p. 40.
43. Cité par E. Guyenot, *Les Sciences de la vie...*, p. 377. Duchesne (fils), *Histoire naturelle des fraisiers*, Paris, 1766.
44. Voltaire, *Dissertation envoyée... à l'académie de Bologne*, éd. Moland, XXII, p. 228.
45. Cité par J. Ehrard, *L'Idée de nature*, I, p. 194 : ouvrage que j'utilise beaucoup dans les présents développements.
46. Buffon, *Histoire naturelle*, p. 38.
47. C. Bonnet, *Traité d'insectologie, ou observations sur les pucerons*, Paris, 1745, pp. XXVII-XXXI.
48. Ch. Bourguet, *Contemplation de la nature*, dans *Œuvres*, Neuchâtel, 1781, t. 7, p. 52.
49. F. Boissier de Sauvages, « Mémoires contenant des observations de lithologie, pour servir à l'histoire du Languedoc et à la théorie de la terre », dans *Mémoires de l'Académie royale des sciences*, 1746, pp. 749-751.

50. BUFFON, *Histoire naturelle*, p. 12.
51. J.-B. ROBINET, *De la Nature. Petit extrait d'un gros livre*, Genève, 1761, p. 49.
52. J.-B. ROBINET, *Considérations philosophiques de la gradation naturelle des formes de l'être ou les Essais de la Nature qui apprend à faire l'homme*, Paris, 1768, p. 3.
53. *Ibid.*, p. 151.
54. M. DE MAUPERTUIS, *Essai de Cosmologie*, dans *Œuvres*, Lyon, 1756, t. 1, p. 11.
55. M. ADAMSON, *Les Familles des plantes*, Paris, 1763, pp. 105 et 164.
56. E. GUYENOT, *Les Sciences de la vie...*, pp. 377 et 378.
57. P. CABANIS, *Rapports du physique et du moral*, dans *Œuvres philosophiques*, Paris, P.U.F., 1956, p. 518.
58. E. DE LACÉPÈDE, « Discours sur la durée des espèces », en tête du t. 2 de l'*Histoire naturelle des poissons*, Paris, 1800, p. 24.
59. E. DARWIN, *Zoonomia*, éd. française, Gand, 1810, t. 2, p. 282.
60. J.-B. LAMARCK, *Système des animaux sans vertèbres, précédé du « Discours d'ouverture »*, Paris, 1801 : Avertissement, p. 6.
61. *Ibid.*; « Discours d'ouverture », p. 16.
62. E. DE LACÉPÈDE, « Discours sur la durée des espèces » dans *Histoire... des poissons*, II, p. 24.
63. BUFFON, *Histoire naturelle...*, « Preuves », p. 203.
64. *Ibid.*, « Second Discours », p. 99.
65. *Ibid.*, « Conclusion », p. 612.
66. J. ROGER, *Buffon*, pp. 248-254.
67. *Ibid.*, p. 252.
68. *Ibid.*, p. 254.
69. BUFFON, *Histoire naturelle*, p. 22.
70. BUFFON, *Les Époques de la nature* (1778), éd. critique par J. Roger, Paris, éd. du Museum, p. 17.
71. *Ibid.*, p. 41 et *Supplément à l'histoire naturelle*, t. 2 (1775), pp. 362-499.
72. J. ROGER, *Buffon*, p. 540.
73. *Ibid.*, p. 541.
74. BUFFON, *Époques de la nature*, « Première Époque », manuscrit, éd. J. Roger, p. 40.
75. J. ROGER, *Buffon*, p. 555. J. STENGERS, « Buffon et la Sorbonne », dans *Études sur le XVIIIe siècle*, éd. de l'Université de Bruxelles, 1974, pp. 109-124.
76. BUFFON, *Les Époques de la nature*, « Premier Discours », p. 18.
77. *Ibid.*, p. 22.
78. Expression de Rousseau dans le *Contrat social*, éd. Garnier, 1954, p. 237.
79. ROUSSEAU, *Discours sur cette question proposée par l'Académie de*

Dijon : Quelle est l'origine de l'inégalité parmi les hommes... ?, Paris, Éditions Sociales, 1954, pp. 72-75.

80. *Ibid.*, p. 118.

81. E. KANT, *Conjectures sur le commencement de l'histoire humaine* (1785) dans *Œuvres philosophiques*, sous la dir. de F. Alquié, Pléiade, II, 1985, particulièrement pp. 504-520.

CONCLUSION : Une autre lecture d'un mythe

1. P. TEILHARD DE CHARDIN, *Œuvres*, t. 10 : *Comment je crois*, Paris, Seuil, 1969, pp. 62 et 63 (texte antérieur à Pâques 1922).

2. Il sera bon de se reporter sur la question du péché originel à M. NEUSCH, *Le Mal*, Paris, le Centurion, 1990, en part. pp. 44-51 ; et aussi à P. RICOEUR, « Le Péché originel », dans *Le Conflit des interprétations*, Paris, Seuil, 1969, pp. 265 et suiv. ; A.-M. DUBARLE, *Le Péché originel*, Paris, Cerf, 1983 ; G. MARTELET, *Libre réponse à un scandale*, Paris, Cerf, 1986 ; P. GIBERT, *Bible, mythes et récits du commencement*, Paris, Seuil, 1986.

3. THÉOPHILE D'ANTIOCHE, *Trois livres à Autolycus*, Paris, Le Cerf, « Sources chrétiennes », 1948, p. 159 (II, 22).

4. *Ibid.*, p. 161 (II, 25).

5. ST IRÉNÉE, citation de l'Epidixeis, 12, faite par H. LASSIAT, *Pour une théologie de l'homme. Création, liberté, incorruptibilité. Insertion du thème anthropologique de la jeune tradition romaine dans l'œuvre d'Irénée de Lyon* , 2 vol., Repr. Lille III, 1972 : II, p. 465.

6. ST IRÉNÉE, *Contre les hérésies*, IV, trad. A. Rousseau, Paris, Cerf, « Sources chrétiennes », 1965, 2 vol. : II, pp. 945-947.

7. *Ibid.*, p. 981.

8. *Ibid.*

9. THÉOPHILE D'ANTIOCHE, *Trois livres...*, p. 163 (II,26).

10. ST IRÉNÉE, *Contre les hérésies* (III, 23, 6), cité par H. LASSIAT, *Pour une théologie..., II, pp. 507-508.*

11. *Ibid.*, IV, p. 957.

12. THÉOPHILE D'ANTIOCHE, *Trois livres...*, p. 167 (II,27).

13. ST IRÉNÉE, *Contre les hérésies,* IV, pp. 947-949.

14. *Ibid.*, p. 955.

15. *Ibid.*, p. 961.

16. *Ibid.*, p. 965-967.

17. THÉOPHILE D'ANTIOCHE, *Trois livres...*, p. 7 (introd. de G. Bardy).

18. Formule de K. RAHNER, *Grundkurs des Glaubens*, Fribour-en-Br., Herder, 1984, p. 120.

Index des noms de personnes

Table des cartes et illustrations

Table des matières

Imprimé en France, par l'imprimerie Hérissey à Évreux (Eure) - N° 92573
HACHETTE LITTÉRATURES - 43, quai de Grenelle - 75015 - Paris
Collection n° 25 - Édition n° 01
Dépôt légal : septembre 2002
ISBN : 2.01.279066.6

COLLECTION « PLURIEL »

Sciences humaines

EMMANUEL ANATI
La Religion des origines

RAYMOND ARON
Essai sur les libertés
L'Opium des intellectuels

MARC AUGÉ
Un ethnologue dans le métro

GUY AZNAR
Emploi : la grande mutation

CHRISTIAN BACHMANN,
NICOLE LE GUENNEC,
Violences urbaines

BERTRAND BADIE
et PIERRE BIRNBAUM
Sociologie de l'Etat

BENJAMIN BARBER
Djhad versus Mc World

ZYGMUNT BAUMAN
Le coût humain de la mondialisation

BRUNO BETTELHEIM
Le Cœur conscient
Dans les chaussures d'un autre
Dialogues avec les mères
Le Poids d'une vie

PIERRE BIRNBAUM
La Fin du politique
Le Peuple et les gros

RAYMOND BOUDON
La Logique du social
L'Inégalité des chances

CHRISTIAN BROMBERGER
Passions ordinaires

GUY BURGEL
La Ville aujourd'hui

LOUIS-JEAN CALVET
La Guerre des langues
Histoire de l'écriture

JEAN-PAUL CHARNAY
Sociologie religieuse de l'Islam

COLLECTIF
Le Piège de la parité

BERTRAND CRAMER
Profession bébé

HENRI DANON-BOILEAU
De la vieillesse à la mort

DIDIER DUMAS
La Sexualité masculine

JEAN-PIERRE DUPUY
Libéralisme et justice sociale

ALAIN EHRENBERG
Le Culte de la performance
L'Individu incertain

ROGER FAUROUX
BERNARD SPITZ
Notre État

LYDIA FLEM
Freud et ses patients

PETER GAY
Freud, une vie (2 vol.)

ANDRÉ GLUCKSMANN
De Gaulle où es-tu ?

PHILIPPE GRIMBERT
Pas de fumée sans Freud

ANDRÉ GREEN
La Déliaison
Un psychanalyste engagé

ANTONIETTA et GÉRARD
HADDAD
Freud en Italie

GÉRARD HADDAD
Manger le Livre

CHRISTIAN HOFFMANN
Introduction à Freud

JEAN-NOËL JEANNENEY (dir.)
L'écho du siècle

DENISE LACHAUD
L'enfer du devoir
Jalousies

ZAKI LAÏDI
Un monde privé de sens

JEAN LAPLANCHE et
JEAN-BERTRAND PONTALIS
Fantasme originaire. Fantasmes des origines. Origines du fantasme

HENRI LERIDON
Les Enfants du désir

MARIE-MAGDELEINE LESSANA
Entre mère et fille : un ravage

MICHEL MALHERBE
Les Religions de l'humanité

ERIC MENSION-RIGAU
Aristocrates et grands bourgeois

HENRI MESCHONNIC
De la langue française

JULIETTE MINCES
La Femme voilée
Le Coran et les femmes

FRANÇOIS PERRIER
L'Amour. Séminaire 1970-1971

ADAM PHILIPPS
Le pouvoir psy

CATHERINE PONT-HUBERT
Dictionnaire des symboles, des rites et des croyances

HUBERT PROLONGEAU
Sans domicile fixe

UTA RANKE-HEINEMANN
Des eunuques pour le royaume des cieux

ANDRÉ RAUCH
La crise de l'identité masculine
Vacances en France de 1830 à nos jours

JEAN-FRANÇOIS REVEL
Comment les démocraties finissent
La Connaissance inutile

DENYS RIBAS
L'Enigme des enfants autistes

PIERRE ROSANVALLON
La Question syndicale

OLIVIER ROY
Généalogie de l'islamisme

JEAN-CHRISTOPHE RUFIN
Economie des guerres civiles
L'Empire et les nouveaux barbares
La Dictature libérale

DENIS SALAS
Le Tiers pouvoir

ALAIN-GÉRARD SLAMA
L'Angélisme exterminateur
Les Chasseurs d'absolu

EVELYNE SULLEROT
La crise de la famille

NINA SUTTON
Bruno Bettelheim. Une vie

SERGE TISSERON
L'intimité surexposée

STANISLAS TOMKIEWICZ
L'adolescence volée

PAUL-EMILE
et JEAN-CHRISTOPHE VICTOR
Planète antarctique

FRANÇOIS VIGOUROUX
Le Secret de famille

BENOÎT VIROLE
L'enchantement Harry Potter

SLIMANE ZEGHIDOUR
Le Voile et la bannière

HISTOIRE

LAURE ADLER
Les maisons closes 1830-1930

MAURICE AGULHON
La République. 1880 à nos jours. (2 vol.)
De Gaulle, histoire, mémoire, mythe

GUILLEMETTE ANDREU
Les Egyptiens au temps des pharaons

MICHEL ANTOINE
Louis XV

PIERRE AUBÉ
Le Roi lépreux, Baudouin IV de Jérusalem
Les Empires normands d'Orient

GÉNÉRAL BEAUFFRE
Introduction à la stratégie

GÉRARD BÉAUR (présenté par)
La Terre et les hommes, Angleterre et France aux XVIIe et XVIIIe siècles

GUY BECHTEL
La Chair, le diable et le confesseur

BARTOLOMÉ BENNASSAR
L'Inquisition espagnole, XVe-XIXe siècles

B. BENASSAR et B. VINCENT
Le temps de l'Espagne

YVES-MARIE BERCÉ
Fête et révolte

ANDRÉ BERNAND
Alexandrie la grande
Sorciers grecs

JEAN-PIERRE BIONDI
et GILLES MORIN
Les Anticolonialistes (1881-1962)

FRANÇOIS BLUCHE
Le Despotisme éclairé
Louis XIV

HENRY BOGDAN
Histoire des pays de l'Est, des origines à nos jours
Histoire des peuples de l'ex-URSS, du IXe siècle à nos jours

JEAN-CLAUDE BOLOGNE
Histoire de la pudeur
Histoire du mariage en Occident

JEAN BOTTÉRO
Babylone et la Bible

JEAN BOTTÉRO,
CLARISSE HERRENSCHMIDT
et JEAN-PIERRE VERNANT
L'Orient ancien et nous

ALAIN BROSSAT
Les Tondues

ZBIGNIEW BRZEZINSKI
Le Grand Echiquier

EDMUND BURKE
Réflexions sur la Révolution en France

CLAUDE CAHEN
L'Islam, des origines au début de l'empire ottoman

PIERO CAMPORESI
Les Baumes de l'amour

JÉRÔME CARCOPINO
Rome à l'apogée de l'empire

HÉLÈNE CARRÈRE D'ENCAUSSE
Nicolas II, la transition interrompue
Lénine

PIERRE CHAUNU
Le Temps des réformes
3 Millions d'années, 80 milliards de destins

GUY CHAUSSINAND-NOGARET,
JEAN-MARIE CONSTANT,
CATHERINE DURANDIN
et ARLETTE JOUANNA
Histoire des élites en France, du XVIe au XXe siècles

JEAN CHÉLINI
Histoire religieuse de l'Occident médiéval

JEAN CHÉLINI
et HENRY BRANTHOMME
Les Chemins de Dieu
Histoire des pèlerinages non-chrétiens

VITALI CHENTALINSKY
La Parole ressuscitée

JEAN-CLAUDE CHESNAIS
Histoire de la violence

LOUIS CHEVALIER
Classes laborieuses et classes dangereuses

ANDRÉ CHOURAQUI
Jérusalem, une ville sanctuaire

EUGEN CIZEK
Mentalités et institutions politiques romaines

ROBERT et MARIANNE CORNEVIN
La France et les Français outre-mer

MAURICE DAUMAS
La Tendresse amoureuse

JEAN DELUMEAU
La Peur en Occident
Rome au XVIe siècle

GEORGES DUBY
Le Chevalier, la femme et le prêtre
Le Moyen Age (987-1460)

ALAIN DUCELLIER
Le Drame de Byzance

PIERRE DUCREY
Guerre et guerriers dans la Grèce antique

JACQUES DUPAQUIER et DENIS KESSLER
La Société française au XIXe siècle

JEAN-BAPTISTE DUROSELLE
L'Europe, histoire de ses peuples

GEORGES EISEN
Les Enfants pendant l'holocauste

SIMON EPSTEIN
Histoire du peuple juif au XXe siècle

ESPRIT
Ecrire contre la guerre d'Algérie (1947-1962)

PAUL FAURE
Parfums et aromates dans l'Antiquité

JEAN FAVIER
De l'or et des épices

MARC FERRO
Pétain
Nazisme et communisme

ALFRED FIERRO-DOMENECH
Le Pré carré

MOSES I. FINLEY
On a perdu la guerre de Troie

JEAN FOURASTIÉ
Les Trente glorieuses

CHIARA FRUGONI
Saint François d'Assise

FRANÇOIS FURET
La Révolution (2 vol.)
La gauche et la Révolution au XIXe siè

FRANÇOIS FURET
et DENIS RICHET
La Révolution française

FRANÇOIS FURET,
JACQUES JULLIARD
et PIERRE ROSANVALLON
La République du centre

FRANÇOIS FURET
et ERNST NOLTE
Fascisme et Communisme

EUGENIO GARIN
L'Education de l'homme moder
(1400-1600)

LOUIS GIRARD
Napoléon III

RAOUL GIRARDET
Histoire de l'idée coloniale en France

PIERRE GOUBERT
L'Avènement du Roi-Soleil
Initiation à l'histoire de France
Louis XIV et vingt millions de Franç

FRITZ GRAF
La Magie dans l'Antiquité gréco-romaine

ALEXANDRE GRANDAZZI
La Fondation de Rome

MICHEL GRAS,
PIERRE ROUILLARD
et XAVIER TEIXIDOR
L'Univers phénicien

PIERRE GRIMAL
Les Erreurs de la liberté

JACQUES GUILLERMAZ
Une vie pour la Chine

JEAN-PIERRE GUTTON
La Sociabilité villageoise dans la France d'Ancien Régime

DANIEL HALÉVY
La Fin des notables, la République des ducs

PAUL HAZARD
La Pensée européenne au XVIIIe siècle

JACQUES HEERS
Fêtes des fous et carnavals
Esclaves et domestiques au Moyen Age
La Ville au Moyen Age en Occident

ERIC J. HOBSBAWM
L'Ere des empires
L'ère du capital

ERIK HORNUNG
L'Esprit du temps des pharaons

HUGH JOHNSON
Une histoire mondiale du vin

ANTOINE-HENRI de JOMINI
Les Guerres de la Révolution (1792-1797)

MAURICE KRIEGEL
Les Juifs à la fin du Moyen Age dans l'Europe méditerranéenne

JACQUES LACARRIÈRE
En Cheminant avec Hérodote

DENIS LACORNE
L'Invention de la République

LUCIEN LAZARE
Le Livre des Justes

FRANÇOIS LEBRUN
Histoire des catholiques en France

JACQUES LE GOFF
La Bourse et la vie

EMMANUEL LE ROY LADURIE
L'Ancien Régime
L'Etat royal (2 vol.)

EVELYNE LEVER
Louis XVIII

MALET-ISAAC
L'histoire (4 vol.)

ROBERT MANDROU
Possession et sorcellerie au XVIIe siècle

PHILIPPE MASSON
Histoire de l'armée allemande

CLAIRE MAUSS-COPEAUX
Appelés en Algérie

SABINE MELCHIOR-BONNET
Histoire du miroir

HENRI MICHEL
Jean Moulin

DANIEL MILO
Trahir le temps

ROBERT MUCHEMBLED
L'Invention de l'homme moderne

HUGUES NEVEUX
Les Révoltes paysannes en Europe (XIVe-XVIIe siècles)

CLAUDE NICOLET
L'Inventaire du monde

GÉRARD NOIRIEL
Réfugiés et sans-papiers

ERNST NOLTE
Les Mouvements fascistes

JAROSLAV PELIKAN
Jésus au fil de l'histoire

JULIAN PITT-RIVERS
Anthropologie de l'honneur

RENÉ POMEAU
L'Europe des Lumières

YVES POURCHER
Les Jours de guerre

EDGAR QUINET
L'enseignement du peuple suivi de *La Révolution religieuse au XIXe siècle*

JACQUES RANCIÈRE
La Nuit des prolétaires

JACQUES REVEL (présenté par)
Fernand Braudel et l'Histoire

STÉPHANE RIALS
La Déclaration des droits de l'homme et du citoyen

PIERRE RICHÉ
Les Carolingiens

RÉMY RIEFFEL
Les Intellectuels sous la Ve République (3 vol.)

JEAN-NOËL ROBERT
Eros romain

FRANÇOIS ROTH
La Guerre de 70

YVES ROUMAJON
Enfants perdus, enfants punis

DAVID ROUSSET
Les Jours de notre mort (2 vol.)
L'Univers concentrationnaire

JEAN-PAUL ROUX
Les Explorateurs au Moyen Age

WILLIAM SHIRER
La Chute de la IIIe République

CLAUDE SINGER
Vichy, l'Université et les Juifs

STEPHEN SMITH
Oufkir, un destin marocain

ANTHONY SNODGRASS
La Grèce archaïque

JACQUES SOLÉ
L'Age d'or de la prostitution, de 1870 à nos jours

JACQUES SOUSTELLE
Les Aztèques à la veille de la conquête espagnole

ÉTIENNE TROCMÉ
L'Enfance du christianisme

JEAN TULARD
Napoléon

PIERRE VALLAUD
(sous la direction de)
Atlas historique du XXe siècle

JEAN VERDON
Le Plaisir au Moyen Age
La Nuit au Moyen Age

JEAN-PIERRE VERNANT
La Mort dans les yeux

PAUL VEYNE
et CATHERINE DARBO-PESCHANSKY
Le Quotidien et l'Intéressant

PIERRE VIANSSON-PONTÉ
Histoire de la République gaullienne (2 vol.)

B. VINCENT
B. BENASSAR
Le temps de l'Espagne
XVIe-XVIIe siècles

EUGEN WEBER
L'Action française

ANNETTE WIEVIORKA
Déportation et génocide
L'ère du témoin

ALAIN WOODROW
Les Jésuites

CHARLES ZORGBIBE
Histoire des relations internationales